岩波文庫

30-251-3

化政期

落語本集

――近世笑話集(下)――

武藤禎夫校注

岩波書店

凡　例

安永初年に流行した「咄の会」における小咄創作は、やがて黄表紙や天明狂歌にとって代わられた。また、天明末からの松平定信による政治改革で、戯作文芸の主体は、従来の武士層から町人出身者に移った。本巻では、寛政以降に「咄の会」を催した焉馬・一九・慈悲成ら後期戯作者の作品と、寄席興行が確立した化政期に高座で口演し活躍した可楽・文治・正蔵ら落語家の作品八種を所収した。いずれも、江戸末期の庶民の生活や心情を直截に描いた内容や叙述であり、また、現行落語の原形をしのばせるもの、中にはほぼ形を整えたものも見られる。

まず、各書の中扉《なかとびら》裏に、使用した底本の書誌を主とした解題を、簡単に記した。

本文の翻字にあたっては、元来の趣旨が、噺本の特質であるおもしろさを紹介することにあるので、通読の便を考えて次のような方針をとった。（厳正な校訂による翻刻については解題中に示しておいたので、必要な際には参看されたい。）

1　底本の漢字は、原則として常用漢字や通行の字体を用いた。また、異体字（例、灵→霊）や記号化した文字（ゟ→也）、極端な宛て字（子蔵→小僧）なども、通行のものに改めた。

2　副詞や接続詞・語尾の類などにあてた特殊な漢字(語る共→語るとも、如何成→いかなる)などは仮名書きに直し、逆に仮名書きでは分かりにくい個所は適宜漢字に改めた。

3　仮名は、原則として原本の用字・表記に従い、旧仮名遣いに統一しなかった。ただ、「短ひ」「悪ひ」などの「ひ」は、「い」とした。当時平仮名の意識で使われた「ハ」「ミ」「ニ」の片仮名や特殊な連字(ゟ→より、被成→なされ)などは、通行の平仮名に改めた。

4　原本の送り仮名は不統一な上、省略が見られるが、多く活用部分から付け加えた。ただ、読みが確定できぬ場合(聞ば→聞かばカ、聞けばカ)は、そのままにしたものもある。

5　振り仮名は、すべて新仮名遣いとした。原本にはあっても判読容易なものや重複する場合は削り、逆に漢字に改めた際に新たに付したものもある。

6　反復記号は、原本の「ゝ」「ゞ」は用いず、同字を重ねるか、「々」「〱」「〲」などとした。ただし、片仮名の場合は「ヽ」を用いた。(たゞ→ただ、各〻→各々、中〱→中々、アヽ→アヽ、これ〱→これ〱、さま〲→さま〲)

7　清濁・句読点は、私意によって付した。

8　会話部分は、原本の〽の位置によらず、通常の個所に括弧「　」を付し、原本に小文字で主人公名のある場合は、それを記した。また、原本の□や○の囲み枠は省略した。

9　片仮名は、主として感動詞や強調語の場合(アヽ、ヤレ)、小文字は連字の中に付した場合(一ト年、二人リ)などに多く残した。また、原本で、ト書き風に二行割りになっている個所は一行に直し、( )を付して小文字で示した。

10　明らかな誤りや衍字《えんじ》は、本文中で正して注記しなかった。

11　本文中、脚注を施した語句の下に、注番号を付した。また、特に他書や他文芸との関連を記したい場合は、文末に*印を付した。

挿絵は、『面白し花の初笑』以外は原本の全図を収め、該当話の近くに挿入した。序文中の印章なども掲示した。

脚注は、本文中の語句や人名・地名、および際物咄の背景にある事象、サゲの理解に役立つものなどについて、簡単な説明を付けた。この場合、引用文以外は新仮名遣いとした。

補注は、笑話に多く見られる同想話のうち、筋やサゲの部分で興味ぶかい異同のある話や現行落語と関連のあるものなどを、三十話ほど参考に掲げた。脚注を補う記述や典拠の資料などには、あえて触れなかった。

解説は、化政期の噺本の概略を記した。

『面白し花の初笑』の使用を許可された東大国語研究室の御好意と、延広真治氏、肥田晧三氏、同僚の矢野公和氏の御教示に、厚く御礼申しあげます。

目次

落噺 詞《こと》葉《ば》の花《はな》

（寛政九年刊）

解　題　烏亭焉馬撰・美満寿連作。中本一冊。題簽は「落噺詞葉の花」。序題「落噺《おとしばなし》六義序《りくぎじょ》　談洲楼焉馬《だんしゅうろうえんば》述《のぶる》」。尾題「落噺詞葉の花　大尾」。版心は上部に「花」、下部に丁付。半面九行・約二四字詰で句点がつく。「落はなし目録」一丁、見開口絵一丁。序一丁に引続いて本文四三丁半。話数五一。挿絵はない。終丁裏に「寛政九丁巳春　東都戯作　立川談洲楼　烏亭焉馬撰／板元　江戸橋四日市　上総屋利兵衛」の奥付がある(後刷本は刊年と板元名が削除)。なお、家蔵本の表紙見返しに、「ことばの花」の袋が貼付されてあるので示した。

撰者の烏亭焉馬は、本所相生町の大工棟梁で俗称和泉屋和助。桃栗山人柿発斎、立川談洲楼などの別号で、若くして発句・狂歌・滑稽本を手がける一方、天明六年から新作落咄を披露する「咄の会」を主催し、また市川団十郎の贔屓団体「三升連」を組織するなど、文壇・劇壇に深い関わりを持つ。本書は前年刊行の『喜《き》美《み》談語《だんご》』に続く焉馬「咄の会」の第二高点落咄集で、寛政八年四月から十月までに披講した中から、四十七名の落咄五十一話を選んで上梓したものである。前著同様、寛政改革の取締りを考慮して、『宇治拾遺物語』披講を表面に出し、内容を憚ってか、焉馬作『青楼育《さとそだち》咄雀《はなしすずめ》』(寛政五)から焼直した六話を使うなどの処置をしている。本書の特色は、『喜美談語』に倣い、『詩経』をうけた『古今和歌集』序の和歌六義に従って、序題の通り、落咄に六義の目を立て、「風—行過ぎ咄」などと笑話の分類を行い、例話を数話示した体裁にある。これは『醒睡笑』(寛永五)以来の画期的な編集で、その後も『按古於当世《あごおとせ》』(文化四)以外には見当らない。焉馬の「咄の会」本は翌十年の『無事志有意《ぶじしうい》』の三作で終ったが、巻頭・巻軸話は多く彼の作が置かれた。所収話は必ずしも創作と限らず、既成話の再出も見られるが、現行落語「饅頭こわい」の原話をはじめ、後代の咄家が使用した咄も多く、「咄の会」の水準の高さを示している。

翻刻には、『噺本大系』第十三巻(東京堂出版・昭54)があり、艶色話を削除したものに『滑稽本集』(日本名著全集14巻・昭2)などがある。

袋

○落はなし目録

○端　午　烏　欣作
○雷ぎらひ　万　善作
○ばかうり　如　仙作
○おもひつき　五十三次作
○てうちん　青　人作
○ふぐ汁　蓬　雨作
○どらむすこ　柳　和作
○北野の時鳥　喜　丸作
○山　門　治　呂作
○あて身　慶　賀作
○かつけの薬　先裏住作
○浄瑠璃　狂歌堂作
○唐　人　談洲楼作

○旅　僧　米　長作
○道行ばなし　晋　象作
○かがみとぎ　仲　澄作
○馬のす　部屋住作
○まんぢう　北　平作
○禿の咄　道　頼作
○才蔵市　事　足作
○塩　下　道作
○出　家　遠　文作
○かみそり　浅草庵作
○水茶屋　黒羽二亭作
○蜆　汁　淮南堂作

口　絵

落噺《おとしばなし》六義《りくぎ》[一]序《じょ》

談洲楼焉馬《だんしゅうろうえんば》述《のぶる》

むかし／＼ありつるとなん。翁《おおじ》は山へ、姥《うば》は川へ、桃の流れしよりこのかた、その噺《はなし》の種《たね》夭々《ようよう》として、その葉《は》蓁々《しんしん》[二]たり。されば、竹に鳴く舌切り雀、月にすむ兎の手柄《てがら》[三]まで、いづれか噺に漏《も》れざらん。力をも入れずして、[四]頤《おとがい》の掛金《かけがね》をはずさせ、[五]高き姉女郎《おいらん》の顔をやはらぐるは、これなり。此の噺、いつぞや下の日待《ひまち》の時、[六]友どちおれわれなれ[七]に語り、喜美談語《きみだんご》[八]の小冊《しょうさつ》を丸めしより、ただ滑稽にあそばんと、今年《ことし》も卯《う》月の始めより、神無《かんな》月の末《すえ》に至るまで、不佞《ふねい》が拙《つたな》き舌講《ぜっこう》[九]、机下《きか》に戯《たわ》れたる噺を書いつけて、判者《はんじゃ》を乞《こ》はんと、虚空《こくう》に流行《はやっ》て、雲を起こす両国橋のほとり、痺《しび》れも上《のぼ》る京屋《きょうや》[一〇]が許《もと》に、噺のやうな噺の会は、門前《もんぜん》に市《いち》も栄へ、楼上に人の山をなす。もとより、戯作談語《けさくだんご》といへども、官《かん》録公辺《ろくこうへん》[一一]の噂を禁じ、古き文《ふみ》を種として、のど筒の往来《おうらい》かまびすし。[一二]誠

一 和歌六義に倣った題。
二 種が勢いよく芽生え、葉が盛んに生い茂る様。『詩経』の文言による。
三 「かちかち山」の話。
四 以下『古今和歌集』仮名序の詞を随所に使用。
五 大笑いさせること。
六 新内「仇比恋浮橋」の詞章。寛政七年四月下旬から七月までの咄の会。
七 友達たち一同。
八 寛政八年正月刊の噺本。黍団子にかけた書名。
九 私の下手な咄の口演。
一〇 待ちくたびれたの諺「痺れも京に上る」に、咄の定会を催した向両国尾上町京屋をかける。
一一 役人や政治の話題。
一二 盛んに咄を披露した。

や、和歌に六義《りくぎ》一三あり。馬鹿《ばか》に律儀者《りちぎもの》一四あり。八重垣《やえがき》の垣間見《かいまみ》一五に、歌道《かどう》の六義をのぞけば、風賦比興雅頌《ふうふひきようがしよう》といへり。まづ、

風《ふう》は、そへうたなり。一六 風《かぜ》はその色見へず。その品《しな》物によせ合せて、あらはるるなり。八雲御抄《やくもみしよう》一七に言ふ十体《たい》のうち、誹讔《はいいん》に類《るい》す。一八 あらはにきこへず、外の物にすがりて狂《きよう》じたるなり。一九 噺にとつては、ゆきすぎばなし。二〇

○八百屋　　橋々亭万羅《ばんら》作

「かみさん。大根を一ッ本下され」「大根はござりませぬ」と、切り口上でいふ。亭主、奥より出、「コレ、おすぎ。こなたは今までお屋敷につとめたから、商《あきな》ひの仕様《しよう》を知らぬは尤《もつと》もじや。売り切つた物があるなら、『それはござりませぬが、これではお間《ま》に合ひますまいか』といへば、それについて外《ほか》の物も売る事がある。あいさつが肝心じや」「アイ、随分心得ました」といふ所へ、「かみさん、長芋《ながいも》を下さい」「ハイ。長芋は切れましたが、つくね芋では、どふでござります」

一三 『詩経』に見える詩の六種の体を和歌に適用。
一四 和歌六義の語呂合せ。
一五 「八雲立つ出雲八重垣妻ごみに」から、生かじりの歌の知識で。
一六 思いを表面に現わさず、他の事物になぞらえて詠む譬喩的表現の歌。
一七 鎌倉時代初期の歌学書。順徳院著。
一八 同書に「歌の十躰とて品々をたてたる物あり」と略述するが、その中に「誹讔」の語はない。
一九 六義の条は『八雲御抄』によらず、北村季吟撰『誹諧埋木』(延宝元)に基づくという。
二〇 度を過ぎた、常識のわくを越えた笑い話。

「長芋がなくば、つくね芋で間に合はせませう」と買つて行く。又門口へ、「モシ、山葵《わさび》を下さい」といふて来る。「ハイ。山葵は切れましたが、生薑《しょうが》ではどふでござります」「ム、、生薑では、ちとかゆい[一]が、せう事がない。間に合いにしておけ」と、これも買ふて行く。亭主「それ見やれ。人に無理はない。物の言ひやうで買つて行くはさ。いつでも、そふ気をきかせたがいい」といふ所へ、「モシ、かみさん。たたみ鰯《いわし》[二]をくんなさい」「ハイ、たたみ鰯は切れましたが、アノ、ふのり[三]ではどふでござりやす」。

○たぬき

亀多《た》楼秀朔《ろうしゅうさく》作

むかし〳〵、爺《じじ》は山へ柴刈りに、婆《ばば》は川へ洗濯に行き[四]、戻つて見れば、まだ爺《じじい》どのは帰られぬ。さぞひもじからふと、団子《だんご》をもつて迎ひに行き、二人《り》して老《おい》の楽しみ。清水《しみず》を汲んで飲みながら、団子を一つ落しける。土辺《つちべ》[五]の穴へころ〳〵と落ちたるを、そのままおきけるに、

一　思うようにならない様。物足りない。
二　畳鰯。カタクチイワシの稚魚を生のまま干し、一枚の網状にした食品。八百屋にない品を買いにきた。
三　布海苔。フノリ科の紅藻を網状に漉し、煮汁を布地の糊付けに使用。似た形だが用途も違うし、食べられぬ品で答えた。
四　お伽噺「桃太郎」の出だしの口調をなぞる。
五　地面。

やがて此の穴より、怪しきけものの手を出して、又団子を取らんとする。爺《じじ》、その手を取つて、婆もろとも、ついに引出して見れば、古狸《ふるだぬき》なり。すぐに叩き殺し、四足《しそく》を結《ゆ》はへて柴の荷に結ひつけ帰る道にて庄屋の息子、行合い、「おやぢどの。その狸はどふして取つた」「イヤ、かう〳〵した訳で取りましたが、わしも年寄つて、食ふもいやなり。[六]又こいつは内《うち》へ置くと、『麦を搗《つ》いて助《す》けよふ』[七]といつて、婆を搗き殺し、婆に化けて、『ばばアくつた、ぢぢいヤイ』といふたためしもあれば、めつたに持つても行かれぬから、いつそ見世物師《みせものし》[八]にでも売つてやりませう」「コレ〳〵、それよりは、おれに下さい。その代りは、年貢《ねんぐ》の時の勘定《かんじよう》[九]にしよう」ともらつて帰り、若い者どもを呼んで、「コレ、この狸を汁《しる》にこしらへて置くから、わいら[一〇]は店《たな》へ行つて、酒を二三升取つてこい。おのしは畑《はたけ》で大根をぬいてこい」と言ひつけやり、来る間《ま》も遅し、汁は出来る。まづ、此の身所《みどころ》[一一]ばかり食つてやらふと、二三杯《ばい》食つてゐる所へ、みな〳〵来り、「アヽ、子旦那《こだんな》[一二]。意地の

六　後生を願う年齢になったので、殺した獣肉を食うのは気が進まない。
七　狸が婆をだますせりふ。ここまでの部分、赤本『兎大手柄(かちかち山)』の発端をなぞる。
八　見せ物の興行主。香具師(やし)。
九　年貢を取立てる時に行う監査での差引勘定。
一〇　我等の転。お前ら。
一一　魚獣の身肉の部分。
一二　若旦那。

きたない。モウ食はしつたか」「ヲヽサ。わいらが遅いゆへ、こたへられぬから食つた。サア、わいらも食つたがいい。先づ酒の燗《かん》をしよう」といふ内、息子の腹が、ポンと鳴る。男ども[一]「こな[二]旦那どのは、腹八杯[三]食つて屁《へ》べへこく」といふ。息子、「いんにや、わいらだんべい」といふ内、又ポンと鳴る。びつくりして、「ヤア[四]」といふ。「ポン」「やあ」「ポン」「やあ」。しりにて、「チプポウ」「やあ」「ポン」。「はあコリヤ、あんたるこんだ[五]」と、村中がさはぎ、庄屋のおやぢも戻つて、医者殿を呼んで見せれば、「これは食傷《しよくしよう》[六]じやそうでござる。アノ狸汁を、ふんだんに食つたゆへか、腹の中で鼓《つづみ》をぶち申す。どれ」と、また脈を見ると、腹で、「ポン」といふ。医者「やあ引[七]」「ポン」「ハヽア」「ポン」「やあ引。ムヽ、これはむつかしい。うつちやつて置くと死にますぞ」といへば、きもをつぶして、上頭[八]「イヤア引[九]」。

○芸づくし

談洲楼作

一 小作人、下男たち。
二 「ここな」の略。ここにいる。この。
三 腹一杯。思う存分。
四 驚き呆れた時に出す声と、鼓を打つ時の掛声や囃し言葉をかける。
五 「何という事だ」の田舎ことば。
六 食あたり。
七 語音を引伸ばす符号。
八 能楽の囃の手。鼓や太鼓を強く打つときの称。
九 「厭(いや)」に、鼓を打つ掛声をかけた。
一〇 内輪の親しい者ばかりでする祝い。
一一 列席者が順番に歌舞などの芸を披露すること。
一二 享保頃に宮古路豊後掾が語り始めた浄瑠璃。

「サア、お客はすんだ。これからは内祝《うちいわ》い[一〇]じゃ。今夜は随分酒でも飲んで、内中《うちじゅう》の者に、順《じゅん》の舞《まい》[一一]の芸づくしが所望《しょもう》じゃ」と、旦那もいい機嫌でおつしゃる事ゆへ、まづ番頭が謡《うたい》をはじめとして、手代《てだい》の治兵衛が義太夫、伝兵衛が豊後節《ぶんごぶし》[一二]を語れば、声変りのした前髪《まえがみ》[一三]が、「俄《にわか》[一四]じや〳〵」といつて、軽業《かるわざ》のさる返り[一五]、壁立《かべた》ち[一六]もおかし。下女が調子の合わぬ潮来節《いたこぶし》[一七]に、飯炊《めしたき》の三助が国風《くにふう》の踊り[一八]。此の上もないおもしろい事。旦那も大きによろこび、「どれも〳〵大あたり[一九]じゃ。したが、小僧めが何もせぬ。気にかかつて悪い。何ぞわれも芸があらふ。サア、ここへ出ろ」「イヽエ、私《わたくし》は何も知りませぬ」「ハテ、何でもわれが、ふだん言ふ事でも、ちよつとここへ出て言ふがよい。サア〳〵」と、むりに引出だせば、小僧、そこらをうろ〳〵見て、「モシ、髪結《かみいい》どのはおりやせぬか[二〇]」。

賦《ふ》は、心を一ぺんにとどめざる義なり。かるがゆへに、かぞへうた[二一]といふ。
　心をくばりはかるなり。

世話物が主で流行した。
一三　元服前の男子。
一四　即興の滑稽な寸劇。
一五　身軽に前後左右に飛び返る芸。雑芸の一。
一六　逆立ちして足の裏を壁に付け、手で歩く芸。
一七　茨城県潮来の遊女が弘め、江戸ではやった俗謡。「潮来出島の真菰の中にあやめ咲くとはしほらしや」など。
一八　出身地の民謡や踊り。
一九　見事。大成功。
二〇　町内の廻り髪結を呼込む言葉を芸と心得て披露した滑稽。
二一　物の名前を羅列し、数え上げる歌。縁語・掛詞・隠し題などの技法を伴うことが多い。

十体にいはゆる空戯《くうげ》[一]。ひたすらたはむれて、実すくなきなり。これ、万八ばなし[二]。

○にはとり　　治呂作

飼い鳥の好きな息子が、十七八な器量のよい娘をかこつて置き、毎日庭に鳥籠を置き、泉水《せんすい》におしどり[三]を放し、縁側に出て、二人《り》ながらおしどりのやうに、ひつ付いている所へ、隣の内《うち》のにはとりが、切《きり》戸口《どぐち》[四]から、めん鳥を追つかけてくる。「ハテ、いい鳥だ。どこの鳥だ」「あれはお隣のさ」「ムヽ、かしわの地ずり[五]だ」と見ている内、おんどりは娘の顔を見て、「ハテ、いい娘だの」と、心に思ふている。息子は、めんどりを見て、「見る程いいめんどりだ。こいつはほしい物だ」といへば、にはとり「トツケイコウ[六]」。

○龍《たつ》[七]　　富《ふ》存《ぞん》作

一　から騒ぎ。大いにふざけること。
二　嘘の話。ほら話。万の中に本当の話は八つしかない意から出る。
三　男女の仲のよい譬えにいわれる水鳥。
四　くぐり戸を設けた庭の小門。
五　羽毛が茶褐色の地擦りチャボ。
六　鶏の鳴き声「コケコッコウ」に「取っ換えよう」をかけた。
七　大蛇に似た形で、水に棲み空を飛び、雲や雨を起こす想像上の霊獣。

今はむかし。[八]夕立に龍がまいて、ついお屋敷のお物見《ものみ》[九]の前に落つこち、そのうち雲は晴れる。龍も上がる事はならず、倒れているゆへ、大勢の人だかり。足軽《あしがる》、棒突《ぼうつき》[一〇]、左右をかため、殿様にもお物見へ御入り、奥女中の見物。龍も折り〳〵顔をあげて見ても、雲[一一]はなし、困り切つている。お物見では、「ホンニまあ、こわいものだと思へば、落ちて見れば、そのよふにもないものでござります」と、みな〳〵煙草をのみながら御見物。その煙草の煙《けむ》が格子のそとへ出ると、龍、首をもち上げて、「嬉《うれ》しや、雲が」と立上がらふとして、「ゴホン〳〵〳〵[一二]」。

○らくやき[一三]　鶴《かく》声《せい》楼《ろう》作

「此の頃、楽焼《らくやき》の茶碗を見たが、素人《しろうと》にも器用な人があるものだ」とはなせば、負けない気のやつがいふには、「楽焼か。おれは何でもこしらへる」「ム、、そんなら、こしらへて見さつせへ」「サレバその事。あれには薬[一四]がいるから、急には出来ぬ」「そんなら、下地《したじ》[一五]でもこ

八　『今昔物語』『宇治拾遺物語』などの書出しの文言に倣った。
九　屋敷内から外部を見るために設けた窓。物見窓。
一〇　六尺棒を突いて警戒に回る番人。辻番。
一一　龍の昇天時に必要とする雲。
一二　雲と見まがう煙草の煙にむせた。
一三　手作りの土焼きの陶器。低温で焼き、多く茶碗に使用する。
一四　素焼きの陶磁器の表面に光沢を出す釉薬。
一五　加工の生地。

しらへて見せろ」と、土を取つてきて出せば、「コレ、此の土を丸めて、コウ握りこぶしをこふ入れて、茶碗が出来る。もつと大きくこしらへようと思へば、肘《ひじ》を入れる。これが茶の湯の茶碗の下地だ」「どんぶりは、どうこしらへる」「どんぶりか。それは土をうすくして、膝《ひざ》がしらへかぶせて抜けば、コレ、此の通り」「こいつはいい。そして擂鉢《すりばち》はどうする」「擂鉢か。大きく土を丸めて、尻をまくつて、こふサ。南無三《なむさん》、かたくち一になつた」。

比《ひ》は、なずらへ歌二なり。たくらべ三とも。物の物に似たるなり。
十体にいはゆる謎字《めいじ》四。なぞ〳〵のよふにいへるなり。
これ、秀句《しゆうく》五 地《じ》口落《ぐちおち》のはなし。六

○すいくわ　　吾友軒作

「これ、こなたもいつまでおらが内《うち》に、居候《いそうろう》になる気だ。羅宇《らう》のすげ替へ七に出せば、よう〳〵三十二文程八とつてくる。いつそ茄子《なすび》でも売

一 片口。一方に注ぎ口のついた取っ手のない鉢で、口の狭い器に移す時に用いる。尻だと、男性器が注ぎ口となる。
二 他の物になぞらえて詠む歌。
三 「た」は接頭語。比較。比べること。
四 「謎字はなぞ〳〵のやうにいへる也」(『誹諧埋木』)とある。
五 上手な冗談や洒落。
六 言葉の洒落や語呂合わせで落ちをつけた笑話。
七 羅宇(煙管の吸い口と火皿をつなぐ竹の管)を新たにすげかえる行商。
八 ごく少ない代金。

つたがよい」「イヱ〳〵、肩が痛くつて、天秤棒《てんびんぼう》はかつがれませぬ」「そんなら自身番[九]のわきをかりて、夜すいくわの断売《たちう》り[一〇]を始めたがよい。さいわいと、ふだん来るぼていに[一一]頼んで買出してもらひ。しかし、行灯《あんどん》の用意があるまい。赤紙《あかがみ》[一二]を買つてきたがよい」「そんなら小僧どの、買つてきて下さい」「ハテ、それが貴様の不精《ぶしよう》だから、商《あきな》ひができぬ」と叱られ、それから近所の酒屋へ行つて、「赤紙がございますか」「アイ、紙も売りますが[一三]、此の間短冊《たんざく》[一四]に売つて、赤紙は切れました」「そんなら、青い紙でもよし」と買つて、行灯を張つて居る。「コレ、赤い紙で張らねば、断売りはいかぬものじや。うす赤いすいくわでも、行灯の光で赤く見へるはさ。貴様もよく〳〵馬鹿な人だ」「インヱ、青い紙でもよしさ」「ソリヤア、なぜ」「ハテ、まるで売ります[一五]」。

九　江戸市中警備のため町内の一隅に設けた番所。
一〇　切り売り。必要なだけ裁ち切って売ること。
一一　棒手。天秤棒を担いで物を売り歩く人。「もらひ」は「もらえ」の訛り。
一二　「赤く熟した西瓜」と品質を保証し宣伝するため、行灯に貼る赤い紙。
一三　酒屋でも需要期には臨時に紙を置いたか。
一四　七夕に飾る短冊用。疱瘡のまじないにも、赤紙を用いた。
一五　西瓜まるのままなら、皮は青だから青紙でいい。

○地口《じぐち》[一]指南《しなん》所

自得庵《じとくあん》花咲翁

「アイ、お頼み申します」「どちから、おいでなされた」「ハイ、私《わたくし》は地口を稽古に参りました」「下地《したじ》[二]でも、貴様はござるかな」「アイ、ちつとづつしやれてみます。此の間、私が大屋様に婚礼があつた時、『おおやさん女房大事《にようぼうだいじ》[三]』と、ぢぐりやした[四]」「ム丶、こいつはよほどおもしろい。したが、ちと手重い[五]やうに存ずる。それも言つてみようものならば、『おおや御縁組《ごえんぐみ》[六]*』」。

○欠落《かけおち》[七]指南所

千別《ちわけ》作

「ム丶、貴様は『欠落がしたい』といふが、今の話では、正直すぎて悪い。まづ、欠落をしようと思はば、旦那の留守か、人の居ない時、なんぞ手あたり次第に取つて内《うち》を出るのを、欠落といふ」「ハテネ。それでは盗《ぬす》人になります。何も取らずに出たいものでござります」

一 広く知られた成語や諺に語呂を合わせた言葉の洒落。
二 身につけた素養。
三 真言宗開祖「高野山弘法大師」の地口。
四 しゃれを言いました。
五 おもおもしい。
六 江戸庶民の隣保組織「大屋五人組」の地口。
＊ 中巻「地口」(三二九頁)の再出。
七 駆落ち。出奔・逐電・立退きなど失踪一般をいうが、法制上は足軽以下百姓・町人などが無断で他郷に逃亡すること。
八 徒士以上の武士の失踪をいう。

「ハテさて、それでは欠落ではない。出奔《しゅっぽん》だ」[八](と言われて、びつくりして、)「エヽ、すつぽんなら、首を切られます」[九]。

興《きょう》は、たとへ歌[一〇]なり。そへうた[一一]はかくれ、たとへ歌は顕はるるなり。

十体にいはゆる鄙諺《ひげん》[一二]、いやしき詞をきらはで云へるなり。

これ、下《しも》がかりのはなし[一三]。

○午《うま》の日[一四]　花菱《かりょう》作

「けふは、王子《おうじ》さま[一五]へ参らうと思ふが、こなたは行く気はないか。海老屋《えびや》[一六]でなんぞうまいものを、おごつて来《こ》やう」と亭主がいへば、女房が、「イヽエ、わたしは王子さまは春の事[一七]にして、どふぞ顔見世《かおみせ》[一八]を見たうござります」「そんなら、そふさつせへ」と、亭主、王子さまをだしにつかつて、女郎買に行く跡《あと》へ、友だちが来て、「かみさん。うちでは[一九]どこへ」といふ。女房、「アイ、王子さまへ」「お前はなぜ、行きなさらぬ」「アイ、わたしはちと訳があつて、参りやせぬ」「ムヽ、

九　首を切って取った生血が強精剤の鼈(すっぽん)と聞き違えた。
一〇　物にたとえて詠む歌。
一一　物によそえて詠んだ歌。暗喩の歌。
一二　卑俗なことわざ、言いならわし。
一三　下卑た話。下半身に関わる性行為や性器に関した話題。
一四　十二支の午の日。稲荷の縁日で賑わう。
一五　北区の王子稲荷社。
一六　扇屋と並ぶ王子の料理屋。寛政年間に開業。
一七　来春二月の初午詣り。
一八　毎年十一月に、次の一年間出演する新しい顔ぶれによる最初の芝居。
一九　ご亭主。

けふはうまだの[一]」といへば、女房、「キツイお世話ね。十二日たちゃした[二]」。

○質《しち》物《もつ》[三]

松友亭長綱作

「この頃は銭《ぜに》もなくなる。質《しち》も置きつくした。元手《もとで》にいつそ、女房を質に置くべい」と、女房にのみこませ[四]、質屋の店へきて、「コレ、番頭。晩にはじきにうける[五]。一歩《いちぶ》貸してください」「しろもの[六]は、なんでござるな」「しろものは、かかアだ。おれもついぞ言葉の違わぬ男だ。一歩貸さつせへ。なんぼ年増《としま》でも、ものいわずだ[七]」。番頭見て、「晩にうけなさるなら、一歩貸しませう。長くおくと、利《り》より飯《めし》をくふしろものゆへ困る」といひながら、一歩貸す。その晩、間違ひなくうけて帰り、また二三日すぎて、「かかア、太儀《たいぎ》ながら、けふも質に置かれてくれ」。女房「おらアいや。きのふから、やくにな[八]つて、むしがかぶるもの[九]を」「ハテ、晩にはうける」と、むりに引きずつて行き、

一　遊女の異称。女郎買に行ったと見破った。
二　月経が済んでから。女性らしく「馬」を「月経」の意に解した。
三　質に預ける品物。質草。
四　承知させ。
五　元金と利息を払って質物を取り戻す。
六　質草の品物。
七　黙って承諾しろ。
八　月役。月経。
九　腹中がゆさぶられるように痛むこと。
一〇　この間。この前。
一一　尻をまくって見た月経帯を、継ぎと見立てて安く値をつけた。

「番頭。此中《このじゅう》[一〇]のかかアだ。見るに及ばぬ。一歩貸さつせへ」「それでも見ないでは」と、番頭が前後《まえうしろ》をあらためて見て、「これは一歩はつきませぬ」「ハテ、此中のしろものだ」「それでも、とんだ所に継《つぎ》があててある」[一一]。

○口うつし[一二]

美知丸作

「権八、どふだ。かわる事もないか。コレ、おのしも歯ばかり白くして[一三]、山犬《やまいぬ》にあつた六兵衛猿[一四]をみるやうに、つまらぬものだ」「おきやアがれ[一五]。うぬがやうに、ぢぢむさい。歯みがきといふものは、仏壇のりんとう[一六]をみがく物だと思つてゐるか。コレ、われが歯は、糞《くそ》づけの碁石[一七]をみるやうだ。大勢蜂《はち》にさされた時[一八]、われが所へ重箱を持たせて、歯くそをもらひにやるべい」「コレ、そのやうにやすく言ふな[一九]。これでも色男だ。此中《このじゅう》、向ふの娘が癪《しやく》[二〇]で目をまはした時、おれがかけ付けて、口うつしに水を飲ませたら、ぢきに気が付いてな。そふする

一二　飲食物を自分の口から相手の口へ直接移し入れること。
一三　歯を白く磨くのは、通人や気どり屋とされた。
一四　歯をむき出した様子を譬えていう語か。
一五　ばかばかしい。よせやい。江戸下町の男性が使う罵倒語。
一六　輪灯。仏前に献ずる輪形の灯具。
一七　歯糞で黄色くなった汚い歯の形容。
一八　蜂に刺された時には歯糞を塗りつけると治るとの俗説がある。
一九　見下げて。悪く。
二〇　婦人特有の胸や腹の痛み。さしこみ。

と、おふくろもよろこんで、『ほんに仕合《しやわ》せだ。コレ、おきち。どふしやうと思つた所へ、どん吉さんが口うつしに水を飲ませなさつたから、気が付いた』と、言つて聞かせたら、娘は、ぢきに、『うん』といつて」「どふした」「今度は、へどをついた[一]」。

○おや玉[二]びいき　　千里藪風《せんりのやぶかぜ》作

鰕蔵《えびぞう》[三]が一世一代《いつせいちだい》[四]暫《しばらく》[五]を見やうと、明け六つより切落《きりおと》し[六]へはいり、一番目の五立目《たて》[七]まで小便にも立たず。もふ二番目の口上[八]の始まらぬうち、ちよつと立つて二人づれ、雪隠《せつちん》へ行きてみれば、ふさがつているゆへ、「おぬしは、隣[九]うらのへでも行きやれ」とはいる。先よりこちらの雪隠に居る男、鰕蔵びゐきにて、われを忘れて、ひとりごとに、「アヽ、おや玉はきついものだ[一〇]」といふを、隣の雪隠で聞いて、うれしさのまま、「モシ〳〵、お前はおや玉びゐきでござりますか」「アイ、ひゐきとも〳〵。たいていな[一一]ひゐきではござりませぬ」と、いきばり

一　反吐。汚らしいと胃の中の物をもどした。
二　江戸人が芝居の座頭(ざがしら)、とくに市川団十郎を称していう語。
三　五世市川団十郎。寛政三年冬に鰕蔵と改名、八年に舞台を退く。
四　寛政八年十一月、都座顔見世に出演。「鰕蔵一世一代の狂言。碓井荒太郎定光にて暫」(『歌舞伎年代記』)。
五　歌舞伎十八番の一つで、豪快な荒事。
六　平土間の大衆見物席。
七　当時の芝居は、一番目の三立目から本狂言。
八　「二番目浄るりの幕に……一世一代名残の口上」(『歌舞伎年表』)。

ながら言ふ。こちらも、「アイ、わたくしも大のひゐきさ。惜しいものが引つこみます。[一二]どふぞ、もつと出しておきたいもの」「ムヽ、あのような役者はござりませぬ」と、いきみながら挨拶するうち、隣うらから連れが来て、「どうだ。まだたれて居るか。もふしらせを打つ。[一三]早く出やれ」といへば、「モシ、お連れさまかへ」「アイ、連れでござります」「あなた[一四]も、おや玉びゐきかへ」「あの男も、大《だい》ひゐきでござります」「ハテさて、お待遠《まちどう》であろう。お入れ申して、お茶でもおあげなさい[一五]」。

雅《が》は、物の成就《じようじゆ》して、調《ととの》ひたる体《てい》なり。ただごとうた[一六]なり。言雅意雅《げんがいが》あり。
意雅は治定《じじよう》[一七]なき体《てい》なり。言雅は言葉にあらはして、一句を作るなり。
十体にいはゆる俳諧詞字《はいとうしじ》[一八]、からことば[一九]の歌なり。
これ、りくつおちのはなし。[二〇]

九　裏側にある便所。
一〇　大したものだ。
一一　並の。ありきたりの。
一二　引退します。
一三　幕が開き、芝居が始まる合図の拍子木が鳴る。
一四　あの方。
一五　便所の中から、桟敷席に招き入れて接待する挨拶をした。
一六　譬喩の形をかりずに直接的表現をした歌。
一七　物事に決まりがつくこと。完結。確定。
一八　「俳諧は、詞字からことばのうた也」(『誹諧埋木』)とある。
一九　朝鮮語や中国語などの分かりにくい外国語。
二〇　よく考えて滑稽味が分かるサゲ。考え落ち。

○香の物

甲岳《こうがく》作

「今度の奉公人は、気転《きてん》のきいたやつだ。おれが年寄りゆへ、飯もやわらかに焚き、何もかも如才《じょさい》がない[一]。料理もするであらう。コレ、八助。われは、庖丁《ほうちょう》がきいてゐるか[二]」「アイ、さやうでござります」「そんなら、なをよい。イヤモウ、昼でもあらう。茶漬を食をふ。何もないなら、香のものを薄く切つて持つてこい」といへば、「畏りました」と、膳を持つてくる。「サテモ、薄く切つたは。これでは膾《なます》をうつに手間《てま》[三]はいるまい」と、箸で一ト切はさむと、十枚ほど続いてあるから、これはけしからぬ。これほどの手際《てぎわ》で切れはなれぬは、どふいふことじやと、「コレ、八助。おぬしはどの料理屋に居た」「イヽヱ、料理屋にはおりませせぬ」「そして、何屋に居た」「艾屋《もぐさや》におりました[四]」。

○腎《じん》虚《きょ》[五]

談洲楼作

一　人や物事に対して疎略でない。ぬかりがない。
二　庖丁を使う技、料理の腕前があるか。
三　膾(魚肉や野菜を細かく刻んで酢や味噌で和えた食物)を刻む。
四　灸の艾も、細い一本ずつが千切れずに繋がる。前職の習性が出た。
五　過度の房事が原因の心身衰弱症。
六　道楽儒者に似合う名。
七　貴殿。
八　拙者。自己の卑称。
九　病気。
一〇　精力の衰え切った様。腎虚の症状の形容。
一一　「お見舞下さり嬉し

「今日《こんにち》は、放蕩《ほうとう》先生[六]病気と承《うけたまわ》れば、訪《とむら》ふて遣《つか》はしましやう」「足《そつ》下《か》[七]御いでならば、不佞《ふねい》[八]も御同伴《どうはん》申そう」と、先生の方《かた》へ行きて、まづ、「御所労《ごしよろう》[九]はいかん」といへば、先生はこのほど女房を持ちて腎虚して、あごで蠅《はい》を追ひながら[一〇]、「コレハ両君子《りようくんし》。枉駕《おうが》雀躍《じやくやく》仕《つかまつ》る[一一]。まづ投轄《かつをとう》じて[一二]、寛談可哉《かんだんかならんや》」といふ。女房もそばに気の毒な顔をしていれば、二人の儒者いふよう、「先生腎虚して不善《ふぜん》をなす[一三]。誠《まこと》に疲《ひ》たる君子《くんし》[一四]となりたまふ。この人にして此の疾《やまい》あり[一五]」といへば、先生、(肩でいきをしながら、)「アヽヽ、すくないかな腎《じん》[一六]*」。

○灸《きゆう》点《てん》[一七]

花卿作

「コレ、寅松《とらまつ》。おぬしの所へ行こふと思つた。あの、おらが長屋へこの頃越して来た医者坊主[一八]めは、大きな面《つら》[一九]なやつだ。あいつをちつと、やつつけてくれべいと、おれが算段《さんだん》[二〇]をしておいた」「ハテナ、おれもそう思つてゐた。わりやアどふするつもりだ」「ヲヽサ。なんでも、

い」を大仰な漢語でいう。
一二　強いて客を引き止めること。ごゆっくりと。
一三　『大学』伝第六章の「小人閒居為二不善一」のもじり。
一四　同じく『大学』伝第三章の「有二斐君子一」(盛徳至善の君子)の「斐」を同音の「疲」とした。
一五　『論語』雍也篇の語。
一六　『論語』学而篇「巧言令色鮮矣仁」のもじり。
＊　類話→補注一
一七　灸をすえるつぼに印として墨でつける点。
一八　頭髪を剃って坊主頭をしている医者。医者を軽く見ていう言い方。
一九　威張った横柄な態度。
二〇　手段を工夫すること。

おれ次第[一]にして歩《あゆ》びやれ。マア、鉢巻《はちまき》をして[二]、おぬし、病人になれ」と、二人連れで医者の門口《かど》から、「お頼《たの》ん申しやす」といふ。「ドウレ」と言つて出、「これは何の御用」「アイ、わつちやア、この長屋の者でござりやすが、まだお近付にもなりやせぬ。こりやア私《わたし》が友達。この野郎が病ひを、どふぞおめへ様、治る薬をおくんなさいやし」「ム、、して、その病気はどふいたしたのじや」「アイ、この野郎は借銭《しやくせん》で首のまわらぬ[三]病ひさ」「ハテ、それは御難儀。ドレ、お脈を」と見て、「ハ、ア、これは薬ではいかぬ。灸をすへたがよい」「灸はどこへすゑやす」「ハテ、借銭で首がまわらぬには、横に寝て、しやうもん[四]を焼かつしやい」。

○寒《かん》国《こく》　金《きん》龍《りゆう》斎《さい》作

「コレ、こなたは国はどこじや」「アイ。わしが生れた所は、北国《ほつこく》[五]でござる」「ハテナ。いかふ寒い所ではないか」「さようでござる。江

一　おれの言う通り。

二　頭痛止めや髪の乱れを防ぐため病人が締める。

三　借金のため、どうにもやりくりがつかない状態をいう形容。実際の病状のように言った。

四　横っ腹にある灸穴の「章門」と、借金の「証文」をかけた。

五　とくに新潟・富山県などの北陸道諸国をいう。

戸などでは土用[六]のうち、冷《ひ》や水[七]を売りまするが、わしどもの国では、どこもかしこも雪だらけで、土用のうち、氷が張つてゐる辻々に、担《にな》い桶《おけ》をすへて、水売りが呼びまするにも、『汲みおき、ぬるつこい[八]のをあがれ*』」。


頌《しよう》八、いはゐ歌[九]なり。世をほめ、神に告ぐる心なり。

十体にいはゆる狂言[一〇]、偏《ひとへ》におかしきやうに述ぶる。たとへば、火を水にいひなし、また心意気の通ずる所あり。

これ、人情のはなし[一一]。

○茶わん　白《はく》鯉《り》館《かん》作

吉原の昼見世《ひるみせ》[一二]に、おいらんが、「コレ、喜助[一三]どん。アノ茶碗屋どんが来たなら、茶漬茶碗[一四]を買つてくだせへよ」「アイ。今買つてあげませう」といふうち、茶碗屋が来る。「コレ、此の茶碗はいくらだ」「二百五十でござります」「とほうもねへ。百五十にさつせへ」「とんだ事

六　暑い盛り。立秋前十八日の夏の土用をいう。
七　真鍮製の水碗一杯四文で売った冷たい砂糖水。
八　「ひやっこい汲み立て道明寺砂糖水」(『両国栞』)の売り声の逆。
*　類話→補注二
九　寿ぐ心を詠んだ歌。
一〇　ふざけた戯(ざ)れごと。おどけた冗談。
一一　人情を題材とした話。
一二　正午過ぎから午後四時頃まで張る見世。夜より閑散で遊女も退屈した。
一三　廓の若い者の通名。
一四　蓋のない御飯茶碗。

をいひなさる。どふして」「ソンナラ、六十やろう」[一]「ハテ、そのやうにちつとづつ、つけあげ[二]ずとも、もつとお買いなさい」といふを、女郎が聞いて、小声で、「コレ、喜助どん。もつと高くてもいいわな」といふ。若い者は、めまぜ[三]でうなづきながら、「そんなら、七十二文やろう」「ハテさて、おめへも吉原にいる程もない、けちな付けようをなさる」といへば、若い者も腹を立ち、「この商人《あきんど》はおかしな事をいふ。吉原者は値切らぬものか」と、はや言ひ合《や》いになるゆへ、おいらんも気の毒がつて、二階[四]へ行く。茶碗屋は荷をかついで出る拍子に、蹴つまづいて、今の茶碗も外《ほか》の茶碗も、みぢんに[五]こわれるを見て、若い者うれしがり、二階へかけ上がり、「もし、おいらん。今あの茶碗屋めが、負ければいい事を、力《りき》みまわつて[六]、あそこでころんで、あの茶漬茶碗をば、ぶちこわしました」といへば、「ほんにかへ。買わねへでよかつたのふ[七]」。

一　百六十文に付けよう。
二　値段を段々高くつり上げること。
三　目で知らせること。目くばせ。
四　部屋持ちの遊女は、二階に居室がある。
五　微塵に。こなごなに。
六　ひどくいきり立って。
七　自分が買っても、すぐ壊れると思って。

○折《おり》句《く》[8] 京吉作

「モシ、おいらん。此の間は[9]狂歌より又、折句がはやりやす。おまへさんも考へてごろうじませ」「ソリヤア、どふしていいんすのだへ」「まづ、題は、ミソカといふ題なれば、『箕輪《みのわ》[10]からそつと配りしかしわ餅』といふようなものでござります。上《かみ》の五文字《いつもじ》へ、みの字をおき、中《なか》の七文字《ななもじ》に、その字をおき、下《しも》の五文字《ごもじ》に、かの字をすゑて、十七文字の句の心が御合点《ごがてん》がまいりますか」「アイ、知れんした」と、小首をかたむけ、みそか、みそかと考へ、「ヱヽ、どふもみそかは、できんせん[11]」といふ。そばに、番頭新造《ばんとうしんぞう》[12]が居て、「モシ、おいらん。みそかが出来ずば、十四日[13]にしておもらひなんし」。

○山科屋《やましなや》[14] 談洲楼作

ある所の息子、女郎を請けだして囲つて置く所に困り、中宿《なかやど》[15]の亭主

八 和歌・俳句などで、題の言葉の一文字ずつを句の頭において詠むこと。

九 この頃は。

一〇 台東区三の輪。吉原の近郊で、妓楼の寮などが多かった。男子を生んだ遊女の節句配りの句。

一一 「みそか」の題の折句が作れぬ意。月末の支払いが出来ぬ意に通ずる。

一二 花魁に付いて身の回りや外部との応待などの世話をする古参の新造。

一三 次の支払い期、半年後の盆前の七月十四日。

一四 『仮名手本忠臣蔵』九段目「山科閑居の場」に因んだ屋号。

一五 廓遊びの際、着替えや連絡に使った茶屋。

に相談すれば、「丁度よい所がござります。高輪《たかなわ》の開帳《かいちよう》[一]に、山科屋と云ふ茶屋を出した家《いえ》を、直《ね》がよくば売りたいといふ沙汰」「それは耳より。親父や番頭に知れては悪いから、世をしのぶかくれ里《さと》。風雅《ふうが》でもなく洒落《しやれ》でもなく、仕様事《しようこと》なしの山科屋[二]へ尋ねて行かふ」と連立ち、「まふ此処《ここ》かへ」と内《うち》にいり、先の亭主にも近付になり、家の様子を見れば丁寧な普請《ふしん》。雨戸に合栓合枢《あいせんあいくろろ》[三]、盗人《ぬすと》の用心はよしと、だん〳〵座敷へ通れば、縁側の雨戸障子《しようじ》ばた〳〵〳〵。「コレハどふしたことじや」といへば、亭主「イヤ、これは大雪《ゆき》の節《せつ》、お客人《きやくじん》が酔《え》ひまぎれに、前栽《せんざい》の雪もつ竹を、鴨居《かもい》にあてての[四]いたづら。それから内法《うちのり》が悪くなりました。此の造作《ぞうさく》は、あなたでなされませ」「ヨシ〳〵。九段目の茶番《ちやばん》[五]だな。そんなら一つ、ここで飲みたい」「ハイ。只今では料理もやすんで、諸道具もだん〳〵売りました。マア、御酒《ごしゆ》ばかりでも」と盃を、塗り三方《さんぼう》も縁《ふち》の離れ[六]かかつたを出す。息子「こいつは、いきだ。これでは奥庭には、五輪《ごりん》のかたち二つまで、といふ心持で、雪見《ゆきみ》

一 寛政八年二月、芝高輪泉岳寺での開帳。「釈迦八相曼荼羅開帳、義士の遺物を見せしむ」(『増訂武江年表』)とある。
二 浄瑠璃『仮名手本忠臣蔵』九段目の出だしの文言。以下、随所に「九段目」の詞章を使う。
三 戸の間に挿しこんで戸締りをするもの。
四 「前栽の雪持つ竹、雨戸を外す我が工夫……しはりし竹を引廻して鴨居にはめ」の文句を使用。
五 鬢や衣装を付け、芝居をもじった滑稽な演芸。
六 「破れ三方の扶持放れ」をもじる。
七 御影石製の手水鉢。
八 「未前を察して奥庭

形《がた》の灯籠か御影《みかげ》のつくばいがあらふ[七]」と、未前《みぜん》を察して障子を開けば[八]、思ひの外、石の七《しち》りんが[九]一つ。「これはどふじや」といへば、亭主「イヤモシ、五りんが二つなれば十《じゅう》りんなれど、雪見形もみな売りはらひ、やう〳〵七りん一つでござります」「ヲヽ、承知〳〵。貴様も、なり行く果てをあらはしたな。シテ、此の家の直段《ねだん》は」「ハイ、四十七両[一〇]になれば、本望《ほんもう》でござります」「ムヽ、七段目なれば、三十両になるやならずの家[一一]なれども、九段目だけに、四十七両に買いましやう」「さやうならば、とりきめの証文《しょうもん》を」(といふ所へ番頭がたづねて来て、門口から、)「御無用《ごむよう》[一二]」。

右、おほけなき[一三]和歌の六義《りくぎ》[一四]によせて、根《ね》もなきはなしの一《ひと》もとに、繁る枝葉をあらはす事、浅猿《あさまし》[一五]といふ人あらば、「春のはやしの東風《とうふう》にうごき、秋の虫の北露《ほくろ》に鳴くも、みな和歌の姿ならずや」[一六]と、高砂《たかさご》の謡《うたい》をうたはん。こや[一七]、四海波《しかいなみ》のしづかなる御代《みよ》のおおんしるし[一八]、四方《よも》の好士《こうし》[一九]の考へたまふ落ばなしのはじまり〳〵。

の障子さらりと引明れば雪を束ねて石塔の五輪の形を二つ迄」。
九　土製のこん炉。七厘。
一〇　四十七士に因む値段。
一一　七段目の「勘平殿は三十に成るやならずに」のおかるのせりふに依る。
一二　必要ない。虚無僧に施しを断る時の慣用語。「九段目」で虚無僧姿の加古川本蔵が門口で尺八を吹くと、再三「御無用」といわれたのを利かせた。
一三　恐れ多い。
一四　原本「六儀」。
一五　意外で興ざめ。不快。
一六　謡曲『高砂』の詞章。
一七　これこそ。
一八　同様『高砂』の詞章。
一九　風流の道に志す人。

○天《てん》王《のう》様[一]

壊戎作

むかし〳〵、ある人の夢に、所は出雲《いずも》の大社《おおやしろ》で神たち集まり、浮世《うきよ》咄《ばなし》[二]に、神田《かんだ》の明神様[三]と天王様が女郎買に行かれて、明神様のおつしやるには、「さて〳〵、おれはちよつと行くにも、『新造《しんぞう》を七人[四]あげろ』といふには、あやまる。[五]その上聞けば、女郎にいやがられるものを、かみ[六]といふげな。おいらは神《かみ》でも、かみがられる筋《すじ》[七]はないはづだ。天王子《し》、貴君《きくん》はどふだ」「イヤ、どふして知るやら、じきに女郎めらは、見てとります。わしをも、天王といふ事は存じておるかして、此の間帰る時、背中をたたいて」「なんと申した」「『ぬしは、ヨイ〳〵だ[八]』と[*]」。

○一人《り》もの

森陰作

「弁八《べんぱち》。幾《いく》太郎はどふした」「ム丶、あれは十三間道《げんみち》の糸屋[九]の裏に

一 浅草天王町大円寺の厄除け神の牛頭天王。又汚い身なりで「わいわい天王」と囃し牛頭天王の紙札を撒いて銭を乞う者。
二 世間話。
三 江戸総鎮守神田明神。祭神は大已貴命と平将門。
四 六人の影武者を持つという七人将門に因む。
五 閉口する。困る。
六 江戸神。江戸市中に住み、遊客を取巻き、祝儀をもらう幇間の一種。
七 うるさがられる理由。
八 汚い身なりの物乞い「わいわい天王」を見て、何の利益ももたらさない「よいよい客」といった。
＊ 類話→補注三
九 箏の琴の十三弦に因

ゐる」「ハテナ。あいつも、仕事をさせても商《あきな》ひをしても、爪《つめ》のなが[一〇]い野郎だ」「サレバサ。此の頃は商ひも仕事もやめて、爪の長い重《ちょう》宝《ほう》[一一]には、琴を習ふそふだ」「ナニ、嘘ばかり」「嘘じやアねへ。此中《このじゅう》のぞいて見たら、内にたつた一人、アノナ、ケロリカン[一二]」。

○女郎買　　礒名作

「コレ、おれは此の頃、新町河岸《しんちょうがし》[一三]のだるま屋といふ内《うち》へ行く。てめへも一ト晩、付きやつてくれ」「ヲヽ、行くべい。なんといふ女郎だ」「あしのは[一四]といふ女郎よ」「さぞ、手のあるやつだろふ[一五]」「ナニサ、だるま屋の内に、手のある女郎はない。おれも今は悟りをひらいたから、むづかしいこともいはず、ただ、もち遊び[一六]に買うばかりだが、真実《しんじつ》づ[一七]くになつたから、尻のしまひまで[一八]見とどける気だ」といふ。「もち遊びもすさまじい。おきやアがれ[一九]」。

んだ道路名と商売。
一〇　爪を引っかけて取る意から、欲が深いこと。
一一　好都合。利便。
一二　ぼんやりしているさま。琴の音の「コロリンシャン」に利かせた。
一三　江戸町二から京町二(新町)に至る、俗称羅生門河岸。下等な切見世が並ぶ。
一四　葦の葉に乗った達磨の図に因んだ源氏名。
一五　手練手管に長じた。
一六　慰み。おもちゃ。
一七　真心をこめて接する。
一八　最後の最後まで。
一九　「よしにしろ」の流行語と、起上り小法師をかけた。

○虎の絵

杉箸亭坪平作

「おらが長屋の画師《えし》めは、おれが狆《ちん》[一]を飼つて置けば、むしやうにほめる。毎日菓子を持つてくるから、『おめへ、狆がお好きだね』といつたら、『きつい好きだ』といふから、一番いい子を一疋《いっぴき》やつたら、虚空《こくう》[二]にうれしがつて持つていつた。聞かつせへ。ふてへ奴《やっ》だ。育てて三分《ぶ》[三]に売つてやつたげな。そこでおれも業腹《ごうはら》[四]だから、『絵をかいて下さい』といつたら、掛物に虎をかいてくれた。お屋敷へ、おれも売らふと思つて出したら、『あんまりさびしい。もそつと竹[五]でもかき入れてもらへ』といわれたから、また絵師にたのんで、『この虎の上へ、竹でもかいてくんなさい』といつたら、絵師がいふ事にやア、『やつぱりここは、あけておきなさい。もし、賛《さん》[六]をせうといふ者があらふもしれねえ』とぬかした。あつかましい。又子をもらをふと[七]思つて」。

一　中国原産の愛玩用の小型犬で飼育が流行した。
二　やたらと。大へんに。
三　一両の四分の三。
四　癪にさわる。
五　画題で、虎の絵には付きものの竹。
六　画に添えて書く詩歌文。画賛。
七　賛を「産」と誤解。
八　遊里で何日もそのまま帰らずに遊び続ける事。
九　吉原遊廓の中央を貫く街並みで、客を妓楼へ案内する茶屋が多い。
一〇　茶屋の名。客は金を持たずに遊び、入費は茶屋に立替えさせる。
一一　上総屋の主人新二郎。
一二　上総屋の向い側、江

○下戸の居つづけ[八]　　菊人作

居続けに、酒は飲まず、茶を煎じさせて、なんぞ菓子を仲《なか》の町《ちよう》[九]から取りよせて食をふと、禿《かむろ》を呼び、「コレ、まつのや。てめへ、ちよつと上総屋《かずさや》[一〇]へ行つてな、新治《しんじ》[一一]に、『竹村《たけむら》[一二]から羊羹《ようかん》を二タ棹[一三]ばかり持たせてこい』といつてくれ」といへば、かむろ「オヤ、けしからねへ。長《なが》持《もち》でかへ」。

○なめし[一四]　　角子作

北野《きたの》の開帳《かいちよう》[一五]について、浅草へ茶屋を出して、銭もふけをせうと考へた所が、十二文茶漬[一六]でもなし、また女川《めがわ》なめし[一七]、鶯《うぐいす》なめし[一八]といふもある。いつそ、聞きに北野のほととぎす菜飯《なめし》[一九]がよからふと、見世《みせ》を出した。大きにはやつたが、どふいふことか、モウ見世をしまつたゆへ、友達が来て、「コレ、あのよふに売れて、モウ見世をしまふとは、ど

戸町二の菓子屋竹村伊勢。
一三　羊羹など棹物菓子の数え方。また箪笥長持類を数える時にも用いる。
一四　菜飯。青菜を刻んで炊きまぜて味をつけた飯。
一五　京都北野天満宮の真作神体、寛政八年六月から六十日間浅草で開帳。
一六　一杯十二文の茶漬飯。「伝通院前の辰巳屋が始め」(『増訂武江年表』)。
一七　近江国の目川が元祖。浅草雷門前広小路にあった菜飯屋。一膳十二文。
一八　鶯菜(小松菜)を細かに刻んで味を付けた飯。
一九　北野天神で小式部内侍が詠んだ「鳴け聞かう聞きに北野の時鳥」の伝説に因んでの時鳥菜飯。

ふしたものだ。そして、ほととぎす菜飯の評判もよかつた」といへば、「サレバさ。てつぺんからかけ[一]になつた」。

○端午《たんご》[二]　　旭堂鳥欣作

今年は初《はつ》の節句《せつく》だが、幟《のぼり》も金太郎や鍾馗《しようき》はふるいから、ちつとひねつて、左右の幟を、業平《なりひら》と二条《にじよう》の后《きさき》にして、真中を芥川《あくた》[三]、上がり兜《かぶと》[四]の所を薬玉《くすだま》[五]、菖蒲刀《しようぶがたな》は真《しん》の御太刀《みたち》[六]、かぶと人形は源氏《げんじ》蓬生《よもぎゆう》の所[七]を飾り、近所の狂歌詠みを呼んで、酒盛りの場へ、出入りの魚屋が来て、「モシ、旦那。おつりきな[八]思ひ付きでござりやす。これでとても事に、女のお子ならば[九]」。

○旅《たび》　僧《そう》　　米長作

田舎寺の和尚様が、江戸へ用があつてござると聞き、村中のあつらへ物。「おれには、下村《しもむら》[一〇]でおしろいと油を買つて下され」「わしには、

一　始めから掛け売りで現金が入らずに店じまい。時鳥の鳴声「てっぺんかけたか」を利かす。
二　五月五日の男の節句。
三　摂津国(大阪府)の歌枕。在原業平が二条の后を連れ出した『伊勢物語』第六段で名高い。
四　紙製の飾り兜。
五　柱に掛けた邪気払い。芥川の段「白玉か何ぞと人の問ひし時」の歌の縁。
六　「弓、胡籙を負ひ」をうけて、本物の太刀。
七　端午の節句の魔よけに刈取る蓬に因んで。
八　気の利いた。
九　女子なら端午の節句は行わない。「鬼一口」の説話をひねった趣向の

浴衣地《ゆかたじ》を越後屋《えちごや》[一一]で買つて下され」といろ〳〵の頼み。和尚も、浅草辺《へん》の寺に心安いがあるゆへ、それに逗留《とうりゆう》して、久しぶりの江戸見物。今日は日本橋辺まで行き、ついでに下村を聞けば、両替町《りようがえちよう》[一二]といふ。まづ、おしろい、油をととのへ、駿河町《するがちよう》[一三]へかかれば、三井《みつい》の見世《みせ》[一四]で、「なんでござります。これへお上がり〳〵」といふ。ほんに浴衣も頼まれたと、見世へ上がれば、手代が、「何を上げます」といふゆへ、「イヤ、わしは浴衣地が望みじや」「ハイ。コリヤ茂三郎よ。その鼠小紋[一五]の浴衣を持《も》てこい」「アヽイ」と持つてくる。和尚「イヤ、もつと派手《はで》なのを」「ハイ。それ、花色の中形《ちゆうがた》[一六]の金巾《かなきん》[一七]を持てこい」「ハアヽイヽ」と持つてくる。「これも気に入らぬ。モシ、これはわしが着るのではない。もちつと地がようて、伊達《だて》[一八]な物が望みじや」といへば、手代、大声にて、「コレ、晒《さらし》の縞《しま》[一九]を持てこい」といへば、和尚きもをつぶし、「イヤ、おいとま申します[二〇]」。

飾り方に対応した挨拶。

一〇　白粉・紅問屋で名高い下村小左衛門の店。

一一　江戸第一の呉服店。

一二　中央区日本橋本石町二。金座後藤があった。

一三　中央区日本橋室町一・二丁目。

一四　創業者三井八郎右衛門の越後屋のこと。客の呼び込みを行った。

一五　地が鼠色の小紋染め。地味で不断着用。

一六　浴衣地。

一七　細かく織った薄地布。

一八　華美な。粋な。

一九　漂白した木綿の縞柄。

二〇　女犯破戒僧は日本橋詰に晒されるか、島流しの刑になるので、「晒の縞」と聞き逃出した。

○雷《かみなり》ぎらひ　　千林亭万善作

「そりや又ひかつた。今度は大きく鳴るであらふ」と、亭主は戸棚へはいり、戸を引立てて息《いき》をころして、心のうちで、観音《かんのん》[一]を念じている。女房は思ひの外、何《なん》とも思はず、四《よ》つばかりな子を抱いてゐる内、鳴りもやみ、雲も晴れれば、「モシ、もふ出てもよふござりやす」と、戸をあければ、亭主はい出、「さて〱、大きに窮屈な目をした。たかが知れた事だと思ひながら、どふもこわくてならぬ」といふを、小さい子が、「コレ、かかさん。とつさんはの、雷様ンにも、アノ借《かり》があるか」[二*]。

○道行《みちゆき》[三]ばなし　　晋《しん》象《ぞう》作

今はむかし。夜ばなし[四]のなかに、一人ㇼ、嘘をいふやつがすすみ出で、「コレ、けふ、とほうもないものを見た。馬喰丁《ばくろちょう》[五]を通つたら、井

一　雷除けの功力を説く観音経。又は観世音菩薩。
二　節季の支払い時に、掛取りを恐れて戸棚に隠れていたので。
＊　中巻「戸棚」(一四二頁)の脚色話。
三　軍記物や謡曲・浄瑠璃などで、辿り行く道筋の地名や旅情・光景をよみ込んだ美文。
四　娯楽のため、夜間寄合ってする雑談。
五　中央区日本橋の地名。旅人宿が多くあった。

戸端《ばた》に米をといで、五十ばかりな男がいた。こごんでゐるゆへ、尻のほうから見ると、褌《ふんどし》がたるんで、きん玉がぶら〳〵している。道通りの者が見て、『あの人は、褌を上げるとも、きん玉を下げるともすればいい』と、笑いながら見ている中に、一人リ、きつと眺[六]めていたが、やがてそばにあつた竹を拾つて、きん玉をくらはせ[七]たら、その男は、『うん』といつて倒れる。コレハ〳〵と、皆々肝《きも》をつぶすうち、見付《みつけ》[八]前のゐんま屋[九]の見世《みせ》へかけ上がつて、絵馬《えま》[一〇]を取つて、そこら中まきちらし、絵《え》の具《ぐ》皿をふみくだき、胡粉《ごふん》[一一]の擂鉢《すりばち》を亭主の頭へかぶせ、すぐに向ふの人形見世へ上がる。達磨《だるま》をはり落し、人形を両方の手に持つてかけ出し、御所《ごしょ》おこし[一二]の見世へ放りこんで、すぐにおこしをつかんで、食ひながらかけて行くみちに、そば屋で、亀のこ笊《ざる》[一三]に箸《はし》が山ほど干してあつたを[一四]、足でひよいと蹴《け》て、唐辛子《とうがらし》屋の見世へかけこんで、唐辛子を引つつかんでほうばつたが、辛《から》いかして、手に持つたを亭主の目へ振りかけ、餅屋の見世のどらやき[一五]をつかみ食ひながらかけ出し

六　鋭い目付きで。
七　叩く。なぐりつける。
八　江戸三十六見付の一つの浅草見付。
九　絵馬屋。浅草御門外では、日高屋が有名。また人形店も多い。
一〇　祈願や報謝のために、馬の絵などを書いて社寺に奉納する額。
一一　貝殻を焼いて造った白い粉。絵の具に用いる。
一二　浅草御蔵前旅籠町の玉屋伊織で売ったおこし。
一三　底が丸く口が広くて、全体が亀の甲に似た笊。
一四　当時は割箸を乾かしては何度も使用した。
一五　銅鑼焼。和菓子の一。

て、海苔《のり》屋の見世にこしらいてゐる一枚を取つて、半分口へほうばり、半分ではなをかみ、雷門《かみなりもん》へ来て、口にほうばつた海苔を、ふつと吹きつけ一、柿売りの天秤棒《てんびんぼう》を引つたくつて、胴背《どうぜ》中《なか》をくらはせ、たるぬき二をかぎりながら、大川橋三へかけて来ると、渡銭場《とせんば》で、ざる四を出したを、ひつたくつて、そのざるで頭をくらはせ、さつま芋の大きながあつたを、両方の袂へ入れて、橋をかけて行くと思つたが、真中から、ぽんと飛びこんだ」。大勢「そりやアマア、なんだ」「気ちがひ」。

○ばか五売　　如仙《じよせん》作

年の頃二十二三な野郎が、丸額《まるびたい》六で顔は面長《おもなが》、鼻の下が長く七つて、ゆきの短い着物を着て、水ばなを垂らし、「大ばかヱ、〳〵」と売つてくる。「アレ、見やれ。ほんに『大ばか〳〵』といふが、あいつがつらが、ばかの看板だ」と笑ひながら、「ばかを買つて食をふ。コレ、ばかヤイ〳〵」と呼べど、行き過ぎる。大声上げ、「ヤイ、大ばか。

一　仁王の力紙同様に。
二　渋を抜いた甘い柿。
三　墨田区と台東区浅草を結ぶ隅田川に架かった吾妻橋の別称。
四　橋番が橋の渡し賃として二文を徴集する容器。
五　馬鹿貝。殻から舌状の赤い足を出す形が、馬鹿者が舌を出している様子に似たので名が付いた。あおやぎともいい、食用になる。
六　前髪の生え際を丸く剃った額。
七　愚か者、好色者の形容。

ヤイ、大ばかやろう。コレ、買つてやろう。ばかヤイ〳〵」といへば、やう〳〵と聞き付けて、のら〳〵[八]戻り、「ばかは、おめへかへ」「ムヽ、おれだ」。

○かがみとぎ[九]　仲澄作

吉原の女郎屋で、昼見世《ひるみせ》[一〇]すぎ、鏡とぎを呼んで、とがせてゐる。うしろから新造《しんぞう》[一一]大勢、のぞいて見ていて、「コレ、鏡とぎどん。その光る物はなんだへ」「コレハみづかね[一二]」「ホンニ、かんざしをとぐにも、ようおつしやう。[一三]コレ、こんたは、[一四]国[一五]はどこだ」「アイ。わしが国は加賀」「ヲヤ、遠くだねへ」(と、いふ。そばにかむろが、)「モウ日が暮れるはな。早く帰《けえ》らつせへ[一六]よ」。

○おもいつき　五十三次作

「『なんぞいい思ひ付きをして、銭もふけをしたいものじや』と、

八　のろのろと。
九　鏡の表面を磨く職人。根気がいる仕事なので、農閑期出かせぎの加賀(石川県)人が多かった。
一〇　正午から四時頃まで遊女が張見世に並ぶこと。遊客も少なく閑散。
一一　年若い見習い女郎。太夫付きの妹女郎。
一二　水銀。砥の粉にまぜて磨く。
一三　遊里語。「ある」の丁寧語。ございましょう。
一四　此方の転。あなた。
一五　生国。出身地。
一六　廓育ちで世間知らずの禿は、加賀から毎日商いに来ていると思った。

わしが心安い見世物師がいひます。お前、何ぞ案じてくんなさい」「それは近い頃、開帳《かいちょう》にも、扇合《おうぎあわせ》[一]の、美人合《びじんあわせ》のといふ奉納があるから、あれから思ひ付いたら、まづ、毛抜き一式の細工もので、毛抜合《けぬきあわせ》[二]。その次へ、摺鉢《すりばち》の富士山、かぶと鉢《ばち》[三]や火鉢の作り物が鉢合《はちあわせ》[四]、畳《たたみ》でこしらへたが敷合《しきあわせ》[五]といふ物。こいつはどふだろう」「ハイ。そんな事で、もふかりましやうかな」「ハテ、もふからぬ時は、ぶしあわせサ[六]」。

○馬のす[七]　　部屋住作

今から岡釣[八]にでも行かふと、釣道具を出してみれば、針の結び目から鼠めが食ひきつた。どふぞ馬のすが欲しい[九]と、たづぬる所へ、いなか馬が通る。これさいわいと、あとから尻尾《しつぽ》を二三本引つこぬく。友達が見ていて、「コレ、てめへもとんだ事をする男だ。馬の尻尾をぬくといふ事があるものか」「ムヽ、馬の尻尾をぬけば、どふする」「どふする所か、とんだ事だ」といはれ、もふ釣りに行く気もなく、「コ

一 宮廷で古く行われた合せ物(同種類の物を出し合い優劣を競う遊戯)の一。趣向を凝らした扇面を出し合って、判者がその優劣を判定する。
二 毛抜の頭を合せたようにぴったりと合せる事。又そうした布の縫い方。
三 富士山型をした摺鉢や兜の鉢に似た大形で深いどんぶり鉢。
四 鉢の合せ物。出会いがしらにぶつかる意。
五 畳などの合せ目の意もある。
六 損の時は不仕合せ。
七 「うまのす　馬の尾の毛なり」(『俚言集覧』)とある。

レ、どふぞその訳を言つて聞かせてくれ。一升買うは」「一升買うなら、言つて聞かせう」と、酒を取りよせ、まづ二三ばい飲む。「コレサ、気が落ちつかぬ。どふいふ訳だ」といへば、「そんなら言はふ。大事のことだ。馬の尻尾をぬくと、馬がいたがる」*。

○提《ちよう》灯《ちん》　　緑青人作

「アノ浅草の開帳に一〇、吉原の女郎が、立派な提灯一一をあげるが、昼のうちばかり吊るして、夜になると仕舞《しま》ふ。マア、肝心のあかりの役に立たぬもの。ほんの見得《みえ》一二ばかりか、ただしは、蠟燭の簡略《かんりやく》一三でござらふ」「ハテさて、女郎は提灯を上げれば、もふそれで済《す》む事じや」「それはなぜ」「客衆《きやくしゆ》にとぼさせます」一四。

○饅《まん》頭《じゆう》　　東南西北平作

「あいつは下戸《げこ》のくせに、饅頭を見ると、『こわい〱』とぬかす。

八　舟からではなく、陸上からの魚釣り。
九　釣り糸代用に。
*　落語「馬のす」の原話。中巻「馬尾」(三〇二頁)の再出話。
一〇　寛政八年六月からの北野天満宮の開帳。
一一　奉納提灯。自分の居所・名前・家紋を描いた提灯を、宣伝も兼ねて寺社へ奉納した。
一二　体裁や宣伝。
一三　節約。
一四　灯りを付ける意と性行為の「とぼす」の両意。

なんでも空店《あきだな》[一]へ入れておいて、一ト蒸籠《せいろう》[二]買つてきて、饅頭ぜめにしてやろふ」と、友だちが言い合せ、引きずつて空店へ入れ、戸の間《あい》から饅頭をやたらに投げこめば、「ア、、こわい、おそろしい」と騒ぎしが、のちには音もやみける。「コレサ。あんまり皆が、饅頭ぜめにしたゆへ、大方目をまはしたであろふ」と、戸を明けて内へ入り見れば、五十ほどの饅頭を、たつた一つか二つ、前へ残しおき、つくねんとし[三]ている。「べらぼうめ[四]は、『饅頭がこわい〱』とぬかして、みんな食らつてしまつた。人をばかにした」といへば、につこりとして、「ア、、いい茶が一ッ杯こわい[*]」。

○ふぐ汁　　　蓬雨作

「コレ、おれは此中《このじゆう》、吉原の鉄砲見世《てつぽうみせ》[五]へ行つて、ふぐ汁を食つて、酒をでつちり[六]飲んだ。あつたまつていいよ」といへば、「めつたに[七]食つて、ころりと死ぬな。食らひ物で死ぬとはあんまりだ」と友達が意

一　人の住んでいない家。
二　蕎麦や蒸し菓子などを入れて運ぶ器一杯分。
三　何もせずにぼんやりしている様。
四　とんでもないやつ。ばか野郎。罵倒語。
＊　落語「饅頭こわい」の原話。類話↓補注四
五　廓内の東西の河岸に並んだ最下級の女郎屋。「一つ放ちに行く」から名がある。切り見世。
六　どっさり。沢山。
七　むやみに。

見。そばにゐる年寄が、「しかし、若いうちは、ふぐも食つてみるがよい。まづ一体、てう[八]が毒だ」「ム丶、そんなら[九]、今度から岡場《おかば》所《しよ》[一〇]で食をふ」。

○禿《かぶろ》の咄《はなし》　道頼作

吉原の禿寄り合い、はなしをするを聞けば、「コレ、まつのどん。アノ、おいらの里空《りくう》[一一]さんは、死なしつたとよ」「ほんにか。先月《せんげつ》来さしつて、そのまんまだの」「そふさ。おいらんでも今聞かしつて、泣いていなんす。アノいいきぜん[一二]な、いい男だがの。かわいそふな事をしたの」「ヱ丶、此の人は。かわいそふだといはないものだ」「なぜ」「とりつく[一三]とよ」。

○どらむすこ[一四]　柳和作

「若い時はある事じやと用捨《ようしや》[一五]しておけば、方図《ほうず》がない[一六]」と、表の小《こ》

八　猛毒を持つ鰒の卵巣の俗称。
九　五丁町（吉原のこと）の略称「丁」と混同して。
一〇　官許の吉原以外の私娼地。
一一　客の俳名。当時、通人仲間では俳名を付けるのが流行した。
一二　気前。気だて。性質。
一三　あまり死を惜しむと、亡霊が頼って取り憑くと恐れた。
一四　怠け者で素行の悪い息子。道楽息子。
一五　容赦。大目に見る。
一六　際限がない。

座敷《ざしき》[一]へ追いこみ、次の間《ま》に親父が居るゆへ、夜でも昼でも外出《そとで》のならぬゆへ、息子も困りはて、表の格子から通りを見てゐる所へ、草履《ぞうり》取《とり》の友助がのぞいて、「若旦那。さぞ御窮屈でござりませふ」「ヲヽ、友助か。察してくりやれ。どふぞ今夜は、抜けて出る工面《くめん》はあるまいか」「ハイ。ゆふべ、おいらんからも文《ふみ》[二]が参りました。これを御覧《ごらん》。何かの事は、私《わたくし》が今晩四つすぎ[三]に、咳《せき》ばらひをいたします。此の格子のこ[四]を一本、抜いておきますから、そつと抜けておいでなされませ」といひふくめ、時刻になれば、くだんの格子のこを一本抜きて咳ばらひ。息子はよろこび、首をさし出し、からだは半分出かかり、帯が引つかかり、腰をいため、やう〳〵さかさまに落つこちるを、友助、いだき起こし、「お怪我《けが》はござりませぬか」といへば、息子、「さて〳〵、苦しいものだ。やつと出た。これを思へば、おらがお袋《ふくろ》は、おれをよく産んだぞ」[*]。

一 狭い座敷。また、母屋から続けて外へ建て出した部屋をいう。
二 遊女から客へ出す誘いや無心を書いた手紙。
三 午後十時頃。
四 格子の桟。障子の骨。
＊ 類話→補注五
五 日本橋南詰の四日市で、年末に三河万歳の太夫が、相方の才蔵志望者を選んで雇い入れた契約の場をいう。
六 遊所や料亭に集団でくり込んだ客。

○才《さい》蔵《ぞう》市《いち》[五]　　事足作

年忘れの大一座《おおいちざ》[六]のはなしに、「なんと、今年のみそかには、才蔵市を見に行かふ」といへば、女郎が、「モシ、才蔵市とは、座頭《ざとう》さんの事[七]でおすか[八]」「イヤ、万歳《まんざい》[九]の才蔵[一〇]の事さ。アノ万歳は三河《みかわ》から来る。才蔵は上総《かずさ》、房州《ぼうしゅう》の者が多い。それが四日市《よっかいち》へ大晦日《みそか》の晩に、いくらも並んでゐると、万歳の太夫《たゆう》どのが、才蔵におかしい事をしやべらして、よいのを見立てて[一一]抱《かか》へるといふ事じや」「そんなら、才蔵を大晦日に見立てるのだね。ヲヤ〳〵、そのお茶をひいた[一二]才蔵どんは、どふしんす」。

○北野《きたの》のほととぎす　　喜丸作

北野天満宮《てんまんぐう》、浅草にて開帳につき、鳴け聞こふといわれし[一三]時鳥《ほととぎす》も、御供《おとも》に参りしが、境内の鶏《にわとり》あまた、いづれも江戸生まれのなんかん[一四]な

七　座頭の名前には沢市など、多く「市」が付く。
八　遊里語。ございます。「ある」の丁寧語。
九　正月の祝いに、太夫と才蔵で滑稽な掛合をする門付芸能。
一〇　滑稽役をつとめる、万歳の太夫の相方。
一一　見て選定すること。とくに遊里で張見世に並ぶ女郎を選び定めること。
一二　遊女や芸妓に客が付かず、売れ残ること。
一三　北野天満宮で小式部内侍が「鳴け聞かう聞きに北野の時鳥」と詠んだ伝説に因む。
一四　生意気、変り者の意の「なんか」の訛り。

れば、はりこみをくわせて一、心安くならず。時鳥も、両国あたりを飛んで歩いて帰る道に、八幡山《やわたやま》に住みける鳩に二あひ、「これは久しや。こなさんは、どこにいさんす」。はと「おれは五六年前、屋敷へ飼はれ、それから浅草の寺内《じない》へはなされた。三今はもふ江戸もの四になつたぞへ」「ム、、そんなら、こなん五に頼むことがある。寺内の鶏衆《にわとりしゅ》に近付にしてくだんせ。振舞い六は何程でもよい」。はと「何さ。物のいらぬやうに、一升引つさげて行けばよい」「一升ぐらゐならやすい事じやが、今日は持ち合せがない。こなん、買ひつけの所で買ふて給《た》も」。はと「そんなら早くいへばよいに。ここは並木《なみき》七、おれが取りつけの所は行きすぎた」「取りつけの所はどこじや」。はと「おれが取りつけの所は、ざん町《まち》八」。

○塩　　下道作

女郎屋へ出入りの魚屋、「コレ、料理番さん。今日は鯛となま貝を

一　どなりつけて。
二　山城の石清水八幡宮から江戸大護院の八幡宮(現在の蔵前神社)に移り住んだ。
三　供養のための放ち鳥。
四　きっすいの江戸人。
五　「こなさん」の転。本来遊女語で、あなた。
六　饗応。顔つなぎの馳走代。
七　浅草並木。台東区雷門一丁目。
八　残町。鳥越二丁目の寿松院北門前の町。残米町の意で雑穀業者が多く、こぼれ米を鳩が常時食べつけの場所。
九　腐食を防ぐ保存用に。

置きやしたが、あいなめと鯵《あじ》はどふだね」「イヤ、小ざかなは此の暑いには悪くなるから、マア、それで置こふ」「そんならよし。ちつと塩をくんなさい。九 水をかへて行かふ」と塩をもらひ、「塩といふやつが無くつてはならぬもの。アノまた、どこの商売屋にも、神棚に塩が上げて一〇あるが、どふいふ縁起《えんぎ》一一だやら。おめへは知つているか」「アレハ客衆に、つとめ一二をさがら一三せねへため」。

○山《さん》門《もん》一四　　治呂作

ある娘、恋の願《がん》をかけ、「もし、此の恋叶はずば、命を捨てても大事ない」と、観音の山門の上から、からかさを持つてひらりと飛ぶ一五。観音様も、「これは気の短いやつ。怪我《けが》をさせまい」と、御手《みて》の糸を帯へつけ、引きとどめ給ふが、有合《ありあ》いの糸ゆへ短く、やう〳〵ちうに娘はぶらつき、観音様は落とさじと引つぱる。娘は傘《かさ》を持つて、いろ〳〵ともがくを、阿吽《あうん》一六の仁王が見付けて、「なんきんあやつり三番《さんば》一七

一〇 清めのために。
一一 由来。事の起り。
一二 遊里語。遊興費、揚げ代のこと。
一三 勘定の支払いが済まないで掛けになって溜まる「さがり」に、魚肉が腐る意をかける。
一四 寺院の高大な楼門。
一五 清水寺の舞台から傘を開いて飛降りると、思う恋が叶うという迷信に倣った。
一六 山門の仁王や狛(こま)犬などの相。一方は口を開き(阿)、一方は口を閉じる(吽)。
一七 人形の各部に糸を結び、上から操り手が動かす人形操り。糸あやつり。

叟《そう》〳〵」。[一*]

○出《しゅっ》家《け》　遠文作

「コレ、貴様は大勢子供を持つてゐるから、一人《り》は出家にしたがよい。一子《いっし》出家の功力《くりき》によつて九族天《きゅうぞくてん》に生《しょう》ずるといふ。[二] そして出家ほど、早く出世するものはない。アノ拍子木《ひょうしぎ》を打つて念仏を申してくる七つ坊様[三]でも、ぢきにりんし[四]を取ると、出世して寺持《てらもち》になる。それから十八檀林《だんりん》[五]へ。だん〳〵本所《ほんじょ》の霊山寺《りょうぜんじ》[六]だの、伝通院《でんずういん》[七]様だのといふへぬけ、[八]鎌倉の光明寺《こうみょうじ》[九]様へもぬける」「ハテナ、霊巌寺《れいがんじ》[一〇]様からは、どこへぬけます」「霊巌からぬければ、木場《きば》[一一*]だ」。

○あて身《み》[一二]　陽春亭慶賀作

「わしは此の頃、柔《やわら》を稽古いたす」「それはよいおたしなみ。小目録《こもくろく》[一三]でも、お取りなされたか」といへば、「そのくらゐな事ではない。

一　三番叟の操り人形を売る商人の売り声。
＊　類話→補注六
二　子供が一人でも出家すれば、その功徳で一族九代の者が成仏できるという『通俗編』の文言。
三　増上寺から毎夕七つ(四時)頃に拍子木を叩き念仏を唱えて江戸市中を托鉢した僧。
四　綸旨か輪次の意か。
五　関東にある浄土宗の十八か所の学問所。
六　江東区横川橋一丁目の常在山霊山寺。以下、いずれも十八檀林の寺。
七　文京区表町の無量山寿経寺の通称。
八　出世して。
九　浄土宗関東総本山。

死活《しかつ》[一四]まで許されました。ちと、手の内《うち》[一五]をお目にかけよう。どなたぞお相手に」といへども、めつたに殺されてみる気の者もないゆへ、「ア丶、だれぞ相手に」と見まはす所に、小さい子が白鼠[一六]を持ちあそび[一七]にしてゐる。「ちよつと、それを貸しなさい」と取つて、「コレ、生物《いきもの》は何でも人間も同じ事。急所《きゆうしよ》といふものがある。ここをちよつと、こふ突いても、アレ、あの通り死にます。活《い》かそふと思ふと、又指でこふ突けば」と、幾度《いくたび》突いても生き返らず。小さい子は、鼠を殺されて泣出せば、「ヲ丶、ぼうさん。泣きなさんなよ。此の代りに、いい鼠を買つてあげよふ」[*]。

○剃刀《かみそり》　浅草庵作

女郎、若い者[一八]に剃刀を頼んで、「買つてきてくれろ」といへども、買つてくれず。茶屋の男を頼んで、江戸[一九]へ出るついでに買つてもらひ、「コレ、喜助どん。こんたをいつぞやから頼んでも、買つてきてくれ

一〇　江東区白河一丁目の道本山霊巌寺。
一一　答えに窮し、霊巌寺東南部の地名を出した。
＊　落語「十八檀林」の原話。
一二　柔術で拳や足先などで相手の急所を突く技。
一三　初級の免状。
一四　柔術で締め技、あて身などで相手を気絶させ、再び蘇生させること。
一五　手練。腕前。
一六　毛色が白く目が赤い鼠。ダイコクネズミ。
一七　おもちゃ。
＊　落語「胸肋鼠」の原話。
一八　妓楼に勤める雑用男。
一九　吉原廓内から江戸市中をさしていう。

ねへから、大野屋[一]の男衆《おとこしゆ》を頼んで、剃刀と砥石《といし》を買つてもらつたよ」といへば、若い者が、「ヱヽ、めつたに[二]買つてきたといつて、役に立つ物ではござりやせぬ。まづ砥石と剃刀を合わせて見ねば、切れやせん」「ムヽ、そんなら合わせてみんしやう。八重鶴《やえづる》さん。その剃刀と砥《と》を持つてきなんし」と、砥石と剃刀をくらべて、「ホンニ、これは切れまい。これほど長い[三]」。

○かつけ[四]の薬

先裏住作

「此の頃聞けば、脚気《かつけ》で困るといふ事だが、ちつともいいかな」「イヤ、いろ〳〵薬もつけたが、どふも治らぬ」「ヲヽ、そふだらふと思つて、いい薬を持つてきた」「それはかたじけねへ。呑《の》み薬か、付け薬か」「インニヤ、そんな物じやアねへ。表に待たしておいた」「アノ、表に待たせておいたとは、マアどんな薬だ」「コレ、坊主のけつは脚気の薬[五]だといふから、若い坊様をたのんできた」「とんだ事

一　仲の町通りの茶屋、大野屋熊二郎。
二　むやみやたらに。
三　刃と石とを適合させて剃刀を研ぐ意の「合わせる」を、言葉通り剃刀と砥石を重ね合わせて長さを比べた。
四　ビタミンB1の欠乏による栄養失調症。脚疾。
五　「脚気の薬だと玄恵とつかまり」(『川柳評万句合』安永七)の通り、小僧相手の男色で脚気が治るという俗説がある。

をいふ男だ。女房さへそばへ寄せぬに、坊様の尻をどふして。からだの毒だ」「インニヤ、毒にはならねへ」「毒にならねへとは」「ずいぶん請合《うけあ》いだ」「なんぼそふいつても」「ハテ、さらした[六]のだ[＊]」。

○水　茶　屋[七]

黒羽二亭作

「コレ、両国[八]の水茶屋へ、めつたに行くな。たいてい[九]銭を出さねばならねへ。此中《このじゆう》、おれが十二文置いたら、あとから追つかけて、引きずりもどした」「それはどふいふ事だ。『上方《かみがた》では茶代は四文五文置けばすむ』なんぞと、張りこんでやれば[一〇]いいに、気の弱い男だ」「イヤ、おれも太平《たいへい》[一一]を言はふと思つたが、引きもどすわけもあるよふだ」「そのわけは」「さればさ。茶を汲んで出した。一ッ杯飲んだが、あんまり茶碗が気に入つたから、ちよつと袂《たもと》へ盗んで出た」。

六　食物などは晒すと、あくが抜け毒気が薄れる。
＊　「医案」(中巻二三頁)と同様なサゲ。
七　寺社の境内や路傍で、往来の人に湯茶を出して休息させた店。
八　両国橋西詰(現在の東日本橋)は火除地で、見世物小屋や飲食店で賑わった盛り場。
九　「大抵でない」の意。たいそう。沢山。
一〇　文句を言ってねじこむ。やりこめる。
一一　「太平楽」の略。好き勝手な放言。

○浄《じよう》瑠《る》理《り》　狂歌堂作

北野の天神、江戸へ御出《おいで》[一]。湯島《ゆしま》、亀戸《かめいど》その外の天神様が寄り合て振《ふる》舞《ま》い、「なんぞ、芸者を呼ばふか」「イヤ、江戸節《ぶし》[二]はかたい」「長唄はどふであらふ」「マア、素語《すがた》り[三]に誰ぞ義太夫がよからふ」といふ内、語り出すを聞けば、ねつからおもしろくもない。「なんぼお江戸でも、あまりやくたいじや[四]。こちの知つたものか。だれじや」と、床《ゆか》[五]をのぞいてみれば、なまりの天神[六]。

○蜆《しじみ》汁《じる》　淮南堂作

「蜆《しじめ》といふものは、きつい薬[七]だ。この間、わしが心安い者が、黄疸《おうだん》[八]の病ひで、色が青く[九]なつたを、毎日蜆《しじめ》汁を食つたら、色が白くなつた。すべて草木《そうもく》のこやしにも、蜆《しじめ》汁をさましておいて根《ね》へかけると、花の色艶《いろつや》がよくなると申します」と、咄を聞いてうちへ帰り、蜆《しじめ》汁をこし

一　北野天満宮の江戸浅草での開帳。
二　江戸で発達・流行した半太夫節・河東節などの諸浄瑠璃の総称。
三　三味線の伴奏なしで浄瑠璃を語ること。
四　「やくたいもない」の略。つまらない。
五　浄瑠璃を語る高座。
六　鉛で鋳た天神の像。寺子屋で学ぶ子供が崇めた玩具。鉛と訛りの洒落。
七　大層よく効く。
八　胆汁の障害で皮膚などが黄色になる病気。蜆汁が効き目があるといわれる。「蜆汁黄いろん坊があびてゐる」(『柳多留』九六・27)。
九　「黄色く」の誤りか。

らへ、そのあまりを、「コレ、三助。庭の木の根へ、これをかけろ」「これをかければ、どふいたします」「此の蜆《しじめ》汁は、人の顔の黄色になつた病ひでも、これを食へば色が白くなる。それで草木にも、根へこやしにかければ、花がよく咲くといふ事じや」「ハイ、そんなら花の咲く木へは、たつぷりとかけましやうが、山吹はよしに[一〇]いたしませう」。

○唐《とう》人《じん》[一一]

談洲楼作

例の友達打ちつれ、吉原へ行き、大一座《おおいちざ》[一二]のはなしに、「コレ、琉球《りゅうきゅう》人《じん》[一三]を見たか。立派なものだ」といへば、年の頃五十くらゐな者が、「イヤ、又朝鮮人も大勢で、にぎやかなものだ。しかし、管絃《かんげん》[一四]は江戸の祭のが、おもしろいようだ。あげごし[一五]も祭のは、立派なふとんをたんと敷いて、飴《あめ》売りの管絃[一六]が四五町さきから聞へる所は、江戸の唐人《とうじん》の拍子《ひょうし》がおもしろい」といへば、女郎が聞て、「ホンニかへ。から[一七]の

一〇　黄色の山吹には無用。
一一　中国人。朝鮮人。また一般に外国人をいう。
一二　遊廓や料亭へ集団でくりこみ遊興すること。
一三　『増訂武江年表』に「寛政八年十一月、琉球人来聘」とあるが、寛政二年来聘時の咄の再出。
一四　原本「くわげん」。「くゎんげん」の「ん」の無表記形。
一五　貴人の外出時や祭礼の神輿など、轅(ながえ)を肩に上げてかつぐ輿。
一六　中国服を着て歌い踊りながら売り歩いた唐人飴売りの吹くラッパやチャルメラの唐人笛。
一七　韓・唐。朝鮮全体や中国、広く外国をもいう。

唐人《とうじん》より、江戸の唐人《とうじん》がにぎやかでおすかへ。ヲヤ、ばからしい。唐《から》では唐人《とうじん》を商売にしていて」。

嘶落 詞葉の花 大尾

一 日本人の唐人飴売り。
二 表看板にしていながら。本来の唐人が唐人姿の飴売りに劣るのを、商売女が素人女に劣ると同様に考えた。
＊ 類話→補注七
三 終り。おしまい。

寛政九丁巳[四]春

東都戯作
立川談洲楼
烏亭焉馬[五]撰

板元
江戸橋四日市
上総屋利兵衛[六]

四　寛政九年の干支。西暦一七九七年。

五　ともに、本名中村英祝、和泉屋和助と称する選者の戯号。

六　手広く出版も行った書物問屋だが、寛政八、九年頃に洒落本発行の廉で軽追放され、数年後、旧に復した。

落出《おちだし》 臍《へそ》くり金《がね》

（享和二年刊）

解題　十返舎一九作。小本一冊。家蔵本は題簽を欠く。序題「臍繰金《へそくりがね》序」、内題「落咄臍くり金」。のど部分下部に丁付のみ。半面七行・約二〇字詰で句点が付く。序一丁半（享和弐戌孟陬　十返舎一九誌）、見開挿絵二図（自画カ）、半丁口絵一図（表裏飴の狂歌入り）。本文二五丁。話数二一。本文末尾に、『落咄 わらひ茸』の近刊予告と、「通油町　田中久五郎版」の板元名が載る。

十返舎一九は、代表作『東海道中膝栗毛』をはじめとする滑稽本や黄表紙その他、数多くの戯作を多作したが、噺本も三十種近く手がけている。『落咄熟志柿《じゆくしがき》』（享和四年刊カ）の巻頭に見える十返舎社中寄合作『噺の会』の近刻広告や、連衆が一座する「栄邑堂咄之会席」の口絵でも知られるように、焉馬や慈悲成同様、「咄の会」を主催している。一九の噺本中には、同人たちの作も含まれていようが、彼自身も戯作執筆の材料を得る必要から、先行の笑話類を詳覧し、実に巧みに多数の小咄を自作中に挿み込んでいる。その点、純粋の創作話が少く、大方は狂言ダネや安永小咄からの焼き直しであり、新鮮味に欠けるが、彼なりに脚色の手を加えて再出させており、改変の過程に才腕を見ることもできる。画才に恵まれた彼は挿絵も手がけ、黄表紙仕立ての噺本も多い。内容は低俗で、叙述も冗漫に陥りがちだが、誰にも分かりやすく、親しめるもので、本書の「金明竹」「ふぐ鍋」「尻餅」の他にも、「居酒屋」「子ほめ」はじめ現行落語と関連を持つ咄が見られる。また、彼の名声を利用した板元の要請に応えて、板木を再使用する細工本が多く、重複した内容を安易に新板と称して出している。本書の場合も、序と本文十二丁を新刻し、以下は本書の第十三丁「新宅」以下終丁までを付け加えた『鬼外福助噺』が、文化二年に栄邑堂村田屋治郎兵衛板で出たほか、『口開噺の安売』（文化四）や『噺の大極上』（文化年間）にも部分的に使われている。

翻刻は、『噺本大系』第十四巻（東京堂出版・昭54）や『江戸小咄』（講談社文庫・昭48）などにある。

臍繰金《へそくりがね》[一]序

さる所の後家《ごけ》の質屋《しちや》に、落咄《おとしばなし》を質に取り[二]、呑込み貸したる空言《うそ》八百[三]、高いものが流《なんが》れて、ヤレ〳〵這奴《こいつ》は被《かつ》いだと[四]、渋紙包《しぶがみづつみ》を開くと其の儘[五]、一度《いちど》にべちやくちや噭《さわが》しき、噺の数々択分《えりわ》くれば、婆々《ははあ》が川に洗濯せし撰屑《ろうず》[六]の中にも、箔《はく》の附きたる[七]嵯峨のお釈迦の開帳咄[八]、その外、新手《しんて》を黙《だんまり》[九]にて、予《よ》が胸に買納め、ぴんと心におろし[一〇]、臍繰金と蔵置《ひめ》きしを、茲歳書肆《ことししょし》の初商《はつあきな》ひに、弘着《ひろちゃく》[一一]する事とはなりぬ。

享和弐戌孟陬《いぬもうすう》[一二]

[一三]

一　内密に貯えた金銭。
二　担保にして金を貸し。
三　嘘を並べ立てる「嘘八百」に八百文をかける。
四　一杯だまされた。質流れして損害を受けた。
五　開くと同時に。
六　きず物や残り物で売物にならない商品。
七　よい値打ちがつく。
八　『増訂武江年表』に享和元年「六月十五日より回向院にて嵯峨清涼寺釈迦如来開帳」とある。釈迦仏像の金箔にかける。
九　無言劇。断りなしに。
一〇　心を引締めて警戒して。当時の流行語。
一一　言い広める。披露。
一二　陰暦正月の異称。
一三　福を掻込む熊手の印。

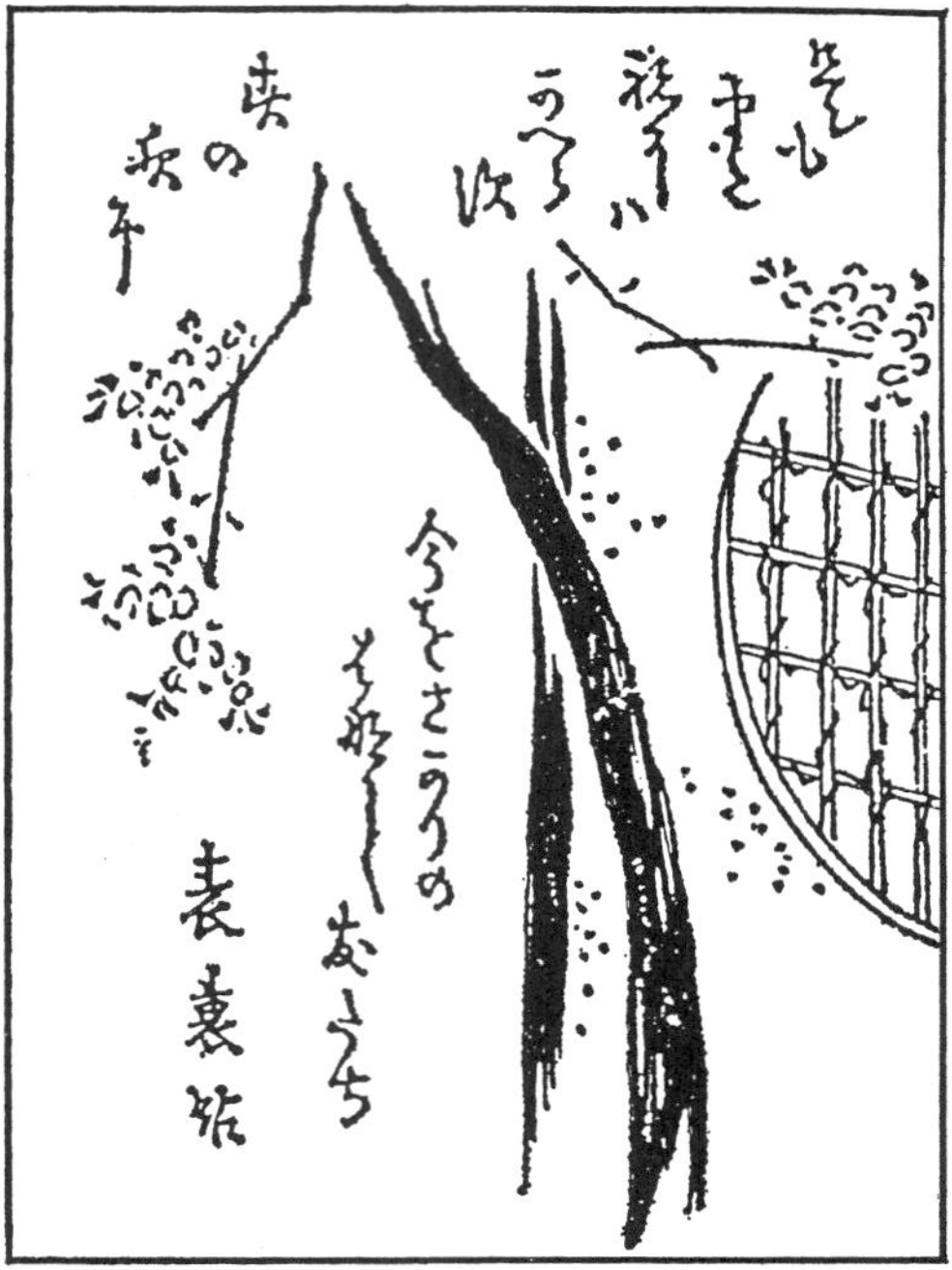

是もまたねにはかへらず春の夜に
今をさかりのはなし友たち

表裏餂

口　絵

落咄臍くり金

○礼者《れいしゃ》[一]の供

年礼《ねんれい》の供に、田舎からおいた権七を連れて出、番町《ばんちょう》[二]のはらを行く時、向ふより来る礼者の供、これも田舎者とみへて、権七を見付け、「コレハ〱、お久しうござる。国元《くにもと》では、みなお変りもござらぬか」。権七「ホウ、そこもとは新田《しんでん》[三]の弥五左《やござ》どのか。コレハさて、まづお達者でめでたい。ときに、下《しも》の郷《ごう》の孫太夫どのは、お変りもござらぬか」。弥五「さやうでござる」。権「新家《にいや》[四]のおなべぢよろう[五]は」。弥「これもずいぶん達者でござるて」。権「ソレハめでたい。久しぶりだ。ゆつくりとはなしませう」と、芝原《しばはら》へどつさりと[六]座るゆへ、ふたりの旦那、肝《きも》をつぶし、おかしさも半分。どふするかと見ていれば、権七、打ちとけ顔[七]にて、権「サテ〱、久しぶりだに。わしが内《うち》なら酒でも

一　年賀の挨拶に回る人。

二　旗本大番衆の屋敷地に因んだ地名で、現在の千代田区麹町近辺の称。御用地の馬場など、空き地や原が多い。

三　新しく開墾して作られた村の耕地。村はずれの新開地。

四　分家。しんや。

五　女性の名前に付けて親愛の情を表わす接尾語。

六　でんと。

七　くつろいだ顔付き。

出しますべいに、道なかで、お茶さへ進ぜぬ」。弥「イヤ〳〵、おかまい下さるな。お心ざしは、たべたも[一]同前《どうぜん》でござる」と、やつつかへし[二]つはなすゆへ、旦那同士も待ち退屈して、権七の旦那「コレハあなた、お待遠でござります」。さきの旦那「貴公様も御退屈でござろふ」とはなせば、(権七、あとを振りむき、)「コレ、勝手《かつて》が騒がしい」[三]。

○無心《むしん》[四]の断《ことわり》

和尚「コレ丸鉄《がんてつ》。今来《こ》られたは誰だ」。丸鉄「万年屋亀右衛門どのでございます。夕雨《ゆうだち》にあつて、傘《かさ》を借りに見へられましたから、貸してやりました」。和尚「べら坊め[五]。たつた一本ある傘を、貸してやるといふ事があるものか」。丸鉄「それでも、一旦家《いちだんか》[六]の事なり。貸してやらずば、腹を立ちませうから」。和尚「腹を立たぬよふに、断りの言いよふがあるは。コレ、今度から、こういふものだ。『おやすい事でござるが、みな貸し失ひまして、たつた一本残つてござつたを、此の間、

一 飲食物をいただいた。
二 代わるがわるに。
三 台所の方がうるさくて話の邪魔になる時、主人が使用人を叱る言葉。話に熱中して身分を忘れ、主客顛倒した滑稽。
四 物をねだったり、頼むこと。
五 人を罵る語。馬鹿。あほう。寛文末頃、異様な面相で愚鈍な感じの見世物に出た畸人(きじん)の名に由来するという。
六 信徒の中で最も大事な檀家。

和尚がさして出ましたらば、つむじ風[七]にあつて、骨は骨、紙は紙と、ばら〳〵になりましたから、胴中《どうなか》[八]を縄でくつて、二階の隅へほうり上げてござる。あの体《てい》ではお役に立つまい。さて〳〵、気の毒でござる』と、こういふものだ。重《かさ》ねては、[九]そふ心得よ」と、言付けて奥へ行くと、門前の男きたり、十兵衛「モシ、丸鉄さん。御無心ながら、お前《まい》の所《とこ》の馬を、ちよつと貸して下さいませ。柴をつけに[一〇]行きます」。丸鉄「ホウ、十兵衛どの。気の毒な事だが、馬はみな貸しうしなつて、たつた一本残つたのを、此の間、和尚がさして出られて、つむじ風にあつて、骨は骨、紙は紙と、ばら〳〵になつたから、胴中を縄でくくつて、二階の隅へほうり上げてござる。あの分《ぶん》[一一]ではお役に立つまい。さて〳〵、気の毒なことでござる」といへば、十兵衛、肝《きも》をつぶし、気でも違つたそふだと、そう〳〵出て行く。和尚、聞きつけ、「コリヤ、丸鉄。今来たは十兵衛か。何しに来た」。丸「馬を借りに参りました」。和尚「貸してやつたか」。丸「そこは抜かりませぬ。十兵衛が

七　旋風。渦まくように強く吹き起こる風。
八　物体の中ほどの部分。
九　これからは。
一〇　馬に乗せて運びに。
一一　あの様子(体)では。「ばけそうなのでもよしかと傘を出し」(明和四年『川柳評万句合』)の川柳や「化さうな傘かす寺の時雨哉」(『明和八年夜半亭月並』)の蕪村の句同様の破れ傘。

腹を立たぬよふに、断りを言いました」。和尚「なんと言つてやつた」。丸「イヤ、馬はみな貸しうしなひまして、たつた一本残つたを、和尚がさして出られましたら」。和尚「ヤイ〱、たわけめ。そりやア傘《からかさ》の断りだ。そんなときには、こういふものだ。『サテ〱、気の毒なことだ。馬は此の間、まぐさ[一]をつけにやつたら、女《め》馬を見て駄狂《だぐる》ひ[二]をして、谷へ落ちたから、ないら[三]が起こつて、今では馬屋につないで、豆ばかりうち食らはせておきますから、あの体《てい》では役に立つまい。気の毒なことだ』と、こういふものだ」と言つて聞かせるうち、勝手の方《かた》に、「お頼み申します」といふゆへ、丸鉄、かけ出見れば、使の男、「上村《かみむら》の作野《さくの》ゑもん方《かた》から参りました。晩ほどは逮夜《たいや》[四]をつとめます[五]から、和尚さまに、『御苦労ながらお参り下されませ』と、おつしやつて下さりませ」。丸「さて〱、それは忝いが、気の毒なことは、和尚は此の間、まぐさをつけにつかはしましたれば、女馬を見て駄狂ひをして、谷へ落ちたから、ないらが起こつて、今では馬屋に

一 かいば。牛馬の飼料とする草。
二 牛馬が積荷を嫌ったり、さかりがついてあばれること。
三 内羅。馬の内臓の病気。
四 忌日または葬儀の前夜。又、その夜の法事。
五 僧を招いての法要を行う。

つないで、豆ばかり食らはしておきます。あの体《てい》ではお役に立つまい。気の毒なことだ」といへば、この男、肝をつぶし、挨拶もせず帰ると、和尚、この様子を聞きて、「ヱヽ、おのれは不届千万な。ナニ、おれが女馬を見て、駄狂ひをするものだ。馬も人も、ひとつに思つているか」と叱れば、丸「わたしは又、馬もあなたも同じことかと存じました」。和尚「なぜ」。丸「あなたのことを、よく人が、ひん僧《そう》六だと申しますから＊」。

○くやみ

「コウ、五郎や。けふの建前《たてめえ》七に、頭《かしら》八アなぜ来ねへ」。五郎「ヲヤ、手めへ、知らねへか。頭ア、一昨日《おとつい》なくなつて、昨日《きんのう》九とぶらひが出てしまつた」と聞いて、「ヲヤ〱、そいつはさつぱり知らなんだ。くやみに行かざアなるめへ」と、そう〱頭の内へ行き、門口から、「ヲヽ、かみさん。おらア、たつた今聞いたが、ここの頭ア、とんだ

六 貧乏の「ひん」に、馬のいななきの「ひん」をかけた。
＊ 落語「金明竹」の前半部。類話→補注八
七 家屋の建築で主な骨組みが組立つこと。棟あげの祝い。
八 大工・鳶の親方。
九 昨日(きのう)の変化した語。「きのふを きんのう」(『かた言』)とある。

こつたの。人をつけにした[一]」。女房「そふさ。きいて[二]くんなせへ。あんまりばか〳〵しいこつたはな」「そふよ。ほんに呆れて、ものが言われねへ。マア、いつてきやせう」。女房「コレハ、おかたじけ[三]よ」。

○茶　代

旦那「コリヤ権助。手めへはとかく、どこで休んでも、茶代の置きよふが多い。今度から、『ソレ、十助。茶代を』といつたら十文、『五助』といつたら五文でよいぞ」と言付け、やがて、ある茶屋へ腰をかけ、折ふし夕雨《ゆうだち》がして、よほど長く休みければ、旦那、心の内で、二十も茶代を置かずばなるめへが、さすが二十助ともいはれず、十助を二度いふがよいと思ひつき、「コレ、十助、コリヤ又、十助。茶代を置きやれ」と、目顔で知らせば[四]、供の男、さし心得[五]、はやみち[六]の底をはたいて、「旦那。わたくしは名を変へたふござります」。旦那「なぜ。なんと変へる」。供「ハイ、十五助[七]といたしとうござります[*]」。

一　人をばかにしている。
二　原本「さいて」。
三　同輩以下に向っていう謝辞。ありがとう。鳶仲間らしい乱暴で常識はずれの挨拶の滑稽。
四　目くばせや顔の表情でそれとなく知らせると。
五　よく呑みこんで。はっきりと承知して。
六　早道。腰に下げ、歩きながら出し入れ出来る煙草入れ形の銭袋。
七　銭入れの中に十五文しかないので。
＊　中巻「茶代」(三五一頁)の脚色話。類話→補注九

○錠《じよう》前《まえ》八

「コレ、おめへもたしなみなせへ。御亭主が死なれてから、後家《ごけ》をたてるとつて九、前へ錠をおろした一〇絵《え》馬《ま》一一を、お祖師《そし》さま一二へ上げておきながら、聞けば、此の間じやア、男ができたといふ事だが、それじやア、ばちが当りやしやうぜ」。後家「ナニサ、ばちの当るこたアなしさ」「とんだことをいふ。あんな絵馬を上げておいて。ぴんと、ここらに一三錠前をおろしておきながら」。後家「モシ、だれにも言いなさんな。ありやアそら錠一四だよ*」。

○病みあがり

さる息子、病みあがりの青い顔に、月代《さかやき》一五ぼう〳〵と生やし、毎日、医者どのへ通ひけるに、ある出格子《でごうし》一六の内から、十六七の娘、この息子の通る時分、格子に出てゐて、おかしな目付きをして見るゆへ、息子

八　戸締りなどの金具。
九　後家のままで再婚せず、亡夫へ操を立てる。
一〇　決心する意の流行語「心に錠をおろす」の「心」を「前」(男女の陰部の異称)にした。
一一　祈願のため寺社に奉納した馬の絵などの額。
一二　一宗派の開祖。とくに日蓮上人、または堀の内の妙法寺をいう。
一三　陰部のあたり。
一四　見かけ倒しで役に立たない錠。いつわりの錠。
*　中巻「後家」(二七四頁)の脚色話。
一五　前額から頭の中央部にかけ髪を剃った部分。
一六　壁の面よりも外方へ突き出して作った格子窓。

錠　前

は心に、こいつ、おもくろだぬきだと[一]、ひとり喜び、やがて病気もよくなり、すつぱりと髪月代して、いきに仕立て、けふこそ、かの娘の心を動かしてやらんと、出格子の前を通るに、娘、いつものごとくに覗きゐたりしが、この体《てい》を見て、「ヲヤ〱、おつかさんへ。アレ、いつもの気違《きちげ》へが、けふは立派にして通りやすよ[二]」。

○開　帳

お釈迦様の開帳[三]に、朝まいりがにぎやかだと、化物出合《でやい》[四]も、丑《うし》みつごろ[五]から、大念仏《だいねんぶつ》[六]にて出かけると、見越《みこし》入道[七]、首をまつすぐに、ぐつとのばして、「なんと、高挑灯《たかぢようちん》[八]の思ひ付き[九]はどふだ」と言いながら、ツイ、水ばなをぽつたり落せば、外の化物「あんまり振りまはしやんな。蠟《ろう》がながれる[一〇]」。

○新《しん》　宅《たく》

一　たいへんおもしろい意の戯語「面白(黒)狸の腹鼓」をしゃれた通人ことば。
二　若い男の力み損のおかしさ。
三　六九頁脚注八参照。
四　化物連中。
五　丑の第三刻。午前二時半頃。
六　大勢集まって念仏を唱える行事。
七　首が長く背が高い坊主頭の化物。高入道。
八　長い竿の先に付け高く上がるようにした提灯。高張り提灯。
九　趣向。工夫。
一〇　水ばなを提灯の縁で、蠟燭の蠟に見立てた。

新宅の家見《いえみ》一一に来り、「ヲヤ、八兵衛、ここか。とんだいきな内《うち》だな、畜生め。一二しかし、入口の塩梅《あんばえ》が、どふか湯灌場《ゆかんば》一三のよふだぜ」といへば、八兵衛、大きに腹を立て、「コレ、権兵衛。手めへも新宅へ来て、湯灌場のよふだとは、ふてへ男だ。了簡《りようけん》ならぬ」一四と力《りき》めば、権「はて、こりやア祝つて、そふ言つたのだ」。八「なぜ〳〵」。権「惣体《そうてえ》、地主といふものは、みな手めへの内で湯灌をするもんだ。そこで、ここの内を湯灌場だといつたのは、おつつけ一五、おぬしが地主になる瑞相《ずいそう》一六だ。めでたい〳〵」。八「なるほど。そふ聞けばうれしい。いつぱい買をう」。権「ソリヤアありがてへ」と、やがて酒になり、亭主もだん〳〵酔《えい》がまはり、八「なんと、権兵衛。手めへ、おらが内を湯灌場だといつて祝つてくれたが、とてものことに一七、おれが死んだ分《ぶん》になつて、ここで湯灌をしてもらをふか。それでもふ、地主になつた心持だ」。権「コリヤアよかろふ」と、ばた〳〵畳をあげて、座敷の真中へ盥《たらい》を直し一八、湯を汲み入れると、八兵衛、目をふさいで死んだ真似をすれば、

一一　家見舞。新築や転居の祝いに訪問すること。
一二　羨んだり罵る時の語。
一三　納棺前に死体を浄める湯灌のために作られた寺の小屋。当時は地主や家作持ちは自宅で、借家人は寺の湯灌場で行う慣習だった。
一四　勘弁できない。
一五　その内。間もなく。
一六　めでたいしるし。よい前兆。
一七　いっそのこと。
一八　置き。据えて。

開　帳

権兵衛、裸になり、「さて〳〵、殊勝《しゆしよう》な仏だ。なんまいだ〳〵」と、湯灌をしてしまへば、亭主、大きによろこび、「もふこれで地主だ」と、ほた〳〵言つている内、大屋から、「ちよつとござれ」と呼びに来たるゆへ、うろてへて、さつそく行けば、大屋「気の毒ながら、店《たな》が入用だから、明けて下さい」。

○空腹

夜分、途中で腹が減つて、こたへられず、何食をふにも銭《ぜに》がなし。はてさて、困つたもんだと行く先に、風鈴《ふうりん》そばが荷をおろしているゆへ、こいつ、しめた、せめて湯でももらつて飲まんと、「コレ、そばやさん。薬を飲むから、御無心《ごむしん》ながら、湯をちつと、くんなさい」。そばや「アイ」と、湯を汲んで出せば、「コレハありがたい」と、一口ふた口飲んで、「アヽ、いい心持だ。モシ、とてものことに、下地《したじ》をちつとさしてくんな」。

一 機嫌よく、うれしそうなさま。
二 「うろたえて」の訛りか、「た」の誤刻か。
三 長屋の借家。
四 夜泣きそばの一種。「風輪(鈴)蕎麦といふて家台の廻りへ風輪を下げて歩く蕎麦、うつはもきれいにして、価一膳十二文」(『明和誌』)。
五 薬は白湯で飲む。
六 味つけのもととなるものの意から醬油、そばなどの付け汁もいう。

○あんない

一僕《いちぼく》連れたるお侍、ある所の玄関にて、「物申《ものもう》〳〵」[七]といへども、一向挨拶がなきゆへ、今度はあたりもひびくばかりの大声《ごえ》をあげて、「物申」といへば、(草履取、うしろから、)「どうれ」[八]。旦那、肝《きも》をつぶし、三助[九]をにらめつけ、やがてそこをしまつて[一〇]外へ出、旦那「コリヤ、三助。おのれは不届きなやつだ。どこの国にか、供の者が『どふれ』といふことがあるものか」と、大きに叱れば、三助「わたくしも、そふは存じましたが」。旦那「そふ存じたら、なぜ、『どうれ』とぬかした」。三助「あなたが、息精張《いきせいは》つて[一一]、『物申』とおつしやるに、だれも挨拶のして[一二]がござりませぬから、あんまりお気の毒に存じまして」。

○家《いえ》見《み》[一三]

「ヲヤ、太郎兵衛。手めへ、ここへ越してきたか。いい所だ。隣に

七 「物申す」の略で、他家を訪れ案内を乞う語。
八 「物申」に対して家人が答えることば。
九 下男の通名。
一〇 訪問をすませて。
一一 意気込んで。ある限りの気力を尽くして。
一二 仕手。ある行為をなす人。
一三 新宅や転宅の祝いに訪問すること。家見舞。

早桶屋[一]はあるし。向ふは寺なり。なんどき死んでも、事は欠《か》かねへ[二]な」。太郎「べら坊め。新宅へきて、そんな気にかかることをいふなへ」「ヲツト、こいつはあやまつた。そんなら、事を欠く〱」[*]。

○目の玉

『眼の玉入替《いれかえ》所』と、看板出てあるを、がんち[三]の男見つけて、ずつとはいり、「お頼み申します。わたくし片々《かたかた》[四]の目を、御入替へ下さりませ」といへば、あるじと見へたる惣髪《そうがみ》[五]の男、立出で、「承知いたしました。さて、玉もいろ〱ございます。水晶になされば、代《だい》十匁《もんめ》かかります。びいどろ[六]では三匁から五匁くらいで出来ます」といふゆへ、「そんなら、びいどろにいたしませう」と、片々の飛び出た目玉を取つてもらひ、かのびいどろと入替へてもらひ、鏡をみて、「コレハありがたふござります」と、代を払ひて外へずつと出れば、向ふ風がさつと吹くと、目の玉がポコン〱[七][*]。

一 粗末な棺桶やその他の葬具を製造販売する店。
二 物事に不自由しない。困らない。
* 中巻「薦の者」(二二六頁)同様の失言。
三 瞎(がんだ)とも。片目がつぶれている人。
四 片方。片一方。
五 月代を剃らないで全体を伸ばしたもの。医者・学者・浪人等の髪型。
六 ガラスの異称。
七 首の長い管になったフラスコ形で、息の出入りでポコンポコンと鳴るガラス製玩具のビイドロと同じ状態を呈した。
* 類話→補注一〇

○ふぐ汁

友達寄合ひ、「なんと、鰒《ふぐ》をもらつたが、どふも気味が悪くて食[八]はれねへ。だれぞ先へ食つて見せや」といへども、たれひとり、食をふといふ者なし。中にひとりの男いふには、「なんと、橋の上にねている乞食《こじき》に、一ッぱい持つて行つてやりは、[九]どふだ」「なるほど。そふして、いい加減な時分に行つて見て、あいつらが別条《べつじよう》なければ、そこでこつちが食をふといふものだの。こいつはいい」と、やがて鰒汁をこしらへ、まづ乞食に一ッぱい持つていつてやろふと、かの橋の上へ行き、「ナント、手めへたちは、鰒汁はどふだ」。乞食「ソレハありがたふございます」「食ふなら、ソレ、いれ物を出しやれ」とやつて来り、しばらくして、そつと見に行つた所が、別条もない様子。「サア、もふよい」と、みな打寄り、たらふく[一〇]鍋をあけてしまい、「さて、うまかつた」と、楊枝をつかひながら、橋の上へ行き、「どふだ。さつ

八　「ふぐの味毒でなまいものならば」(『柳多留』七一・6)で、美味だが中毒がこわい。

九　「持って行ってやるのは」の意。

一〇　腹一ぱい飲食したさま。たっぷり。

きの鰒は、とほうもなく[一]うまかつた」といへば、乞食「あなたがたも、おあがりなさいましたか」「ヲヽ、食つただんか[二]」。乞食「左様なら、わたくしもいただきませう[三*]」。

○細工《さいく》[四]じまん

「コレ、貴様はよく、細工じまんをするが、この間吊《つ》つてくれた棚が、もふ落ちた」「ハテナ、落ちるはづはないが。ドレ、吊り直してやろふ」と、じきに棚を吊つてしまい、「モウよい〳〵。コレ、かならず物を上げさしやるな[*]」。

○人 相

ある人、人相を見てもらつた所が、「イヤ、お前は気の毒ながら、あしたの七つ時《どき》[五]には、死なしやる相《そう》が見へます」と聞いて、肝をつぶし、そう〳〵内《うち》へ帰り、家内《かない》[六]にもその事を言いきかせて、それ〴〵に

一　大変。とてつもなく。
二　食ったどころではない。むろん食べたとも。
三　毒見させるつもりが毒見役に回った。「ふぐ汁の表をばかな寒念仏」(『柳多留』十・29)の逆な光景。
＊　落語「ふぐ鍋」の原話。
四　手先が器用で、細かい調度品などを造ること。
＊　中巻「釣棚」(三二五頁)の脚色話。
五　午後四時頃。
六　家族。

遺言《ゆいごん》し、あくる日、朝から友達を集めて、酒さかなをいだし、「サテ、おれもけふの七つ時には死にますから、これが暇乞《いとまご》ひだ」と、酒をすすめるうち、もふ時計がチン／＼と四つ[七]を打つ。友達ども、「それは残り多い。しかし、あとは案じさしやるな。おいらがのみこんだ[八]」と、さいつおさへつするうち[九]、もふ九つ[一〇]。「サアもふ、ふたときだ[一一]。にぎやかにして下され」といふうち、はや八つを打つ。亭主、「これは情けない。もふ、たつたひと時《とき》だ」と、かれこれするうち、また時計がチン／＼。亭主「モウ七つか。これはたまらぬ」と、すぐにかけおち[一二]*。

○雪《せつ》隠《ちん》[一三]

「サテ／＼、京の町はきれいだ。犬のくそがひとつ見へぬ[一四]」と、だん／＼行くうち、にはかに雪隠へ行きたくなり、そこここ見れども、裏《うら》[一五]もなし、やう／＼と辻雪隠[一六]を見つけて、「サア、しめた」と、戸を

七　午前十時頃。
八　引き受けた。
九　盃をやったりもらったりして酒を呑む。
一〇　昼間の十二時頃。
一一　昔の時間区分で、一刻は今の二時間。
一二　行き方知れずに逃げ出す。
＊　名人白井左近に死期を予告され、賑やかに生き通夜をする落語「ちきり伊勢屋」の前半部。
一三　便所。原本「雪陳」。
一四　江戸名物に、「伊勢屋稲荷に犬の糞」とある。
一五　家屋の後ろの部分。とくに便所をいう。
一六　街の共同便所。

明けんとすれば、中で「エヘン〳〵」といふゆへ、「コレハなさけない」と、そこを出、「ほんに、おらがほうの小間物屋が、たしかここらに見世《みせ》を出したといふ事だ」と、さつそくたづねあたり、「上町《うえまち》の十兵衛でござる。御無心ながら、雪隠をちと、おかし下さりませ」といへば、手代「おやすいことでござりますが、手前雪隠は、建て直しますとて、只今壊《こわ》してしまいました」。十兵衛「これはさて、なさけない」と、そう〳〵に出て行けば、番頭聞きつけ、「コレ、今のは上町の十兵衛どのか。雪隠をなぜ、かして進ぜぬ」。手代「わたくしは、あの人を存じませぬから」。番頭「呼び返して、おかし申せ」といふゆへ、手代、そとへかけ出、「モシ〳〵、雪隠をおかし申しませう」といへば、十兵衛、半丁ほど行過ぎ、立ちすくみになり、振り返つて、十「忝ふござる。モウ垂れたも同然でござる」。

一 立ったまま動けなくなる状態。

○早《はや》合《がっ》点《てん》

「ことし置いた久介[二]がよふに、気のつくやつはない。まづ、おれが起きよふとする時分には、ちゃんと枕もとの煙草盆に火がいれてある。起きてみれば、手水《ちょうず》[三]の湯に塩が添へて、なをしてある[四]。湯へ行かふといへば、糠袋《ぬかぶくろ》[五]をいれて持つてくるし、あんな気のきいたやつはない」と、よろこんでいるうち、ある朝、久介、どこへ行つたか見へず。旦那「ゆふべから、おれが塩梅《あんばい》[六]が悪いのに、どこへ行きおつたしらぬ」と言つているうち、すた〳〵帰れば、旦那「コレ、久介。手めへ、どこへ行つた」。久「夜前《やぜん》[七]から、お塩梅が悪いとおつしやつたから、医者殿へ行つて参りました」。旦那「それはよく気がついた」と、ほめそやしているうち、また二三日すると、久介見へず。ほどなく帰れば、旦那「手めへ、今朝はどこへ行つた」。久介「昨晩から、別《べつ》しておすぐれなさらぬ御様子だから、お寺へ知らせ[八]に参りました」。[*]

二　下男の通名。
三　手や顔や歯を洗い清めること。朝の洗面。
四　きちんと置いて。
五　肌を洗う糠を入れた布(ぬの)袋。
六　身体の調子。
七　昨夜。
八　死亡を知らせ、葬式の打合せに。
*　中巻「家来」(二五四頁)の再出話。

○思ひ寝[一]

朝寝ずきの息子、今日はいつにない早起きをして働くゆへ、親父、ふしぎに思ひ、「今朝は何として早く起きた」といへば、息子「今日は目黒[二]へ誘われましたから、参ろふと存じまして」。親父「イヤ〳〵、今日はならぬ。大分《だいぶん》用がある」と、けちをつけられ[三]、息子、「南無三《なむさん》、しまつた。早く起きて働いただけ、うまらねへ[四]」と、小言をいいながら二階へ上がり、又寝かけると、しばらくして、大きにおそわれ[五]けるゆへ、親父、二階へかけ上がり、「コリヤ〳〵、どふぞしたか」と呼び起こせば、息子「ヤレ〳〵、目黒へ参りたい〳〵と思いながら臥《ふ》せりましたから、夢に見まして、帰りがけに、友達どもが『品川へ行かふ』とひつぱる。私は又、『大分内《うち》に用があるから行くまい』といふ。『マア、ちよつと』と、引きづる所で、あなたに起こされました」といへば、親父「ソレ見たか。起こさずとおいたら、行きおるだろふ*」。

一 恋しい人を思いながら寝ること。
二 目黒区下目黒の滝泉寺。通称目黒不動。門前街で賑わい、また品川遊興への口実に使われた。
三 難癖をつけられ。
四 つまらない。割りに合わない。
五 恐ろしいものを夢に見てうなされる。
* 落語「夢の悋気」のサゲ。

○火の見六

「ヲヤ〳〵、何かごうてき七なものがかかつた。こいつは釣竿が折れそふだ」と、ぐつと上げる拍子に、竿はぽつくり折れる。この男、どんぶりと海の中へ落ちければ、何か大きな魚《うお》が居て、「ヱヽ、どいつだ八」と、はねとばされ、この男、はるか向ふの梯子《はしご》のよふなものにぶつつかつて、しつかりとつらまさり九ながら、あたりを見れば、海の中なり。梯子の下には賑《にぎや》かな町があつて、鱗《うろくず》一〇が往来《おうらい》するゆへ、「さては、ここは龍宮《りゆうぐう》の町と見へた。ハヽア、この梯子は火の見だな」と思つているうち、下に踏込《ふんご》一一みをはいた鱗が仰向いて見て、「ハヽア、また土《ど》左衛門《ざえもん》か。とかく、火の見へひつかかる一二には困る」。

○橋番一三

めんよふ一四、此の頃は身投げがはやると、橋番、きつと一五目をあいて気

六　火事の遠近や方向を見て知らせる高い櫓。
七　豪的。すばらしい。
八　何奴だ。誰だ。
九　すがりつき。つかまり。
一〇　魚類。
一一　裾幅の狭い野袴。労働や旅行着で、辻番人なども穿く。
一二　通常なら水中の杭に引っかかるのが、海中だけに高い火の見櫓に水死体が引っかかる滑稽。
一三　橋詰の番所に詰め、渡橋賃の徴収や橋の清掃警備に当った役。
一四　面妖。奇妙に。
一五　しっかりと。

を付けていると、やがて夜九つ時分[一]に、みだし髪[二]の女、泣く〳〵橋の上へ来りければ、さてこそと橋番、あとよりそつとつけて行くに、かの女、橋の中ほどへ行くと、「南無阿弥陀仏《なむあみだぶつ》」。橋番「ヲツト、ならぬ」と、うしろより抱きとむれば、女「わたくしは、どふも生きてゐられぬ訳やい[三]がござりますから、とめずと死なして下さりませ」と小判一枚、そつと橋番の手に渡せば、橋番「コレ、そんなら、とめますまいから、勝手にさつしやれ。ア、コレ、そこは杭《くい》があつてあぶないから、こつちらのほうにさつしやい[四]」。

○もちつき

世間ではもふ餅をつく時分、ある医者さま、療治はなし[五]、餅をつくこともできず。「コレ、三助[六]。どふしたものだろふ。こつちばかり餅をつかぬも、外聞《がいぶん》[七]が悪し。どふぞよい思案はあるまいか」。三助「よいことがござります。わたくし、尻をまくつておりませうから、あなた、

一 夜中の十二時頃。
二 乱れ髪。
三 訳合い。理由。
四 金を受取った礼に、死ぬ気の身投人に無意味な注意をした。
五 患者がなく、年末に治療代、薬代が入らない。
六 下男の通名。
七 世間体。

手のひらでお叩きなされませ。そふいたすと、丁度《ちょうど》餅をつく音がいたしますから、あたり近所の手前はすみます」といふ。「なるほど、それはよかろふ」と、あくる朝、暗いうちから、三助が尻を、ぴつしやり〳〵と叩く。三助、はじめのうちはこらへゐたりしが、尻がだん〳〵紫色になつて、その痛さ、こらへられず。三「モシ、旦那様」。旦「どふした」。三「あとのひと臼は、こわめし[八]にでもして下さりませ*」。

八　もち米を蒸籠で蒸したりした歯ごたえのある飯。餅を搗く前の状態。

*　「忙しさぬれ手でけつを叩く音」(『柳多留』五一・13)の図。落語「尻餅」の原話。

伊賀越筋右エ門伝来
落《おとし》咄《ばなし》わらひ茸《だけ》[九]　十返舎撰　来春出板

通油町　田中久五郎[一〇]版

九　未刊か、改題して出板されたものか。

一〇　専門書肆ではない。

話譯 江《え》戸《ど》嬉《ぎ》笑《しょう》

（文化三年刊）

解題　楽亭馬笑・福亭三笑・古今亭三鳥合作、式亭三馬評。小本一冊。題簽を欠く。序題「江戸嬉笑序」、内題「諢話《おどけばなし》江戸《えど》嬉笑《ぎしやう》」、尾題「江戸《えど》嬉笑《ぎしやう》尾」。のど部分下部に丁付のみ。半面七行・約一五字詰で句点が付く。序三丁半。見開口絵一図。附言半丁。本文二六丁。話数二二。挿絵はなく、奥付を欠く。

本書は、式亭三馬の門人で戯作者の馬笑・三笑・三鳥作の小咄を、二話ずつ東西に分けて十一番並記し、師の三馬が評言を付けて咄の優劣の判定を下す珍しい形の噺本である。『浮世床』などで名高い三馬は、附言にある通り噺本は手がけていないし、門人三人も合巻などの作はあっても噺本は殆どない。しかし、三馬は「咄の会」の主催者烏亭焉馬とはきわめて親しく、また『落話会刷画帖《おとしばなしかいすりえちよう》』(文化十二年序)の貴重な落語資料を遺すほど、咄家との付合いは深い。本書では「咄の会」で佳作を選び出す選評をなぞったか、寄席での実演形式を真似たか、咄角力という体裁を採った。これは古く、江戸・京の代表的話芸者である鹿野武左衛門と露の五郎兵衛の咄を、談林派俳諧師の宗貞が評を付して点をつけた『露鹿懸合咄《つゆしかかけあいばなし》』(元禄十)があるだけで、書名が咄角力の上方会咄本初席『年忘咄角力』(安永五)も、選者二人の選考合印だけで評言はなかった。その点、本書は内容的には既出話の焼直しが多くて物足りない感もあるが、落語「ずっこけ」「茶の湯」「先の仏」など、寄席での口演を偲ばせるものがあり、何よりも行司役を勤めた三馬の、話題に即した軽妙洒脱な評言がすばらしく、噺本史上の価値も高い。

本書の改題細工本に、『風話笑顔始』(文化五)がある。三馬の新たな序文二丁と「新作笑顔始　式亭三馬閲　門人古今亭三鳥述」の内題を持つ本文一一丁・一五話を新刻し、以下は本書の第十九丁「瞽女」以下終丁までの板木を使用したもので、三鳥の新作分は通常の噺本の体裁である。

翻刻は、『未刊江戸小咄本集』(未刊江戸文学刊行会・昭31)や『噺本大系』第十四巻などにある。

江戸嬉笑序

本所《ほんじよ》の阿老談洲楼《じいさまだんじゆうろう》[一]、司馬《しば》の大哥芝楽亭《あにきしばらくてい》[二]、皆僕《おのれ》とはのがれぬ中、つながる焉馬《えんば》[三]、慈悲成《じひなり》が、むかし〳〵あつた土佐画《とさえ》[四]の話本《はなしぼん》、古きを以《も》つて新しく、爺《じじい》は山へしば〳〵補ひ、婆《ばばあ》は川へ洗濯し[五]、落語《おとしばなし》を再興してより以来《このかた》、猫児《ねこ》も杓子《しやくし》も弄《もてあそ》ぶ事となりて、はなせば飛んだ嘘八百里《り》[六]、落せば拾《ひら》ふ者、すでに万八人[七]に及べり。赤本《あかほん》[八]の臼杵《うすきね》は可咲《おかしき》に堪《た》へず、転びうちて笑ふにぞ、猿蟹《さるかに》も新しきを聴きて、焼飯《やきめし》とともに生胆《いきぎも》を潰《つぶ》す。襦袢《じゆばん》に百が糊嘗《のりな》めたるかくれ里《さと》の咄雀《はなしすずめ》[九]は、ちよつちよと会筵《かいえん》[一〇]に来《きた》つて舌を顫《ふる》へば、婆汁一盃《ばばあじるいつぱい》食はせたるかち〳〵山の古狸《ふるだぬき》は、兎の土舟《つちぶね》に乗るとも、ぼう〳〵山の焼直しを採《と》らず。雉子《きじ》はお山へ供妄窓《とももうそう》と称《なの》つて、設《もう》けの席に座《なお》れば、狗児《いぬ》も劣らず咄《はなし》の種、一つ下され桃太楼《ももたろう》と、号《な》を呼ぶ。されば、鼠の娶姻《よめいり》の席に招かれては、夫妻《おとこおんな》の中をも和《やわ》らげ、愚《や》

一　本所相生町の大工の棟梁で市川団十郎を贔屓にした烏亭焉馬の別号。
二　芝宇田川町に住み、歌舞伎の『暫』に因んだ戯作者桜川慈悲成の亭号。
三　「縁」に焉馬。
四　お伽噺の口調「あったとさ」と土佐絵。
五　「柴刈り」に屢々を、「洗濯」に落しをかけ、既成笑話を補訂したり洗い直しての意。
六　口から出放題の「嘘八百」で里程を示した。
七　大嘘付きの異称「万八」で人数を表わした。
八　享保以降流行した赤表紙の子供向きの草双紙。
九　市中の笑話好きの人。
一〇　咄の会の席上の意。

蠢《ぼ》な参会のお伽《とぎ》となりては、猛《たけ》き金平《きんぴら》[一]の心をもあはれと思はせ、目に見えぬ鬼神《おにかみ》を腕に彫《ほ》りて、すつてん童子《どうじ》[二]と覚えたる人をも感ぜしむるは、落咄《おとしばなし》なりけり。[三]此の時に当つて長崎から赤飯《こわめし》[四]を貢《みつ》ぎ、鬼が島より宝物《たからもの》を捧げ、おの〳〵湯桶読《ゆとうよみ》[五]に咄家《はなしか》と唱《とな》へて、天《てん》から降《くだ》る犢鼻褌《とくびこん》、黄色な声を発《あぐ》るにぞ、低い地《ところ》の蝦蟇《ひきがえる》も、高き坐《ざ》[六]に登り、無い所には無い智恵を篩《ふる》つて蟻《あり》のごとく群がり、弁舌滔々《べんぜつとうとう》として、流るる桃《もも》の夭々《ようよう》[七]たりしも、その話《はなし》、蓁々《しんしん》と盛んなるは、我が朋焉馬《ともえんば》さん、慈悲《じひ》さんの勲《いさおし》ならずして、外《ほか》にはごんせぬ。亦誰《またたれ》さんをかいはん。

文化丙寅春正月、両国橋三河楼《みかわや》に於《おい》て、桜川が開講《はなしぞめ》の翌日《あくるひ》、立川《たてかわ》の烏亭《うてい》[八]に宿《やど》りて筆をとる。

式亭三馬酔書

一　金平節の主人公。坂田金時の子で怪力剛勇。

二　酒呑童子の変化語。

三　以上「目に見えぬ鬼神をもあはれと思はせ、男女の中をも和らげ、猛きもののふの心をもなぐさむるは歌なり」(『古今和歌集』仮名序)による。

四　「天から褌」と同様。長い物事の譬え。面白味のないことがだらだらと長く続くことなどにいう。

五　漢字二字の上を訓、下を音でよむ読み方。訓で「はなし」、音で「か」。

六　咄の会での口演高座。

七　若い勢いの盛んで瑞々しいさま。「桃之夭夭、其葉蓁蓁」(『詩経』)。

八　本所竪川の焉馬宅。

附言

予《よ》[九]、嘗《かつ》て落語《らくご》を聞いて娯《たの》しめども、おのれはいまだ一篇《いっぺん》の落咄をも作らず[一〇]。素《もと》より胸中に落語を巧まんとする念なければ、新古の差別《しゃべつ》[一一]をも弁《わきま》へず。故に聞くたびに面白く、且《また》新らしと思へるのみ。頃日《このごろ》門人二三兄弟《けいてい》、落語を作つて角觝《かくてい》[一二]に擬《ぎ》し[一三]、予に月旦《げったん》[一四]を需《もと》むる事頻《しき》りなり。評を加へんと、これを閲《み》るに、予、落咄を思はねば古句《ふるく》[一五]なるを知らず。彼《かれ》も又落語を知らねば焼直しを思はず、互ひに新らしと思ひて、すでに批評を点ず[一六]。若《も》し、貸本読み[一七]の博覧《はくらん》ありて、等類《とうるい》の誤りを計り[一八]給はば、村学究《そんがくきゅう》[一九]の譏《そし》りを宥《ゆる》し給へと尓云《しかいう》。

九　自分。三馬のこと。
一〇　三馬作の噺本は見当らない。
一一　新しい創作話か既成話の再出・改作かの区別。
一二　角力や力くらべ。転じて優劣を争うことの意。
一三　なぞらへて。真似て。
一四　品定め。人物評。
一五　昔の人が一度詠んだことのある句。ここでは噺本に載った既出の咄。
一六　批評の点を付ける。
一七　当時は貸本屋を通して読書が普及した。「貸本屋落し咄をして戻り」（『柳多留』二・39）。
一八　類似の咄と指摘する。
一九　見識の狭い学者を軽蔑していう語。

口　絵

諢話《おどけばなし》一江戸《えど》嬉笑《ぎしやう》二

式亭三馬評
門人　楽亭馬笑三
福亭三笑四作
古今亭三鳥五

東西咄角力

東　黒焼《くろやき》六　▲馬笑作

黒焼屋の腎張爺《じんばりおやじ》七、近所の娘に首つたけ惚れけるが、白髪《しらが》だらけの薬《や》鑵頭《かんあたま》では、なか〳〵ウンと呑み込むまいと、宮守《いもり》の黒焼八を、そつとふりかけて帰り、夕方になり、時分《じぶん》はよしと、そろ〳〵張りに来たり九、幸ひ、あたりに人目もなし。「お娘《むす》一〇、どうだ」と、しなだれかかれば、娘、大きに腹を立ち、物いはずに腕へくらひつく。「アイタ〳〵〳〵。これはどうだ。ハテ、此のはづではないが、どうした間違ひ。アイタ

一　滑稽でくだけた話。
二　楽しみ笑う「嬉笑」に「気性」をかけた書名。
三　楽山人の名で『怪化競箱根戯場』(寛政八)以下戯作を手がけるが、三馬の校閲・補作が多い。
四　富久亭の号で『穴可至子』(享和二)等がある。
五　『恋渡木曾桟』(文化十)以下の合巻作者。
六　動植物を黒く蒸し焼きにして作った漢方薬。
七　精力旺盛で好色な中年男。
八　井守の雌雄を黒焼にした粉末状の媚薬。人目につかずに思う相手の衣類に振りかけると、思いが叶うという俗説がある。
九　「惚れにくい顔が来て買

〳〵」と逃げ出すを、又あたまへかぶりつく。血はたら〳〵と流るるを、「コリヤたまらぬ」と天窓《あたま》をかかえ、ほう〳〵宿へ逃げ帰り、「コリヤ〳〵、その棚の隅の黒焼の壺は、何と書いてある。一寸《ちよつと》ここへ」と読んでみたれば、『狼の黒焼』一一＊。

西　謡《う》曲《たい》　▲三笑作

「三治どん。おらが内《うち》の旦那は、謡《うたい》が上手だ。きのふも『鉢の木』一二を謡ふたらば、じきに雪が降つて来た。ナント、すさまじからう」といへば、「ナンノ、おらが親方は、そんな事ぢやアねへ。なほ上手だ。此頃《このじゆう》、『道成寺《どうじようじ》』一三の能をさしつたら、聞かつし。鐘入《かねいり》の所《とこ》でノ、すばらしく雨が降出したア。なんと、これにはかなふめへ」と、二人の調《でつ》市《ち》がきかぬ気の親方びいきに、今ひとりの小僧、何がな負けずに言ひたく思ひ、「コレ〳〵、あんまり味噌《みそ》をあげるな一四。おらが旦那も、謡は大名人よ。先度《せんど》聞かつし、『熊坂』一五の謡を謡ふたら、その晩、盗人《どろぼう》

ふ惚れ薬」(『川柳評万句合』明和九・鶴5)。
九　物にしようと狙いに。
一〇　他人の娘への愛称。
一一　原料が山犬で嚙付く。
＊　類話→補注一一
一二　最明寺(北条)時頼が雪の夜に佐野常世愛蔵の鉢の木で暖を受ける四番目物の謡曲。「ああ降つたる雪かな」の詞章。
一三　懸想した娘が蛇体となり道成寺の鐘に隠れた山伏を焼き殺す四番目物。『道成寺』演能には雨が降ると俗にいわれる。
一四　自慢する。
一五　金売吉次を襲って牛若丸に討たれた盗人の頭目熊坂長範の亡霊が僧に語る筋の五番目物。

が這入《はい》つた」。

評

東は黒焼　ふりかけた薬より、よくききめのある焼薬の真黒上々。一 細末《さいまつ》したる二こまかな噺かたには、人の耳にも聞きほるる事、神のごとし。三

西は謡曲《うたい》　序破急《じょはきゅう》四とのひたる咄の開口《かいごう》、シテ〳〵跡《あと》はと、ワキから五も落《おち》をさぐらする拍子利《ひょうしき》六きなる作意《さくい》。ごま塩ほども七点はうたれぬ章句《しょうく》のさし合《あい》。

行司曰　よもあらじなんぼうおもしろき物語にて候。八 東西のはなしは黒焼の壺に入れ、謡本の箱に納めて、行司しばらくあづかり置きます。九

東幽霊　▲三鳥作

嫉妬《しっと》ぶかき女、死んでも娑婆《しゃば》の事が気にかかり居る所へ、一つ長屋の佐治兵衛一〇、同じく冥土《めいど》へ来りければ、彼《か》の女、大きに悦び、まづ何がさしおき、夫の事を尋ぬれば、佐治兵衛「イヤモウ、お市さん。おめ

一 歌舞伎役者の芸事の位付けや批評に用いた語で、出来栄えのよい黒上上。黒焼にかける。
二 粉末状に砕いた。
三 薬効などのすぐれたことを保証する慣用句。聞き惚れる事間違いなし。
四 能楽など芸能の形式や展開・演出上の三区分。
五 能のシテ、ワキと「して〳〵」「脇」。
六 舞いや囃しの拍子をとるのが上手な人。
七 少しも。謡物の曲節を示す胡麻点を利かす。
八 『道成寺』の「なんぼう恐ろしき物語にて候ふぞ」をもじる。
九 引分け角力の口上。
一〇 安永頃流行した数え

へが死んで、一七日《ひとなぬか》も立たぬうちに、何所《どこ》のか女郎《じょうろ》を連れてきて、中の能《い》い段ではねへ」と小じやくりに、[一一]角《つの》を生《は》やし、[一二]「ヱ、、うらめしい。それを聞いちやア、少《ちっと》も早く幽霊になつて行きやせう」と支度して立騒ぐを、佐治兵衛引きとめ、「コレ〳〵、幽霊といふものは、株《かぶ》[一三]がなくては、めつたに出られぬ。まづ閻魔《えんま》さまへ願ふがいい」と教へれば、すぐさま閻王《えんおう》の御前《ごぜん》へ出、「何とぞ幽霊の明株《あきかぶ》[一四]をお許し下されよ」と願ひければ、閻王、つく〴〵と見給ひ、「此の願ひ、叶はぬほどに、さう心得ろ。不埒《ふらち》な奴《やつ》だ。凡《すべ》て幽霊といふものは、色白く美しく、背《せい》すうわりと高く、声すずやかに細いものだは。ソレ、浄玻璃《じょうはり》の鏡[一五]で面《つら》を見ろ。色黒く鼻低く、痘痕《あばた》ありて猿眼《さるまなこ》[一六]、棚尻《たなじり》[一七]で、どぶつ[一八]なり。おのれ、そのざまで幽霊に出られるものか。不届きな奴、さがれ〳〵」と叱られ、すご〳〵と帰りて、此の由《よし》を語れば、佐治兵衛、なるほどと首をひねり、「そんなら、化物株[一九]と願ふサ」*。

唄に出る人名。「一つとや、一つ長屋の佐次兵衛殿」(『半日閑話』)。
一一　ちょっかい。
一二　嫉妬心を起こし。
一三　各種の地位や営業などを世襲継続する特権。
一四　株仲間の都合で限定数のうち明きとなった株。
一五　亡者生存中の善悪の行いが写し出される鏡。
一六　猿のように凹んできょろきょろ動く丸い目。
一七　突き出た形の尻。
一八　土仏。陶器の布袋に似た意から、肥った女性の軽蔑語。でぶっちょ。
一九　人並み以下の器量では化物で出るのが相応。
*　類話→補注一二

西 菖蒲《しょうぶ》革《かわ》一　▲馬笑作

「近頃は菖蒲皮がきつい流行、何でも諸事菖蒲皮だ」と、かみさまも娘も、下女も下男も、のこらず菖蒲皮づくし。上着《うわぎ》から間着《あいぎ》、下着、襦袢《じゆばん》はいふに及ばず、履物《はきもの》の鼻緒《はなお》、茶瓶《ちやびん》、弁当箱、供の者の股引《ももひき》までが菖蒲皮で、飛鳥山《あすかやま》へ花見と出かけけるが、よき場所を見て、毛氈《もうせん》を敷き、やがて大勢の菖蒲皮がずらりと居《す》はつて、弁当をひらくを見れば、焼飯《やきめし》二が三角。しかし、こればかりは菖蒲皮にならぬと、覗いて見たれば、三角の焼飯を二つ食つたり三つ食つたり。三

評

東は　幽霊の腰から下掛《しもがか》りのない白装束。四　きれいに落ちた化物株。ぞつとするほどすごいぞ〳〵。

西は　菖蒲皮のはなしの新染。すす竹のすすびをとり、五　丁子茶の茶に長じたる六一ト趣向。焼飯の焼直しとも覚へねば、かのにぎり飯《いい》の三角に、りんきの

一　鹿のなめし革を濃藍色に染め、白く草花様の模様を残した染め革の一。また、この模様や色に染めた木綿地もいう。

二　握り飯に味噌や醬油を付けて焼いたもの。

三　「今菖蒲皮といへる、小紋三角なる物を並べたる如くなるをいう」(『海録』)とあり、表面の黒い握り飯が二、三個並ぶと菖蒲皮の文様に見えた。

四　幽霊の腰から下のない意と、下掛り(卑猥)でなく上品な意をかける。

五　黒い汚れをとり。

六　紅色がかった茶色の流行色にうまく適った。

角《つの》七の二角《にかく》を合はせて、此の角力も、五角《ごかく》、牛角《ごかく》八の無勝負《しょうぶなし》と定む。

東　反魂香《はんごんこう》九　▲三笑作

若い息子、ある遊里の芸者と色事にて、互ひに末は屁も放《ひ》り合はふ一〇といふうまい中一一なりしが、麻疹《はしか》のために芸者は身まかり、あとに残りてかの息子、只くよ／＼とあこがれて一二、芸者の事ばかり思ひつづけて居たりしが、不図《ふと》反魂香を思ひ出し、現在好物の唐茄子《とうなす》、海鼠《なまこ》、琉球《さつま》芋《いも》などを供《そな》へ、「これでは、よもや一三魂《たましい》も反《かえ》るだらう」と、小さな香炉《こうろ》へ線香をたてると、不思議や、ドロ／＼一四になり、芸者の姿すつくと現れ、白仕立ての仕掛《しかけ》一五にて、尻目一六で見ながら、「ヲヤ、嬉《うれ》しいの」といひながら、供へ物を食つて、しみ／＼と咄もなく、「アレ／＼、閻王《えんおう》

七　悋気の角。嫉妬して鬼女のように怒ること。
八　互角。牛の左右の角は長短大小に差がないので、優劣の差のないこと。
九　亡き人の霊魂を呼び起し、生前の姿が煙の中から出るといわれる香。漢の孝武帝が李夫人を偲んで焚いた故事による。
一〇　遠慮のない間柄、夫婦になろう。
一一　男女の親しい仲。
一二　心がひかれて、ぼんやり虚脱状態になって。
一三　きっと。
一四　芝居で幽霊の出などに用いる大太鼓の囃し。
一五　芸者や遊女の晴れ着。
一六　媚びを含んだ流し目。

のお迎ひ[一]しげし。ハイ、さやうなら」と立上るを、「ヤレ、待て少刻《しばし》」と、裾にすがれば、幽魂、ちよいと振返り、「線香が[二]モウ、たちやした[*]」。

西浄瑠璃　▲三鳥作

「コレ、源公。足下《ぬし》は義太夫に凝《こ》るさうだの。一段語つて聞かさつし[三]」と望めば、嬉しがつて、懐《ふところ》から六行《むくだり》の稽古本[四]取り出し、調子はづれに語り出すと、一長屋《ひとながや》[五]のかみさまたち、どや〳〵と入り来り、「だいぶ面白い音がするねへ」と、内《うち》へ這入《はい》つて聞けば、大音《だいおん》で大悪声ゆゑ、皆々帰るにも帰られず。「コウ、お松さん。大きな声だのウ。あの声では、そこの味噌桶やひちりん[六]も取除《とりの》けて置きなせへ[七]」と、小さな声で悪口をいへば、語りながら聴きはつり[八]、「イヤ、これ。そのやうに聞人《ききて》が大勢来ては、チトおそれる[九]」。

一　遊びの時間が切れて芸娼妓を呼びに来ること。
二　芸娼妓の花代は線香一本が燃える時間が単位。
＊　落語「立切れ（線香）」の原話。類話↓補注一三
三　しなさい。なさい。
四　大字で書いた義太夫節の本。丸本。
五　同じ長屋。
六　七厘。土製のこん炉。
七　悪声や調子はずれの歌を聞くと、俗に「味噌が腐る」「七厘が割れる」といわれたので、味噌桶や七厘を片付けた。
八　聞きかじり。
九　恐縮する。物の片付けを、聞き手を入れる場所広げのためと誤解した。

評

東は　反魂香のひと焚きに、ぱつと辰巳《たつみ》[一〇]のはでなる姿。閻王のおむかひまで、
　舌の廻し[一一]方働きたる一ト趣向。

西は　浄瑠璃のノリ地[一二]になりたるフシ落し[一三]。さのみ大落し[一四]の落にもあらねど、
　茶飯[一五]以下の語り口、大仙人《せんにん》[一六]はのがるべからず。
　此の角力は東の方に口を[一七]かけて、勝と定む。

東瞽《ご》女《ぜ》[一八]

▲馬笑作

ある瞽女、忍男《しのびおとこ》[一九]ありて、毎晩塀《へい》を乗越え、松をつたひて通ひしが、ある夜、いつものごとく閨房《ねや》をしつらひ、かの瞽女、ひとり待ち居たるに、折ふし隣の猫、塀の上へのぼり、松をつたひて雨戸より、ずつとはいりしを、瞽女は忍び男と心得て、「今宵《こよい》はいつよりお早いね」と、手を出して空《くう》を探《さぐ》れば、猫、びつくりして、「フウッ[二〇]」とおどせ

一〇　東南の方角。深川の遊里。「立つ」にかける。
一一　遊女の部屋内や夜具などを扱う男。落咄の弁舌にかける。
一二　芝居や語り物で、三味線に乗って調子よくせりふや詞章を語ること。
一三　浄瑠璃など音曲の文句が一段落した所の旋律。
一四　浄瑠璃で主音を繰返し強調する長い曲節。
一五　下手な素人浄瑠璃。
一六　素人浄瑠璃の天狗連。
一七　芸妓などを席に招く。
一八　三味線や唄などで物乞いをする盲目の女。
一九　情夫。隠し男。
二〇　猫が相手をおどす時の息づかい。

ば、瞽女、「マア、灯《ひ》を消さずと能《い》いよ[一][*]」。

▲三笑作

西 石《いし》刻《ずり》[二]

吝《しわ》ん坊《ぼう》で文盲《もんもう》のくせに、ちつとづつひねりたがる[三]亭主、「コリヤ、松治郎。ソレ、油が高いは。手習ひをするなら、灯心《とうしみ》[四]を一筋《ひとすじ》にしろ」「へイ、一筋でござりますか。暗くて、手本《てもと》が見えませぬ」「そんなら、明りを消して、石摺《いしずり》を習へ[五]」。

評

東は　瞽女の手さぐりにさぐり当てたる新作にて、猫の息《いき》、ふつと[六]したる思ひ付とは、かいもく見へませぬ[七]。

西は　石摺の黒人顔《くろうとがお》に真白な[八]せりふ廻し、書学にくらやみ[九]の恥を行灯《あんどん》のあかるみへ出したる趣向。

此の角力、おもしろけれども、石摺は二度目の清書《きよがき》[一〇]を待ちて、東の方を勝と定む。

一　男が部屋の灯を吹き消す息とカン違いした。

*　「勘のよい瞽女間男をもつている」(『柳多留』一四・7)の一幕。

二　石碑などの文字を黒地に白く紙に摺り取ったもの。拓本。

三　妙な工夫をする。

四　細藺の芯や綿布に油を浸して灯すもの。二本だと明るいが油は減る。

五　凹凸のある石摺なら手でさわれるから可能。

六　猫の鼻息「ふっと」に、「不図」を掛ける。

七　「全く思えません」の意で、盲目に因んだ。

八　素人じみた。石摺に因み、黒と白、暗闇と明るみを取り合せた。

東　流行《はやり》医者　▲三鳥作

はやり病ひに流行医者、別していそがしくて、此の頃は代脈《だいみやく》[一一]が十四五人出れども、なか〱手が廻らず。よんどころなく、玄関番《げんかんばん》の若党を早ごしらへの医者にして、乗物へ入れ、病家《びようか》へ廻らせけるが、乗り馴れぬ四《し》枚肩《まいがた》[一二]にゆられて、乗物の中に居《い》眠《ねぶ》りをして行く内、病家に至り、草履《ぞうり》取《とり》、先へ駆け抜け、「物申《ものもう》[一三]」と言へば、びつくり目が覚《さ》め、駕《かご》の中から、「どうれ[一四*]」。

西　夜《や》具《ぐ》　▲三笑作

「コレ、金吉や。人さまの前で、『お爺《とつ》[一五]さんは菰《こも》[一六]を着て寝る』などと、必ず言やるな。『夜具を着て寝る』と言へよ」と言含《ふく》めける。ある時、亭主、隣家《となり》へ噺《はなし》に行きけるに、子供、跡《あと》から付いて来て、父親《てておや》

九　無知。灯の縁で暗闇。
一〇　習字や草稿の浄書。咄の練り直しの意。
一一　医者に代って診察する人。代診。
一二　駕を四人で舁くこと。急用時や見栄で用いる。
一三　他家で案内を乞う語。
一四　玄関番が「物申」に応えて出迎える語。日頃の習性が出た。
＊　落語「代脈」の一コマ。「代脈は若党で来た男なり」(『柳多留』八・33)の状態。
一五　父を親しく呼んだ「おとと様」の変化語。
一六　まこもを粗く織って作ったむしろ。貧乏人が布団代りにもした。

の髪に藁の付いたるを見て、「コレ、爺《とつ》さんや。おめへの鬢《びん》に、夜具が付いて居るよ*」。

評

東は　間に合ひ医者[一]の匕加減《さじかげん》。せんじやう常《つね》の如く[二]の玄関番と思ひの外《ほか》、脈のかはつたはなしの配剤《はいざい》[三]。

西は　夜具と言はする趣向もよけれど、もはや裏返しきかぬ古畳の上にして、よほどふるびた薦《こも》[四]なれば、代脈の匕先《さじさき》でもききめのあるは、東の方、勝と定む。

東　蒲《かま》穂《ぼ》子《こ》[五]　▲三鳥作

小料理もやらかす田舎者[六]を置きけるが、「モシ、旦那さま、此の鯛《たい》と鮫《さめ》は、何にお拵《こしら》へなされます」「ム、、それはかまぼこにするつも

＊ 類話→補注一四

一 急場しのぎの俄医者。
二 煎じ薬の包み紙にある「煎じ様常の如し」。決まり切ったものの形容。
三 変化のある咄の内容。
四 先行話に依って作られた古めかしい咄の意。
五 魚肉を摺り身にした練製の食品、蒲鉾の別字。
六 ちょっとした手軽な料理もつくれる。

りだ。てめへに出来るか」「出来ますとも〳〵。かまぼこぐらいは、お茶の子七でござります」と、ほどなく昼飯になる。「どうだ〳〵、八助。かまぼこが出来たか」と膳に居《す》はる。と蓋《ふた》八を取つて見たら、鯛も鮫も切身《きりみ》のままで煮付けてあるゆゑ、「コレハ八助、どうした事ぢや。なぜ、かまぼこにしねへ」「ハイ、かまぼこにしやうと存じましたが、釜《かま》では飯を焚《た》きましたから、鍋《なべ》ぼこに致しました」。

西物《もの》忘《わすれ》　▲馬笑作

長老、客僧に対《むか》つて曰《いわ》く、「サテ、ひさ〳〵諸国を遍路《へんろ》九めさつたが、何もめづらしい事はなかつたかな」「ござりました〳〵」「それは、いかやうな事ぢやな」「六つばかりの小児に十念《じゆうねん》一〇を授けたれば、辞世《じせい》をよみました」「それはめづらしい。シテ、其の歌は」「ア、、何とかいふ歌でござりました」「お忘れなされたか」「覚えて居《お》つたが、トント忘れました」「沙門《しやもん》一一が物を忘れて、悟りの道がどうなるものぞ。チト、

七　茶の子（茶請けの菓子）は腹にたまらない所から転じて、たやすく出来ることの形容。「朝飯前」に同じ。

八　原本のまま。

九　巡礼。弘法大師ゆかりの霊場を廻ること。

一〇　僧が念仏を十遍唱えてやり、信者に阿弥陀仏との縁を結ばせること。多く臨終時に行う。

一一　僧侶。出家。

おたしなみなされ。丁度、貴僧のやうな人が釈尊の御弟子《みでし》[一]にもあつて、その人の名を」「ヱ、、その人の名は」「ア、ソレ、なんとかやら、言ひましたはい」。*

評

東は　釜の前の八助が、かまぼこから出たなべぼこより、うまみのある口《くち》ぼこ。[二]
西は　物わすれの何とかやら。何とやら面白く聞こゆれば、何がさしおき、[三]何にもせよ、西の方を勝と定むるに、又何事かあらん。[四]

東　飛頭蛮《ろくろくび》[五]　▲馬笑作

長崎丸山[六]の女郎に馴染《なじ》み、請出《うけだ》して女房にする相談。けふ迎へろ、翌日呼びとれと、女郎は婚礼をいそぐうち、「あの女は、名代《なだい》[七]の轆轤《ろくろ》首《くび》だ」と噂を聞いてたまりかね、夜逃げにしてかけ出《いだ》せば、ろくろ首、

一　釈迦の弟子で我が名も覚えぬほど愚鈍だが、後に大悟した周梨槃特。「仏の御弟子の須利般特は余りに鈍根にして、我名をも忘れけり」(『沙石集』)。
＊　類話→補注一五
二　口鉾。巧みな口先。うまく他を操る弁舌。
三　どのようにしてでも。何が何でも。
四　物忘れに因んで、「何づくし」の評言。
五　頸が非常に長くて伸縮自在な化物。ぬけ首。
六　長崎の遊廓の地名。吉原、島原、新町同様に栄えた。
七　名高い。有名な。

これを聞くより、たちまち其の首ぬけ出て、いづく迄もと追ひ来たる。こなたは一生懸命と逃げるほどに〳〵、海を越え山を越え、松前《まつまえ》八の果てまで来たりしが、あまりの事に草臥《くたび》れ果て、とある畠の畝《うね》にやすめば、其の辺《あた》りは一面に芋畑なり。彼のろくろ首も追ひくたびれ、甚だ空腹になりければ、息《いき》つぎ九と思ひ、里芋を取つては食ひ〳〵、おびただしく食つたれば、松前の首は何ともなけれど、長崎の尻が、「ブウ〳〵〳〵」*。

西文《もん》盲《もう》　▲三笑作

何でも知つたふりをしたがる男、端午《たんご》の節句《せつく》に幟《のぼり》を見あるき、「ハヽア、勝川九徳斎春英《かつかわきゆうとくさいしゆんえい》一〇。ハテ、書いた〳〵。当時筆の達者は、此の人だ」と、段々一一見れば、黄石公《こうせきこう》と張良《ちようりよう》が橋の図一二あり。「さても〳〵見事〳〵。鍾馗大臣《しようきだいじん》が山田《やまだ》の大蛇《おろち》一三退治《たいじ》する所、そこへ出たやうな勢ひだ」と、高慢に見て居るゆゑ、側《そば》から笑ひをかくして、「モシ、あの

八　北海道渡島半島南端の地名。松前藩。

九　重労働後の一休み。

*　「ろくろ首あたまで屁の尾をすくひ」(『柳多留』九一・24)以上の誇張話。

一〇　寛政頃の浮世絵師。武者絵や芝居絵が得意。

一一　あれこれと。

一二　下邳土橋上で秦の隠士黄石公が川へ沓を落し、拾った張良に兵法の奥義を授けた故事。謡曲『張良』で名高く画題となる。

一三　素盞嗚尊が討った八岐大蛇。橋上両人の図を見当違いの見立て。

橋の上に居る人は、何でござります」「ハテ、知れた事。アノ橋の上のが、七夕《たなばた》さまさ[一]」。

評

東は　長崎からチトこわめし[二]と逃げ出したが、煮染《にしめ》の芋は食ふとても、屁のやう[三]なるはなしにあらず。

西は　張良が古事《こじ》をひらふた土橋《どきよう》の下《した》の下邳《かひ》[四]なる落し。石公《せきこう》が沓《くつ》々笑ひ[五]に、見物の落をとる事、見ぬ昔風なるはなしかたなれば、西の方まされり。

東西《すい》瓜《か》

▲三笑作

藪医者、汗をいれん[六]と、門口《かどぐち》に涼んで居る。向ふから十二三の調市《でつち》[七]、西瓜と手紙を持つて来たり、「もし、此の近所に鵜殿泰朴《うどのたいぼく》[八]さまと申すは、どちらでござります」と聞くゆゑ、「定めてこれは、病家《びようか》より盆《ぼん》

一 「橋上の人」を聞かれ、牽牛織女の出会いに天の川を渡す「かささぎの橋」を連想した。
二 物事が長々と続く譬え「長崎からこわめし」と、少しこわいの両意。
三 放屁に、「取るに足りない」意をかけた。
四 下卑。故事に出る地名「下邳」をかける。
五 笑い声「くつくつ」に、落した沓をかける。
六 汗の流れ出るのを押えようと。
七 丁稚。商家に年季奉公をする年少者。
八 身体ばかり大きくて役に立たぬ譬えの「独活(うど)の大木」に因んだ藪医者の通名。

中《ちゆう》の暑気《しよき》見廻《みまい》[九]ならん」と、俄《にわか》に会釈《えしやく》して、「アイ、手前[一〇]の事でござる」「さやうなら、盆前[一一]の書出し[一二]を持つて参じました」と差出《さしいだ》せば、案に相違し、「ア、イヤ、此の書出しは、外《ほか》へ行くのだ。そちらの西瓜はどうじや」「イエ、これは八百屋権兵衛へ」と聞きて、「ヲヽ、その八百屋権兵衛が、此の方じや」といひ直せば、「ヘエ、あなたが権兵衛様でござりますか[一三]。此の西瓜は請合ひのはづだが、中が真白だから、銭《ぜに》をお返しなさい」。

西生酔《なまえい》[一四]　▲三鳥作

ひとりの大生酔、足腰の立たぬを、道連れの生酔二人リしてかつぎ出し、負ふも負はるるも衜足《ちどりあし》[一五]にて、門口をとん〳〵〳〵。「サア〳〵、旦那さま、お帰りだ」と鳴《な》りこめば[一六]、「これは又、例の生酔か」と、女房立出で、戸をあくれば、すぐにどや〳〵お家《いえ》に上り、「御亭主、大どろんこで[一七]、内《うち》へはいやだといふが、定めておめへが叱るだらうと

九　暑中見舞。お中元。
一〇　私。自分の卑称。
一一　盂蘭盆の前の頃。半年間の掛買の支払い期。
一二　請求書。勘定書き。
一三　医者と八百屋では髪型も違うので、丁稚は念を押して聞いた。
一四　酔っ払い。とくに泥酔者をいう。
一五　酔ってふらふらしながら歩く足つき。千鳥足。
一六　どなり込む。わめき立てて押し入ると。
一七　酔っ払っていること。ドロンケン。「紅毛のことばに酔た事をトロンコと云、是医者の仲間にてよく云しやれ言なり」(『繁千話』)とあり、蘭方医から出た流行語。

思つて、代り〲におぶつて来た」と、三人一所《いつしよ》に転ぶゆゑ、「さても〲きつい酔《え》ひやう。モシヱ〲」と引起せば、着物ばかりで亭主のかたちもなし。「コレ、お前がたは、わたしらが内《うち》[一]を連れて来たと云ひなさるが、これ、見なせへ。着物ばかりで、骸《からだ》がねへ」といはれて、二人リの生酔びつくりし、「ヤ、こりやどうだ。なんでもたしかに負ぶつたはづだが、道でぬけ落ちたかしらん」「あて事もねへ[二]。酔ふにも程《ほど》があつたものだ。負ぶつた人を落すといふ事が、どこの国にあるものか。早く行つて尋ねて来なせへ」「ハテナ、どうも不思議な事だ。そんなら行つて見て来《こ》やう」と、元《もと》の道に立戻れば、彼の亭主、四つ辻にふんぞり返つて、真裸《まつぱだか》の高いびきを、又々二人リして内へ連れ帰り、「サア〲、見付けてきた。ア、コレ、しかし腹は立ちなさるな。おめへはよつぽど仕合せな人だ」「ナニ、ばか〲しい。よたんぼう[三]を落されて、何が仕合せなものか」「イヤサ、さう言ふまい。落したはおいらが誤《あやま》りだが、能《よ》くサ、人が拾はなんだよ」*。

一 自分の夫または妻。

二 予想しない、又はとんでもないの江戸語。

三 「酔うた坊」の訛り。よたんぼ。酔っ払い。「酒狂人を東国にて、なまゑひ、又よつぱらひといふ。大坂にて、よたんぼといふ」(『物類称呼』)。

* 落語「ずっこけ」の原形。

評

東は　西瓜の真赤《まつかい》な空言《そらごと》、四赤くなければ銭《ぜに》とらずの書出し。地口五にいはば、これがほんの西瓜《すいか》実《み》を食ふ六はなしのたね。うそ八百屋七のおかしみは請合売《うけあいうり》。

西は　すたりもの八の生酔を、拾《ひら》ひあげたる門《ド》口に、おなじ友よぶ千どり足九、酔《えい》ひ十分のおかしみあれども、つまり肴《さかな》一〇の西瓜よく酔をさませば、東の方を勝と定む。

東　化《ばけ》　習《ならい》　▲馬笑作

親狸、子の狸に向ひ、「コレ、われもモウ、化けても能《よ》いぞ。よその子を見ろ。みんな相応に化けて、親の代りをするは。昔のやうに上手でなくとも、近年は口元《くちもと》一の修行ですむから、化け習へ」「アイ、そんなら、とつさんとかかさんと囃《はや》すなら、化けやう」「ヲヽ、安い事

四　嘘。虚言。「真赤」は嘘と西瓜の色に因む。
五　俚諺や俗語などに似通った言葉の洒落。
六　粋であることが身を破滅に導く譬え「粋が身を食う」の地口。
七　嘘八百に八百屋の縁。
八　役立たず者。
九　千鳥足の酔っ払い仲間と群れ集まる「友千鳥」をかける。
一〇　困ったあげく下手な手段を用いることの譬え。残り物での酒のさかな。西瓜と酔(すい)。
一　物事の始め。初歩。

だ」と夫婦の狸、笛《ふえ》、鼓《つづみ》を取り、ヒウドロ〳〵〳〵。[一]「そりや化けたり〳〵」といへども、穴へひつこんだばかり、一向《いっこう》に出ず。「そりや、ヒウドロ〳〵〳〵。ここだ〳〵。此のきつかけに出ろ。早く化けろよ。ヒウドロ〳〵〳〵。エヽ、役に立たぬやつだ。ナゼ穴の中へ引込む。早く出ろ〳〵。ヒウドロ〳〵〳〵」と吹けば、子狸、穴の中から首ばかり出して、「それでも、恥づかしいものを」。

西画工《えかき》　▲三鳥作

画工の門口《かどぐち》をずつと這入《はい》り、「おたのみ申します」「ハイ、どちらから」「イヱ、チトお願ひがござります。どふぞ墨絵《すみえ》[二]を一枚、書いておくれなさりませ」「ハイ、なんぞお望みがござりますか」「アイ、猿と蛇と並んで居る処を、書いておもらひ申したい」「ずいぶん心得ましたが、しかし、おつなお好《この》[三]みだが、これは何になります」「イヱ、それは七《なな》つ目《め》[四]でござります。私が申《さる》で、女房が巳《み》でござるから」「ハ、ア、

一　歌舞伎下座音楽の一。「ひゅう」と笛を高く吹き、大太鼓を急に「どろどろ」と小刻みに打つ。幽霊などの出没に鳴らす。
二　水墨画。彩色を施さない墨がきの絵。
三　変った。奇妙な。
四　十二支のうち、自分の生れ年から七つ目の者を愛すると幸運を得るとの俗信から、七つ目に当る干支を絵にした。
五　源三位頼政が猪の早太と紫宸殿で退治したといわれる「頭は猿尾は蛇、足手は虎の如くにて」(謡曲『鵺』)の怪鳥。親子三人の七つ目、申巳寅が一つ絵で間に合う。

聞へました。そしてお子さまはござりませぬか」「イヱ、ござりませぬ」「ハテ、惜しい事だ。寅《とら》に当る子供があると、鵺《ぬえ》[五]一疋ですみます」[*]。

評

東は　おかしみもウスドロならぬ[六]一ト趣向、面白狸《おもしろたぬき》[七]の腹つづみ、うちあがりてよきはなしぶりにて、穴の中、恥づかしからねど。

西は　猪《い》の速太《はやた》より画《え》の早書きに[八]、鵺一疋の一ト口うけ合ひ、一寸あんじをつけたてにて、筆より軽き口ぶりあれば、いづれあやめとひきぞわづらふ[九]。此の角力菖蒲《しょうぶ》[一〇]なし。

東　鼻毛　▲馬笑作

何でも四文《しもん》と出たがる奴《やつ》[一一]。「ちつと茶をして見やう」と、帛紗《ふくさ》さばき[一二]も高慢らしく、茶人めかして二人の友達に誘はれ、さる茶席へ招か

＊「虎巳申四つ目に当る猪の早太」(『柳多留』五四・45)の句もある。

六　「ドロドロ」の囃しを、音を小さく打つもの。

七　面白いの戯語「面白(黒)狸」に、「腹鼓」と続けて強調した通言。

八　頼政鵺退治の家来、猪の早太に語呂を合せた。

九　頼政が菖蒲の前を賜った時の歌。「五月雨に沢辺の真菰水越えていづれあやめと引きぞ煩ふ」(『源平盛衰記』)。

一〇　菖蒲と勝負をかけた。

一一　軽々しく口を出したり、安請け合いする。

一二　茶道で茶杓や茶入れを拭う際などの袱紗の取扱い方。

れしが、にじり上《あが》り[一]も待合《まちあい》[二]も、諸事二人《り》のする通りにしこなし、座定まりて、二人の中へ居《す》はり、しかつべらしく、斜《しゃ》にかまへて居たり[三]しが、不図《ふと》鼻の下を撫《な》でると、鼻毛が一本長々と手にさはりければ、そつと引抜いて捨てやうとあたりを見るに、皆奇麗《きれい》にて目に立つゆゑ、かの鼻毛を右の手に持ち、間《ひま》[四]を見合はせて捨てんとするに、右の座に居る人、これを見付けて膝をつつき、「捨てるな」といふ仕方《しかた》[五]をするゆゑ、南無三《なむさん》と、左の手に持ちかへて、左の方へ捨てんとする。左の座の人、これを見付けて、同じく目まぎ[六]で叱るゆゑ、両方の手で鼻毛をひねり、捨てる事に困つて居たが、よんどころなく、元の鼻へ押し込んだ。

西茶菓子　▲三鳥作

「どうでござる、嬉六《きろく》どの。只今は根岸《ねぎし》[七]の寮[八]に隠居いたして、好物の煎茶《せんちゃ》[九]ばかり楽しんでおります。ときに、手製《しゅせい》の茶菓子がござるが、

一　茶室へ客が入る小さな出入り口。躙り口。
二　客が茶席のあくのを待合わせる場所。
三　気取った姿勢で。改まった形で身構えて。
四　機会。
五　身ぶり。手まね。
六　目交ぜ。目で合図をすること。目くばせ。
七　台東区の地名。初音の里と呼ばれた閑静な地で別宅や隠居所が多い。
八　茶室の名目で作った富裕町人の別宅。
九　玉露や番茶に対して、中級の緑茶。

甚だ人さまが賞美なさる。チト来給へ」と別れる。その後《のち》、根岸の隠《いん》居所《きよじよ》へ行けば、まづ茶室へ通し、「さらば、お約束の菓子を上げます」と、楊枝《ようじ》をそへて出す。「コレハ〳〵」と、一つ取つて口へ入れた所が、吝《しわ》い一〇親仁《おやじ》のこしらへた事なれば、風味《ふうみ》一一ことの外《ほか》あしく、一向《いつこう》咽《のど》へ通しかね、吐《は》き出《いだ》さんにも座敷なれば、仕方なく口に含みながら、「お庭拝見」とまぎらして、縁先へ出て、口にある餅を塀越しに、ぽいと吐き飛ばす。折ふし畑仕事《はたけしごと》して居る農人《ひやくしよう》の天窓《あたま》へべつたり。百姓「これは」と手に取つて、投げながら、「ヱヽ、きたない。又茶の湯が始まつたか*」。

評

茶の端香《はなが》一二より茶の鼻毛、ことにめでたしといふ人あり。茶の口取《くちとり》一三より茶の口《くち》合《あい》一四は、お菓子食つてこたへられぬ一五といふ人あり。

此のすまふ引分け〳〵。

一〇　けちな。

一一　味加減。

*　落語「茶の湯」の原話。

一二　煎じたてのかぐわしい茶の香り。

一三　茶会で客が座についた時、器に盛って出す菓子。茶菓子。

一四　端香—鼻毛、口取—口合のように、語呂を合わせた言葉の洒落。

一五　「可笑(おか)しくってたまらぬ」の流行のしゃれことば。

東代《だい》脈《みやく》一

▲馬笑作

医は三世《さんせい》二といへども、三代目はまだの事、二代目からして、親の上手からは劣るもの。きめ頭巾《ずきん》三で富本浄庵《とみもとじようあん》、常磐津《ときわず》文伯《ぶんぱく》四などと名のる徒《やから》多く、千金方《せんきんぽう》五より五大力《ごだいりき》六を闇記《そらん》じる者が、とかく多いには困る。「コレ、けふは風邪《ふうじや》で気分が悪いによつて、明日《あす》は代脈に出やれ」と、放蕩子《なまけむすこ》に言ひ付ける。「畏《かしこま》つた」と月代《さかやき》を剃りたて、三枚肩《さんまいがた》七で乗りちらし、「蕩庵《とうあん》八お見舞」と病家《びようか》へしかければ九、「御親父《ごしんぷ》さまは今日はいかが」と聞かれ、「イヤ、ちと所労《しよろう》一〇ござつて取籠《とりこも》つて在《お》る。拙者も病用が多いが、よんどころなく助《す》けます」と、手を勿体《もつたい》らしくこすり廻し、握り飯を握つて洗ふやうな指づかひをして、脈をうかがへば、「イヤ、御親父さまのお陰《かげ》で、今日は大分よろしく、隣まで出かけた」の、「親類ども方《がた》へ参つた」のと、言ひぬけて相人《あいて》にもならねば、思ひの外早

一 代診。
二 医者は何代も続いている者が信用できるということ。「医不㆓三世㆒、不㆑服㆓其薬㆒」(『礼記』)。
三 頭の髷の部分を覆うようにかぶる頭巾。坊主頭や遊客たちではやった。
四 富本節や常磐津の師匠の芸名に倣った名前。
五 中国唐代の医学書。
六 『五大力恋緘』上演を機に大流行した江戸長唄の曲名。
七 三人で担ぐ駕。
八 放蕩者にふさわしい医者の庵号。
九 乗りこめば。
一〇 病気。わずらい。

く帰る。親父、待ちかねて、病家の様子を尋ぬれば、子息《むすこ》、右のあらましをいふ。親父、大きに怒《いか》り、「それ、見おれ。平生《へいぜい》そわ〳〵するから、病家がのこらず本復《ほんぷく》をつかつた一一のだ」。

西精《しよう》進《じん》一二　▲三鳥作

「りんや、今朝《けさ》もらつた肴《さかな》をこしらへろ」と言ひ付ける。女房、傍《そば》から、「お前、けふは大事の精進日だから、およしなさりまし」「ナニ、精進だ。何日《いつか》だ」「けふはお前、先《せん》の仏《ほとけ》の日一三でござります」「なんだ、先の仏の日だと。それにおれがかまふものか。大事ねへ。おれが食ふから、拵《こしら》へろ」「お前もマア、よく積《つも》つても一四ごらうじろ。先《せん》の主《ぬし》がかせぎ溜《た》めたおかげで、今もかうして居るじやアござりませぬか」「ナニ、先の亭主のおかげだ。コレ、なんぼ入夫《にゆうふ》一五だらうが、男をつぶして一六もらふめへ。おらア先の仏にはかまはねへ。早くこしらへろ。食ふぞ〳〵」「なんの、男をつぶすもので」「うんにや、食ふ」「いいへ、なり

一一　仮病の反対で、藪医者を恐れて全快をよそおった。
一二　忌日などのため肉食せずに潔斎すること。
一三　先夫の命日。
一四　考えて。察して。
一五　家付きの娘か後家の所へ聟として入ること。
一六　男の名誉を傷つける。面目をふみにじる。

ません」と、夫婦喧嘩を聞きかねて、木部屋《きべや》[一]より権助、かけ出《い》で、「これは、どうした物《もん》でござります。お二人ながら、チト、おたしなみなさりまし。惣体《そうたい》、先の仏〳〵とおつしやるが悪い。ハテ、先の仏の事をいふから、今の仏の気に障《さわ》ります」*。

評

東は　脈体のなき事なれども[二]、やくたいもなきはなし[三]にあらず。

西は　仏氏《ぶつし》[四]のあらそひより起りて、おどけ[五]のはなしとなる。

脈体のあるも、やくたいのなきも、ほとけの咄もおどけのはなしも、語路《ごろ》[六]よくかよひて、いづれ一対《いつつい》の無勝負。

江戸嬉笑《えどぎしよう》尾

一　薪を入れた小屋。

＊　中巻「二度添」(一六四頁)の再出。「またしても前の仏で小いさかい」(『柳多留拾遺』九・17)の場面で、落語「先の仏(雑穀八)」のサゲ。

二　前途の見込みがない。

三　つまらない。脈体―やくたいの語呂合せ。

四　仏教、釈迦の異称。ここでは死者のこと。

五　戯け―仏の語呂合せ。

六　語呂。ことば続きの音調で二重の語句に聞き取れるような言葉遊戯。「天明の比、地口変じて語路といふものになれり」(『仮名世説』)とある。

新選

臍《へそ》の宿《やど》替《がえ》

（文化九年刊）

解題　桂文治作・浅山蘆国画。半紙本五巻五冊。題簽は表紙上部中央に「桂文治著　浅蘆国画／へその宿替巻之一(〜五)」と貼付。見返しに「文化九季壬申孟春／浪華桂紋治著 浅蘆国画／新選へその宿替 全部五冊」と絵入りである(後刷板には「猿尻赤人著／昔はなし考おとし臍の宿かえ／浪華書屋　春篁堂蔵」)。序題「臍の宿かゑ序」。序文中の篆字は、楽在室、蘭交金、律麻呂とよめる。各巻に目録題・内題・尾題がある。版心は上部に「臍の宿かへ　巻之一(〜五)、下部に丁付。半面八行・約一八字詰。序二丁(文化九歳春　猿尻赤人書)、目録一丁(各巻)、本文七五丁半(一六・一四・一一・一五丁半・一九)、話数三五(各巻七話)。挿絵見開一五図(各巻三図)。巻五巻末一丁には、『新咄我まゝ草紙』の広告と高座姿の文治像に口上の半丁と、『軽口春の遊』の予告につづき「文化九壬申年孟春／大坂書林　心斎橋通伝馬町　塩屋長兵衛梓」の刊記が載る(この一丁は、再板時のものとも考えられる)。

作者の桂文治は、寛政半ば頃から坐摩社境内に定席の咄小屋を持ち、「渡世になるべきやうの工夫」として、鳴物や道具を用いた芝居噺を創めた上方寄席咄の祖である。また、本書巻末話のような「尽しもの」も得意で、彼の演じた咄は、代表作の本書をはじめ、『大寄噺の尻馬』や写本『桂の花』などに遺っている。現行の芝居噺「蛸芝居」「昆布巻芝居」などは彼の作といわれ、その他にも「三軒長屋」「皿屋敷」「元犬」など十数話が完成された落語の形で見える。本書にも「指仙人」「加賀の千代」の原話が載り、巻末の文治の肖像画や口上とともに、落語資料としての価値は高い。画家の蘆国は、青陽斎、狂画堂などの別号をもち、読本の挿絵のほか、芝居絵や役者似顔絵が得意で、本書の挿絵中にも、『芦屋道満大内鑑』の見立て絵(一五四—一五五頁)や三世中村歌右衛門の似顔(一九〇頁)などを描き、その片鱗を示している。

なお、本書は八年八月に出板届出を出した正規の書物である。

翻刻には、『噺本大系』第十四巻、『上方芸能』第74〜76号(昭56〜57)がある。

見返し

臍の宿かゑ序一

むかし〳〵、唐土《からくに》の老翁《じさま》二の、温故而知新《ふるきをたずねてあたらしきをしる》てふ古言《ふること》三を種《たね》として、今難波《なにわ》に名だたる、久かたの月の桂男《かつらおのこ》四なん、山へ柴刈《か》り初《そめ》のはなし五をも、をかしく言ひなし、洗濯物《せんだくもの》の裰《つづれ》をしも錦《にしき》とあやなすに六ぞ、うべ臍《へそ》も茶を焚くべし。実《げ》に、言魂《ことだま》の幸《さち》はふ御国《みくに》七の神風《かんかぜ》や伊勢の浜荻《はまおぎ》八も、おしてる難波《なにわ》のあしかるをも、ひとつ籠《かたま》九にかり集め、古きをもて新玉《あらたま》の春の日のおとぎ草一〇にものせり。されば、その由《よし》、巻《まき》の端《はし》にひと言《こと》そへてよと、そそのかさるるままに、筆を取るもまた、古くさくなむ。

文化九歳春

猿尻赤人書一一

一 おかしくてたまらぬこと。臍が茶をわかす。「臍が西国する」とも。
二 中国の孔子をさす。
三 『論語』為政第二に見える昔のことば。
四 中国の伝説にある月の中の長大な桂の木。桂を亭号の文治にかける。
五 刈り初に仮初の昔噺。
六 巧みに手直しをする。
七 言葉に宿る霊力によって幸福の生ずる国。
八 物の名称や風俗が所によって違う譬えにいう「草の名も所によりて変るなり難波の芦は伊勢の浜荻」(『菟玖波集』)。
九 目の細かい竹の籠。
一〇 正月のお笑いぐさ。
一一 未詳。文治の別号か。

臍の宿かえ巻之壱

目録

臍の宿かえ巻之壱

時《とき》の間《ま》に合《あい》

旦那、内《うち》の下女に毎晩〳〵通ひけるが、内義《ないぎ》[一]はそら寝入りしているも知らず、そろ〳〵と下女の寝間《ねま》へ這いければ、内義、枕を叩いて、七草《ななくさ》をはやしける[二]ゆへ、隠居、目をさまし、「これは何事ぞ」と尋ぬれば、内義「ハイ。あまり鼠があばれますから、フツト、アノ俳諧《はいかい》の本の中に、『七草や鼠が恋もおそれては』と申しまする句[三]を思ひ出して、鼠め[四]を追ひますのじゃ」と、旦那と下女を鼠にたとへて、焼餅《やきもち》をおこし、下女をさん〴〵にきめ付け[五]、丁児忠吉《でっちちゅうきち》を呼び、「コリヤ、此の者を請人《うけにん》[六]方《かた》へあづけてこい」と申しければ、旦那は、どふぞして去《い》なしとむないと思へども、せん方なく、きつと思案して、「コリヤ、忠吉。送つて行くのなら、尾を切つて[七]いなせ」。

一 町人階級の妻の称。
二 七草粥を作る時に、「七草薺、唐土の鳥が日本の土地に……」と俎の上で叩いて囃す文言。
三 高井几董の句「七草に鼠が恋もわかれけり」（『井華集』）の異伝か。
四 寝た後に出て物を盗む「寝盗み」が鼠の語源とする説（『和訓栞』）から、妻の目を盗んで忍ぶ二人。
五 きびしく叱りつけ。
六 債務や身元の保証人。
七 鼠の尾を切って持つと鼠がふえるとの俗説から、下女との復縁を期待して言った意か。

常盤《ときわ》もどき[八]

さる豪家《たいか》の後室《ごけ》、器量《きりよう》世にすぐれたるゆへ、人々心を懸《か》けざるはなけれども、貞女の操《みさお》を立つるはここなりと[九]、常々たしなみ、厚く家の大事を思ふて、表[一〇]をつとむるゆへ、髪は昔に変らず、美しく取りあぐれども、心のうちはそぎ尼《あま》[一一]にて、身持《みもち》甚だかたくろしくありしが、ままならぬは浮世《うきよ》のならひ、かけがへもなき譜代《ふだい》の番頭、もとより実体《じつてい》[一二]なる者ゆへ、旦那存生《ぞんじよう》の時より、家内《かない》のしつかい人《にん》[一三]なるが、かの後家さまに心迷ひ、明暮れ思ひ煩《わずら》ひ、今はこらへかね、人なき折りを見て、思ひのたけ[一四]を打ちあかし、「もし、此の儀御叶《おかな》ゑ下されずば、御顔見合わせますも恥づかしければ、おいとま願ひ奉《たてまつ》る」と申せば、後室、身をけがしては旦那へ立たず、番頭なくては家《いえ》は断絶。王手飛車《おうてびしや》とかけられて[一五]、返答に困り、乳母《うば》を招きて、「どふしたら能《よ》かろふ」と尋ねければ、うば「とかく、御家《おいえ》の立つ思案が能《よ》ふござります。貞

八　源義朝の愛妾で、牛若らの助命と交換に平清盛の寵を受入れた、常盤御前まがいの言動。
九　「貞女両夫にまみえず」で再婚しないこと。
一〇　店。家の業務。
一一　在家のまま仏門に入った女性の髪型。髪を肩の辺りで短く切り揃えた。
一二　実直。真面目。
一三　悉皆人。事務一切を取りしきる人のことか。
一四　思慕愛情のすべて。
一五　将棋で、王手と同時に大駒の飛車も取れる指し手。絶体絶命の窮地に陥ることの譬えにいう。

時の間に合

女を破りて貞女を立つる王手飛車の返答。こりやまげて、一番さしか[一]へなされ」。

たからの市《いち》[二]

旦那、正月の礼[三]に出でられしが、道にて、「コリヤ、長吉よ。今日わしがお梅《うめ》が所へ寄つた事は、かならず内《うち》へいんで、言ふ事ならんぞよ」と、口どめして戻られしが、内義は旦那の頬べら[四]に、少し紅《べに》の付きてあるを見て、サア、それより例の癇癪《かんしやく》、焼餅《やきもち》喧嘩。畳を叩いて腹を立てられ、胸《むな》ぐら取つて大ぜりふ。旦那もこれに当惑して、「サア〳〵、もふ勘忍《かんにん》じや。わしが悪かつた。妾《てかけ》には暇《ひま》をやる。今わがみ[五]の前で、退状《のきじよう》[六]書いて持たしてやる」と、硯《すずり》取りよせ、さら〳〵と書き、「コリヤ、長吉よ。お梅《んめ》が所へ行《い》て、『旦那が言ふてじや。わがみに暇《ひま》をやる。まづ一《ひと》きりじや[七]と言ふてであつた』と、此の書いたもの、渡してこい」。でつち「畏《かしこま》りました」と、妾《てかけ》の所へ行き、右の通りの

一 将棋を再び初めから指し直すことで、暗に再婚をすすめた。「貞女両夫にまみへたで子を助け」(『柳多留』六〇・6)のお店(たな)版。
二 陰暦九月十三日(現在は十月十七、八日)の大阪住吉神社の神事で黄金の升で新穀を奉る。境内で縁起物の升を売る市。
三 年始回り。年礼。
四 頬ぺた。
五 お前。そなた。
六 ひま状。離縁状。
七 一時的な遊びの関係。
八 納得できない。あまりにひどすぎる。
九 寄こして。
一〇 紙を重ねて裁つ時、

口上《こうじよう》いふて、ひま状渡しければ、妾《てかけ》、大きに腹を立て、「聞へません[八]、旦那さん。去年《きよねん》の冬よりも、『春になつたら内《うち》の者去《い》なして、わがみを内《うち》へ入れる』といふておゐて、今さらこんな物おこして済[九]みますか。ヱ、、聞へません、旦那様。聞へぬわいな〳〵」と言ふて、ひま状持つて腹立つれば、(そばから丁児《でつち》が)「申し、お梅《んめ》さま。『聞へぬ〳〵』と言いなさるはづじや。其の紙見なされ。戎《えびす》[一〇]がみに書いてある」。

打出《うちで》の小指《こゆび》[一一]

座《ざ》して食らゐば山もなくなる道理《どうり》[一二]にて、去《さ》る歴々《れきれき》[一三]の旦那、若ざかりの血気《けつき》にまかせ、新町《しんまち》通[一四]ひにうつつをぬかし、夜昼の居続け。ついに大身代《おおしんだい》も、ばた〳〵とつるをたぐり[一五]、今では非人《ひにん》[一六]同前《どうぜん》の身の上となりけるが、世間の手前も面目《めんぼく》なく、大坂の町をうろ〳〵もらひ歩《ある》こよりは、いづくいかなる山奥へも行《い》て仙人になりたらば、飲食《のみくい》の世話もいらず、通力《つうりき》[一七]を得たらば、自由自在に世間を飛び歩く、楽しみこれに

角や端が折れこんで裁ち残しになったもの。福紙。恵比須神は耳が聞えないとの俗説があるので、戎紙なら「聞えぬ」も道理。

一一 財宝を思いのままに打ち出すという「打出の小槌」をもじった。

一二 働かずに暮らしていては、山のような大財産もなくなるとの譬え。

一三 家柄身分の高い人。

一四 大阪市西区にあり、江戸吉原、京都島原と並ぶ大阪を代表する遊里。

一五 蔓を手繰るように、ずるずると崩れ落ちて。

一六 四民以下の最下層の身分。

一七 何事も思いのままにできる不思議な霊力。

打出の小指

はしかじと、すぐさま北山《きたやま》一へと心ざし、五六日も飲まず食はずに暮し、木の根を枕として山に住みけるが、段々髭はのび、体はやせおとろへ、もふ仙人らしうなつてきたが、飛んでみんと、飛んでみれば、ひよろ／＼するゆへ、まだ仙人にかたまらぬそふな二と、いろ／＼術《じゆつ》三をつかふてみても、なんの事もなし。困つたものじやと思ふ内、向ふより女の仙人が来るを見れば、前かた四馴染《なじみ》の新町《しんまち》の小糸《こいと》といふ女郎なれば、「これは珍しや。小糸ではないか」。小糸「ヤア、お前は吉《きち》さんかいなあ。マアどふして、こふいふ形《なり》になつて、人も通はぬ此の山奥へ来なましたへ」と問へば、吉「サア、わしも仙人になろふと思ふて来たけれども、まだ修行《しゆぎよう》が足《た》らんか、今によふ飛ばん。術をつかふてみても、一向つかへんが、わが身はいつから、此のように仙人になつたぞ。定めし術もつかふたり、通力《つうりき》を得たであろ」。小糸「私はもふ通力自在を得て、術もつかへるはへ。なんぞお前、欲しいものはないかへ。あるなら、何でも出してみせふかへ」。吉「それは結構なものじや。まづ

一 京都の北方に連なる山地の称。
二 物事の状態が確実にならぬこと。なり切れぬ。
三 修験者や陰陽師などのまじないの法。妖術。
四 以前。昔。
五 頭巾から着物一式、足駄まで黒色で揃える黒仕立てが、廓へ通う通人の身なりだった。
六 多く帯地や袴地に使用。高級品。

こころみに、黒縮緬《くろちりめん》の羽織と黒羽二重《くろはぶたえ》[五]の小袖を出してみや」。小糸、天に指をさして、バンといへば、たちまち出る。吉「これは妙じや。跡《あと》へ博多《はかた》織[六]の帯と印籠《いんろう》、巾着《きんちゃく》と出してみや」。小糸、又天を指さして、バンといへば、たちまち出る。吉「さて〳〵結構な指じや。なんと、その指、切つて給《たも》らんか」といへば、小糸「指切れてくれとは、やつぱり疑ひ深い」[七*]。

世は逆さま[八]

暖簾《のうれん》に、『正月屋』[九]と書いて、店《みせ》には、昔の楊貴妃《ようきひ》か小野の小町もかくやと思ふばかり、色の白さは雪をあざむくよふな器量の内義《ないぎ》、客をもてなすゆへ、げに、色の世の中[一〇]なれば、行来《ゆきき》の人々寄りつどひ、餡餅《あんもち》、焼餅《やき》[一一]、ぜんざい餅、内義の顔を、あんごり[一二]とあいた口へほふばつて、「あのよふな顔を見て来る客衆が、皆褌《ふんどし》突つぱらして[一三]去《い》ぬのが、ほんの目の正月屋[一四]じや」といへば、また一人が、「此の餅より、

七　何でも望みの物が出せる神通力の小指を求めたのを、遊女が客や情人に、心の証し立てにする指切りと誤解した。
＊　類話→補注一六
八　この世は理屈通りにいかず、逆の結果になることが多いことの譬え。
九　汁粉や雑煮の行商人が多く看板に用いた屋号。
一〇　色恋が習いの世間。
一一　中に餡を入れた餅を火で焼いたもの。
一二　あんぐり。口を大きくあけた様。餡にかける。
一三　色情をかき立てられ、男性器を勃起させた様。
一四　美しいもの、珍しいものを見て楽しむこと。目の保養。目正月。

世は逆さま

お内義の太股《ふともも》のあたりの搗《つ》きたてが、一ト切《きれ》食べてみたい」と言ふもあり。こちらの方から、ちと小むつかしそふな人が出て来て、「昔も、今日のよふな雪のちら〳〵降つて、寒い日じやあつたげな。隠元和尚《いんげんおしやう》[一]といふ人が日本《にちぼん》へ渡らしやつた時、婆《ばば》、嬶《かか》が寄り集まり、小豆餅《あずきもち》をさし上げたら、寒さがゑらいので、小豆餅が凍《い》てた。それゆへ、俄にあつく焚いてさし上げたれば、『善哉〳〵《ぜんざい》[二]』と、おほめなされた。此の字の訳《わけ》は日本にて、『よきかな〳〵』といふ事なり。それより、ぜんざい餅[三]と名を付けて、今の世に用ゆるが、此の餅より、内義のむまそふな餅肌を見せたら、『誠によきかな〳〵』と言はしやるであろ」と、おどけければ、内義「おまへさん方も、ちとまあ、おたしなみなされませ。いかに私が餅屋のからうすで[四]、あんつくじやてて[五]、能《よ》い加減にあへさがして[六]おくれなされ」と言へば、「これは御内義さんのが尤《もつと》もじや。わしらもあまり長居《ながい》して、内《うち》のかかの焼餅をくわぬよふにするが、善《よ》きかなじや」と、皆々笑ひ、打連れて我が家《や》〳〵へ帰りけ

一　江戸前期に来日した明の僧。日本黄檗宗の祖。宇治の万福寺を開く。
二　よいと感じて賞め讃えたり、喜び祝う時の語。なんとよきことよ。
三　つぶし餡の汁に焼いた餅を入れたもの。
四　腰回りの太い女性を臼にたとえた形容。餅屋の縁で、臼を出した。
五　ばか。あほう。「餡搗く」をかける。
六　「和える」の強調語。ばかにする。愚弄。

る。さて、ここに悪いやつがあつて、此の餅屋が繁昌《はんじよう》するを、へんねし[七]起こし、常々内義の悋気《りんき》[八]深いと、亭主がかんてき者[九]とを幸《さいわ》いにして、女夫《みようと》喧嘩をさせ、縁《えん》を切らすたくみ[一〇]をなし、亭主の留主《るす》を考へ、かの悋気深い内義に言ふには、「外《ほか》に美しいものがあつて、きつい陽気な[一一]事が出来てある事、お前はまだ知らずかへ」などと、藁《わら》を焚き付け[一二]、段々嘘の山々さしくべ[一三]ければ、なにが嫉妬《しつと》深い内義、はなしの内に目の色変り、髪逆立ちければ、もふしすましたと[一四]、はなしをさつて見ていれば、サア、女の一念といふものはこはいものじや。其のはなしを聞くやいな、悋気の角《つの》をはやし[一五]、「おのれ、夫《おつと》へのつらあて、憎さも憎し」と、それからとんと、焼もちを焼かぬ[一六]よふになりました。

藍《あい》[一七]ばたけ

「ヤレ〳〵、今日は此の間からない暑さじや。土用《どよう》[一八]は土用だけじや。ドレ、茶漬一膳食をふ」と、飯《めし》びつの蓋《ふた》とれば、少々臭《にお》ひければ、

七　他を羨み、そねむこと。やっかみ。
八　嫉妬。やきもち。
九　癇癪持ち。怒りんぼ。
一〇　たくらみ。工夫。
一一　心が浮わついた。情事の楽しみ。
一二　そそのかす。中傷、扇動する。
一三　大げさに嘘を交える。
一四　うまくやりとげた。
一五　嫉妬して怒ること。
一六　心中の焼餅をやいて、商売物の焼餅は中止。
一七　藍草は解熱剤のほか、蛇除けに効くとの俗説から、虫つきに因んだ題名。
一八　小暑から立秋までの夏の一番暑い盛り。

「此の暑さでは、飯もくさるはづじや。うどんなと一膳食をふ」と、横町《よこまち》へ言ふてゆく。うどん持つてくるなり、食わんと箸をとれば、又うどんもだしも、いんである[一]。「これはどふじや。食い物は皆、このよふにくさつてある」と、ぼやいている所へ、友だち来たり、「ヤア、彦七。ゑろふのせる[二]な」と言へば、彦「イヤ〳〵、暑さがゑらいさかい、何もかもくさつてあるので、とんと食へる物はない。夏といふものは、何でもくさる」といへば、友「それはそのはづじや。わしは呼んでいるおやま[三]までがくさつた。しかも性根玉《しょうねだま》[四]がくさつた」といへば、彦「それは、いづ民《たみ》[五]の小糸《こいと》か。いやもふ、あいつなら、くさるはづじや。去年あこ[六]へ抱《かか》へた当座から、くさつてある事は知つている」。友「フン、そんならそふと、知らしてくれれば能《よ》いのに。去年からくさつてあるといふ事、どふして知つた」。彦「あれは、いづ民《たみ》へ抱へた節《せつ》、内《うち》の亭主が、『今度抱へた小糸は、ひどい虫つき[七]じや』と言ふた」。

一 腐っている。「いんだとは悪なつたこと」（『新撰大阪詞大全』）。
二 飲む、食うの意。人形浄瑠璃社会の隠語。
三 色茶屋の娼婦。
四 心の持ち方、根性、性根を強めた言い方。
五 妓楼の屋号には「いづ×」が多く、その一軒か。
六 「あそこ」の略。
七 物に虫がついて腐らせる意と、情夫を持った遊女の「虫つき」をかけた。

里《さと》ことば[八]

伊勢の神風[九]ならで、此の頃流行《はやり》さばへなす風[一〇]の神[一一]たち、頬かむりにて顔をかくし、新町《しんまち》通り筋店《すじみせ》つきを、ぞめき[一二]けるに、引子《ひきこ》[一三]ども、田舎の客と思ひ、無理に引きこみ、とまりをすすめける。相談[一四]出来て二階へ上がり、煙草盆など差し出す。頬かむり取つたる御客の顔を見れば、通例《つうれい》の人間ならぬ頬《つら》つき[一五]ゆへ、台所にて噂しけるに、いよ〳〵風の神たちなれば、家内《かない》はぞぞがみ立て[一六]ておそれける。さすがそれや[一七]の女房とて、家内の者に言付けけるは、「あのよふな客は、ずいぶん大事にあしらひ、機嫌よふ去《い》なすがよい。あたりさはりのないよふに、花[一八]がすんだら東口《ひがしぐち》[一九]まで、小磯《こいそ》や八重野《やえの》、お竹も、皆連れだつて送りましたがよい」と言へば、皆其の心得にて送らんと出でければ、女房立出で、「コレ、皆の衆に言ふ事あり。いつもの御客を送る通り、『どこへもお寄りなされずと、ずつと[二〇]お帰りなされませ』とばかりでナ。合点《がてん》が

八　遊女達の国なまりを直すために使われた特殊なことば。
九　伊勢神宮の威力によって吹き起こされる風。
一〇　騒がしくうるさいさまの慣用句で邪神の形容。
一一　風邪をはやらす疫神。また風の神払いの乞食。
一二　廓をひやかし歩く。
一三　客引きの若い男。
一四　遊興費の取りきめ。
一五　風の神送りの藁人形は、おかしげな風体。
一六　全身の毛がよだつ。
一七　其屋。妓楼や茶屋など花街に関係する家。
一八　芸娼妓が線香計算で呼ばれるお座敷。
一九　新町の東側の出口。
二〇　まっすぐに。

いたか。かならず、『お近いうち』一は、言ふまいぞ」。

臍の宿かへ巻之壱終

一 近日中の再訪を期待して、店から客を送り出す時の挨拶の文句。疫病神の再訪は歓迎できない。

臍の宿かへ巻之弐

目録

臍のやどかえ巻之弐

入《いり》相《あい》[一]

庭前《ていぜん》の桜、今を盛りの折りからゆへ、風雅の友達を招き、酒宴を催《もよお》し、数々のもてなし。中にも今日の馳走と見えて、甚《いと》見事なる鯛の浜焼[二]出でける。客「今日《こんにち》は、けしからぬ[三]御もてなしにあづかり、忝《かたじけな》く存じます。殊に御心《おんこころ》をこめられし此の浜焼は、時にとりての[四]御馳走。頃は弥生《やよい》の桜鯛[五]の見事さを、花にたとへて申さば、名にしをふ吉野の桜と見立てました」と言へば、皆々「これは一興《いっきょう》[六]じや。其のお心[七]はいかに」と問へば、客「先づ見渡しました所が、あまり見事にて、誉《ほ》める言葉がなきゆへ、『これは〳〵とばかりけふの桜鯛[八]』とは、どふございます」。皆「これは甚だおもしろし〳〵」と、ざざめけ[九]ば、亭主「これは結構なる御挨拶にあづかり、痛《いた》み入《い》ります」と挨拶。と

一 日没時。たそがれ時。
二 鯛を塩竈に入れて蒸し焼きにしたもの。
三 たいそうな。
四 時期にかなった。
五 桜の咲く三月頃に内海で獲れる真鯛。とくに美味として珍重された。
六 逸興。楽しみ。
七 理由。訳。
八 安原貞室「これはこれはとばかり花の吉野山」(『一本草』)のもじり。
九 一斉にざわめく。
一〇 桜花を尋ねて山野を歩く桜狩りに、桜鯛を賞味したのをかけた。
一一 名にし負う花の名所嵐山の縁で、全部「食い荒した」。
一二 魚鳥獣の胴体の肉を

り〱盃も数々めぐる折りから、又一人の言ふやうは、「さて、お盃の数もめぐり、かの見事なる桜鯛も、次第〱に桜がりいたせし[一〇]所は、都の名にし嵐山《あらしやま》[一一]の花となりました」と言へば、「これも一興。おもしろし〱」と、思ひ〱の名所《めいしょ》になぞらへ、笑ひける所に、亭主、申しけるは、「何も時の一興なれば、不礼《ぶれい》の段は御免《ごめん》下さりませ」と、かの鯛の胴殻《どうがら》[一二]を持ちて、庭の方へ向ひ、袖垣《そでがき》[一三]のうしろを目あてに、ポイと捨つれば、何やら、チヤブンといふ音聞こゆるゆへ、皆々あやしみ、趣向いかに、と待つ所に、「かやうにいたせし所は、富士の裾野《すその》の桜と見へます」「其の御《お》心は」「田子《たご》[一四]へちりこみ[一五]ました」。

貴《き》舟《ぶね》[一六]

夫婦、下男三人打寄り、煤掃《すすはき》[一七]いたしけるが、段々畳を上げ積重ぬる折から、畳の下より、おやま[一八]の文《ふみ》出でけるゆへ、内義見付けて、「コレ、こちの人[一九]。此の文は、どこの女郎の文じや。言はしやれ」と腹立

取去った後に残った骨。
一三　門や建物の脇に添えて作った庭中の短い垣。
一四　水や肥料を入れて運ぶ担桶(たご)に静岡県の「田子の浦」をかけた。
一五　題名の元となった、「山里の春の夕暮来てみれば入相の鐘に花ぞ散りける」(『新古今和歌集』)に即したサゲ。
一六　京都市左京区の地名。自分を捨てて他の女に走った夫を呪い、貴船神社に丑の刻参りする女を扱った四番目物謡曲『鉄輪』に因んだ題名。
一七　正月前に行う大掃除。
一八　色茶屋などの女。
一九　妻が夫を呼ぶ称。

貴　　舟

つれば、亭主「そんな事は、とんと覚へないでゑす[一]」。内義「覚へないでは済まぬ。言はしやれ〳〵」と、畳を叩いてせり[二]立つれば、亭主も負けぬ気で、「なんぼやかましう言ふても、覚へないわいやい」と、畳を叩く。後《のち》には互ひに、やつつかへしつ[三]喧嘩しているゆへ、下男はこれを幸いにして、「マア、よふござります」と言ふては、畳一畳《いちじよう》取りのけ、段々[四]畳をたたかしてしもふても、やつぱり喧嘩しているゆへ、それより箒《ほうき》とほこり叩きとを持ち出で、「お前様がたも、まあそふおつしやつたものではない」とさし出せば、夫婦は腹立ちまぎれに、これを引たくり、叩き合わんとする所を、下男、諸道具をもつて中へわけ入り、「そふなされたものではない。マア、よふござります〳〵」と言い〳〵、何べんも〳〵諸道具を取りかへ、ほこりを払はせ、皆々掃除は出来たれども、喧嘩は猶々強くなり、互ひに抓《つか》み合わんとするゆへ、下男も今はほつと[五]して、我が身を中へ隔《へだ》てになり、[六]「先づ御二人《おふたり》とも、御機嫌お直し下さりませ。私も先刻《せんこく》より、ずいぶんと精出して、

一 「です」の尊大語。
二 激しく人を問いつめたり、叱ったりする時などの動作。
三 互いに言い合って。
四 順々に。次々に。
五 もてあまして、溜息をつき。
六 中に割って入り。

御挨拶[七]いたしましたゆへ、ほつとくたびれました。最早《もはや》今日の所はこれぎりにて、御夫婦の喧嘩は、私におあづけ下されませ。お家《え》さん[八]も、此の儀は跡《あと》にて、きつとせいらく[九]致しますゆへ、今日《こんにち》の所は、マア〳〵御了簡《ごりようけん》なされませ」。内義「フン、そんならこなた、此のせいらく、してたもるか」。下男「ハイ。きつとせいらく致しますゆへ、先づ〳〵お待ち下さりませ」。内義「そんなら、いつまで待つているのじや」。下男「ハイ、来年の煤掃[一〇]まで」。

与《よ》勘《かん》平《べい》[一一]

「五郎兵衛さん〳〵」と呼びければ、六兵衛「イヘ、わしは六兵衛でござります」「ほんに、五郎兵衛さんとは瓜《うり》二つじや」といへば、六兵衛、合点ゆかず。「申《も》し、瓜二つとは、何の事でござります」と問へば、「お前と五郎兵衛さんと、よふ似たもの二つあるゆへ、瓜二つじや」と言ふ。六兵衛は、何でも二つあるものが瓜二つじやと心得、あ

七　円満におさまるように話をする。とりなす。
八　町家の主婦の敬称。
九　政略。詮索する、工面する意の上方語。「せいらく　穿鑿すると云ふ所へ用ゆ」(『浪花聞書』)。
一〇　来年もまた、焼餅喧嘩をさせて諸道具の掃除をすませるつもり。
一一　浄瑠璃や歌舞伎の『芦屋道満大内鑑』(葛の葉)で活躍する奴の名。狐の化身の野干平とは瓜二つの二人奴。これに関連して、文楽の滑稽な人形の首や、二人連れの膏薬売りの呼称でもある。

与勘平

お休所
むき茶

る時友達と連れだち、庚申《こうしん》へ参る道[一]すがら、両御堂《りょうみどう》[二]を見ても、又神前の狛犬《こまいぬ》[三]、右《う》大臣《だいじん》左《さ》大臣《だいじん》[四]を見ても、「瓜二つじゃ」と言ふゆえ、連れの者も、あまり阿呆《あほう》らしく思ひながら、ついに庚申様へ参りけるが、六兵衛、庚申堂の前なる、見《み》猿《ざる》聞《きか》猿言《いわ》猿[五]を見て、「これも瓜二つじゃ」といへば、連れ「これ〳〵、六兵衛さん。あれは瓜三つであろふがな」。六兵衛「イヤ〳〵、あの真中《まんなか》のやつは入れられん」。連れ「そりゃ又なぜに」。六兵衛「顔を押へている[六]」。

口車《くちぐるま》[七]

能狂言《のうきょうげん》[八]好きの旦那ありける。番頭、手代、丁児《でっち》まで寄せて、毎日〳〵狂言の稽古せられける。丁児「申し、旦那様。三人聟《さんにんむこ》[九]の狂言は、太郎兵衛殿がなければ、稽古が出来ませぬ。どこへ行かれました」。旦那「太郎兵衛は、今朝《けさ》五つ時分[一〇]に、あちら丁《ちょう》[一一]まで使にやつたが、又何をひま入れて[一二]をる。長吉。あちら町《まち》の惣兵衛さん所へ行《い》て、呼んで

一 一年六度の庚申の日に、大阪では四天王寺の庚申堂へ参詣すること。
二 大阪東西本願寺御堂。
三 社前に据えた一対の獅子に似た守護獣の像。
四 随身門の左右に安置された一対の神像。
五 両目、両耳、口を両手で押えた三様の姿勢をした三匹の猿の像。
六 見猿は顔を隠しているから除外したとの理屈。
七 口先だけうまく言回して人をだますこと。
八 猿楽の滑稽的要素を基に発達した笑劇。
九 『水練聟』の別題か。
一〇 午前八時頃。
一一 あちらの町。また、近世大阪の方言で裏町。

こい」と言ふ。丁児、呼びに行かふとする所へ、太郎兵衛は使ひ先より、なじみの茶屋へちよつと横寄り[一三]せしが、思ひの外ひま入りしゆへ、内《うち》の首尾いかがせんと、案じ〳〵戻つてくる。丁児「太郎兵衛どん。旦《だ》那《な》さんが、遅いといふて、きつい腹立ててじや」といふ内、旦那が聞付け、「今まで何をしておつた」と、声あららかに言ふ所を、太郎兵衛、すかさず狂言言葉[一四]にて、「これは頼《たの》ふだ人[一五]。それにござりますか。只今帰りました」といへば、旦那うろたへて、「ホウ、太郎兵衛か。ねんなふ[一六]早かつた*」。

二《ふた》柱《はしら》[一七]

「コリヤ、長兵衛よ。此の長家《ながや》は皆、やまめ[一八]ばかりじやに、おいらに見せ付けて、今夜かかを呼びくさる[一九]。けたいが悪いよつて、今夜此の風吹きを幸ひに、番人[二〇]になつて、病《やま》いづかして[二一]こまそか」「それはよかろ」と、二人談合《だんこう》[二二]して、初夜《しよや》時分[二三]、二人して表を、ぐわた〳〵と

一二　時間がかかって。
一三　中途で他所に寄る。
一四　狂言特有の口調やせりふ。
一五　身内・主人と頼んだ人。御主人様。太郎冠者が主に言う狂言ことば。
一六　思いがけず。意外に。主が太郎冠者を呼び出した際の決まり文句。
＊　類話→補注一七
一七　神様二人。とくに最初の夫婦神の伊邪那岐命、伊邪那美命二神をいう。
一八　やもめ。独身者。
一九　女房を迎えやがる。
二〇　火の用心を、町内に触れて回る夜番。
二一　悩ます。苦しませて。
二二　相談。古くは清音。
二三　午後八時から九時頃。

二　柱

叩く。内より「ハイ」。二人「殊の外の風でござります。火の用心、よふなされませ」。内より「ハイ、畏りました」。二人「まだ酒を飲んでけつかる[一]声じや」。又しばらくして、表をとん／＼。内より「ハイ」。二人「風立《だ》ちまする。火の用心なされませ」。内より「畏りました」。二人「もふ酒しもふて、咄《はなし》してけつかる声じや」。又しばらくして、表をとん／＼。内より「ハイ」。二人「風立ちます。火の用心なされませ」。内より「畏りました」「コリヤ、長兵衛よ。今の声は、ふとん着て寝ている声じやぞよ。何でも今度は肝心の所じや。ゑろふいこぞよ」[二]と約束して、又表をとん／＼、又とん／＼／＼／＼と叩けども、今度は、とんと音がせぬゆへ、二人ながらいよ／＼いま／＼しくなり、表を無性《むしよう》に叩き、「火事じや／＼」と言へど、一向音がせぬ。一人「ヱ、、けたい悪い[三]。表を叩きわつてこまそか[四]」。一人「マア、待て／＼。火事と聞いて、道具片付けているそふな」。一人「それがどふして知れる」。一人「女夫《みようと》が、すう／＼言ふている[五]」。

一 「居る」「ある」の罵倒語。居やがる。
二 今まで以上に強く、しつこくやろう。
三 卦体悪い。癪にさわる。いまいましい。
四 「……してやる」の上方の俗語。
五 房事の際の激しい息づかいを、道具を持上げる息づかいと思い違えた。

しよぼ〳〵髪

女児《おなご》寺屋《でらや》[六]ありける。七つ八つより十二三なる童女《おなごのこ》を集め、手習、百《ひやく》人《に》一首《し》、女大学《おんなだいがく》[七]など教へける。その中に一人の子供を叱つて、「これ、おべんさん。お前は又しても、寺屋を休みたがりしやと、かかさんが言ふてじやぞへ。ずいぶん休まぬようにしなされ。そのように休みたがりじやと、とめるぞへ。そして女子《おなご》といふものは、ずいぶん行儀《ぎようぎ》よう、おとなしうするものじやぞへ。嫁入りしても、ずいぶん聟《むこ》さんを大事にかけて、かはゆがつてじやよふに[八]するものじや。アノ、お市《いち》さんは、どこへ嫁入りしいしや」「ハイ、私《わたし》は呉服屋へ嫁入りして、聟さんに、たんとよいべべ[九]してもらひますはへ」「お亀さんは」「ハイ、私は小間物屋へ嫁入りして、鼈甲《べつこう》のかんざしを、たんと挿さしてもらいますはへ」「おくにさんは」「ハイ、私は虎屋[一〇]のおまん[一一]屋へ嫁入りさしてもらひますはへ」「おべんさんは、どこへ嫁入りしいじやへ」「ハ

六　女子が学ぶ女師匠の寺子屋(寺屋)。
七　江戸時代広く読まれた女子のための教訓書。
八　聟さんが可愛がってくれるように。
九　着物をいう幼児・女性語。「関東、関西ともに、べべといふは小児の衣服の事なり」(『物類称呼』)とある。
一〇　大阪市東区にあった元禄十五年創業の菓子屋。饅頭が評判の売り物。
一一　饅頭を丁寧にいう幼児・女性語。

イ、私は山のあちらの、其のあちらの、ずつとあちらの奥山[一]へ、嫁入りいたしますはへ」「ホヽヽ、そんな遠い所へ行《い》て、なんぞ望みがあるかへ」と問へば、「ハイ。山のあちらへ嫁入りして、聟さんに頼んで、いつ日《か》も〳〵寺屋を休ましてもらひますはへ」。

ねはん像[二]

「今日《こんにち》はおめでたふござります」と、賃《ちん》づき屋[三]が釜を担《にな》いこめば、内義「どなたも御苦労でござります」と、蓆《むしろ》敷いたり、餅つきのこしらへする。子供は柳を持つて、餅花《もちばな》[四]つけるを楽しんでいる。はや甑《こしき》[五]もあがれば、そろ〳〵餅搗《つ》きかける。拍子《ひょうし》にかかつて[六]搗きけるが、彼の餅搗く男、臼《うす》の中へ青きこち〳〵湶《ばな》[七]を落す。「ヤレソレ」といふ間に、杵《きね》にてどつさり搗きこめば、内義「ヲヽ、きたな。湶を餅の中へ搗きこんで、どふなるもので。わたしや、いや。ちやつと、放《ほ》つてしもて[八]おくれ」といへば、亭主「いや〳〵、祝義《しゅうぎ》のもの、放つてよいものか。

一 奥山を、お伽噺口調で言ったもので、何かの俗謡に依るか。
二 涅槃＝釈迦入滅の姿を描いた像。
三 労賃を取って餅や米を搗いて回る職人。
四 柳の枝や割竹に、小さく丸めた餅を付けて、正月の室内の飾りや子供の玩具とした縁起物。小正月や二月十五日の涅槃会に煎って食べた。
五 米などを蒸す鉢型の炊飯器。今の蒸籠。
六 調子に乗って。
七 薄い水湶と違い、濃度の高い固まった湶。
八 捨ててしまって。

その餅は鏡[九]にせずと、餅花に付けて置け」。内義「そふじやてて、みす〳〵洟の落ちこんだものを、餅花にじやとて」。亭主「サア、どふでしまいは、鼻糞《はなくそ》[一〇]にするものじや」。

臍の宿かへ巻之弐終

九　鏡餅。おかがみ。

一〇　釈迦の鼻糞とも。正月の餅を切って煎り、涅槃会に供えたあられの俗称。「花供」の転といわれる。洟に鼻糞の縁。

臍の宿かへ巻之三

目　録

臍の宿かへ巻之三

田舎かた気一

旦那、一僕《いちぼく》を連れ、吉野へ花を見物に行かれける。案内者をやとひ、先づ一目千本《ひとめせんぼん》二を見渡し、それより吉水院《よしみずいん》三の庭を見物し、旦那、「ここにて酒を呑もふ」と言はれければ、案内「ハイ、御酒《ごしゅ》をお上がりなさるなら、竹林寺《ちくりんじ》四の庭がよふござります。あの方《ほう》には、亭座敷《ちんざしき》五もござります。先づ竹林寺へお越しなされませ」と申しければ、旦那、「いかにも、そふせふ」と行かれける。旦那「これは見事な花じゃ」と、亭座敷にて、だん〳〵と酒も長《ちょう》じ六、もはや暮れ方になり、入相《いりあい》の鐘七が、ゴヲン〳〵と鳴れば、下男「モシ、『入相の鐘に花ぞ散りけり』八と言ふ事は、昔から聞き及んでいますが、只今鐘は鳴りますれど、ねつから九花が散りませぬナア」と言へば、案内「ハイ。入相の鐘で散るやうな、

一　田舎者特有の素朴で、粗野な気風や性格。
二　千本の桜が一望できるという吉野山の名所。
三　後醍醐帝の行宮や秀吉の花見で名高い僧坊。
四　弘法大師ゆかりの竹林院。醍醐の三宝院と同趣の庭園で有名。
五　庭園にあるあずまや風建物内の座敷。
六　最高潮に達し。
七　日没を知らせるために撞く鐘。寺院でも夕べの勤行の合図に撞いた。
八　『新古今和歌集』巻二「山里の春の夕暮きてみれば入相の鐘に花ぞ散りける」の能因の和歌。
九　まったく。少しも。

八郎兵衛

そんな素人《しろと》らしい花[一]ではござりませぬ」。

八郎兵衛《はちろべい》[二]

富家《ふか》の息子、三月三日に、新町《しんまち》[三]吉田屋[四]にて、雛まつりの遊びをするに、人形ではおもしろない、人で雛まつりをせんと、先づ座敷に御簾《みす》をかけ、御殿[五]にしつらひ、息子と太夫《たゆう》はお定まりの内裏雛《だいりびな》[六]、中居《なかい》は残らず官女に仕立て、太鼓持は右大臣左大臣の出立《いでた》ち[七]。下男《しもおとこ》は仕丁《じちよう》[八]にしての大騒ぎ。此の遊びを親仁《おやじ》が聞き出し、「これは、けしからぬ奢り。世間の手前がすまぬ。おれが新町《しんまち》へ直《じ》きに行《い》て、のらめ[九]を引きずつて戻る」といふて、一散に新町へ行き、吉田屋の座敷へ案内もなく、つか〳〵と通れば、息子はびつくりし、隠れべき間《ま》もなければ、手ぬぐひを頬かむりして顔をかくしたれば、親仁「もふ取りおくなら[一〇]、許してやろ」。

一 有名な歌の通りに鐘の振動で散るのはまだ素人と言いつくろった。
二 明和元年初演の歌舞伎『文月恨切子』の主人公、大阪の古手屋八郎兵衛。遊女お妻殺害事件で翻案の芝居や文芸が多い。
三 大阪第一の遊里。
四 新町九軒町の大見世。
五 皇居の清涼殿。
六 天皇・皇后の姿に似せた男女一対の雛人形。
七 身なり。扮装。
八 貴族の邸の雑役男。
九 放蕩者。道楽者。
一〇 取り片付ける。芝居の八郎兵衛同様手拭での頬かむりを、雛人形を片付ける時かぶせる塵よけの紙に見立てて許した。

下女まん才《ざい》一一

「コレ、よし。そこにある蕗《ふき》のすじ、一二取つておきや」。よし「ハイ、畏《かしこま》りました」と、直《じき》に蕗のすじを取りにかかる。お家一三「コレ、わがみ一四は何でも物知り顔をする人じや。合点《がてん》の行かぬ事は人に尋ねたがよいわいのふ。わがみ、蕗のすじ取る事、知つていやるかや」。下女「ハイ。わたしが在所《ざいしよ》は、昔おうごう一五から、蕗のすじ取る事は、ちつと自慢な在所でござります」。お家「ホヽヽ、変つた事をいふ人じや。蕗のすじ取る事を、昔から自慢と言やるが、どふした訳じやぞいのふ」。下女「ハイ。わたしは大和《やまと》でござります。昔、当麻《たえま》の中将姫《ちゆうじようひめ》様が、此のすじで、曼荼羅《まんだら》さへ織られました一六」。

天《てん》しや日《にち》一七

百姓あまた寄り集まり、「これほど雨乞ひをしても降らぬからは、

一一　下女の出身地が、正月に京阪市中を回る大和万歳の地に因んだ題名。
一二　蕗の茎のすじ(皮の繊維)を取って食べる。
一三　良家の主婦の敬称。
一四　お前。
一五　「往古」の訛り。
一六　大和の二上山禅林寺＝当麻寺で、中将姫が蓮茎を折って取った糸で曼荼羅を編み上げたという縁起談。蕗と蓮の間違い。
一七　天赦日。陰陽道で何事をするにもよいという極上の吉日。「嫁入り」に因んだ題名。

下女まん才

もふ叶はぬぞや」と言ふて居る所へ、神主が出て来て、「ナント、皆の衆《しゆ》。こちの稲荷《いなり》様を頼み申しなんせいのふ[一]。雨も降るし、作徳《さくとく》[二]もあるぞや」。百姓ども「なるほど、そふじや。これから稲荷様《さん》を頼みます」と、庄屋殿はじめ皆々、太鼓、鉦《かね》を打ち鳴らして行けば、神主「コレ〳〵、太鼓や鉦はおきらひじや。御膳《ごぜん》[三]がよいといのふ」。百姓「ヲツト〳〵、合点《がてん》じや。心得た」と、てんでに赤飯《あかまま》、油揚[四]。神主「あとは御菓子じや。合点《がつてん》か」。百姓「ヲヽ、サテ、合点じや」と、めい〳〵に社《しや》前《ぜん》に菓子を供へたり。神主「又其のあとは十二銅[五]、雨やあられと降らしたり[六]」と、百姓も神主の言ふままに、いろ〳〵持ちつけて祈れども、雨は雫《しずく》[七]も降らぬゆへ、百姓「神主さん。どふしたものじや」といへば、神主は心に喜びながら、わざと小首かたむけ、「ぜんたい、貴公がたは、何といふて稲荷様を拝ましやる」。百姓「ハイ、わたくしどもは、『どふぞ雨を降らして下さりませ』と申して祈ります」。神主「フウ、それでは雨が降らぬはづじや」。百姓「ヱヽ、そんなら何と言ふて拝む

一 「なさいまし」の訛り。
二 小作米の収穫。
三 神様の召上がり物。「食事」の丁寧語。
四 稲荷の使い姫である狐の好物。
五 灯明料として白紙に包むおひねりの十二文。
六 謡曲『田村』の詞章「雨霰と降りかかる」。絶え間なく激しく飛んでくる形容。どんどん奉謝の金品を差上げなさい。
七 一滴も。

のじやへ」。神主「ハテ、知れた事。『狐殿に嫁入り〔八〕さして下され』といふのじや」。

耳《みみ》学《がく》文《もん》〔九〕

物事太平楽《たいへいらく》に言ふ医者〔一〇〕ありける。心安き友達来たり、「なんと、先生。一つたべ〔一一〕ませうか」。医者「それはよかろふ」。友「そんなら、三介。大儀《たいぎ》ながら〔一二〕、こちの内《うち》へ行《い》て、徳利を取つてきて下され。そのついでに、豆腐屋へ行《い》て、田楽《でんがく》〔一三〕一箱言ふてきて下され」といへば、医者「イヤ、三介。行くな。あの豆腐屋は、おれが機嫌をそこなふて〔一四〕おるぞ」。友「それは気の毒。そんなら肴屋《さかなや》で、すし一箱取つて来て下され」。医者「イヤ〱、肴屋も機嫌そこなふてをる」。友「そんなら、八百屋」。医者「イヤ〱、八百屋も機嫌そこなふておる」。友「それは気の毒。先生、それはいつからの事じや」。医者「たしかに、中払《なかばら》いの節《せつ》季《き》〔一五〕からじや」。

八　狐の嫁入りには晴天であるのに急に雨が降るという巷説がある。「狐の嫁入　照て降る雨をいふ」(『譬喩尽』)。
九　聞きかじりの知識。
一〇　好き放題で、のん気にかまえている。
一一　飲み食いすること。
一二　ご苦労だが。
一三　豆腐を串に刺し、味噌を塗って焼いた料理。
一四　おれに関して悪感情を持って。
一五　九月節句前(九月八日)と大晦日との中間、十月末にする支払い。掛金不払いのため注文を断られる。

地がみなり

一文《いちもん》惜しみ[一]

吝《しわ》い男、屏風屋《びやうぶや》の門口《かどぐち》から、「なんと、ざつとした[二]六枚屏風[三]、安い所は、なんぼぐらいでござる」。亭主「ハイ〱。手前はずいぶん御《ご》如才《じよさい》[四]は申しませぬ。先づ下直《げじき》な所で、十五六匁《もんめ》[五]でござります」。男「それは大儀《たいぎ》な物[六]じや。もちつと安いのが欲しい」。亭主「さやうならば、あなたの方から、反古《ほうぐ》[七]をお遣《つか》はしなされますれば、二朱《しゆ》[八]ぐらいでさし上げます」。男「此の方から反古をおこせば、二朱で出来るか。そんなら反古は、ここにある」と、紙入より、おやまの状[九]二三本出し、「サア、これで張つて下され」といへば、亭主「めつそうな。こんな事では足りません」といふ。男「マア、それで張りかけて下され。これから、もを一息《ひといき》こつて、[一〇]おやま買いに行きます[一一]」。

地がみなり[一二]

一 少しの出費を惜しんで大損を招く「一文惜しみの百知らず」の略。
二 手軽な。粗末な。
三 六枚折れの屏風。
四 粗略。ここでは掛値。
五 安い品で約八百文。
六 経費がかかる。
七 書画などの書き損じて不用となった紙。
八 五百文。
九 遊女からの手紙。
一〇 もう一ふんばり気を入れて。
一一 わずかな屏風代のたしに大金のかかる女郎買をする愚かさ。
一二 大地に鳴り響く雷。地上の鉄砲の音を、逆に天上で見立てた題。

大名の行列、長き松原にさしかかりし折から、一《ひと》むれ[一三]の大夕立。車《しや》軸《じく》を降らすが如《ごと》く[一四]、ピカ／＼と光るやら、グワラ／＼と鳴り渡る大がみなり、物すさまじき有様。殿様は雷ぎらひにて、たちまち御《お》顔の色変りければ、御《お》乗物の傍《そば》に相詰《つ》め、皆々守護いたしけれども、ただ身をふるはせ、恐れたまふ。近習「御前《ごぜん》様には、雷おきらひの事なれば、恐れたまふも御尤《ごもつと》もなり。此の上は、筒先《つつさき》をそろへて、空を目あてに、から鉄砲[一五]を打つには如《し》かじ[一六]」と、しきりに鉄砲をはなちければ、殿には、鉄砲の音は心よしとて、御《お》顔の色直りけるが、雲の上には雷の子めが、「ととさん、下がポン／＼鳴つて、こはいわいのふ」と泣くゆへ、親かみなり「かかよ。ぼんめが[一七]、『下が鳴つてこはい』と言いをる。蚊《か》帳《や》[一八]なと出して、下へ敷いてやれ」。

臍の宿かへ巻三終

一三　ひとしきり降る。
一四　雨が激しく降る形容。
一五　実弾をこめずに打つ鉄砲。空砲。
一六　打つのが一番よかろう。
一七　坊や。
一八　俗説に、麻の蚊帳は雷除けになるという。雷が逆に、雷除けの蚊帳を使う滑稽。

臍の宿かへ巻之四

目録

臍の宿替巻之四

片《かた》やすめ[一]

御大名、御《ご》本陣御《お》立ちのみぎり、上下《しようか》寄り集まりて、「此の天気は、方々《かたがた》、いかが思召《おぼしめ》す」「見定めがたき今日の空」と、あるひは「日和《ひより》[二]」と言ふもあり、「イヤ〱、雨じや」といふもあり、眉をひそめて噂しけるが、人々の心々なれば、とんと定まらねども、日和を悦《よろこ》ぶは千万人も同じ事なるに、傍《かたわら》にて一群《ひとむれ》の者の言ふやうは、「今日の空も、じやくは天気じや[三]」と、日和を恨むる言葉を、人々聞きとがめ、「ヤレ、ふしぎな事を聞くものかな。昔より、『じやくは雨じや[四]』と、雨をなげく事は世間一統《せけんいつとう》[五]なるに、長生きすれば、めづらしき事を聞くなり。先づ、彼の者どもは何をつとむる者ぞ」と尋ねさせたれば、道理にこそ、御合羽持《おかつぱもち》[六]じやあつた。

一　肩休め。担いでいた荷物や駕を下ろして肩を休めること。一休み。
二　晴れ。天気。
三　次の「寂は雨」の逆の表現。
四　最後は死ぬ運命にある意から、先行きの見通しの暗いことをいう慣用句。
五　世の中一般。通常。
六　大名行列の雨具を担ぐ供の者。雨天ならば合羽着用で荷が軽くなり楽だから降雨待望で、他人とは逆に言った。

はで浴衣《ゆかた》

息子、毎晩〳〵踊りに出て行きければ、親仁《おやじ》、大きに叱り付け、「其のやうに毎晩〳〵夜通しをして、昼は仕事もせず、昼寝ばかり。夜《よ》は夜露をうけて踊り歩き、其のをんづもり[一]がしつ[二]になる。今夜から、とんと踊りに行く事ならぬ。宵から寝よれ」と叱り付けて、親仁が戸口に張番《はりばん》しているゆへ、息子、出るにも出られず、もぢ〳〵している内、どふか眠《ねむ》たふなり、そのまま転《こ》けて、うたた寝して、寝言《ねごと》に、「ソレエ〳〵ヤツトサ、それ、それ、雀でせい、ヨヨイノヨイサツサ」[三]と、うつつに[四]足を動かしければ、内《うち》の子猫が爪《つめ》たてて、足の裏へそばへつけば[五]、息子、うつつに、「南無三、ポペンのわれ[六]踏んだ[七]」。

指《ゆび》人形《にんぎょう》[八]

若き息子四五人寄合い、四方山《よもやま》の咄《はなし》して居る所へ、風雅めかしたる

一 おんづまり。物事の行きつく所。しまいには。
二 疾。病気。
三 難波の「雀踊り」の囃し文句。
四 うつらうつらしながら。
五 じゃれつく。
六 薄いガラス製で音の出る玩具ぽぴんの破片。
七 猫が足の裏に爪を立てた感触を、夢の中の踊りでガラス片を踏みつけたと錯覚した。
八 衣服の下で指を使って行う性技。手淫。
九 風雅人の衣装に、茶道の薄茶や炉をかける。
一〇 六角形や輪の形を組

医者と覚《おぼ》しき人来たり、「さて、おの〳〵方《がた》は何をめさるぞ。拙者、此の頃は甚だ茶に凝《こ》つております。後々《のち》は、茶の達人とも言はれん程に、凝つております。おの〳〵方は、茶道《ちやどう》はどふじやな」と言へば、若「それは、先生には能《よ》いお心がけでござります」。医「まづ、薄茶小《うすちやこ》紋《もん》の着物《きるもの》に絽《ろ》の羽織、[九]紋は釜敷《かましき》、[一〇]下駄は利休。[一一]なんと、凝つたものでござらふが」と言へば、若「先生。其のくらい茶道に凝つてござるあなたが、此の間、格子《こうし》の間《ま》[一二]で、歌三味線[一三]引いてござつたが、あれはちと、不埒《ふらち》でござりませう」。医者「イヤ、ちよと口切り[一四]を引きました」。若「先日、北の新地《しんち》[一五]で、十五六な芸子《げいこ》かおやまかとらへて、いちやついてござつた。あんな事は茶道にはござらぬはづ」。医者「イヤ、あれは新地の茶立て女[一六]でござる」。若「さやうおつしやれば是非もないが、見ている内《うち》、股《また》ぐらへ手を入れなされたのは」。医者「イヤ、ツイ立ちながら、遠州《えんしゆう》[一七]をいたしたのでござる」といへば、そばから、「十五六な女《おなご》なら、いまだ毛もはへてござるまい」。医者「イヤ、モフけしか

合せた文様と、釜の下に敷く茶道具の釜敷の両意。

一一　薄く低い二枚歯の日和下駄。千利休の縁。

一二　本来は四面蔀格子造りで当主の居間。廓の張見世の中もいう。

一三　長唄や新内、小唄などに使う細棹の三味線。

一四　曲の最初の部分。十月に、壺に密封した新茶の封を切り、茶臼で挽いたものを供する茶会。

一五　大阪北部の曾根崎などの遊里。

一六　大阪で、娼婦を兼ねた料理屋の給仕女。

一七　江戸初期に小堀遠州が創始した茶道遠州流と、指で女性器を摩擦する性語をかける。

はで浴衣

らぬ藪のうち[一]」。

菜の葉[二]

近目《ちかめ》の鳥刺《とりさ》し[三]ありけるが、段々山奥へ入りこみ、大きなる杉林に至り、あそこよここよと窺ひ見れば、杉の木の上に、天狗《てんぐ》が昼寝して居るを、かの鳥刺し、鳶《とんび》と心得、餌《え》刺竹《さしだけ》[四]にて天狗の鼻を刺しければ、天狗はうまく寝ていて[五]、鼻こそばきゆへ[六]、首を振りければ、棹はなれる。鳥もち[七]しかへて[八]、又鼻を刺す。又首を振るゆへ、棹はなれる。「さて〱、此の鳥もちは、つかぬ鳥もちじや」といふて、つぶやき〱鳥もち付けかへ、又鼻を目がけ、棹を突き付ける。又首を振る拍子に、棹はなれけるゆへ、「これはどふじや」と、鳥刺しも呆れて思案して居る所に、かの天狗は目をさまし、鼻は鳥もちだらけゆへ、心悪い[九]と思ふ折から、あまたの蝶々飛び来たり、鼻の鳥もちの香《か》をしたひ、止まらんとしては飛びのき、鼻のあたりを飛びめぐり、上がりつ下《お》りつ、

一 千利休の門人藪内紹智が創始した茶道藪内流と、性毛が多い形容をかける。

二 元文頃の古い小唄の「蝶々とまれ、菜の葉にとまれ」に因んだ題名。

三 細い竹竿の先に鳥もちを塗って小鳥を取る人。

四 小鳥を取るもち竿。

五 熟睡して。

六 くすぐったい。

七 粘着力で鳥や虫を捕る鳥黐(もち)。原本「取もち」。

八 やりかえて。

九 気持がよくない。

行きつ戻りつ、群《むらが》り遊びたはむるる有様。天狗はおもしろさに、腹這いになつて、蝶々のたはむれを見ているうち、そよと吹く風が天狗の鼻の穴へ入りしゆへ、思はず、「ハア、クツサメ〳〵」と、ひびかしければ、此の物音におどろきて、かの蝶々残らず飛び去りければ、天狗は本意《ほんい》なげに、一〇「ア、、あつたら、はなを散らした一一ナア」。

加賀《かが》米《まい》一二

下女の寝所《ねどころ》へ、亭主が毎晩〳〵夜這《よばい》一三に行くゆへ、女房、大きに腹を立て、下女を二階へ寝させければ、ある夜又、二階へ夜這に行きしゆへ、女房は下より梯子《はしご》一四を引いて置きける。程なく夜も明けたるゆへ、びつくりして降りかけけるに、梯子はなし。二階の上がり口にて、もぢ〳〵しているうち、亭主も下女も腹は減る。下を見れば、女房はむまそふに朝飯を食ふている。二人《ふたり》は顔を見合わせ、吐息《といき》一五ついでいると、下より、何か書いたものをほうり上げしゆへ、開き見れば、『起きて

一〇　がっかりしたように。
一一　むざむざと、美しいものを台なしにした意の慣用句。蝶が一斉に飛去ったのを花が散るのに見立て、くしゃみで洟をまき散らしたのに掛けた。
一二　加賀国(石川県)産の米。品質は劣るが安いので多用された。加賀の千代女の句にかけた貰い飯(米)のサゲに因んだ題。
一三　夜、男が女の部屋に忍んで行くこと。
一四　取りはずしのできる室内用の猿ばしご。
一五　溜息。

菜の葉

みつ寝てみつねやの広さかな』と、加賀の千代の句を書き付けたり。亭主は横手を打つて、「さすがは、おれがかかほどあつて、悋気《りんき》の仕《し》様《よう》がおもしろい」と言ふて居る折しも、隣の内義が気の毒がり、二階の物干より、握り飯をさし出し、「定めておひもじかろふ。まあ〳〵、これをあがれ。内方《うちかた》へは、わたしが詫事《わびごと》して上げます」と言われければ、亭主「さやうなら、此の握り飯によばれます。とても御世話次《つい》手《で》に、此の書付を、かかにお渡しなされて下さりませ」と頼みければ、隣の内義はこれを受け取り、さつそく内の女房に渡しけるゆへ、女房、開き見れば、『今朝《けさ》かかに梯《はしご》とられてもらひ飯《めし》』。

学文《がくもん》つかい

さる国守《こくしゆ》に仕へし儒者ありけるが、何に付ても経書《けいしよ》を引き、主人の行ひに、いささかの事あるにも、子曰《しのたまわく》にて諫言《かんげん》致しければ、君にも、あまり堅くろしくて窮屈ゆへ、不興《ふきよう》に思召《おぼしめ》し、ついにお暇《いとま》を下されけ

一 「起きてみつ寝てみつ蚊帳の広さかな」(『千代女句集』)の蚊帳を「閨房」に変えたもじり句。
二 感心した時の動作。
三 やきもちのやき方。
四 他人の妻の敬称。
五 御馳走になります。
六 「朝顔に釣瓶とられてもらひ水」(『千代女句集』)のもじり句。
＊ 落語「加賀の千代」の原話。
七 難解な言葉を使う儒者を揶揄した題名。
八 儒教の基本的な書物。
九 『論語』に見られる文言。経書中の語句の意。
一〇 『史記』田単伝の語。
一一 武士や町人に対し、公家・神官や学者等の称。

る。儒者は俄に浪人の身となりけるが、「忠臣二《に》君《くん》に仕へず」一〇と、負け惜しみにおしてみても、これまで長袖《ながそで》一一の事ゆへ、何一つ、世渡る業《わざ》も知らず。段々尾《お》羽《は》打ちからし、一二かの有莘《ゆうしん》の野《や》に耕《たがや》して天命《てんめい》を楽しむ一三といふ心ばへにて、膝を入《い》るるばかりの裏店《うらだな》一四をかりて、楊枝《ようじ》をけずり、一五口に糊《のり》する程一六の賃銭を取りて暮らしけるが、合長屋《あいながや》に俠者《くちきき》の日《ひ》雇漢《ようとり》、一七門口《かどぐち》から、「ドフジヤ先生。内《うち》にか」と、ずつとはいれば、儒者は虱《しらみ》を捫《ひね》り〳〵一八挨拶すれば、日雇「おまへも、昼は仕事の手間もつぶれる。夜さり一九布子《ぬのこ》二〇をぬいで、ゆるりと見やんせ。しかし、此の通りなら、見たくらいではこたへん。わしが虱紐《しらみひも》二一の余計がある。取つて来てやりやんしよ」と立つをば、引きとめ、儒「子《し》釣《つり》して綱《あみ》せず、弋《よく》して宿《しゅく》を射《い》ず」二二と言へば、日雇「ヱへ、又、子《し》曰《のたまわく》かいの。いかなおれでも、唐《から》のサンショ二三には困る」。

一二　落ちぶれたさま。
一三　一人で耕作し、聖王の道を楽しむ意。「伊尹耕二於有莘之野一而楽二堯舜之道一焉」（『孟子』）。
一四　ごく狭い裏長屋。
一五　浪人の内職仕事。
一六　やっと生活できる。
一七　顔役の日雇い業者。
一八　せっせと虱を取りながら。「捫レ虱而言、旁若レ無レ人」（『晋書』）。
一九　夜分。夜中。
二〇　木綿の綿入れ。
二一　布の紐に薬を塗って腹に結んだ虱とりの紐。
二二　君子は生き物を根絶やすような殺生はしない意。『論語』述而篇の語。
二三　隠語。経書の文言を儒者の隠語と皮肉った。

へびわげ

へびわげ[一]

さる大家《たいか》の旦那、方々に妾《てかけ》を置ゐて、内《うち》にはいまだ嫁も迎へず、男世帯《ぜたい》にて暮らされけるゆへ、ある時番頭、旦那に申しけるは、「方々にお妾《てかけ》あまた有て、御うちには奥様なし。これでは、内のきまり[二]が悪《あ》しふござります。何とぞ御妾のうち、篤実なる、きまり方《かた》よろしき御人を、奥様にお入れなされませ」と申しければ、旦那「おれもそれは気が付いてあれど、五人の妾の内、一人奥[三]に入れたらば、残りの四人が悋気《りんき》[四]するがつらさに、今まで見合はしているのじや」。番頭「むかし唐土《もろこし》の玄宗《げんそう》皇帝[五]に、楊貴妃《ようきひ》をはじめ数多《あまた》の美女を集め楽しみ給ひしが、御伽《おとぎ》の役[六]をはづれし者、皆悋気せしゆへ、数多の美女の頭《かしら》の飾りに艶《えん》花《か》を挿《さ》させ、蝶を飛ばし、戯《たわむ》れてとまりし女を、其の夜の伽と定め給ふ[七]。それより悋気せざりしと聞き及びおりますれば、これをまねびて、五人のお妾衆《てかけしゅ》に、五色《ごしき》の凧《いか》[八]をのぼさせ、その色のお気に入りしを奥様

一 女性が嫉妬争いで逆立てた髪を、からみ合う蛇に見立てての題名。加藤重氏発心の故事に因む。
二 秩序。取締り。
三 主婦の座。奥様。
四 嫉妬。やきもち。
五 唐の第六代の帝。女寵から安禄山の乱を招く。
六 寝室で添い寝を勤める役の女性。侍妾。
七 『天宝遺事』に見える「随蝶所幸」の故事。
八 紙鳶。「畿内にていかと云ひ、関東にてたこといふ」(『物類称呼』)。
九 事情。
一〇 太陽をかたどった赤色・金色の丸形の図様。

にお定めあらば、お妾衆も、いづれ運次第なれば、跡《あと》にて悋気もなきかと存じます」と、さすがは大家の番頭ほど有て、弁舌《べんぜつ》さはやかに申しければ、旦那も、これは尤《もっと》もと思はれ、さつそく五人の妾を呼びよせ、其の趣《おもむき》九を言い聞かせければ、五人の妾は、思ひ〱に五色の色をわけて、思ひ付きける。「わしは赤《あか》色なれば日の丸一〇がよし」といへば、又一人は、「わしは白なれば、白《しら》旗一一がよろしふ思ふ」といふ。中に、「黄色なれば、将棋《しょうぎ》の駒がよかろ。歩《ふ》でも金《きん》になる」一二と、はや奥様心にて、算用一三めいた事いふも、又にくてらし。又、「わしは黒色なれば、なまずに一四せやう」といふは、定めてしやうどなさ一五、心の程ぞ知られける。「わしは青色なれば、青表紙一六の本《ほん》にせう。本妻の本に縁あり」と理屈を付けて、思ひ〱に五色の凧《いか》をのぼしける。旦那はこれを物干より見て、「アレ〱、あの青表紙の本の凧は引かせ一七。気がつまつて一八悪い。又将棋の駒も、つまる一九といふ声がある。此の時節に、つまつてはならぬ。又黒いのは、なまずか。あいつはぬらくら者二〇じや。ひかせ

一一　源氏の白色の旗。
一二　将棋の駒の色。また、歩兵も敵陣に成りこむと金将になる。
一三　計算。心づもり。
一四　とらえ所のない譬えにされる鯰の表皮は黒色。
一五　証度なさ。思慮が浅く、気性にしっかりした所がない。だらしがない。
一六　青い表紙を持つ儒学の経書などの本の総称。
一七　凧の糸を引いて地上におろさせること。
一八　固苦しい経書の表紙色なので気が詰まる。
一九　将棋の「詰む」と身代が行き詰まるをかける。
二〇　鯰のぬらぬらした状態を、怠け者、のらくら者の意にかける。

〳〵。さて、跡《あと》に残りしは、日の丸に白旗。これは二色《ふたいろ》ともによいぞ。日は日のもとのつかさ、我《わ》が日《ひ》の本《もと》といへば、これにせうか。又、旗上げするといへば、白旗にしやうか」と思案のうち、二つの爪の糸がもつれ合い、もんぢりかいて[一]、両方から引きしやなぐりければ[二]、旦那「まだ極《きわ》まらぬ内から、もふ悋気しをる」[三*]。

一 宙返りをして。もんどり打って。
二 ひきちぎってとる。
三 爪糸のもつれを、本妻の座を狙う妾同士の争いに見立てた。
* 類話→補注一八

臍の宿かへ巻之四終

臍の宿替巻之五

目録

昔は昔今は今[一]

西瓜畑《すいかばたけ》には、我も〳〵と、てる事[二]をあらそふ中に、極上《ごくじょう》でりの西瓜は直段《ねだん》も高く、結構なる座敷へ出て、賞歓《しょうがん》[三]せらるるを自慢し、白き西瓜は、いつまでも畑《はたけ》まもりとなり[四]、残されるを口惜《くちお》しく思ひ、「何とぞ出世させて下され」と、神仏《かみほとけ》を祈り居たりしが、信あれば徳ありと[五]、さる方《かた》より引き上げられけるが、此の旦那、画師《えし》の名人を招き、山水《さんすい》の画をかかせ、彫物師《ほりものし》を呼びてこれを彫らせ、灯籠[六]となして座敷先に釣り、客のもてなしに致されける。皆々、灯籠の風雅なるを誉《ほ》めて、一入《ひとしお》興を催しける中に、俳人ありて、やがて筆を染め、『灯籠になりても照らす西瓜哉《かな》』とありければ、一座の人々、手を打つて、「誠に名吟[七]なり」と感じける。その座に西瓜の冷やしもの[八]出てありけるが、

一 昔と今とでは事情も変ったから、同列の議論は成り立たないという意。
二 艶がよく輝くこと。くだものなどの熟すこと。
三 賞翫。珍重。
四 収穫されずに畑で棚ざらしになること。
五 信心すれば神仏の加護で福徳を得るとの諺。
六 西瓜の果実をくり抜き、皮に穴をあけて中に蠟燭を立てた灯り。釣下げて子供の玩具等にした。
七 すぐれた俳句。
八 水で冷やした食べ物。

已前《いぜん》同じ畑にありし時は、我《われ》は顔《がお》に九上照《じょうで》りの鼻高く、我等は白ぼてな一〇りとて、誰取り上ぐるものなきゆへ、しを〳〵として居たりしが、時《じ》節到来《せっとうらい》一一して、今又ここにて不思議に逢ひし折から、人々の目の上に見上げられ、名画人《めいがじん》の手にふれ、俳人の秀句を得て、一座の興と賞美せられ、已前畑にての恥辱《ちじょく》を、かかる晴れの席にて雪《すす》一二ぐ事、時の面目《めんぼく》、此の上やあると、喜悦《きえつ》一三の眉をひらきし所に、かの座敷にある上西瓜《じょうずいか》は、已前に変り、白ぼてめに見下げらるる口惜《くちお》一四しさ、あいつは諸人《しょにん》の目上《めうえ》に置かれて誉めそやされ、我は人の口の歯《は》にかかり一五、これまで赤いと自慢せしが、今はかへつてあいつゆへ赤恥一六をかくなりと、うらやましげに仰向いて、灯籠と顔見合わせ、「そちはどふやら、見たよふな顔じや」といへば、灯籠の西瓜が、「ヱヘン一七」。

千《ち》束《つか》一八

花壇《かだん》の菊、今を盛りなるゆへ、親しき友五六人を招き、賑はしく酒

九　思い上がった顔付。自慢そうな様子。
一〇　実の入っていない白い西瓜。白梵天(しろぼでん)の下略。
一一　まさに待っていた時がやってくること。
一二　身の恥を除き去る。
一三　喜びで顔を明るくし。
一四　軽蔑されるのと、軒から見下げられるの両意。謡曲『鳥追舟』の詞章。
一五　歯で食べられるのと、話の種にされる「口の端にかかる」をかける。
一六　恥を強めた言い方。
一七　自慢の咳ばらい。七段目「茶屋場」の芝居仕立てのやりとり。
一八　多くの束。たくさん。

昔は昔 今は今

宴を催し、さいつおさへつ[一]大騒ぎになり、一人の客、花の下《もと》によりて、「御秘蔵の菊、失礼ながら」と、花を少しむしり取り、座に帰り、わが盃の中へ入れ呑《の》みければ、亭主は、はつと思ひけれども、客の事ゆへ詮方《せんかた》なく、亭主「イヤ、申し。それは御薬[二]にでもなりますか」。客「薬の段《だん》か[三]。これを食べますと、七百歳は確かでござります[四]」といふと、皆々、それは結構なものと、我も〳〵と、むしつては呑み〳〵するゆへ、亭主は、ハア〳〵と気をあせり、今はこらへかねて、「それは結構な寿命の薬ではござりますけれど、ちつと又、御子息や嫁子《よめご》の気にもなつてごろふじませ[五]」。

親の物は子の物[六]

親は年寄りて、昼の間《あいだ》は小便に行きけれど、夜は度《たび》々起きるがつらさに、溲瓶《しびん》[七]に小便をつとめけるが、その息子、脚気《かつけ》にて足の自由なりがたく、親の溲瓶にて二人《ふたり》用を便ぜん[八]と、相談の上なれど、親のはい

一　差しつ押えつ。盛んに盃に酒をつぎ合う様。
二　菊の花を浸して飲む菊酒は、重陽の節句に疫厄を払うため用いられる。
三　なる所ではない。
四　『閑吟集』に「南陽県の菊の酒、飲めば命も生く薬、七百歳を保ちても、齢はもとの如くなり〳〵」とある。
五　親にあまり長生きされては、その面倒を見る若い者には迷惑千万。
六　親の持ち物はそのまま子供の物になる意の慣用句。
七　病人や老人が寝所に置いて尿を取る陶製の瓶。
八　処理する。すます。

らした跡《あと》へ、おれがのを入れるは、どふやらいかがなものと思ひ〳〵、見事なもの[九]を、ぬらりと入れんとする所に、何やら溲瓶が物いふやうなと、よく聞けば、しびん「ヤイ、畜生め[一〇]」。

下駄と焼味噌[一一]

身稼《みかせ》ぎのため江戸表《えどおもて》へ下《くだ》られし人、久々にて帰られければ、近所に権兵衛[一二]とて、愚かしき人ありけるが、見舞ひに来たり、「さて、忠兵衛さん。あなたはながらく江戸表へ御出《おいで》なされましたが、何ぞめづらしい事でもござりましたか」と問へば、忠「イヤ、何にもめづらしい事はござりませなんだが、江戸表では、けしからぬ[一三]狂歌《きようか》[一四]がはやります」といへば、権「フン、京蚊《きようか》[一五]とおつしやるが、あつちでは京の蚊をめづらしがつて、見世物にでもして見せましたか」。忠「何をおつしやるやら。狂歌とは、うたでござります」。権「フン、歌なら大坂もはやりました。『雷《かみなり》ぐはら〳〵地震ゆら〳〵[一六]』。忠「これはけしから

九　大きな男性器。
一〇　親子が同じ女性と交接する、人道に反する行為に似たため「畜生」。
一一　焼味噌は板に付けて焼くので、形は下駄に似るが内実は大違い。全く似ても似つかぬほど違ったものの譬えに使う。
一二　田舎者や百姓、また愚か者などの通名。
一三　甚だ。
一四　内容や言語遊戯により滑稽味を出した和歌。
一五　「狂歌」と同音。
一六　当時の俗謡の一節か。

ぬ事一おつしやる。それははやり歌《うた》。きやうかと申しますは、文字《もじ》に、狂ふ歌と書きまして、やはり三十一字ございます。わたしが帰りに、道づれの人が、鞠子《まりこ》川二にて草鞋《わらぐつ》を買をふと思ふて問はれましたれば、草鞋の直段《ねだん》を、きつふ高ふ申しましたゆへ、『それなれば、今日は買はずともよしにしやう』と申されたるにつきて、わたしが即座に狂歌を詠《よ》みました。

　鞠子川くつのね三高く聞ゆれば
　　あすかい四給へ先にあり五〳〵

とよみました」。権「さやうなら、高いよつて、買やなさらなんだか」。忠「さやうでござります。それから富士の山で又一首、うかみました。

　高いともなんともかとも富士の山
　　こくう六にあきれはだかり七にけり

と詠みました」。権「そんなら、富士の山も、高いによつて買やなさらなんだか」。忠「何をおつしやる。富士の山でござります。なんの

一　とんでもない。
二　静岡市丸子近くの川。
三　鞠を蹴る沓（くつ）の音と草鞋の値をかけた。
四　蹴鞠の家元飛鳥井家と「明日買い」の洒落。
五　蹴鞠の掛声「ありいありや」をつめた「ありあり」に草鞋が「あり」。『新撰狂歌集』に載る。
六　虚空。大空と「やたら」の両意をかける。
七　驚いた時の目や口を広げた様子と、ふさげるように立ちはだかる意。また、着物の裾や胸元が乱れて広がる意もある。

買いますもので」。権「高いともと言て、あきれたとおつしやるが、向ふの言《ゆ》い直《ね》は、なんぼと申しましたぞ。マア、値切つてみなさればよいに」。忠「阿呆言《ゆ》いなされ。値切ろも値切ろまいも、地からはへた物、誰が買いますもので」といへば、権「ヱヽ、なるほど〳〵。『こくうにあきれはだかりにけり』なら、買わずと、やつぱり小便した[八]のであろふ」。

心の迷ひ[九]

夜《よ》もしん〳〵と更《ふ》け行く頃、誰《たれ》しら浪《なみ》[一〇]の跡《あと》かくし、夜《よる》をばかせぐ盗人一人、うそ〳〵[一一]うかがひ歩きしが、格子づくり[一二]に簀戸《すど》をいれし、相《そう》応《おう》な暮らしと見へたる家ありければ、能《よ》い仕事のありそふな所と、門口のわきなる壁をこぼち[一三]忍び入り、様子を見れば、法師[一四]の内《うち》なり。盗人思ふやふ、庭の隅に撞木杖《しゆもくづえ》[一五]あるからは、検校《けんぎよう》[一六]の内《うち》と見へる。先づ、まぶ[一七]な暮らしと、そこらあたりをうかがひ、押入れの錠前をこぢはな

八　裾を広げたので、売買契約後、不当に破約する意の隠語「小便」を引っかけた。
九　あれこれ迷った末に間違った方へ迷い込む事。
一〇　「誰も知らない」と、盗人の「白浪」をかける。
一一　きょろきょろ。
一二　家の表に格子を設けた小粋な造り。
一三　毀つ。こじあけて。
一四　俗人の法体した者。主に座頭などをいう。
一五　握りの部分がT字形で撞木の形をした杖。盲人では別当以上が用いた。
一六　盲人の最高位の称。
一七　盗人の隠語で、金持。

心の迷ひ

し、財布に入りし金子《きんす》あるゆへ、首尾よしと、これをふところにし、そろ〳〵と去《い》なんとせしが、我が入りし穴を見忘れ、庭の廻りを、あちよこちよと[一]うろつきながら、「これはどふしたものじや。とんと勝手の知れん内《うち》」と、つぶやき〳〵聞耳《ききみみ》すれば、奥には法師がただ独《ひと》り、琴を弾《たん》じ居《い》けるゆへ、彼の盗人、そろ〳〵と法師のそばへ寄り、両手をつきて、「かかるはかり事[二]のありとも知らず、御内《おうち》へ忍び入り、今の仕合せ[三]。いづれが出《で》の口《くち》とも座敷とも、方角の知れぬはかり事。むかし、唐土白帝城《もろこしはくていじよう》におゐて、司馬仲達《しばちゆうだつ》をあざむきし孔明《こうめい》がはかり事。櫓《やぐら》に上がり、琴を弾ぜしと承りましたが、かくゆう〳〵と琴を弾じ遊ばすは、此の計略に乗せん為《ため》なるか。あやまり奉る。何とぞお許し下さりませ」と、いろ〳〵と詫びければ、法師「はかり事は致さねど、途《ど》に迷ふてうろつく[四]事もあろふ。最前から狐火《きつねび》[五]引いていました」。

鼻くらべ

一　あそこかここかと捜し回るさま。
二　中国四川省の白帝城で、魏の司馬仲達の大軍に囲まれた蜀の諸葛孔明が高楼で琴を弾ずる姿を見て何か謀事があろうと囲みを解いた故事による。
三　始末。事の次第。
四　どちらに行ってよいか分らずにうろうろする。
五　闇夜、山野に出現する怪火、火の玉をいう。狐火の縁で化かされた。琴を加えて地歌の入る『本朝廿四孝』四段目切の「奥庭狐火の段」をふまえる。

年の初めの礼儀六は、上《かみ》は一天《いってん》の御主《おんあるじ》より、下万民《しもばんみん》に至るまで、これをつとめぬものはなし。其の中に、とんと人の知らぬ礼者がござります。其のくせに、ゑらい仰山《ぎようさん》七な年礼でござります。私も今日《こんにち》はじめて承りました。諸国名高き山々に住居《すまい》なさるる鼻高《はなだか》八様方でござります。先づ富士山の白雲坊《しらくもぼう》九、象頭山《ぞうずさん》一〇の白峯《しらみね》太郎、筑紫《つくし》には彦山《ひこさん》一一の豊前《ぶぜん》坊に霧《きり》太郎。その外数ふるにいとまあらず。さて鞍馬《くらま》山の僧正《そうじよう》坊一二、愛宕《あたご》山の次郎坊、太郎坊。これは禁裏《きんり》守護《しゆご》としてあるゆへに、国々より先づ京の礼として、都をさして登る事なり。人足《にんそく》は諸国小山《こやま》の名もなき木《こ》の葉天狗《はてんぐ》一三どもなり。いまだ都を見ぬものもあれば、我も〳〵と付き従ふ。さて、上分《かみぶん》一四の天狗どのより、人足《にんそく》どもへ申し渡さるるには、「道中筋《どうちゆうすじ》、随分神妙《しんびよう》一五にして、酒を過ごし、荒れる事なかれ。或ひは家を吹きたをし、大船《たいせん》を打ちくだき、人を引きさき、鳥井《とりい》、石灯籠《どうろ》などをねじつぶし、其の外、人間の障《さわ》一六りにならぬよふに慎《つつし》むべし」となり。皆々、「畏《かしこま》り奉る」と、段々登るほどに、はや大坂にも近くなり、摩耶山《まやさん》一七、

六　正月を祝う儀式。
七　大がかりな。
八　天狗の異名。深山で修行して神通力を得た行者、山伏に擬せられた。
九　以下、修行した山に因んだ天狗の名称。
一〇　香川県琴平山の別称。「白峯の相模坊に従う天狗共」(謡曲『松山天狗』)。
一一　福岡県の英彦山権現。
一二　牛若丸に兵法を授けた大天狗の名。平安京北方鎮護の鞍馬寺、鎮火の愛宕権現は崇敬された。
一三　下っぱの小天狗。
一四　集団の上に立つ頭分。
一五　おとなしく。
一六　邪魔。さまたげ。
一七　神戸市六甲山地の前山。忉利天上寺がある。

甲山《かぶとやま》[一]にお逗《とま》りあり。翌日早朝より、京都へ入《い》り込む事なれば、猶々人足しづかにして、随分粗相[二]なきやうにとの仰せ渡しなり。ほどなく王《おう》城《じよう》[三]の地に着きければ、先づ愛宕山へ御礼を勤めんとする所に、何がこれまで、ついに上方《かみがた》へ来た事なき木《こ》の葉天狗どもゆへ、都めづらしく、あちらへ飛んでは見廻し、こちらへ飛んではきよろつき、大勢の木の葉天狗の羽風《はかぜ》にて、ざわ〱かしましきゆへ、宰領《さいりよう》[四]の天狗どの、人足どもを呼び付け、「ヤイ、野甫《やぼ》[五]天狗ども。おのれ、につくいやつの。『御上《おうえ》の御礼《おれい》相済むまで、旅宿《りよしゆく》に控へておろふ』と申し付け置きしに、未《いま》だ人間同様の低い鼻に、何の位もなき野甫天狗の身として、王城の地とも憚《はばか》らず、大勢ざは〱と飛びあるく段、不礼千万《ぶれいせんばん》、存外《ぞんがい》[六]なる振舞。一人も御供《おとも》は叶はぬ。さがにおれ〱[七]*」。

早うち駕[八]

「これはめづらしい。太右衛門さんじやないか。聞きますれば、あ

一 西宮市六甲山前山の一。兜に似た山容。
二 軽率なふるまい。
三 天子の住居する都。京都。
四 荷物運送や団体行軍などの指揮監督者。
五 野暮。田舎出の下っ端。
六 もってのほか。
七 叱り付ける語の「退りおれ」を、愛宕山の麓の縁で「嵯峨に居れ」と言った。
* 類話→補注一九
八 急使を乗せて昼夜兼行で伝送する駕。
九 以下、当時実在した浄瑠璃太夫名をもじる。
一〇 興行契約の手付金。
一一 大阪市南区の道頓堀

なた、今は上瑠璃語《じようるりかた》りにおなりなされたそふなが、誰が弟子におなりなされた」といへば、太右衛門「ハイ。只今では土佐太夫九どのの弟子でござります。此の頃は浪人しておりますが、近日遠州《えんしゆう》の方へ罷《まか》り越します。昨日《きのう》手《て》付《つけ》一〇を受け取りました」「それは遠方へお越しでござりまする。女房子《こ》も連れて、お越しかな」。太右衛門「イヤ、女房や子供は、内《うち》において参ります。只今では日本橋《にっぽんばし》一一の北詰におりまする。ちと、お出で下さりませ。いやも、世界に鬼はないもの一二でござります。このやうに上瑠璃語りになりましたら、外《ほか》々の太夫衆《たゆうしゆ》が申されます事には、『コレ、此太夫《このたゆう》一三こふせはするからは、女房子は、こちへ越太夫《こしたゆう》一四といわれますけれども、まだ私が一人の梶太夫《かじたゆう》も廻《まわ》らぬ一五くせに、咲《さき》太夫一六さまへ参りましたとて、中太夫《なかたゆう》あいた一七事はあるまじ。私も手に少々の鐘太《かねた》夫《ゆう》一八でもあれば、ちつと内匠太夫《たくみたゆう》一九もあれど、何ぶん天《てん》の時太夫《ときたゆう》二〇を待たねばならぬ。いそいで磯太夫《いそだゆう》二一じゃと思ひ、氏太夫《うじたゆう》二二〳〵しております。此の間も、政太《まさた》の旦那二三が、『貴様を頼母《たのも》二四太夫ほどに、弥《や》太夫二五でも、して

川の橋。その一帯の地名。
一二　この世には無情な人ばかりでなく、慈悲深い人も必ずいる意の諺。
一三　「此のたび」の意を、太夫名此太夫で洒落れた。以下、同様な言い方。
一四　越したい。
一五　舵が回らぬ。物事がうまく運ばない。
一六　先方。
一七　状態のかたがつく。
一八　金。
一九　たくみ。工夫。
二〇　天の時。天の与えた好機。
二一　行きたい。
二二　うじうじ。
二三　第一人者竹本政太夫。
二四　頼もう。
二五　嫌でも。

早うち駕

くれんか』といはれますけれど、私がこれまで、筆《ふで》太夫一本[一]持つた事はなし。それでは気が春《はる》太夫[二]じやと存じますゆへ、断り申しまして、此の頃加賀《かが》太夫[三]とも相談して、内《うち》の仏壇でも売りて、住《すみ》太夫[四]のはかり売りでもして、女夫《めおと》が巴《ともえ》かせぎ[五]に精出した方が、出世はやつと[六]千賀《ちか》太夫[七]じやと存じまして、女房も、八重太夫《やえたゆ》〳〵[八]いふて、はたらいてくれます。又私が実《じつ》の麓《ふもと》[九]めがござります。これも鍋釜いかけや[一〇]へ嫁入り致します。又私をひいきの旦那衆は、『どふぞ貴様には、絹太夫《きぬたゆ》[一一]の着物《きるもの》に、錦太夫《にしきたゆう》[一二]の帯をさせ、出世するのを、首長門太夫《ながとたゆう》[一三]にして、町《まち》太夫[一四]じや』と言はれまして、私の所へ来て、諏訪太夫《すわたゆ》[一五]立《た》とともせずに申されますが、なんと、きづ綱太夫《つなたゆう》[一六]なものでござります」と、太夫づくしに言へば、「これはおかしい。なんと太右衛門さん。お前、遠州[一七]へ上瑠璃にお出でなされますれば、定めてお内《うち》は、女中、子供衆ばかりでござります。又、留主《るす》中お見舞にも参りますが、日本橋で、お名は何と申しますぞ」。太右衛門「やはり、丁《ちょう》の名は、太右衛門《たえもん》と申します」。

一　筆一本。重い物を持ったことのない慣用句。
二　気が張る。緊張する。
三　嬶(かか)。通称「ぶったん」と呼ばれた太夫。
四　炭。
五　巴太夫の縁で共稼ぎ。
六　かえって。ずっと。
七　近い。早い。
八　やいやい。
九　麓太夫の縁で、妹。
一〇　金物類を修理する人。
一一　絹。
一二　錦。
一三　首を長くして。
一四　待って。
一五　坐ったまま。
一六　気術(きずつ)ない。心苦しい。
一七　遠江国の異称。静岡県西部。

○「日本橋で太右衛門なら、日本太《にっぽんだ》右衛《え》門《もん》[一八]じゃナア」。太右衛門「ハ、、、さやうじや。日本太右衛門じや」といへば、「コレ、遠州へ行《い》たら、かならずかたり[一九]ぞこなはぬよふにしなされ[*]」。

臍の宿かへ巻五終

一八　江戸中期の大盗賊で遠州(静岡県西部)生れの日本左衛門。河竹黙阿弥作『青砥稿花紅彩画』の日本駄右衛門のモデル。

一九　浄瑠璃を「語る」と、人をだまして金品を取る意の「騙る」をかける。

＊　類話→補注二〇

奥　付

桂　高うはござりますれど、[一]一寸《ちよと》これより申し上げます。まことに、私《わたくし》儀も、御ひいきのよけい[二]をもちまして、桂々《かつら》と愚名《ぐめい》を四方《よも》に広く仕り、御評判にあづかり候事、ひとへに御取立《とりた》て[三]と、いかばかり有難き仕合せに存じ奉りまする。さて今度《こんど》御求めにあづかり、桂男《わたくし》の面《つら》の皮千枚[四]にはまだ二百足らぬ、八百の嘘[五]を書きつづり、臍《へそ》の宿《やど》がへと題して、出板仕り候。これを御笑いの種蒔きとして、後編追々出《しつ》来《たい》[六]仕り候。昔より咄本《はなしぼん》あまた御座候へども、今度《このたび》は板元《はんもと》ことさら念を入れられ、丁数《かみかず》、画工、表紙《したて》まで吟味仕り、噺《はなし》はもとより新しきをもつて、あら玉の春のはじめの御年玉《おとしだま》。げに、よろこびは有馬《ありま》なる、[七]とうじの御見舞、御進物《しんもつ》、渋い親仁様《じじさん》御隠居や、御機嫌損じた御子達《おこだち》でも、後家《ごけ》あま、[八]人の女房《にようぼ》まで、悋気《りんき》の挨拶、[九]臍の宿がへ、笑わせるは桂《わたし》が家の伝授事。[一〇]もし本の御用なら、御手よりの本屋にて御求めの程、奉希《こいねがいたてまつり》上まする。八重桐《やえぎり》もどきの長口上[一一]は、板元とわたしが役の二人前、ます〳〵御評判、ひとへに頼みあげ奉りまする。*

一　座元が舞台上で口上を述べる時の最初の文言。
二　余慶。おかげ。
三　ご贔屓。お引立て。
四　厚かましい譬え「面の皮千枚張り」。
五　嘘を並べ立てる譬えの「嘘八百」。
六　出来上がる。出版。
七　「喜びは有り」に有馬温泉の湯治と続ける。
八　尼姿の未亡人。
九　嫉妬のやき方。
一〇　得意とする秘伝。
一一　浄瑠璃『嫗山姥』で、荻野八重桐が夫の不甲斐なさを長々となじる場面。
*　『新咄我まま草紙』は、『軽口五色紙』(安永三)の改題細工本。文化十三年刊。

全部
軽口春の遊[一]
五冊

此の草紙は、世におもしろきはなしに、樵歌牧笛《しょうかぼくてき》[二]の雅語《がご》をまじへ、はるのあそびの御とぎによろしく御座候へば、御手よりの[三]本屋にて御求め御覧下さるべく候。

文化九壬申年孟春[四]

大坂書林　心斎橋通伝馬町
塩屋長兵衛[五]梓

一　延享四年刊『軽口花笑顔』の改題本。その板木を利用して再板した。
二　木こりの歌声や牧童の笛の音。謡曲『敦盛』などに出る語句。
三　お近く。ご近所。
四　西暦一八一二年正月。
五　山本氏。演劇書を主体に、出版物は多い。寛政三年十一月に大坂本屋仲間に加入。本書も本屋行司に開版願書を、文化八年八月に申出た正式出版物。

新作

種《たね》が島《しま》

（文化年間刊）

解題　三笑亭可楽作。小本一冊。題簽は「新作種がしま　全」。内題などなし。版心は下部に丁付のみ。半面七行・約二〇字詰。裃姿の可楽が平伏口上する狂歌入り口絵半丁。本文二二丁半。話数一五。見開挿絵一図。本文末尾に「東都中橋　三笑亭可楽戯作」とあり、裏表紙裏に『可連喜之花《かれきのはな》』の予告と門人二十五人の連名一覧が付く。

本書は、丁付が不自然な細工本で、元板は可楽作・歌川国安画『新作噺の百千鳥』（文化五）といわれる（宮尾しげを『小噺年表』）。口絵半丁と「いきすぎ」から「通人」までの四話と見開挿絵を新刻、あとは同書の本文板木を利用したものと思われる。刊年は明らかでないが、新刻話「うしの御ぜん」が、文化八年三月二十八日（次は文政十年二月十五日）から六十日間の牛の御前開帳をあてこんだ際物咄なので、文化八、九年刊と考えられるが、一応、文化年間刊とした。

作者の三笑亭可楽は、通称京屋又五郎。櫛職人だが、寛政十年に山生亭花楽を名乗って友人たちと落語を演じ、同十二年には「咄の会」を開き、やがて職業的咄家となり、とくに文化元年、下谷広徳寺門前の孔雀茶屋で三題噺を披露した。彼は素咄を専らにし、頓知捷才を生かした三題噺や謎解きを演じて人気を博し、可楽十哲と称される多様多才な門人を輩出させ、江戸落語の祖とされた。『山しよ味噌』（享和二）、『東都《えど》真《ま》衛《え》』（同四）以下の噺本も多く、『三笑亭自筆小咄集』（仮題）の大部な小咄控え帳もある。本書は不詳部分の多い細工本で、必ずしも代表作とは言いがたいが、現行落語の「お見立て」「高野違い」などの原話が載り、会話部分に江戸庶民の生きいきした口調が活写されて、高座での口演を偲ばせるものであり、巻末の門人連名一覧も、落語資料として価値が高いので取りあげた。

翻刻は、『噺本大系』第十四巻、『江戸小咄（続）』（講談社文庫・昭51）などにある。

てつぽうときくもはなしのたねがしま
またしん作をねらひあてたり
三題噺元祖　三笑亭可楽戯作

口絵

○いきすぎ[一]

馬士「旦那、粗朶《そだ》[二]ア買わつしやんねへか。初荷《はつに》だアから、安く負けておくべヱ。買つてくらつせヱ[三]」。亭主「買つておきてへが、かんじんの穴のあいたもの[四]が、うちにねへから、相談ができねへ」といへば、馬士、しばらく考へて、「へヱ、かみさま[五]が留守かね*」。

○牛の御《ご》ぜん[六]

息子「けふは友だちに誘はれて、牛の御前《ごぜん》の開帳[七]へまいりやす」といへば、親父、ふせうぶせうに小判を一枚出し、「牛の御前へ行くなら、此の一両で、八百善《やおぜん》[八]か金波楼《きんばろう》[九]へ寄つて、なんぞうまいものでも食つて、日の暮れぬうちに帰りやれ」。息子「畏りました」と、みちまで出ると、ぐつと気がかわつて、青楼《せいろう》[一〇]へおもむき、向島《むこうじま》ではなくて、

一 考えすぎ。出過ぎること。
二 切り取った木の枝。
三 「下さい」の方言。
四 穴明き銭。江戸時代使用の銅銭など。
五 穴は女陰の異称でもあるので女房を連想した。
＊ 類話→補注二一
六 江戸の牛島須崎にある王子権現社の通称。三囲稲荷と並ぶ向島の名所。
七 文化八年三月二十八日から六十日間、牛御前開帳が行われた。
八 浅草山谷の料理屋。
九 浅草今戸の料理屋。
一〇 遊女屋。吉原遊廓。
一一 三囲稲荷での宝井其角が雨乞の句「夕立や田をみめぐりの神ならば」

『友だちやたぼ見めぐりの神ならば』[一一]としやれて、あすの朝帰ると、親父「ヤイ、おのれは一チ夜どまりで、どこの開帳へうせおつた」。息子、茶にうけて[一二]、「ハイ。まことにありがたいお開帳の、奥の院[一三]まで拝んでまいりやした」。親父「そして、一両の金は、何をおごつてうせた」。息子「ハイ。豆《まめ》[一四]を食べやした」。親父「ナニ、一両が豆を食つた。たわけめ。それが牛の御ぜんか」といへば、息子「イヽヱ。馬の御ぜん[一五]でござります」。

○熱《あた》海《み》

江戸橋[一六]の辺へ、熱海の湯治《とうじ》場《ば》[一七]ができて、大はやりにはやると、老若男女群集《くんじゆ》なし、後《のち》にはいろ〳〵の諸道具までゆくといふ評判になりければ、三味線は、棹《さお》[一八]へきづができたとて行くと、胡弓《こきゆう》[一九]は、毛がぬけてならないと、はいりに行く。琴もおなじやうに行かふといふゆゑ、「きさまは何のために行く」といへば、琴「わたしは、ぢ[二〇]を直しに

(『五元集』)のもじり句。遊女見立ての吉原行の句。
一二　軽く聞きながして。
一三　寺社の奥の建物。また女性器の秘所もいう。
一四　女陰。女郎を買う意。
一五　牛の対比で、「馬」の御前を出した。
一六　日本橋東側の橋。
一七　芳町の会席料亭桜井甚五郎の出店「熱海温泉出張所」の熱海庵(『江戸買物独案内』)のことか。一度の入湯料が三十二文。
一八　三味線の柄の部分。棹に陰茎の意がある。
一九　馬尾を束ねた弓で奏する楽器。毛の縁で陰毛。
二〇　琴の胴に立て、弦を支えて音調を整える琴柱(ことじ)と痔疾の両意。

牛の御ぜん

さ」。

○通人《つうじん》[一]

四谷《よつや》あたりの通人、麹町《こうじまち》のもみぢ風呂[二]へきたり、「きのふはモシ、大きにしやれやした。親父の前は、両国に花の会[三]があると、うまくいつはつて内《うち》を出の、それから山桜の五郎八[四]と甚六、富八、万平、福八、その外、羽織[五]も美しいやつを四五人連れて、乗円寺《じょうえんじ》の桜[六]から十二社《じゅうにそう》[七]、新日暮《しんひぐらし》[八]、帰りに円座松《えんざまつ》[九]まで見物して、とどのしまいが、政といふ字のついた内《うち》[一〇]へいきの、夜あかし、大騒ぎをやりやした」とはなすを、格《こう》子《し》の外《そと》で親父が立聞きして、ずつと内へはいり、「コレ、おのしはきのふ、柳橋[一一]に花の会があると言やつたが、その花の会のあつたうちは、どこだ」と聞けば、息子「ハイ、その花の会は、万八《まんぱち》[一二]でござります*」。

○うぬぼれ

一 廓や遊芸に通じた人。
二 麹町八丁目辺の銭湯。
三 生け花、挿花の会。
四 以下、取巻きの幇間。
五 深川芸者。
六 新宿区成子の福聚山乗円寺の有名なしだれ桜。
七 新宿角筈の十二社権現。一重桜が多い。
八 渋谷区千駄ヶ谷の法雲山仙寿院。谷中日暮里に似た閑雅な場所。
九 渋谷区神宮前の古碧山龍岩寺の笠松の俗称。
一〇 楽屋落ちの人の家か。
一一 両国近くの地名。
一二 嘘の江戸語「万八」に、柳橋の貸席の万八楼。
＊ 「書画会は万八息子どつか行き」(『柳多留』一五七・6)の図。

今は昔[一三]、隅田《すだ》のかたはらに閑居せる何がしといへる通士《つうし》[一四]、世の中をぐつとひねつて[一五]、日本堤[一六]のほとりに風雅の茶店《さてん》をつくり、往来《ゆきき》の人をあつめ、よき茶を飲ましめて、いざ、傾城買《けいせいかい》のうぬぼれ話[一七]聞かんと、もじ障子[一八]の内《うち》に、ひとり唐卓《とうしょく》にもたれ、大ィなる帳をもて、つくねんと[一九]待ちければ、中ッぱら[二〇]二人来り、「吉や。ここの内の茶は、せつたい[二一]だよ」。吉「せつたいでも、すりこぎ[二二]でもいい。ただなら、二三べヱ飲んでいくべヱ。八や、飲んでみや。ただにしちやアべらぼふにいい茶だア。こりやア喜撰《きせん》[二三]とやらだらう」。八「こつちが無銭《むせん》[二四]だから、てうどいい。ソリヤそうと、政の野郎はどうしたなア」。吉「あの野郎は、新町《しんちょう》[二五]の桜木《さくらぎ》といふ女に、此の頃アひつかかつていやアがらア」。八「ナニ、桜木にひつかかつている。べらぼうめへ。飛鳥山《あすかやま》[二六]の首くくりじやアあるめへし」(と、はなしている所へ、通人二人きたり〔)〕通人「つかねへ咄だが、モシ柳子《りゅうし》さん。一丁目の袖うら[二七]が、すそへいく[二八]じやアございやせんか」。柳子「といふ沙汰だね」。(わきにいる中ぱら、小さな

一三 以下、『宇治拾遺物語』序文の文言をなぞる。
一四 遊び上手の粋人。
一五 変った趣向をこらし。
一六 山谷堀の土手。吉原通いの通り道。
一七 女郎買いの自慢話。
一八 綟織りの布張り障子。
一九 じっと。ぼんやりと。
二〇 勇み肌や伝法肌の人。
二一 接待。門前に湯茶を出し通行人に振舞う施し。
二二 擂鉢を搔く切匙(せっかい)との語呂合せ。
二三 宇治産の煎茶の銘。
二四 喜撰の語呂合せ。
二五 京町二丁目の別称。
二六 北区の桜の名所。
二七 女郎の源氏名。
二八 深川永代寺門前の岡場所の裾継へ鞍替えして。

声で〕「吉や、聞いたか。袖裏が裾継《すそつぎ》へいくとよ[一]。人をつけヱナ[二]。洗ひ張りをして、てんちすればいい」[三]。通「ほんに、すそといへば、此の間、土橋[四]でかん蔵の町村に会いやしたつけ。あれも、品川の村とて、お村といつて、ちつとのうち出ていやしたつけ」。忠「お村かヱ[五]。人をべらぼふにした。お屋敷者が鰯《いわし》を買やアしめへし」(と、悪口をきいている跡へ、六十ばかりな親父来り〕「イヤ、これは柳子さま。只今わたくしも吉原まで行つて参じましたが、いやはやモウ、ちよつとした色の事で、大きにしくじりました。年中ハヤ、色の事でばかり、気をもみます」と話すゆへ、あるじもあきれ、「よい年をして、けしからずうぬぼれをいふ人だ」と、よく〳〵聞いてみれば、紺屋《こうや》[六]のぢい様。*

○暦好き

今は昔、浅草御蔵前の辺に、伊勢屋[七]何がしの隠居、いたつて暦好きにて、一寸《ちよつと》障子へ穴があいても、「ハヽア、おさんのぞく[八]のじや」と

一 女郎の鞍替えを着物の袖と裾の入替えにとる。
二 「人をつけにした」の略。人を馬鹿にした話だ。
三 上と下とを転ずる意。
四 深川七場所の一。
五 女房詞で鰯のこと。
六 染物屋。職業がら、染め色には神経を使う。
＊ 類話→補注二二
七 伊勢暦に因んだ屋号。
八 暦中段の暦注十二直の一。「おさん」は諸事に吉の日、「のぞく」は掃除など汚れを除く仕事に吉の日。下女の「お三が覗く」とした。
九 暦の用語。約束事などに凶の日。
一〇 考える。思い廻らす。

言い、裏の垣根がくづれても、「これは、犬やぶるじや[九]」と了簡《りようけん》する[一〇]よふな隠居なり。ある日、出見世《でみせ》[一一]の息子、年礼に来り、息子「さて、当年はおめでたく、暦の中の十二支でお礼[一二]に上りました。まづ、今朝《けさ》ほど宿《やど》を出ますと、芝牛町《うしちよう》[一三]から虎《とら》の門《もん》[一四]のお屋敷へ参じますと、御嘉例《かれい》で、兎《うさぎ》のお吸物[一五]が出まして、とんと御酒を下さります。サア、その勢いで、汐留《しおどめ》から二人船頭で波を走らせ、辰巳《たつみ》[一六]へまいりました所が、芸者の馬□[一七]が出まして、大騒ぎに騒ぎまして、あちらを出ました所が、もはや未《ひつじ》の刻《こく》[一八]となりましたから、すぐに猿屋町《さるやまち》[一九]へまいりまして鳥越《とりこえ》[二〇]へ寄つた所が、『亭主が内《うち》に犬《いぬ》[二一]』と申すから、『そんなら猪《いい》[二二]』と申して、あなたへ参じました。また永日《えいじつ》[二三]に上ります」と帰つたあとで、隠居、「いろ〱に考へても、どうも一ト色、足りぬよふだ」といへば、小僧「それで、丁度よろしうございます」。隠居「ナゼ」。小僧「おとし玉が、ねずみ半切《はんぎり》[二四]でございます」。

一一　分家。支店。
一二　年礼。年始回り。
一三　港区高輪車町前の俗称。干支の丑の縁。
一四　港区の地名。寅。
一五　兎の肉を入れた吸物。将軍家元旦の祝膳に出た後、家臣に下賜。卯。
一六　深川の異称。辰と巳。
一七　原本、字を欠く。午。
一八　午後二時頃。未。
一九　台東区浅草二、三丁目の町名。申。
二〇　台東区鳥越。酉。
二一　居ぬ。戌。
二二　能い。亥。
二三　春永。別れの挨拶で、「後日ゆっくり」の意。
二四　すき返しの粗悪な紙。年玉用の鼠色の巻紙。最後に、子(ね)が出た。

○縁とりばなし一

通人二三人寄合い、「なんともし、此の間紅梅《こうばい》といふ女郎に、鶯餅二を食わせたなア。これも、縁といふ題に付きやすね」。一人の通、「それもいいが、此中《このじゆう》三、お亀といふ芸者に、万年餅《まんねんもち》四をやつたのもいいじやアねへか」。又一人の通人、「それよりおかしいのは、此中獅子ッ鼻の女が、牡丹餅《ぼたんもち》五を食つていたのさ」。又一人の通人、「そんな咄でいいのは、このあいだわたしが、さる内《うち》へ行きやした。すると、かわいらしい禿《かむろ》が、鹿《か》の子《こ》六の振袖を着て、酌に出たから、『てめへの名は、なんといふ』と聞いたら、『アイ、楓《もみじ》七と申イス』といふから、『ヤレ〳〵かわいそうに。そして親たちは本当か』といつたら、『イ、ヱ、まま八でおざりイス』ツサ*」。

○中ッぱら九

一 関連のある言葉を使ってつくる咄。
二 「梅に鶯」の縁語。
三 この間。近頃。
四 「亀は万年」の縁。
五 「牡丹に唐獅子」の縁。
六 鹿の斑点に似た模様を浮き出した鹿子絞り。
七 「紅葉に鹿」の縁。
八 紅葉の名所の千葉県市川市真間に、継(まま)親を掛けた。
* 類話→補注二三
九 威勢のよい勇み肌の人。原本「忠」。
一〇 情交目当てに女性の

「なんともし、大屋さん。夜這い[一〇]に行つたやつを、まめどろぼうといふは、どふいふ因縁《いんねん》でござりやしやうね」。家主「ハテ、きさま。女のかくし所《どころ》をさして、まめ[一一]といふはさ」。中「ヘヱ、わつちらんかかアなんざア、なんだろうね」。家主「ハテ、素人《しろうと》じやから、白まめサ」。中「ヘヱ、芸者や女郎のはね」。家主「くろうと[一二]じやによつて、黒まめさ」。中「乳母《おんば》のはね」。家主「大きい[一三]から、なた豆[一四]とでもいふやうなものさ」。中「十六七な娘はね」。家主「おしやらくまめさ[一五]」。中「こいつはいい。そんなら天人は、どういふもんだね」。家主、(よつぽど考へて、)「ハテ、あれは空《そら》まめサ[一六]*」。

○手くだ[一七]のうら

今は昔、ある大見世の新造《しんぞう》[一八]、若い者に向ひ、「これさ、喜助どん。おらア一年中、お茶[一九]ばかりひいているから、たいがい、いやな客人は辛抱しているが、田舎の房《ぼう》さん[二〇]のやうな、くさらしい[二一]、きざな[二二]客人は

寝所に忍んで行くこと。
一一　陰核の俗称。転じて女陰の異称。「小倉の方言に女陰の核をマメといふ」(『ささのや漫筆』)。
一二　玄人。商売女の意。
一三　俗説に、乳母は広陰。
一四　いんげん豆の異称。
一五　八升豆の異称。年頃の娘で、お洒落を掛ける。
一六　天人と空は縁語。
*　類話→補注二四
一七　遊女が客に媚を使ってだまし操る手段。手練。
一八　年若い遊女。
一九　遊女や芸者が、客が付かずに売れ残ること。
二〇　坊さん。
二一　きたならしい。
二二　衣装や言動が嫌味な。

ねへ。今度来さしつたら、なんとでもいいよふにだまかして、帰して下せへ。そのかはり、こんた一のいふことなら、どんな事でもきかふから」と、噂している所へ、かの客人が来ると、喜助、涙をふき〳〵客人の前へ出で、「さて〳〵、旦那。人間と申しまするものは、まことに風の前の灯火《ともしび》二、いつなんどき消えよふも知れぬ、はかないものでござります。あなたのお相方《あいかた》梅鶴さんが、夜前《やぜん》三急病でおなくなりなさりました。あなたへの御遺言《ごゆいげん》には、『どふぞ、わたくしをふびんと思つておくんなんすなら、千部《せんぶ》万部《まんぶ》の供養《くよう》四より、ただ南鐐《なんりよう》の一片《いつぺん》五づつも人に施し、また合間には茶飯《ちやめし》、鰻《うなぎ》の二分《にぶ》六づつも買ふて、みんなにふるまうて、よろこぶ顔を冥土《めえど》から、わたしや見るのが楽しみ』と、こればつかりがあなたへ遺言《いいごん》」と聞いて、和尚もうるみ声七。「やれ〳〵、さぞ、逢ひたかつたであろうのに、なぜ知らせてはくれなんだ。まだしもあれが遺言《いいげん》を、かなえてやるが未来へ手向《たむ》け。今度来たとき何もかも。まづ某《それがし》は出家の役、戒名《かいみよう》ばかりも、ヲ、そうじや」と、矢立《やたて》八をい

一　こなたの転。お前。
二　物事や生命のはかなくもろいことの譬え。
三　前日の夜。ゆうべ。
四　丁重な読経の法要。
五　二朱銀貨の一枚。五百文。二枚で一分。
六　一両の半分。二千文。
七　涙でくもりがちな声。
八　腰にさして携行した筆記用具。
九　浄土宗での戒名は、何誉何々信女。女郎に客が重なった時に出る名代新造を戒名めかした。
＊　落語「お見立て」の原話。
一〇　勇み肌。向う意気が強くて威勢のいい。

だし、なにやら書いて帰りしを、まんまといつぱいしてやつたと、大ぜい寄つて打ち笑ひ、かの戒名を読んでみれば、『毎夜名代新造《まいよみようだいしんぞう》九*』。

○源氏物語

いさみ一〇な男、百人一首の本を見て、「モシ旦那。この上に書いてある画《え》は、なんでござりやすね」。主人「それは六玉川《むたまがわ》一一さ」。いさみ「此のうちに、筋違《すじかえ》一二の玉川なんぞも、はいつておりやすかね」。主人「玉川といふは、国々のを寄せて六玉川さ。これを覚えよふなら、紹巴《じようは》一三の歌に、『あふみ萩山やまぶきにむつ千鳥むさしたつくり紀《き》どくつの花』一四と。これを覚えているがいい。そのうちでも、この高野《こうや》の玉川が毒水だて。すでに弘法様の歌に、『忘れても汲みやしつらん旅人の高野《たかの》の奥の玉川の水』一五。いさみ「このモシ、仲蔵《なかぞう》の替紋《かえもん》一六の付いているのは、なんでござりやすね」。主人「それは紫式部の書かれた源氏物語さ。それもはじめのお名は、藤式部《とうしきぶ》一七と申したを、源氏物語の若紫の巻を、

一一　歌に詠まれる井手・三島・野路・高野・調布・野田の六か所の玉川の総称。
一二　玉川水道を引く神田川に架かった筋違橋。
一三　連歌師の里村紹巴。
一四　出典未詳。
一五　「高野奥院へまゐる道に玉川といふ河のみなかみに毒虫の多かりければ、この流れを飲むまじき由を示しおきて後よみ侍りける」の詞書きのある『風雅和歌集』の歌。
一六　中村仲蔵の裏紋は、人という字を崩して縦に三つ並べた紋様。源氏香の図柄の表紙に似る。
一七　父の姓の藤原式部の丞から付いた名前。

殊によろしく書かしつた故に、紫式部と申したのさ。いつたい紫式部は、石山寺の観音の化身《けしん》だとあるテ」。いさみ「たぼ二でもモシ、こいらア豪勢《ごうせい》なもんだね。なんともし、旦那。此の本をチツト貸しておくんなさりやし。常盤町《ときわ》三の頭《かしら》四が上方《かみがた》へ行くと申しやすから、その毒水の訳をはなして聞かせやせう」と、ふところへいれて帰り、先の内《うち》へ行き、何か物知り顔に、「モシ、かしら。おめへ、上方へ行きなさるなら、咽《のど》がかはいても、めつたに玉川の水なんぞを飲みなせへやすな。そふいふ内に、高野のは毒水だ。その証拠にやア、弘法様の歌に、『忘れても汲みやしつらん旅人のあとより晴るる野路《のじ》の村雨』五といふ歌がありやす。そしてまだ妙な事があらア。石山寺の観音様は女に化けて、げんじ物語とやらをつくらしつたツサ。その時のお名は、ソレ何よ、ヱ、ソレ、なんでも着物によくある名だア。ヲ、ソレ〳〵、とび色式六部よ」。かしら「ばかアいへ。とび色式部といふがあるものか。ソリヤ大かた、紫式部のことだろう」(といはれて、ふところから本を出してみ

一 謡曲『源氏供養』に「紫式部と申すは、かの石山の観世音、仮にこの世に現れて」とある。
二 髱。若い婦人の称。
三 江東区深川常盤町。
四 大工や鳶職等の親方。
五 下の句を太田道灌の「急がずば濡れざらましを旅人のあとより晴るる野路の村雨」(『慕景集』)と混同する。
六 鳶の羽色の茶褐色。
七 前に。さっき。
八 高野山と、染物屋の紺屋(こうや)を掛けた。

て）「ム、、ソレ〳〵、紫式部よ」。かしら「それ見やがれ、そそつかしい野郎だ」といへば、いさみ「ナアニ、おれがそそつかしいのじやアねへ。ぜんてへ、せんに[七]高野《こうや》[八]で間違つた*」。

○其　二

「ぜんてへ、かしら。此の百人一首《ひやくにんしゆ》中にある、赤染《あかぞめ》[九]だの右近《うこん》[一〇]だのと、淋病《りんびよう》やみの褌《ふんどし》[一一]をみるよふな名のあるのは、なんだろうの」。かしら「ソリヤ百人一首のうちの、マアお針《はり》[一二]といふやうなものさ」。いさみ「そして、伊勢《いせ》[一三]だの相模《さがみ》[一四]だのといふのは」。かしら「それがおかみさんさ」。いさみ「どうか、この相模といふのは、間男《まおとこ》でもしそうな名[一五]だぜ。そしてモシ、此の人麿だの仲麿[一六]だのといふのは」。かしら「こつち[一七]でやつぱり、歌《うた》麿だの月麿[一八]のといふやうなもんで、あつちの[一九]画かきサ」。いさみ「菅家《かんけ》[二〇]といふのは、なんだろう」。かしら「ソリヤ、何《なにつ》かの建立方《こんりゆうかた》[二一]のほうさ」。いさみ「そんなら、猿丸太夫といふのは」。かしら「あつちの

＊　落語「高野違い」の原話。
九　平安時代の女流歌人の赤染衛門。赤い染め色。
一〇　右近衛少将季縄の娘。鮮黄色の欝金(うこん)。
一一　性病患者の膿で黄色くなった褌。
一二　廓や商家の裁縫女。
一三　藤原継蔭の娘。
一四　大江公資の妻。
一五　相模(神奈川県)生れの女性は多情とされた。
一六　柿本人麿と阿倍仲麿。
一七　江戸。
一八　当時有名な浮世絵師喜多川歌麿と月麿。
一九　上方。
二〇　菅原道真の別称。
二一　寺社建立のための勧進―勧化(かんけ)と菅家。

義太夫語りさ」。いさみ「そんなら此の、大輔《たいすけ》だの元輔《もとすけ》だのといふのは」。かしら「ハテ、知れた事よ。そいらア百人一《ひやくにんし》首のうちの飯たき[一]だ」。

○角力好きの亭主

角力見物に行きしが、昼すぎに青くなつて、うちへ帰り、「かかアどん。マア、水を一ッぱい飲ませて下せへ」。女房「おめへ、マアどうしなさつた」。亭主「聞いて下せへ。今日、おれがひいきの角力が負けたから、思わずそばにある徳利《とつくり》を投げたら、大ぜい角力取りが跡《あと》から追つかけて来るによつて、よふ〱うちへ逃げこんだ。小僧や。表を見てくれ。よもやモウ来やアしめへ」。小僧「旦那、まいります〱。しかも黒雲《くろくも》[二]と稲妻《いなずま》[三]と雷《いかずち》[四]がまいります」といへば、亭主「そいつアたまらねへ。かかアどん、早く蚊屋《かや》を吊《つ》つて[五]下せへ」。

○評判記[六]

一 飯焚男の権助・三助なみ。伊勢大輔(たいふ)を男と読み違えた。
二 化政頃の十両以上の力士に黒雲の名はない。
三 第七代横綱になった稲妻咲右衛門。
四 年寄の雷権太夫。
五 雷に因む名の力士連中に押寄せられて、雷除けの蚊帳へ逃込む。
六 遊女や役者の容姿や技芸を紹介・批評した本。
七 一座全部の役者。
八 五世。通称鼻高幸四郎と呼ばれた。
九 江戸のすぐ前の海の意で、新鮮さを強調したり、江戸独特のやり方や風味を自慢していう。
10 鰻の長細さの筋に、

惣役者[七]を看《さかな》に見立て、「評判記」と売つて来るを、芝居好きの亭主、「コレ、その評判記は、上下いくらじや」。○「ハイ、二十四文でござります」。亭主見て、「この松本幸四郎[八]を鰻とは、どういふ見立てじや」。○「ハイ、江戸前[九]で、いつたいの筋《すじ》[一〇]がよろしうござります」。亭主「して、此の源之助[一一]を、かながしら[一二]とは」。○「それは、丸にいの字[一三]をつけますゆへ、かながしらでござります」「そんならまた、歌右衛門[一四]を初かつをとは」。○「ハテ、鰹も出はじまりには、芝翫《しかん》[一五]くらいはいたします」。

○天神さま

行者《ぎようじや》[一六]「諸願成就《しよがんじようじゆう》、昨日《さくじつ》の袋をお頼み申します[一七]」と門《かど》へ来れば、内《うち》から亭主が出で、「これがいやさに、此中《このじゆう》から、『まかせ無用[一八]』といふ札を貼《は》つておいたを、はつち[一九]の勝手で置いたから、袋はただ返そう」といふ。○「なんでも毎朝画《え》を置いていつたから、袋をいれてもらわ

幸四郎の鼻筋をかける。
一一　初世沢村源之助。
一二　ほうぼうに似た魚。
仮名の初めの「い」の字。
一三　家号紀伊国屋の紋様。
一四　三世中村歌右衛門。俳名が芝翫(しかん)。
一五　初鰹の売値の四貫と俳名の芝翫を掛ける。
一六　仏道修行者。一種の物乞いの願人坊主もいう。
一七　願人坊主は「諸願代行」と称し、細片の絵紙を撒き、袋を配っては米を集めるなど、物乞いをして回った。「まかしょ」「はっち」ともいう。
一八　まかしょお断り。「御行無用」も同じ。
一九　「はっち(鉢)〳〵」と物乞いした托鉢坊主。

にやアならぬ」と、大声あげて争うところへ、隣の亭主、見かねて中へはいり、「まづ〳〵、わたくしにまかせなせへ。なるほど、毎朝画《え》をもらつておいて、袋をいれてやらぬも悪いが、また、『御ぎやう無用』と札の出ているところへ置くも悪い。そしてこの寒いのに、そのよふにあくせく稼《かせ》がずとも、よさそふなものだ。しかし、きさまたちは、かかアでも持つているか」。行者「さよふさ。すなはち、わたくしが、ととうの天神《てんじん》一でござります」。

一　渡唐して参禅したとされた天神伝説によった菅原道真の絵や彫像。渡唐に、父の幼児語「ととう」を掛けた。

○気ちがい

年中いなかばかり歩いている、山井陽仙《やまいようせん》二といふ藪医者、ある百姓のところへ来たり、「きさまの息子殿が、気が違つているといふ事じやによつて、たづねて来ました。薬を進ぜましやう」といへば、「ハイ〳〵、思召《おぼしめ》しは忝ふござるが、ハア、直りました」。医者「いつたい、どういふ気違いでござるな」。田舎「ハイ、チトハヤ、つねから高慢

二　「病い良うせん」で藪医者の通名。

気[三]のある生れつきでござりましたが、この正月、フトしたこんで、暦《こよみ》に小便のう、しかけましたところが、あにがはや[四]、急に万歳《まんざい》[五]の真似べエしました。それからハア、二月になると、狐[六]の真似べエしまして、三月になつたら、あにハア、お雛《ひな》さまのいふよふなことべエものして[七]、それからハア、四月になると、またおしやかさま[八]の真似なんぞしましつけが[九]、今月五月になつたら、とんとハア、正気《しようき》[一〇]になりました」とはなせば、医者「いい時、わしに見せた。それでうつちやつておかつしやると、来月は、よい〳〵[一一]になるところだ」。

東都中橋[一二]　三笑亭可楽戯作

三　人を見くだした、生意気な態度。
四　「何がはや」の訛り。
五　正月を祝う門付芸人。
六　稲荷社の使い姫で、二月の初午の狐。
七　言ったりしたり。
八　釈迦の誕生日、四月八日の花祭り。
九　いたしましたが。
一〇　端午の節句人形の鍾馗が出たので正気になる。
一一　手足や口舌がもつれる病気中風の俗称「よいよい」と、祭り月で神輿をかつぐ掛声の両意。
一二　日本橋の南、通四丁目近くの地名。現在の中央区八重洲三・四丁目。

連名次第不同

来春出板　○可《か》連《れ》喜《き》之《の》花《はな》
右は可楽門人中にて戯作仕候
落はなしの小冊ニ御座候

万笑亭亀楽
新笑亭夢楽
三笑亭一楽
三笑亭語楽

美笑亭里楽
楽　亭可道
三笑亭子楽
同　酒楽

三笑亭古楽
伯楽亭錦好
山生亭鳥楽
同　千楽

林　屋笑三
三笑亭素楽
三笑亭友楽
同　茶楽

笑々亭楽賀
可笑亭三楽
三升亭可好

市場亭左楽
自笑亭意楽
永楽亭三笑

喜久亭寿楽
東　亭鬼丸
真笑亭都楽

噺落

屠《と》蘇《そ》喜《き》言《げん》

（文政七年刊）

解題　桜川慈悲成作。中本一冊。題簽は表紙上部中央に「落噺屠蘇喜言　全一冊」と貼布。見返しに「桜川慈悲成作／おとしはなし屠蘇喜言《とそきげん》／文政七年甲申孟春　文寿堂寿桜」とある。序題「落噺屠蘇喜言序《おとしばなしとそきげん》」。内題「落噺《おとしばなし》屠蘇《とそ》喜《き》言《げん》　桜川慈悲成作」。版心は、上部に「豆から」、下部に丁付。半面八行・約二二字詰で句点がつく。序一丁半(文政七年申初春　桜川慈悲成)、目次半丁(作者肖像入り)。本文二六丁半。話数六(目次には「通計七種」とあるが、一話本文なし)。見開挿絵二図(一図は序文の後に入る)。本文末尾に、「文政七年甲申新板　江戸弁慶橋通松枝町　丸屋文右衛門板」の刊記がつく。

作者の桜川慈悲成は、芝宇田川町に住み、通称錺屋大五郎、歌舞伎の「暫」に因んで、芝楽亭と号した。寛政から天保初年にかけて、黄表紙・滑稽本・茶番などを多作した戯作者である。滑稽を好み、噺本の面では『笑の初り』(寛政四)を皮切りに、焉馬同様、咄の会を主催し、『鶴の毛衣』(寛政十)以下、『腮《あご》の掛金』(同十一)、『虎智《こち》のはたけ』(同十二)、『滑稽好』(同十三)と、咄会本を続刊した。また、黄表紙・合巻仕立噺本でも、『三才智恵』(寛政九)から最晩年の『延命養談数』(天保四)まで数種見られ、一九と並ぶ噺本点数を誇っている。

彼は江戸小咄の落語化、寄席芸の発展にも貢献している。『落噺常々草』(文化頃)の目次にある「二十四孝　間違いおち りくつに落す」「餅搗　世話ばなし 考へて落す」「大食　万八ばなし落ち 大薩摩を語りて手拍子」などの文面は、落ちの分類や口演上の注意を記した貴重な資料である。本書の多くも寄席芸と密着した内容で長咄となり、独白体の一文や一編の長編「姫かたり」などを載せている。彼は職業的咄家ではないが、貴紳富商の座敷で演じ、門人の桜川甚孝・善孝らは幇間業となり、桜川の名跡を現在まで伝えている。画者は不詳だが、巻末話の「槙町の先生」から、慈悲成作品の挿絵を多く手がけた歌川豊国とも考えられる。

翻刻は、興津要『落語』(桜楓社・昭54)、『噺本大系』第十五巻(東京堂出版・昭54)にある。

見返し

落噺《おとしばなし》屠蘇《とそ》喜言《きげん》[一]序

「どふだ、先生。何ンぞおもしろき言《こと》はなしか」とは、唐《から》も日本《やまと》もまづ、夜噺《よばなし》の兼題《けんだい》[二]なり。文車《ふぐるま》[三]に似たる箱火鉢《はこひばち》の引出しには、歌仙《かせん》せんべい[四]あり。又、詩百篇酒は一斗《いっと》の書出し[五]も出る。春雨《はるさめ》むすぶつれ〴〵[六]にも、虚《うそ》らしゐ虚《うそ》は、いと目出《めで》たし。はた[七]、馬鹿らしい馬鹿も猶《なお》おかしく、利口らしい利口な小僧[八]どんはよけれども、理屈《りくつ》らしい理屈者《しゃ》[九]は、こつちの茶釜でこしらへた百茶《ひゃくぢゃ》の煮花《にばな》[一〇]は、のませまいぞ〳〵といふ。

文政七年
申初春

桜川
慈悲成

一　正月の祝酒の屠蘇に酔って好い機嫌になる様。
二　前もって出された題。常に求められる話題の意。
三　書籍等を運ぶ箱型車。
四　文車の縁で、歌仙煎餅を出す。実在したか。
五　「李白一斗詩百篇」(『飲中八仙歌』)に基づく酒代の請求書。
六　春の長雨で、気がふさいだり退屈した時。
七　さらに又。同様に。
八　冗談口の巧みな。
九　屁理屈を述べ立てる理屈っぽい人。
一〇　一斤(きん)百文ほどの安い茶の入れたて。「番茶の出花」に同じ。自作の新作は読ませぬ意。

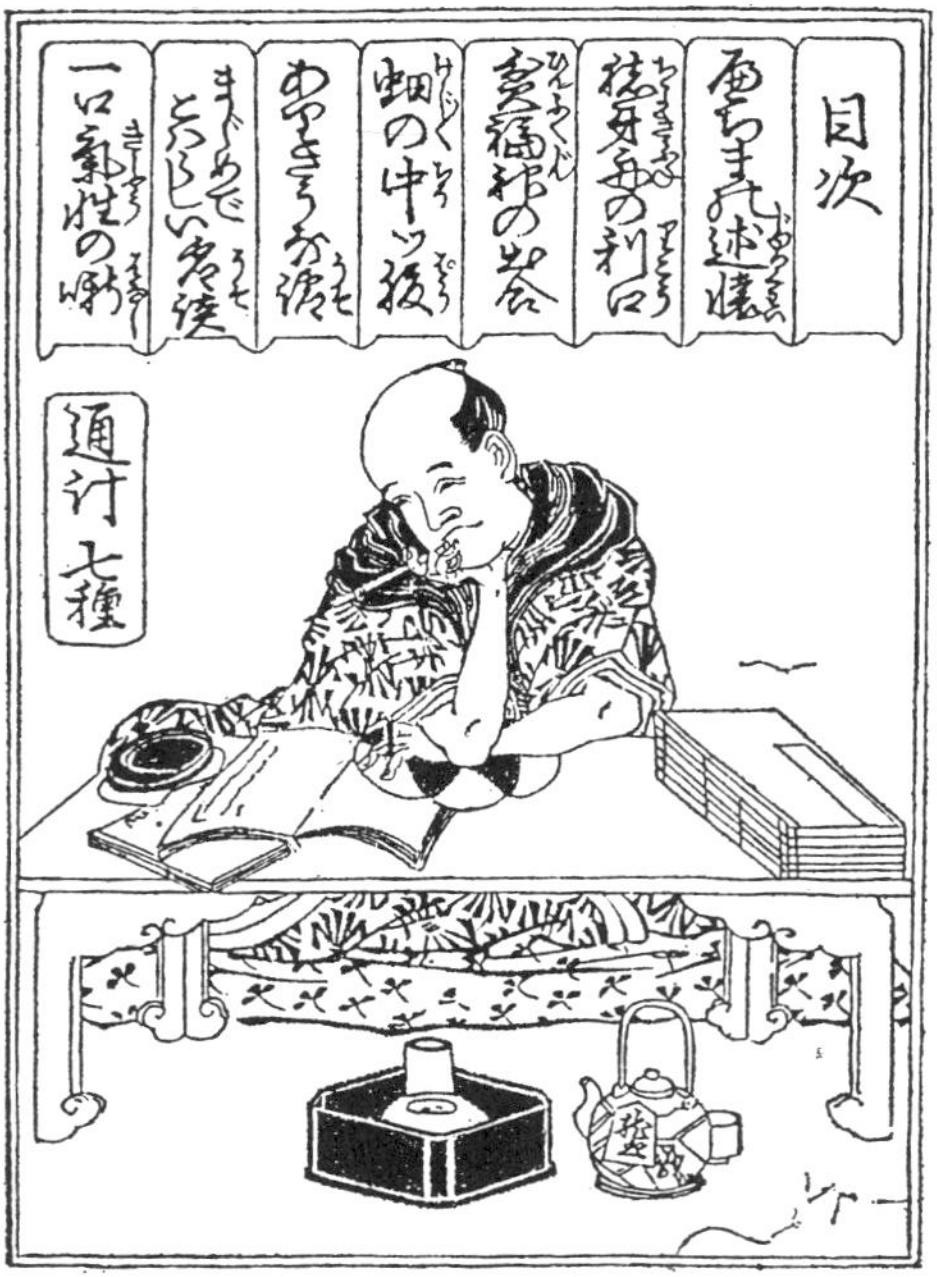

目次

通計七種

落噺《おとしばなし》 屠蘇《とそ》喜《き》言《げん》

桜川慈悲成作

○軒にぶらりと糸瓜《へちま》一の述懐《じゆつかい》二

「アヽ、ままならぬ世の中じゃナア。同じ形《かたち》と言ひながら、夕顔《ゆうがお》三の肌《はだ》もきれいな生れ付きゆへ、源氏《げんじ》なぞにも召出されて、四今では高慢な身の上。それに引きかえ我が身の上。おらが親父《おやじ》が己《おれ》が名を、なぜに糸瓜五と付けた事じゃやら。へちまと言ふを能《よ》い事のやうに思はれし、へちま親父どのの心の内《うち》、恨めしや〳〵。今此のやうに言へば、愚痴《ぐち》の至り。アヽ言ふまい〳〵。我《われ》じゃとて、生れ子の其の時は、六山の二《に》軒《けん》茶屋、七向島《むこうじま》のあたりでは、へちま〳〵と持てはやされ、味噌《みそ》を上げる八じゃなけれども、田楽《でんがく》九にでもなる其の時は、能き御方《おんかた》の御口《おくち》にも入《い》り、奇妙《きみよう》でごぜすの吸物一〇と一座《いちざ》をしたることもあり。一一その時、外《ほか》から心づかひは、一二アノ下戸《げこ》たち。『ナンダ、へちまか。いかぬもの』と、

一 ウリ科の蔓性一年草。若い実は食用に、茎から出る液は化粧水や鎮咳薬。
二 心中の思いを述べること。恨み言。愚痴。
三 夕方開花し、果実は干瓢になるウリ科一年草。
四 「夕顔」の巻の女主人公は、五条の宿で光源氏に見出され寵愛される。
五 つまらぬものの譬え。
六 若い果実の食用時。
七 深川八幡境内の料理茶屋の松本屋・伊勢屋。
八 自慢をする。
九 竹串に刺した豆腐に味噌を塗り焼いたもの。
一〇 奇妙(うまい)という戯語。結構なお吸物。
一一 同じ食膳に並んだ。
一二 気苦労。

さもきたなそうにつままれて、前歯で二三分食《ぶ》ひきられ、顔をしかめて灰吹《はいふき》へ、ほき出されるその辛《つら》さ。一座の肴衆《さかなしゅ》へ、どうも顔が向けられぬはいのう。小さい時からその心づかひ。憂《う》きが中にも楽しみは、うぬぼれらしいやうなれども、ソレ、十五夜の月明かり、わしも若気《わかげ》の恋ざかり。引手《ひきて》あまたの徳利《とくり》どの、忍び〳〵に口と口、水の出ばな[一三]の忍びあひ、錦手《にしきで》どのや白鳥《はくちょう》[一四]どのへ、思ひの水[一五]をもらすうれしさ。貧《びん》乏《ぼ》徳利《どくり》やふらそこ[一六]の契《ちぎ》りは、辻君《つじぎみ》、長崎の傾城《けいせい》[一七]にあふ心持。ここがへちまの濡《ぬ》れ事《ごと》やつし[一八]。三津《みつ》五郎か菊五郎[一九]と、楽しんでいる甲斐もなく雨露《うろ》の恵みに成人しすぎ、影《かげ》ぼしとやらなんとやら、今此のごとく軒に釣り下げられ、やせおとろえし此の身の上。つらい心も知りくさらいで、今も今とて不洒落《ぶじゃれ》な人の悪口《わるくち》に、己《おれ》が形《なり》見て、『馬どの〳〵、たいこを打ちやれ』[二〇]と、あちらへぶらり、こちらへぶらり、はり廻されし其の口惜《くや》しさ辛《つら》さ。老いてはかくぞと色気を去り、グツト心をあらためて、浮世の姿をむきとりて、真を水衣[二一]のごとくになし、心清《しょう》

一三　若者の血気が盛んな譬え。へちま水をかける。
一四　色絵や白陶の細長い徳利を名前めかした。
一五　思慕の情に、精液。
一六　円筒形の粗製の徳利やガラス製の首長な徳利。
一七　路傍で売春する最下級の娼婦や異国人の相手もした長崎丸山町の遊女。
一八　色事のため落ちぶれた姿となった役者の演技。
一九　やつし形の三世坂東三津五郎と尾上菊五郎。
二〇　「繋馬陰茎の発動するを見て男童の諺。江戸『ムマヨ〳〵豆一升ヤルカラ、ハラダイコタヽケ』」(『守貞漫稿』)とある。
二一　水仕事や水汲み用着衣。たわしとなること。

軒にぶらりと糸瓜の述懐

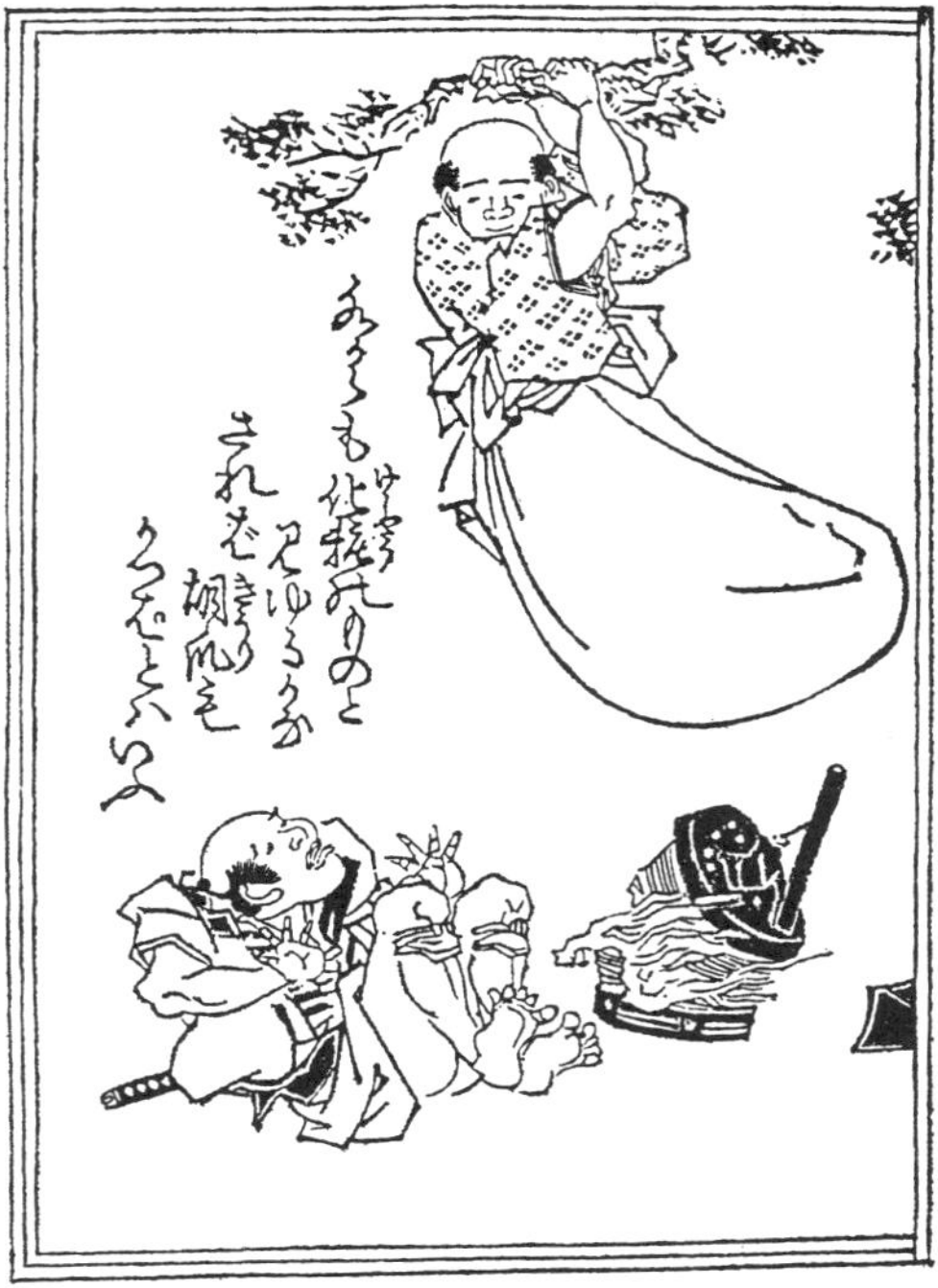

水からも化粧《けしよう》のものと見ゆるかな
されば胡瓜《きゆうり》もかつぱとはいふ

浄《じよう》に暮らさんと思へば、悲しいかなや、湿《しつ》かき一にとらまつて、手足をかかれ、あるひは足袋の底に入れられ、それから後はお定り、お湯殿《ゆどの》の暗闇、居風呂桶《すえふろおけ》の片隅に、年月へちま二の身の成行き、軽石《かるいし》や糠袋《ぬかぶくろ》への心づかひに、乾く間《ま》もなき濡《ぬ》れ衣。ここに一つの迷ひといふは、行《ぎよう》水盥《ずいだらい》のあさましや、雪の肌《はだえ》の御姿、小町《こまち》、楊貴妃《ようきひ》に召さるる時は、悟つたへちまの堕落《だらく》して、やさしいお手で握らるれば、我もうれしくしつかりと、握り返した其の時に、老《おい》のへちまの気の悲しさ、干からびすぎて気は刺張《とげば》り、痛いへちまと投げ出され、めんぼくもなく、乳母や下男にとらまつて、何にも言はず尻こぶら、いやな所三もこすられて、あげくの果ては、お湯殿の狭いきたない樋《ひ》の口四から、すぐに此の身を大どぶへ、俊寛僧都《しゆんかんそうず》のごとくなり。五へちまの一生、あらましかくの通りなり。あなかしこ〳〵。六人に沙汰《さた》ばし、七し給ふな」と、軒吹く風にぶら〳〵と、ばばアを言ふていれば、八離れ座敷の化粧《けしよう》の間《ま》で、美しい娘子《むすめご》が、小さな徳利《とくり》から、水を出して顔へ塗るを、へちま、つく〳〵

一 梅毒や皮膚病患者。原本「疾かき」。
二 年月を「経」に、へちまの掛詞。
三 尻のふくらみや陰部。
四 水の流れ出る吐け口。
五 平家討伐の陰謀が露顕し島流しのまま終った俊寛同様、流されること。
六 文末のことば。以上。
七 噂などは。
八 愚痴をこぼす。

見て、「嬉《うれ》しや〳〵、アレでやつと利になつた」九。歌に、

〽水からも化粧のものと見へにけり

されば胡瓜《きゆうり》をかつぱじやという一〇

○猪牙《ちよき》舟《ぶね》一一が云ふ利口一二

能《よ》く心をすまして、猪牙のきしむ音を聞けば、猪牙「コレ、息子。此中《このじゆう》一三、ぬし一四が買出しの帰りがけ、抜《ぬ》けにくい所を、鳥渡《ちよと》顔が見たさに抜けて行つた所が、あいにく其の日は、あの女《こ》も屋敷の客人一五に出ていたは。其の客人が生酔《なまえい》一六になつて、洲崎《すさき》一七へ連れて行つた日よ。そこでぬしが癇癪《かんしやく》を起こして、すぐに『帰る』といふ。『マア一盃《いつぱい》あがれ』と言ふ所へ、あの女《こ》が客人と帰つて来たは。よしか一八。それから早々《そうそう》、『ぬしが来ていなさるから、どふぞ訳《わけ》をつけて早く一九』と言ふてやつたは。アレ、あの女もぬしが方へ来たき事、言ふもさらなり。サア、それからあつちの客人に、もらいにかかりやした二〇所が、大の面倒《めんどう》よ。

九　好い目を見た。

一〇　水から—自ら、化粧—化生(化物)、河童—胡瓜の異称の縁の狂歌。

一一　船型が細長くて舟足の速い川舟。吉原や深川通いの通人が多く利用。

一二　巧みな冗談口。戯言。

一三　この間。この頃。

一四　主。おまえさん。

一五　武家屋敷仕えの遊客。大体、野暮な客とされる。

一六　酔いどれ。泥酔。

一七　江東区の地名。弁財天や潮干狩で賑わった。

一八　相手に念を押していうことば。よろしいか。

一九　話をつけて。

二〇　他の客の座敷に出ている遊女や芸者を、途中で自分の所へ呼ぶこと。

『どふめへつた、かうめえつた、隣のばアさん、茶をめえつた』[一]のと、むづがか印《じるし》[二]よ。それから色々狂言《きようげん》をかき直し〳〵[三]、やう〳〵もらいとして、ぬしが所へ来たは。よしか。ソレそこで、ぬしが察してやればいいけれども、ぬしもまだ青物町《あおものちよう》のはしり[四]と言ふものだから、グイときた顔が、久米《くめ》の平内《へいない》[五]、角大師《つのだいし》[六]、二役《ふたやく》つとめているは。よしか。ここがあの女《こ》もさすが玉垣《たまがき》、荒馬《あらうま》[七]。万《まん》と手があるといふものだから、よしか。ソレ、あの女があじな目[八]をして、『吉さん、けふは吉原の帰りかへ。あんまりお遠々しい[九]から、仕方なくちよつとけふはお付合ひかえ』と、ちよつぴり左リをさしたは[一〇]。よしか。その時、ぬしが猶癇癪《なおかんしやく》。『ヨセ、いやらしい。そこらでいくのじやアねえ。いき所が違う[一一]だらう』と、ソレ、そのきせるの雁首《がんくび》を、茶漬屋《ちやづけや》[一二]でもらつたやうな楊枝《ようじ》でほじつて居たらう。よしか。そこであの女《こ》も、そばに有つた茶椀に、青ッきり息《いき》なし[一三]のグイ[一四]。少し目尻《めじり》引上げの、雁首で煙草盆を引きづりながら、『何《なん》だな、吉さん。腹を立つ訳があるなら、「コレ、かうだか

一 「どうした、こうした」と埒があかない状態をいった流行語。
二 困難。「難(むず)がかし」の下に「印」をつけた洒落ことばの一種。
三 嘘をついてだまし。
四 青物(野菜)の出始めで、青二才、未熟の意。
五 浅草寺仁王門脇にある気難しい顔付の石像。
六 元三大師の恐い容貌をかたどった黒鬼の形をした絵で、魔除けの護符。
七 当時大関の玉垣額之助と小結荒馬大五郎。
八 色っぽい目付き。
九 御無沙汰続き。
一〇 攻撃に出たのを、相撲用語でいった。
一一 文句の持って行き所。

ら、これが気にくわねへ」と、男らしく、懲《こ》らすともどふともしねえな。ぬしにも似合はねえ、未練《みれん》らしい。わつちやアぬしに殺されれば、善光寺《ぜんこうじ》様の御《ご》印文《いんもん》[15]より能《よ》くうかむよ』と、それ、河津《かわず》[16]をかけたは。よしか。その時、ぬしもさすが立者《たてもの》[17]だ。『いんにや[18]、殺すめえ。うぬがやうなけだものを殺す刃物《はもの》がねえ。今度《こんだ》来る時、木鼈《まちん》[19]でも持つて来て殺してやらう』と、ソレ、ひどてん[20]を投げ出したは。それからあの女《こ》も泪《なみだ》ぐんで、『あんまりだによ、吉さん』と、ぬしが膝へしがみついたは。サア、乱痴気《らんちき》大さわぎ[21]。それから内《うち》の女[22]が、『マアちつと寝ころんで、気を直してお帰りなさいまし』とすすめても、ぬしが中々きかず。野郎《やろう》の玉子《たまご》[23]のやうに、『帰《けえ》る〱』と言ふは。あの女《こ》も、『ああ言いなんすから、早く帰し申してくんな』と言ふは。あの女《こ》が『帰《かい》れ』と言つたものだから、ぬしが猶《なお》火《か》焔《えん》のごとくあつくなつて、帰りやした。ここを察してやらにやアならねえ。ぬしは五つ時《どき》[24]に内《うち》へ帰らねえと、とつさんがやかましい事を承知之助《しょうちのすけ》[25]だから、よしか。ソレ、

一二　手軽な料理屋。
一三　なみなみとついだ酒。
一四　一息に、ぐい飲み。
一五　長野の善光寺で出す「本師如来印文」などと書かれた護符(印文)。これを額に頂くと極楽往生できると信じられた。
一六　相撲技の河津掛け。
一七　主役。一流どころ。
一八　否定の「いや」の転。
一九　馬銭。殺犬・殺鼠剤。
二〇　ひどい転合の略か。
二一　取乱しての大喧嘩。
二二　廓内の使用女。遣手。
二三　「客と倡妓の嫁合を見て産出したる野良の玉子」で「帰る」の流行語。
二四　午後十時頃。
二五　「承知している」の擬人名語。承知のしゃれ。

猪牙船が云ふ利口

発レ声《こえをはっし》
飛レ駕《かごをとばす》
東叡北《とうえいのきた》、
借レ船《ふねをかり》
入レ堀《ほりにいる》
聖天西《しょうでんのにし》。
蜀山人

そこが『心で留《と》めて手で帰し、かわい男をわる留めせぬも』一といふはやり唄《うた》だはな。『猪牙《ちょき》の布団《ふとん》の夜露《よつゆ》にぬれて』と、おれが連れて帰りやした。よしかえ。そこで其の日は、うちのあんばい二もいいといふやつよナ。それ、よしか。そこで昨日文《きのうふみ》三が来たと言ふやつだらう。その文に、『昨日《さくじつ》はいらせられ』と書出して、『なんだか、いつそ分からぬ事ばかり。癇癪にて御帰り。ただ〳〵今にすめやらず、四気にかかり、けふし五は湯にもはいらず、髪も結《い》わず、うつら〳〵と、ただ口惜《くや》しきは人になぶられて暮らしまいらせ候《そろ》。酒《さけ》も裏《り》におち、六おもしろからず。いつそ死ぬがましと、思ひ暮らしまいらせ候。しよせん、嫌《いや》なら嫌のやうに、きれいにお別れ申しまいらせ候。どふぞ今宵《こよい》鳥渡《ちょと》なりとも御出《いで》、ふびんと思つて今一度、顔を見せてくれ』とかなんとか。畜生め、七あわれにぬかして寄こしたらう。ソレ、そこで主《ぬし》が正直《しょうじき》な心から、『気の毒千万。あの時は、つい腹を立て帰つたが、あれはおれが悪かつた。あつちは勤《つと》めの身、八外《ほか》の客にも出ねえで、どふするものだ。そ

一　当時流行の歌沢節「心でとめて」の詞章。「心でとめて手で帰す、好きなお方の為にもなろか……猪牙の布団の夜露にぬれて、後は物うき独寝するも」(『粋の懐』)。
二　塩梅。首尾。様子。
三　遊女が客へ出す手紙。
四　納得しきれない。
五　「今日」の遊里語。
六　陰気になる。滅入る。
七　他人を羨んだり、憎んだりした時にいう語。
八　客相手の遊女の境遇。

れを、おれが一人リで買ふもののやうに、癇癪を起こす所だ。それを癇癪も起こさず、其の上、おれゆへ「今日は心持が悪い」と、おれが事を気にして居るとは気の毒な事だ。おれに惚れて居ればこそ、かうも言つてよこせ。なに、惚れねえ客なら、構う事じやアあるまい。此のやうに言つてよこすもの、義理にも今夜、鳥渡《ちよと》行かねえきやアならねえ』と思ひ込む。これ、人間の義《ぎ》[九]の強い所。ソレ、それから主《ぬし》が行く気にはなれども、うちの親父《おやじ》の前《まい》がむづかしいから、色々案《あん》じをめぐらして、[一〇]神田《かんだ》の兄の所から、『晩程謡講《うたいこう》[一一]に候まま、暮方《くれがた》より是非〳〵御ン出可有《あるべく》候』とのにせ手紙。親父に見せると、親父ころりとしてやられ、[一二]『謡講なら早く行くがよからう。遅くば兄の所へ泊まつてきたがいい』なんのと、親馬鹿をもつたいなくもだまかすは、[一三]これ、智《ち》[一四]なり。義有息子《ぎありむすこ》、智有《ちあり》息子、義智子《ぎちこ》〳〵、お船《ふね》は義智子《ぎちこ》[一五]、なんなく計《はか》り事成《ごとな》りて、柳橋《やなぎばし》[一六]から、ギチコ〳〵」。

九　五常の一。義理。他人に対して守るべき道。
一〇　工夫を考え出して。
一一　同好者が座敷を借りて謡曲をうたう会合。
一二　すっかりだまされ。
一三　「母親はもったいないがだましよい」(『柳多留』初・36)をもじった。
一四　物事の道理を理解し、判断する能力。知恵。
一五　童謡の「御舟はぎっちらこ」(『竹堂随筆』)に因み、義と智で、舟を漕ぐ音に掛ける。
一六　台東区の神田川が隅田川に合流する地点。料亭や舟宿が多い花街。

○福神貧神《ふくじんひんじん》[一]の出合《でやい》をきけば

世に湿《しつ》かき[二]ほど、人にもいやがらるるものはあらじ。近頃の事、予《よ》、湿を病みて、やがて女房にもうつし、ただ薬湯《くすりゆ》[三]に入て帰りては寝、物食うては寝、枕と首引《くびびき》[四]して暮らしける。ある人の来たりて、「湿は貧乏病《やみ》[五]ぞ」と言ひけり。その人帰りて、また寝むけづく[六]ままに、「湿は貧乏病《やまい》なれば、我が家《いえ》に貧乏神の住居《すまい》たりけるよ。此の神を追出したきものよ」と思ひ〳〵、とろり〳〵と眠り、夢中《むちゅう》[七]に、硯《すずり》引寄せたる心持して、痛き手に筆取ると覚へしが、一首の狂歌。

〽貧乏神《びんぼがみ》ぬし[八]もこわくば出て行きやれ
　長くござると湿をうつすよ

夢中に詠じければ、ふしぎや、押入れの破れふすま、音もなく明き、うちより、さもむさくろしき老《おい》ぼれ[九]、荒布《あらめ》のごとくなるもの[一〇]を身にまき、醤油《しょうゆ》で煮しめたやうなる[一一]褌《ふんどし》、干鰯問屋《ほしかどいや》[一二]の前を菌取《こいとり》[一三]が通るやうな

一　人に幸福や富をもたらす福の神と、人にとりつき貧しくさせる貧乏神。
二　皮膚病患者、瘡（かさ）っかき。原本「疾」。
三　薬効をもつ湯。伊豆箱根の温泉の湯を運んだ江戸出張所もあった。
四　枕を放さず、いつも寝て。
五　貧乏に起因する病気。
六　眠気がさす。
七　夢の中で。
八　主。おまえさん。
九　貧乏神は乞食のような破れ衣装で、老いさらばえて色青ざめ、破れた渋団扇を持つという。
一〇　布がちぎれて荒布のように紐状になった着物。
一一　白い布などがひどく

匂ひ、右の手に渋団扇《しぶうちわ》一四を持ち、左りの手して尻のあたりの虱《しらみ》くひを、バリ〳〵〳〵と引つかきながら、青ばなをたらし、よだれをたらしながら出て来たりて、「やつとまかせドツコイな」一五と、やう〳〵居《すわ》り、「先生。只今の御秀作《ごしゆうさく》、貧乏神《びんぼがみ》、まことに感心いたして罷《まか》りある。一六なるほど永《なが》く居申したら、足下《そこ》一七の湿《しつ》を、わしにうつそうとの事。怖《こわ》やナ〳〵。わしもまだ十四五年も、足下《そこ》の所に居る気でござつたが、なか〳〵つかの間《ま》も居る事は、いやな事〳〵。かならず、情《じよう》のない神と思ひたもふなよ。さらば〳〵〳〵」と、又、「エイやらやつ」と立つて、門口《かどぐち》へよろ〳〵〳〵。どふやら残り惜しそうに振返り、「ここの亭主は不精者《ぶしようもの》で、そして銭が無くつて、とんだ一八居るには極上々吉《ごくじようじようきち》一九と言ふ所だが、湿をうつされてはたまらぬ〳〵。おいとま申す」と、わらじをはき、貧乏神は出て行ける。さて亭主、眼をさまして女房を呼び、「これ、かかアどん。今わしが夢中に、狂歌を詠《よ》んだらば、さて〳〵名人の言ふ事といふものは不思議なもので、その歌に感じて、今おら

汚れ、垢じみて醤油色になった状態の形容。
一二 生鰯を乾燥させた肥料の干鰯を扱う問屋。
一三 糞尿の汲取り人。臭気が強いのを誇張した。
一四 柿渋を塗った赤黒色で大形の粗末な団扇。
一五 重い荷を背負ったり、力を入れる時の掛け声。うんとこしょ。
一六 「おり」「あり」の謙譲語。おります。
一七 そこもと。あなた。
一八 ひどく。たいへんに。
一九 役者評判記に見える位付の一。物事が非常に上等なことをいう用語。

がうちの貧乏神様が出て行かれた。これからは、福神たちのお出でなさるばかりじゃほどに、うちをきれいに掃除をして、お待ち申すがい」と、夫婦、掃《は》いたり拭《ふ》いたり、今に福の神様がお出で〳〵と待つて居る。かの貧乏神は、虫の這《は》うやうにぶら〳〵〳〵、道《みち》三四丁ほど[一]行く向ふから、にこ〳〵して福の神来たり、貧乏神にあい、「これは〳〵貧乏先生か」。貧乏神、やつと顔をあげ、「ハヽア、福の神どのか。今日はいづれへのお出《い》でじや」と問はれて、福の神、「コレハ〳〵、先生。いづれへとは何の事。貴公《きこう》が今出ておいでの所へ、私《わたくし》、貴公のお替りに勤めにまいる所でござる。いづれ貧乏神と福の神とは、出替わら[二]ねばならぬ。これが世の中のならひでござる」と言ふを、貧乏神、気の毒そうな顔で聞いて居たり。「これ〳〵、福の神。それは悪い御《ご》了簡《りょうけん》[三]。今まで私が居りました所、しごく能《よ》い所なれども、亭主が湿をかいて居ります。うつりやすいものゆへ、わしもそれがこわさに出てきました」といへば、大黒「わしは、それがかんじんじや」「それは

一　約三、四百メートルの道のり。
二　前の者と後の者とが入れ替わる。交替する。
三　お考え。ご思案。

又、なぜでござります」。大黒「はてさ、金をふやしてやれば、おのづから、ひつは重くなり四ます*」。

○蚰《げじげじ》五の中《ちゅう》ッ腹《ばら》六

「コレ、待ちなんし、あねさんたち。おらアチツト、癇癪《かんしゃく》にさわるよ。『ヲヽこわ』だの『イヤ』だのと。なんだ、おれが出れば、厄病《やくびょう》神《がみ》か掛取《かけとり》七の来たやうに、てん〴〵に逃げ歩きやアがる事アねえ。たかが、かういふでヱり八だア。たつた今まで寄りたかりやがつて、『明日《あす》は浅草の観音様から上野の方へ参りやすが、お天気はどふでござりませうね。どふぞ降らぬければ、良《よ》うござりやすが』一〇のなんのと、べチヤ〳〵と、女護《にょうご》の島《しま》九で油揚《あぶらげ》を食らつたやうにしやべるから、ここが一番、おちをとつてくれべえ一一と思つて、連子《れんじ》のすかし一二から柱をおりて座敷へ、ゾヨ〳〵出て、『コレ、あねさんたち。なんぼ明日《あした》を楽しんで居ても、明日《あした》は雨だ。かう言つちや、味噌《みそ》一三じゃアねえが、お

四　(金)櫃=湿(病)が重くなり病人が死ねば、もう移される心配はない意か。
＊　類話→補注二五
五　蚰蜒。節足動物の虫。また、嫌われ者の別称。
六　むかっ腹の咬呵(たんか)。原本「忠」。
七　節季期の借金取り。
八　こういう次第だ。道理の訛りか。
九　女性だけが住むという想像上の島。大奥や廓など女ばかり居る所の称。
一〇　よく口が回っておしゃべりする形容。
一一　喝采される。うける。
一二　格子の透き間。
一三　自慢。

れさまが、雨だと言つちや、ほんの事だが[一]、てり〳〵坊主が一万人とんぼう返《げえ》りをしても[二]、天気じやねえ。よしか。それだから、はやく浅草上野といふむだ洒落《じやれ》[三]を転《てん》じ変《け》えて、ソレ、吹屋町《ふきや》[四]か堺町《さかい》と言ふ狂言をかき変《け》へ[五]たら、よさそうなものだ』と、おらア、惚れられる気じやアねえけれども、心意気《こころいき》[六]を知らせたのだ。それに、なんだ。『はき出せ』の『ぶち殺せ』のと。コレ、おらアしら几帳面《きちようめん》[七]の蚰《げじ》さまだぞ。どふともしろ〳〵。包《つつ》むなら、しづかに包みアがれ。一本でも足が折れると、合点《がつてん》しねえぞ。『おととひ来い』[八]も、能《よ》く石の上へほうり出したなア。おれが今此の中から這い出して、うぬらがあたまや襟《えり》をなめちらかして、尼《あま》にしてくれるぞ[九]。上田《うえだ》の鼻紙をよくもんで包みおつたから、出られるものじやねえ。人がらよく、小菊《こぎく》[一〇]の紙で、ざつと包んでくりやアがると、紙の折り目の廂間《ひやわい》[一一]から這い出す事もあるに、けちいま〳〵しい。コウひどく包まれては、しよせん、這い出す事もならぬが残念な。コレ、誰だと思ふ。おらア鎌倉のお大名、梶原《かじわら》[一二]さまだは」

一　俗説に、げじが出るのは雨の前兆。「こいつが出ると降りやすと立騒ぎ」(『川傍柳』二・17)。
二　照るてる坊主がどんなに頑張ってみても の意。
三　むだな計画の意か。
四　葺屋町。日本橋近く、堺町とともに芝居町。
五　芝居見物に予定変え。
六　真実な気持。親切心。
七　折目正しい。まじめ。
八　もう二度と来るな。嫌な虫を捨てたり、人を罵り帰す時の捨てぜりふ。
九　俗説に、げじに舐められると禿げる。「げじ〳〵にどこなめられて嫁のはげ」(『鷹筑波』)。
一〇　極上の鼻紙。遊里で祝儀を包むに用いた。

と、太平楽《たいへいらく》[一三]を言ふ時、(表を紙くず拾いが通り、箸に挟んで、籠《かご》の中へつつき込むと。) 蚰《げじげじ》、籠の中で、「梶原が乗物、立テイ引[一四][*]」。

○まじめでこわらしいうそを聞けば

是もいつの昔のことかとよ。浅草辺に、河井仙沢《かわいせんたく》とて、よほどの金持医者どの。先祖は名医にて、その時節《じせつ》こしらいた金で、今の仙沢、所で、『福《ふく》いしや〳〵』といわれて暮らしける。ある年の極月《ごくげつ》、しかも十七八日の頃[一五]、浅草は御見附外《おみつけそと》より、正月の飾物《かざりもの》、伊勢海老《いせえび》、橙《だいだい》、榧《かや》、勝栗《かちぐり》[一六]、手桶、まな板、神の道具[一七]。「まけた〳〵、羊歯《しだ》か楪葉《ゆずりは》[一八]、かざりを負けた〳〵」と、市《いち》の群集《くんじゅ》の其の中を、「はい〳〵、頼もふ〳〵」と、仲間《ちゆうげん》に先を払わせ[一九]、年頃の侍両三人付きそひて、微行《しのび》と見へし女中乗物、河井仙沢が玄関《げんか》におろし、五十ばかりの侍、玄関にかかり、「物申《ものもう》〳〵」と案内すれば[二〇]、仙沢が弟子一人、玄関に飛出し、「どちらより御出《いで》てござります」と申せば、侍、「私《わたくし》の住家《すみか》は、追つて申し

一一　物と物との中間。
一二　源頼朝の謀臣、梶原景時。江戸人は憎み嫌い、「げじ」とあだ名した。
一三　勝手な広言。
一四　大名の供揃えが出立する時の号令。
＊　類話↓補注二六
一五　浅草観音境内で正月用品を売る年の市の日。
一六　長寿の瑞相の伊勢海老、「代々」に通ずる橙、延命の薬効がある榧の実、「勝」に通ずる搗栗。いずれも正月の縁起物。
一七　神棚に供える道具。
一八　縁起物の羊歯(裏白)と新旧相譲るの譲り葉。
一九　行列の先に立ち、前の通行人を追い払わせ。
二〇　取次を頼むと。

入れん。マヅ〳〵、御主人川井仙沢老一、御宅《おたく》に候はば、これにて鳥渡《ちょと》お目にかかり、御頼み申したき儀、俄《にわか》の御無心《ごむしん》二。此の由《よし》、仙沢老へ御《ご》通達《つうだつ》下され。鳥渡《ちょと》此所で〳〵」と、けたたましく申しければ、弟子さつそく奥へ行き、此の由仙沢に、右かやう〳〵と申せば、仙沢、いやしからざる供廻り三のよし、ことに女乗物。何分また〳〵金もふけの入り来たるぞと、心によろこび、チウ〳〵と鼠なきし四ながら、短き脇差五引つかけて、弟子に案内させ、玄関に出で来たり、「私《わたくし》、川井仙沢なり。いづれの御方かは存ぜず、まづ〳〵これへ〳〵」と申すにぞ、「左様ならば、御免《ごめん》下され」と、玄関に上り、「時候《じこう》御挨拶《あいさつ》もいたしたく候へども、さしかかり六急に御無心と申すは、何とやら、壁《かべ》に馬を乗りかけたと七思召《おぼしめ》しもあらんながら、御家《おいえ》を見かけ参りし儀《ぎ》は、わたくし主人の娘、今日しのびにて浅草参詣に参られし所、途中より持病《じびょう》の癪《しゃく》八差込《さしこ》み、ことの外難義《ほかなんぎ》。もとより家来の私ども、まことに心配仕《つかまつ》り、しばらくいづ方《かた》にてもと存じ候へども、しのびの儀、茶屋九な

一 昔話の「川へ洗濯」をもじった藪医者名。「老」は相手への軽い尊敬語。
二 お願い。ご依頼。
三 大名や高級旗本の行列の供をする家来。
四 口をすぼめてする鼠の鳴き真似。好い事あれと願う時や、遊女が客の気を惹く時などにする。
五 腰にさす小刀。医者も公式には脇差をさす。
六 さしずめ。
七 突然予期しない事に出会って当惑する譬え。また、事を起こして無理押しをする意の譬え。
八 女性特有に起きる胸や腹の激しい痛み。
九 湯茶を供する休息所。

ぞへも遠慮いたし候まま、貴宅《きたく》は聞き及び罷《まか》りある名家《めいか》、何とぞしばしが間、御座敷御無心申したく、又は服薬《ふくやく》も願ひたし。只今差込み、さしあたつての御無心、家来当惑の所、お察し下され」と、色青く成て申せば、仙沢、心のうちに、きたりやどつこい、一〇さてこそ金《かね》の蔓《つる》一一とうなづき、「御覧の通り、高位《こうい》のお通りなさるやうなわたくし宅には候はねども、さやうの儀に相成り、長口上御辞退なぞも、事に寄つたもの一二。軽い重いによらず、人を助けますが医道役《いどうやく》。一三早々御姫様をこちらへ〱」と立ちさわぎ、「そちらの障子立てきれ、一四こちらへ御屏風《おびょうぶ》。お白湯《さゆ》一五の支度せよ」と、家来を叱りちらして働きぶりに、侍、「仙沢老。何とも申し上げにくく候へども、女の儀にござる。ことさら持病難義の儀。御座敷まで駕入れます。此の段御《だんご》免《めん》。其の上、殊の外心せまき一六生れの娘。しばらく仙沢老御一人にて、御家《か》内《ない》を御ゝ遠ざけ下さらば、此の上もなきありがたき仕合《しやわせ》」と畳に手をつき、いかにも丁寧の挨拶。仙沢、「何がさて〱お気まかせに候べく候」と、喜左衛門一七

浅草観音境内には二十軒茶屋などがあった。

一〇　「来たり」の戯言。おっと来た、よし来たの意。

一一　金もうけの手がかり。

一二　事と次第によること。

一三　医者としての務め。

一四　閉め切れ。

一五　沸かしただけで何も混ぜない湯。服薬時の湯。

一六　狭量な。気の小さい。

一七　歌舞伎『廓文章(吉田屋)』に出る大阪新町吉田屋の主人。零落した伊左衛門を手厚くもてなす分別ある役柄。

気どり。御礼はしつかり生鯛《なまだい》一折《おり》、光る物[一]もこれほど〳〵と胸算用《むなさんよう》[二]。どつぱくさして[三]騒ぎける。その内、駕《かご》は一間《ひとま》に入る。お姫様は御駕布《ぶ》団《とん》の上に、曲彔《きよくろく》[四]にもたれ、ものおもわしき[五]有様。かの侍、一間に入り、何やらぐや〳〵申し上げ、マヅ一間を立出て、仙沢に向ひ、「さて〳〵〳〵仙沢老。俄の儀に、とくと御挨拶も仕《つかまつ》らず、何とか思召《おぼしめ》し。さて〳〵〳〵、今日の所さつそく御承知下され、まことに地獄《じごく》で仏《ほとけ》[六]とやら、仏で地獄[七]と、御礼の外に申しやうなし。マヅわたくし旦那[八]は、山の手辺《へん》にて何《なん》の何《なに》がし、すみやかに其の名を申してもよろしく候へども、何を申すも、今日はかくがい[九]に供廻りも少く、旦那の名も申すも旦那の恥。さつそく明日《みようにち》にもいづれ御礼。その折からは、旦那の名も御聞き下され。わたくしは奥用人役《おくようにんやく》相[一〇]勤め罷《まか》りある鷹《わし》の爪《つめ》[一一] 四九郎《しくろう》左衛門《ざえもん》と申す者。以後お心安く下さりまし。もちろん旦那、少身《しようしん》[一二]には候へども、わたくし屋敷へも御《お》立入り下さるやうに、早々御取持ち仕らん。何はともあれ、主人も御目にかかり、段々[一三]御礼も申したき様子。

一 小判。金子(きんす)。
二 心の中で見積ること。
三 ばたばたとせわしく。
四 禅家が用いる曲った肘かけ椅子。ここでは寄りかかりのある床几か。
五 ふさぎこんだ。
六 困った時に思いがけぬ救助者が現れた譬え。
七 強調する意から、わざと逆に言ったものか。
八 家人や使用人が主人を敬っていう語。
九 格別の意の「格外」か、見付外の「郭外」か。
一〇 武家などの奥向きを勤め雑事に当たる役職。
一一 原本のまま。鷲の爪、鷹の爪は茶の銘柄。
一二 小身。禄高の少い者。
一三 いろいろと。

ことには脈体《みやくてい》[一四]、いかが候や。御覧下され。御家伝《かでん》[一五]も候はば、さつそく服薬いたさせたし。とかく素人《しろうと》には分かり兼ねます。よろしく〳〵」と申せば、仙沢、高慢の鼻ひく〳〵して、「とくより[一六]、わたくしも御脈もうかがひたく存じ候へども、御遠慮仕り、さしひかへ罷りあり。かつは御持病とあれば、御合薬《あいぐすり》[一七]も御所持と存じ候所、お姫様にお目通り仰せ付けられ、ありがたき仕合《しやわせ》。仰せの通り、御素人千人あるより医者一人の方が、御病人様のお心強いもの。さやうなものではナ、ござりませんか。もちろん癪といふ病ひが、気から生じます。気から生じて、而《しこう》して後《のち》[一八]に気積《きしやく》[一九]となる。気積《きしやく》となりて、而して後に、つらい病ひとなる。紀《き》のつらゆき[二〇]となり、紀友則《きのとものり》[二一]となり、『久方の光のどけき春の日にしづ心なく腹《はら》のへるらん[二二]』と申して、腹がへると癪が差込む。則ち、これをひだる癪《じやく》とも左癪《ひだりじやく》[二三]とも申して、左リの腹にくひつき、のつつそつつ[二四]となさるゆへ、あちらの医者へ走り、こちらの針医折重なり〳〵、名法家伝《めいほうかでん》[二五]なんぞと申して、熊胆《ゆうたん》[二六]頗《すこぶ》るさつかんあつて[二七]、あぶ

一四　脈搏の状態。病状。
一五　先祖伝来の特効薬。
一六　早くから。前から。
一七　その人の体質・病状に合った常備薬。
一八　それからあとに。
一九　心配事や驚きなど精神的理由から起こる癪。
二〇　「気がつらい」と歌人紀貫之を掛けたしゃれ。
二一　紀貫之の従兄。歌人。
二二　『古今和歌集』の紀友則の歌。五句目「花の散るらん」をもじる。
二三　「餓だるい癪」や気楽に飲む「左酌」の洒落。
二四　体を伸ばしたり反ったりして苦しむさま。
二五　名医の特効処方薬。
二六　漢方薬の熊の胆(い)。
二七　錯簡。効果がはずれ。

るほど呑みても、かつぱの屁《へ》[一]ほどもきかず、ます／＼苦しみ強くなる。その折から、これ川井仙沢が先祖のいたされおいたる家伝名方《めいほう》の万龍《まんりゅう》丸《がん》[二]。薬種《やくしゅ》さま／＼入る中にも、得がたきもの二三味《み》あり。一味《いちみ》[三]は蚯蚓《みみず》の胴骨《どうぼね》、女鹿《めじか》のきんたま、空《そら》をはしる泥亀《どろがめ》の生胆《いきぎも》[四]をとつて製法したる万龍丸、二三粒《りゅう》水湯《みずゆ》にて召上がると、口中をさわやかにして、胸先《むなさき》を通ると、かの癪の虫のかしらにかかる。その時、癪の虫がにがい顔をして、びる／＼と元の所へ引込む。こりやこれ、桜川甚孝《さくらがわじんこう》[五]が癪の虫の身ぶりにもしれたもの。しかし、薬の自慢ばかりで、肝心のうかがひが手のびに[六]なる。さらば御ゝ脈うかがわん」と、衣紋《えもん》直して一間《ひとま》[七]に入り、両手を突いて控ひければ、お姫様は、いとやさしき御ゝ声にて、「川井仙沢とやら。よふこそ世話してたもりやつた。とかく癪が痛い／＼。薬もあらば、仙沢、そなた、よいやうにして、早くよふして。たのむ／＼」とありけるに、仙沢、「はゝはつ」と頭を下げて、「こは、ありがたい御意《ぎょい》[八]。まづ御脈を」と、つく／＼お姫様を見れば、

一　何の役にも立たない物事の譬え。少しも。
二　でたらめな薬の名。
三　漢方で調合した多くの薬種のうちの一品。
四　いずれも、滑稽・誇大化した、あり得ない薬の材料。
五　桜川慈悲成の門人。幇間となり、物真似芸の名人として名高い。
六　診察がのびのびに。
七　身づくろいをして。
八　仰せ。おことば。

お姫様の美しい事、大和屋《やまとや》の太夫《たゆう》[九]が桜姫《さくらひめ》[一〇]に其の儘《まま》。こんな美しい女があればあるものと、「しばらくお脈」と言いながら、お姫様の手をとらまへて放さず。それより、「少々おはらを」と申せば、お姫様は雪の御ン肌《はだ》を胸まで出して、「仙沢、ここが痛い」とのたまへば、「御尤《ごもっと》も至極。只今薬差しあげます」と、お姫様の胸へ手を入れる。其の時お姫様は、「なに四九郎左衛門、しばらく仙沢に料治《りょうじ》[一一]たのむ。そのうち、そなたは次にて休足《きゅうそく》[一二]しやれ」とありければ、四九郎左衛門、「ありがたき仕合。御用候はば、さつそく御ン召し。少々のうち休足」と、次の間《ま》へ行く。仙沢、身はがた／＼ふるへ出し、「さぞ／＼此のやうに御差込みでは、なか／＼お切《せつ》ない[一三]はづでございます。仙沢、只今宜《よろ》しうしてあげませうか、あげませうか。イヤ、させうか／＼／＼。せうが湯《ゆ》[一四]ぐらいな事では、なか／＼直りませんが、そこを直す。そこを直して、而《しこう》して、たが[一五]をかける。イヤ、これは桶屋のいたす事。さりながら、此のお癪は、早く直りましては、お悪いお癪。とかく、おしや

九　五世岩井半四郎。眼千両と謳われた名女方。
一〇　『桜姫東文章』の女主人公。文化十四年二月、河原崎座初演時に、岩井半四郎がつとめた。
一一　「療治」に同じ。
一二　「休息」に同じ。
一三　確かにおつらい。
一四　「さしょうか」に発汗剤の「生薑(しょうが)湯」と続けたしゃれ。
一五　「そこ」から「底」を出し、その縁で、桶の箍(たが)と続けた。

く〳〵とたくさんそうに、[一]十日も廿日も三十日も、マヅ差込み通しにお差込みなら、仙沢が方《かた》に御逗留《とうりゅう》。そのうちには、わたくしが癪も直ります。どふか嫌味《いやみ》を申すやうでござりますが、お前様が癪でも起こらずば、どふしてく〳〵、かやうな坊主[二]が所へも、いらせられますまい。『まい〳〵つぶり、角《つの》出せ棒出せ、ぼう〳〵眉《まゆ》に、臼杵摺《うすきねすり》ばち、ばち〳〵〳〵どろ〳〵〳〵〳〵ぐはら〳〵〳〵と、羽目《はめ》をはづして今日御《こんにちお》出《いで》の方々《かたがた》様へ、売らねばならぬ上げねばならぬと、息せい引つぱり、薬の元締《もとじめ》、薬師《やくし》如来《にょらい》も上覧《しょうらん》あれと、ホヽうやまつて』[三]、蒲焼《かばやき》でお茶漬でもおあがりなさりまし」[四]と、しやれのめせば、お姫様もにつこり笑い、「ほんに、気さくでかわいい仙沢」とお言葉に、仙沢、のりがきて[五]、「さて〳〵、あなた様はおしほらしくつて、おせじがよくて、そしてマア、べらぼうに[六]お美しい」と、しなだれかかるを、お姫様、仙沢が襟首《えりくび》つかんで引倒し、起上がる所をとらへて、向ふへゑのころ投げ[七]、一間《ひとま》どしめく[八]そのうちに、お姫様声高く、「仙沢が不敵《ふてき》[九]の振舞《ふるまい》。

一 癪に「酌」をかけ、続けさまに多く。
二 坊主頭の医者。
三 享保三年正月、森田座の『若緑勢曾我』中で、二世市川団十郎が外郎売りに扮し、妙薬の由来や効能を述べ立てる「外郎(ういろう)売りのせりふ」(『歌舞伎年代記』)終末部の文句。
四 最後のせりふ「外郎はいらつしやりませぬか」を鰻茶に変えた。
五 調子づいて。
六 非常に。あまりにも。
七 狗投げ。小犬を転がすように軽々と投げる。
八 どしどし音を立てる。
九 乱暴で無礼な。

四九郎左衛門其の外皆々、はや参れ」とありければ、四九郎左衛門、おつとり刀《がたな》一〇にて一間に入《い》る。仙沢は、あたまを抱へて、襖《ふすま》の隅に投げられなりに、起上がりもせず、「御免《ごめん》〳〵」と詫びて居る。お姫様、段々の始末を四九郎左衛門にお聞かせあれば、四九郎左衛門、仙沢をとらへ、声あららげ、「ヤイ、獅子《しし》身中《しんちゅう》の虫《むし》とはおのれが事。一一何と心得、お姫様に御無礼申すぞ。さやうな仙沢にはあらざると存ぜしに、いかなる天魔《てんま》が見《み》入れたるぞ」一二と、四九郎左衛門、由良之助《ゆらのすけ》と郷右衛《ごうえ》門《もん》を一緒にして、利口《りこう》一三を言いちらし、「何分《なにぶん》、殿様の御耳に入れ、仙沢を急度《きつと》いましめん」一四と申せば、仙沢、畳にかしらをすりつけ〳〵、

「年の暮と申しますものは、とかく人の気がせか〳〵いたしまして、色々なことをいたすものでござります。何とぞ、夢となし一五下さらば、ありがた山吹《やまぶき》一六」と、性懲《しょうこ》りもなく、地口《じぐち》一七まじりにしやれければ、四九郎左衛門、声をひそめ、「今申されしは『ありがた山吹』とな。金子《きんす》にてあつかわんとは、猶々無礼の至り。さりながら、此のほど、

一〇　急ぎ駆けつける形容。
一一　恩を仇で返す者とはお前のことだ。『仮名手本忠臣蔵』七段目で大星由良之助が斧九太夫にいうせりふ。
一二　どんな悪魔が取りつき悪心を起こさせたのか。同じく六段目で原郷右衛門が早野勘平に浴びせるせりふ。
一三　気の利いた戯言。
一四　きつく処罰しよう。
一五　無かったことにして。
一六　「ありがたい」の洒落言葉「ありがた山」に、小判の「山吹」を続けた。
一七　広く知られている成語や諺に語呂を合わせたことばの洒落。

お姫様御手道具一のうち、御欲しき御品《しな》、十品《しな》廿品あり。さりながら、御勝手二むづかしければ、急に御手に入らず。金子《きんす》と申し候ては、いかがに候間、此の御道具をお姫様に差上げ、今日仙沢老が御無礼のお詫び、かつは此の儀、夢となしたまわるやう、四九郎左衛門、よろしく取りはからひ申すべし」と言ふに、仙沢、夢さめたる心地《ここち》三して、「さて〳〵、お情深き四九郎左衛門様。何とぞ其のお道具、私《わたくし》差上げ、只今の御無礼、御他言《たごん》なきやう、ひとへに〳〵願ひ上げ候」と申せば、こころいたんぼの革財布《かわざいふ》四といふ顔にて、お姫様に何やらささやきければ、お姫様は半四郎が土手《どて》のお六五といふ顔にて、舌を出し、「うまくいつたじやアねえじやアねえか」と、ふところから手を出し、指を三本出して、「四九《しく》さん、かうだによ」といへば、四九郎もうなづき、「しやうちの浜で鰯《いわし》が取れる」六と、口のうちでしやれながら、あたまを押へて畳をなめて居る七仙沢に向ひ、「これ、御主人。さて〳〵致しにくい所、まだお年のいかぬお姫様だけ、無理におだまし申して、夢

一 身の回りの調度品。
二 暮らしむき。金回り。
三 正気にもどった。
四 「心得た」のしゃれ。「た」から酒の燗をする道具の「湯婆(たんぽ)」に言いかけ、さらに「革財布」と続けた流行語。
五 『お染久松色読販』中の悪女。文政二年三月、玉川座で、岩井半四郎がお染、久松、土手のお六など早替りで演じた。
六 「承知」と「銚子」の語呂を合わせた「承知した」の洒落ことば。
七 平身低頭している様。
八 「大金」を誇張していった洒落ことば。「たいきんりきん(大筋力の変化語)の獅子頭、打て

となし下さるやうに申し上げました。それと申すも、ただお欲しいお手道具。それがおだまし申す一つの手だて。これはどふぞ今日にも早いがよふござる。われら、お供で帰りがけ、かの道具屋へ参り、ととのひ帰りますつもりでござる。その金高《きんだか》は、わづか三百両」といふを聞いて、仙沢またびつくり。「それはあんまり大金利《たいきんり》きんの獅《し》子頭《しがしら》」八と逃げ出す所を、四九郎とらまへ、「そんなら今の無礼を申し出そうか」といわれて、何とも返答なく、仙沢泣く〳〵三百両、かわいといふて暮《くれ》の市《いち》九、さらになさけもあら金《かね》一〇の、土にもあらぬ三百両、のせて出で行く女中駕、市《いち》の群集《くんじゅ》を押し分けて、「頼もふ〳〵」といへば、市商人《いちあきうど》が口をそろへて、「姫《ひめ》かかたりか橙《だいだい》一一か〳〵*」。

○一口ばなし

口まめな一二小僧、旦那のそばへ手をつき、「旦那様〳〵。只今四日《よっか》市《いち》一三で、槙《まき》町の先生一四と柳斎《りゅうさい》一五様にお目にかかりました。『どちらへおいでなさり

や囃せや牡丹芳」(『石橋』)の詞章をもじった。

九 「かわいそうだといってくれ」に、「暮れの市」と続けた。地歌『暮の鐘』のもじり。

一〇 「情もあらぬ」に土の枕詞「あらかねの」。『奥州安達原』の「情用捨もあら磯の」をもじる。

一一 「注連(しめ)か飾り」に「姫か騙(かた)り」。

* 落語「姫かたり」の原話。落ちは「姫かかたりか大胆な」とサゲる。

一二 おしゃべり。話好き。

一三 中央区日本橋通一丁目辺の地名。

一四 歌川豊国の通名。

一五 『四方歌垣戯文集』の編者、柳斎千万多。

ます』と申しましたら、『今日は色男の寄初《よりぞめ》一で御出《おい》でなさります。旦那様にも、お早くおいでなさりまし』と、御口上でござりました」。旦那、「ナニ、馬鹿な。色男の寄初といふがあるものか。それは万八《まんぱち》二だ〳〵」といへば、小僧、まじめになつて、「これはしたり。三お茶屋四をば聞きましなんだ」。

文政七年甲申五新板

江戸弁慶橋通松枝町六
丸屋文右衛門七板

一 歌舞伎で毎年十月十七日夜、顔見世狂言の役者全員による初会合。
二 嘘。でたらめ。
三 しまった。驚いた。
四 寄初をした茶屋の名は。嘘の意の「万八」を、小僧は柳橋の会席料理屋万八楼と勘違いした。
五 文政七年(一八二四)の干支。
六 千代田区神田松枝町の内。
七 文寿堂。歌麿らの浮世絵も出した草紙問屋。

新作 太鼓《たいこ》の林《はやし》

（文政十二年刊）

解題　林屋正蔵作・歌川豊国画。中本一冊。題簽は「新作太鼓之林《たいこのはやし》」（「林」は図案化。また「新作笑話」の角書で、山形に三つ巴で「太鼓」を、さらに「林」も図案化した題簽もある）。序題などはなく、版心は上部に「たいこ」、下部に丁付。半面九行・約二四字詰で句点がつく。化粧品広告を兼ねた「三品功能のはなし」と肖像入りの口上が半丁、巻頭話の復活由来を記した正蔵の一文が半丁。本文十四丁（うち絵入り丁が五丁）、話数四。本文末に、「林屋正蔵作　歌川豊国画」と大書される。「書林永寿堂新刻目録」一丁と、「書林幷地本問屋　江戸馬喰町二丁目　永寿堂　西村屋与八板」の奥付がつく。

作者の初代林屋正蔵は、三笑亭可楽の門人で、文化十二年に咄の会を催し、同十四年には西両国広小路で寄席を持ち、通常の落噺のほか、大切りには「大道具・大仕掛妖怪《ばけもの》ばなし」の怪談咄を得意とした職業咄家である。著作も合巻十余部のほか、『升おとし』（文政九）以下、本書や『笑話《はなし》の林』（天保二）、『笑富《わらう》林』（同四）、『百歌撰』（同五）、『落噺年中行事』（同七）などの噺本や落噺の一枚刷りも出している。これらは彼が高座で演じた噺で、そのまま現行落語につながる咄も多く、当時の口演の実態をしのばせる貴重な落語資料となっている。彼は怪談咄の元祖といわれるが、本書に載る四話は、いずれも芝居仕立ての咄で、当時の人気役者の声色を使ったり、身ぶりや表情豊かに演じたものであろう。挿絵も役者の似顔があてこんである。「魚尽しの咄」に見られる、歌舞伎のツラネに似た言語遊戯の笑話も多く、安永小咄の先行話に依りながら、『仮名手本忠臣蔵』の茶屋場を再現したり、『義経千本桜』の筋をなぞって、「狐忠信」を「猫の忠信」に作りかえるなど、安永・天明期の小咄とは異なり、咄家が高座で道具立てを用い、声色・身ぶりを加えて演じ、聴衆はひたすら聴いて喜ぶ落語になり切っている。画者の歌川豊国は、豊春の門人で、「草雙紙合巻読本錦絵数百部、世にもてはやせり」（『増補浮世絵類考』）と謳われた当時の代表的浮世絵師である。

翻刻は、『笑談五種』（冨山房袖珍名著文庫・明43）、『日本小咄集成』下巻（筑摩書房・昭46）にある。

三品功能のはなし
美艶仙女香
美玄香黒油
口上
林屋正藏伏稟
右二品とも京橋南てんま町
坂本氏製

三品功能のはなし

「此の間は、さる処で、おもしろいあそびをなされたげなが、婦人のきき道のよいのも[一]、大かた仙女香《せんによこう》[二]のおたしなみ、美玄香《びげんこう》の黒あぶら[三]御用ひなさる功能でござりましやう」「さやう〳〵。その上に、晴雨《せいう》両天傘《りようてんがさ》[四]を所持いたせば、なほもつて遊里などでは大もて〳〵」「そりやまた、なぜでござります」「ハテ、そのからかさのとくには、てらされ[五]もせず、ふられ[六]もせぬ*」。

一　薬効がある。女によくもてることをいった。
二　名女方の三世瀬川菊之丞の俳名、仙女の名で売り始めた坂本屋製白粉。「美しく化かす稲荷の仙女香」(『柳多留』一〇三・37)の川柳がある。
三　坂本屋製の白髪染め鬢付黒油。「今ならば実盛も買う美玄香」(『柳多留』一六七・23)。
四　雨傘と日傘を一本で兼ねた傘。
五　深川の遊里語で、客を冷たくあしらうこと。日傘の「照る」の縁。
六　雨傘の「降る」に、女が「振る」をかける。
*　滝沢馬琴も合巻『傾城水滸伝』六編(文政十

美艶仙女香
御かほのくすり　一包　四十八銅[七]

美玄香黒油
御しらがぞめくすり　一包　四十八銅

口上

御客様方へ申上げまする。当年も相変らず、愚作のはなし本を、高覧にそなへまする。大江戸は申すに及ばず、日本国中の御得意様方、角《すみ》から角《すみ》まで[八]御評判〳〵。

林屋正蔵伏稟[九]

右二品とも
京橋南伝馬町稲荷新道
坂本氏[一〇]製

二)中で、「鬢付油、元結は申すに及ばず、顔の色を白くする京橋南伝馬町稲荷新道の仙女香、美玄香に両天傘、御入用ならば、取寄せてあげませう」と宣伝している。

七　四十八文。銅銭を数える時に用いる。

八　お客様一人残らずの意。座頭や役者が舞台から客への口上の常套句。

九　伏して申し上げます。

一〇　坂本氏は草双紙類の検閲に関係した所から、書籍や錦絵に広く店の品を宣伝した。「仙女香やたら顔出す本の端」(『柳多留』一二一・31)。

左に著述せる魚屋の笑話は二十年のむかし下拙此道に入りし時友達三遊亭円生が兄桃月庵白酒と号し人より[illegible]請て年来の[illegible]世◆[illegible]若[illegible]白酒[illegible]柳の月[illegible]なる白酒の[illegible]を好む亡人の[illegible]に入りぞ[illegible]べし今此魚屋の[illegible]絶えて残[illegible]けれ[illegible]序に廿年の[illegible]むかし後なると今の人気[illegible]こちと補ひ[illegible]人の[illegible]とせる人を

林屋正蔵

左に著述《あらわ》したる魚《うお》[一]尽しの笑話《はなし》は、二十年《はたとせ》のむかし〳〵、下拙《わが》此の道[二]に入りし時、友達三遊亭円生《えんしょう》[三]が兄、桃月庵白酒《とうげつあんはくしゅ》[四]と号《いい》し人より貰ひ請けて、年来《としごろ》ものせしが[五]、過ぐる年、作者白酒《はくしゅ》は、桃の月の弥生《やよい》なる白酒《しろざけ》の、白きを好む亡人《なきひと》[六]の数に入りしぞ、惜しむべし。今此の魚尽しのはなしの絶えんことをなげきて記す序《ついで》に、廿年《はたとせ》あまりのむかし〳〵後《おく》れたるを、今の人気《じんき》[七]にとり直して、あちこちと増補して、好める人の教《おしえ》草《ぐさ》[八]とする人《もの》は、

林屋正蔵

一　本書第一話に記した。
二　咄家の世界。
三　落語家。俗称は橘屋松五郎。前名、山遊亭猿松。鳴物入り芝居咄や怪談咄に長じ、咄家の系流を記した『東都噺者師弟系図』の資料がある。
四　芸名。経歴未詳。
五　長年高座で演じた。
六　文人の死をいう「白玉楼中の人」に、故人の芸名と雛祭りに飾る「白酒」をかけた。
七　人情と気風。好み。
八　教材。演目。

初鰹鯉《はつがつおこい》の達引《たてひき》一　○魚《うお》尽しのせりふ入

鰹がいふ。「葛飾素堂《かつしかそどう》二が秀句に、『目に青葉山時鳥《ほととぎす》初鰹』といひ、又銭屋《ぜにや》の金埒《きんらち》三がよみし狂歌に、『烏帽子《えぼし》とも松ともいはん初鰹片身《かたみ》は須磨《すま》の塩焼にして』と、又よみ人は知らず、『初鰹生干《なまり》は出すな竹本《たけもと》のふしのうまさに頬《ほお》をかかへて』四と、いろ〳〵用ひらるる初鰹じやが、妓女《じょろう》買はぬも外聞《がいぶん》が悪い。ほんに、わしが友達の鱸《すずき》が、近頃すずき屋といふ船宿《ふなやど》を出してゐるが、此の間の話には、川魚《かわうお》のはやが、五身を売りて女郎《じょうろ》になつたといふたが、今から行つてみやう」と、舟宿より送られ、かの茶屋へ行つてみれば、此のおはやには、小石川御留川《こいしかわおとめがわ》六の鯉《こい》が色男にて、海魚《うみうお》の鰹とちがひ、「こいきで、こいがらがいい」七と、江戸ッ子の紫鯉《むらさきごい》八に打ち込みゐるゆゑ、なか〳〵鰹の金《かね》びら九には気が合はず。これより鯉と初鰹と争ひとなりて、ある夜落合ひしが、表座敷は鰹、奥座敷は鯉、真中《まんなか》の十畳の座敷は、河童《かっぱ》のひひ一〇といふ男、酒

一　喧嘩。意地を張合う。
二　山口氏。元禄頃の俳人。晩年江戸葛飾に隠居。
三　馬場金埒。銭両替商。天明狂歌四天王の一人。彼の『滄洲楼家集』では「松ともいへば」「塩焼もよし」とある。
四　義太夫節の訛りと鰹の生干の狂歌。出典未詳。
五　鮠を女名に擬人化。
六　神田川の石切橋近辺。官命による禁漁区で紫鯉が放流された。
七　小粋、声柄。鯉の縁。
八　神田川関口近くの、濃紫色で味も美味な鯉。
九　鰭の縁で札片を切る。
一〇　狒々。老獪な人の事。
一一　女っ気なし。
一二　これ。おい。

の相人《あいて》に泥亀《すつぽん》を連れて来て、色気なし[一一]の大騒ぎ。奥座敷の鯉は支度して帰らふとするを、おはやが見付けて、「コウ[一二]、鯉さん。何をそんなに腹を立てて帰《けえ》るのだろう。マア下に居ねへ[一三]な。大かた、又あの鰹の事《こつ》たらうが、おれだつても業腹《ごうはら》だはな。お前《めえ》の事をいろ〳〵悪く言つて、『何の、鯉もすさまじい[一四]。今に筒切《つつぎり》にされて濃汁《こくしよう》[一五]に煮られるの』なんのと、もう〳〵きいた風《ふう》[一六]だはな。そして初鰹のうちはともかくも、此の間は古背《ふるせ》[一七]になつたら、悪くひつッこくなつて、いやで〳〵ならねへはな」「いいは、打遣《うつちや》つておけ。おれだつても、今のうちこそ狭い川に住んでゐるが、今にも時が来《く》れば、龍門《りゆうもん》の滝[一八]へ昇つて出世をするは、てんでんの飛龍《ひりよう》[一九]次第《しでえ》だ。アノ野郎が初鰹もすさまじい。年の暮れには塩鰹《しおがつお》にされ、腹の中へ笹ッ葉を突込《つつこ》んで、御歳暮《おせいぼう》の鮭《さけ》や鱈《たら》の名代新《みようだいしん》造《ぞう》[二〇]。深川ならばおたいこ[二一]、鼈甲《べつこう》ならば馬爪《ばず》[二二]同様、人の替《かわ》りに行く奴だ。炭俵の明店《あきだな》へ入れられて、四日市《よつかいち》の塩物店《しおものだな》を引ずり引廻《ひんまわ》されるは。いやでも行つてやれ。古風《こふう》な潮来《いたこ》[二三]の文句《もんく》だが、『うなぎようなぎ、すぐ

一一　座っていなさい。
一四　聞いて呆れる。
一五　魚肉などを煮込んだ濃い味噌汁。鯉こく。
一六　小なまいき。小癪。
一七　旬(しゅん)を過ぎて大きくなりすぎたもの。
一八　中国黄河中流にあり、魚が登り切れば龍になるといわれた滝。
一九　空を飛ぶ「飛龍」に各人の「器量」を掛ける。
二〇　遊女に客が重なった時に、身代りで相手をする新造女郎。代用品の意。
二一　酒席の取持ちだけで揚げるお太鼓女郎。
二二　鼈甲の代用品として細工物に使う馬の爪。
二三　潮来地方の舟唄を基に江戸で流行した俗謡。

ちゃや　ちやが
そくらきいろの茶屋〔りきゃきが
ひろきや本小石川御富川の
鯉が色男めかく海魚の鰹
とらびとはそこにふうがふと
　ひらうに
ないっちの紫鯉にうちとく
　きあ
みあるよく鰹の金びか
　　　り　つでようり
いひ気がへかうぞぞよく
鯉と初ろをと
あるをひと

初鰹鯉の達引

なるうなぎ、いやなはぜにも、なびかんせ』[一]。そこが勤めだ」。はや「それだつても、いやだはな」といふ話し声を、障子越しに聞付けて、鰹「なんじやい。八《や》つ九《ここの》つにふくべで鯰《なまず》おさへるやうなとらま[二]へ所《どこ》もない声をして、飯蛸《いいたこ》ぶし[三]も呆れるはへ。江戸前[四]じやとぬかしても、旅《たび》鱣《うなぎ》[五]見るやうな面《つら》をして、めそつ子[六]の振《ふり》をしても、濃汁《こくしよう》の鐘[七]はどこにあるやら、金魚《きんぎよ》の鯱《しやちほこ》[八]は見た事はあるまい。井戸の中の大海白魚《たいかいしらうお》め[九]、人の洗鯉《あらいこい》[一〇]になる事も知らず、大牡父《おおはぜ》かいて海老《えび》[一一]でもくわへて引込みおろふ。ここな横堀《よこぼり》[一二]めが」。鯉「なんだ。こいつア額《ひたい》へ筋鰹《すじかつお》[一三]を出して、面《つら》を鮔《あこう》にして鯥《むつ》かしい事をいふが、こいつはちつと腐《ござ》つたな。どうりで一ト口喰ふと、直《じき》に逆上《のぼせ》て頭痛鉢巻だ。これへうぬらが又、この土地で遊ぶとは、むし鰈《がれい》[一四]、場《ば》末《すえ》の海が相応だ。生干節《なまりぶし》[一五]の真似をして、赤《あか》鰯《いわし》をひねくつて、真水《まみず》の中[一六]でもてやうとは、潮《うしお》の強い奴じやアねへかエ。この炎天に大磯から陸荷《おかづけ》にして来たと思へば、鯖《さば》の活腐《いきぐさ》れ[一七]、仕様《しよう》事なしの塩辛《しおから》声でうなつても、そりやア鱓《ごまめ》の歯ぎしりだ[一八]。鰯《いわし》ておけば、

一 潮来節の文句。柳を鰻、風をはぜ、ともじる。
二 ぬらくらしていて要領を得ないことの譬え。
三 潮来節を掛ける。
四 浅草川や芝浦で獲れる新鮮で賞美された鰻。
五 地方の鰻。田舎者。
六 小さい鰻。江戸っ子。
七 石町の時の鐘。
八 城の棟を飾る金の鯱。
九 知らず者め。
一〇 鯉の洗いに、笑い者。
一一 大恥かいて指でも。
一二 本所横堀に、欲張り。
一三 本鰹の異名。額に筋。
一四 虫がいい。
一五 なまじ武士の。
一六 満座の中。
一七 魚などが新鮮に見えて腐っていることの譬え。

鱸《すずき》な鱈《たら》事《ごと》[一九]をぬかしやアがるが、小鳥賊《ひいか》、鰒《ふぐ》の鮵《だつ》[二〇]じやアねへか。それほど夕川岸《ゆうがし》の事がいひだこなら[二一]、なぜ鯡《にしん》[二二]と目の前でぬかさねへ。このあんぽんたんめ[二三]」「アイヤ、わしが事を、なんのうぬが」と、大ぜり合ひになりし所へ、隣座敷の河童、「マア〳〵、いいはな。おれだ〳〵。此コウ、泥亀《すつぽん》。そのマア、鯉をつかまへろ」。泥亀「ヲツトよし〳〵」。河童「外のすつぽんがつかまいては、雷が鳴らねへうちは放さねへ」。河童「外聞がわるい。静かにして、おれがいふ事も聞かつせへ。『塩真《しおま》水《みず》洗ひ流しとへだつれど落つれば同じ谷川の水[二四]』で育つたこの三人。マア〳〵おれに下せへな。コウ、鰹。おめへも鯉に、あんなに鯑《せいご》者《もの》[二五]のやうにいはれては、鰆《さわら》の蛸《たこ》も鰤《ぶり》[二六]はねへが、ハテ、小富《ふつこ》が烏賊《いか》とも鮟鱇《あんこう》[二七]づくだ。おめへも生紅《なまあかえい》[二八]ものでもなし、蒲包《かまぼこ》思《し》案《あん》[二九]で喧嘩もしめへが、コレ、舟《ふね》に手をあてて、とつくりとはんぺん[三〇]して見なせへし。魣《かます》は鰑《するめ》[三一]の習ひだはな。いとしい鰕《かわえび》と思ふ客もあれば、小鰤《いなだ》と思ふ客ならば鰹節《かつおぶし》[三二]ならかいて取らふし、出しでつかはるるも鯖《さば》ある[三三]習ひだ。そんならそふと秋《あき》

一八　力不足の者がやたらにいきり立つことの譬え。
一九　好きなたわごと。
二〇　いいか、うぬの事。
二一　夕べの事が言いたい。
二二　きちんと。
二三　笠子魚の異名。愚か者の罵倒語。馬鹿野郎。
二四　「雨霰雪や氷とへだつれど落つれば同じ谷川の水」(『そしり草』)などの道歌の一部をかえた。
二五　在郷者。田舎者。
二六　腹の立つも無理は。
二七　そこが如何とも談合。
二八　なま若い者。
二九　かまとと思案。
三〇　胸に手をあて反省。
三一　だますは廓の。
三二　野暮な武士。
三三　間々ある。

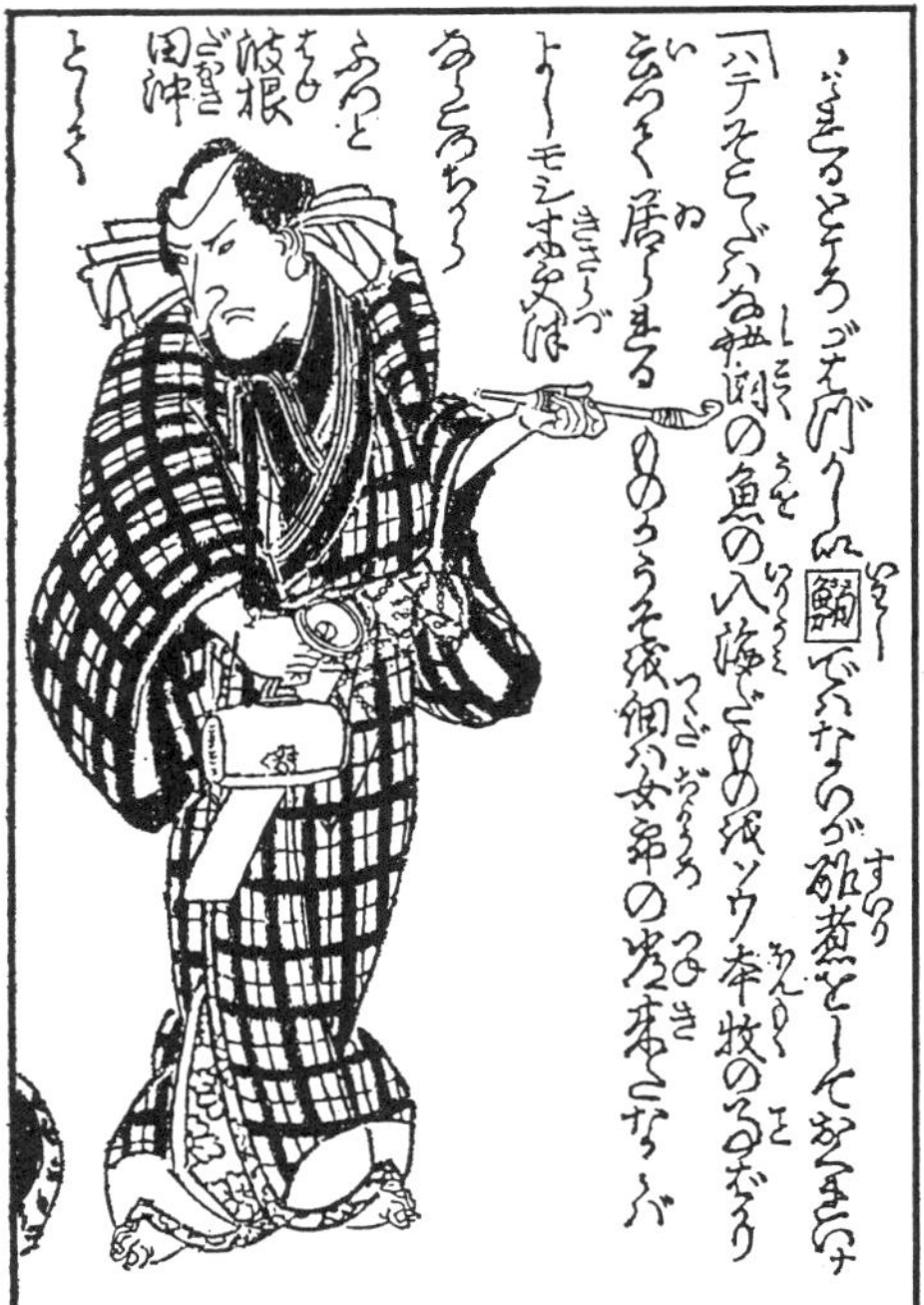

初鰹鯉の達引

太鼓の林

あさくさ
浅ひる身ハ、ハテ浅草の
せう
小將ハ九十九里一通りよ
どう あさ
も一夜ぢ味れ蛆刎どとぶだ
せう
住まで歸ろうさらの覗も
とうみ あふ さら
もうえんお．も桃廢がって奉納
らに み うら みさき
鎌倉ゆきて永い圖ぐ三浦三崎とある
|石首魚|ハちぎうちめん|鰺|めはでハ入り|水田か
|赤目鯛|のかぢきさ|鮪|あぢ|觀ぢ
せ一ハテ
り小か
しに |鯛|をさうなぐ|甲鯛|すくあまひ身ごハコレ鯉やおぬ一え

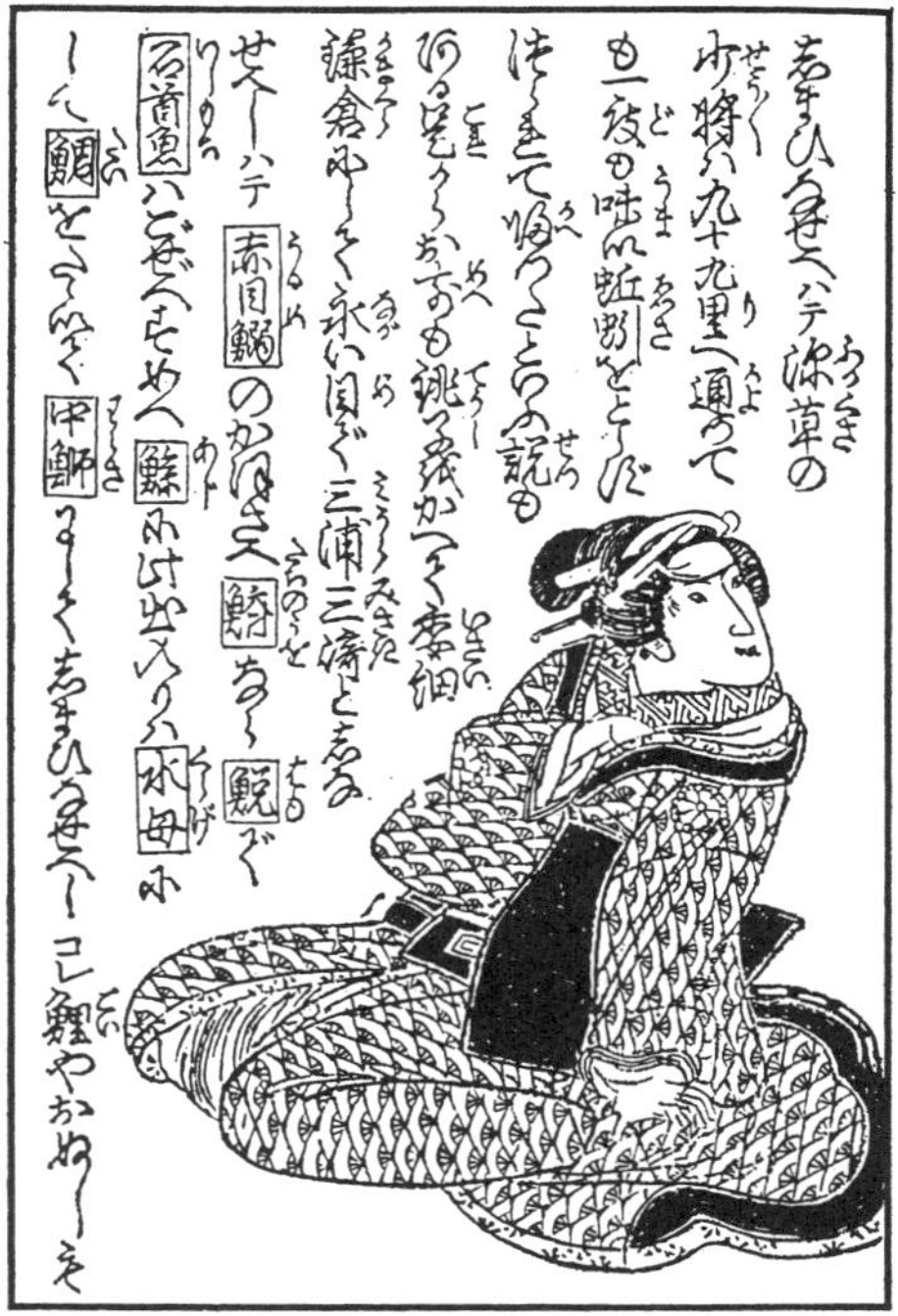

鰈《ひらめ》てしまつて、この出入《でい》りは、わしにくんなせへ」「アイヤ、申し河童さん。わしも打ちかぎの首尾《しゅび》[一]をつくろひ、半台《はんだい》から飛下りて、納屋《なや》の戸をあけて出て見れば、夜の事なら駕籠《かご》も雇《かるこ》[二]も一人も居ず。仕様事なしの板舟《いたぶね》で、毎晩通ひ車海老《くるまえび》[三]は、醤鰕《あみ》鑑鯛《かんだい》[四]な事ではないぞへ。その上内証《ないしょう》は鰞《さんま》つま[五]の苦しみをしても、『芝鰕《しばえび》が見たい』と言へば連れて行き、『九月の塩鮪《すきみ》を仕舞《しま》つて[六]くれ。鱚《きす》の帯がほしい』『ヲイ』と請合ひ、『鰩《とびうお》のごろふくりんの帯[七]がほしい。御納戸《おなんど》のサッパ[八]がこしらいたい』『ヲイ』『白ちりめんの鮱《いぼせ》[九]がほしい。鼈甲《べっこう》の笄《こう がい》鮫《ざめ》がほしい』といへば買ふてやり、『小遣ひがないから蟹《かに》を鰧《おこぜ》[一〇]』『ヲイ』と、細魚《さより》をするたびに、鯔子《いな》[一一]といふた事《こた》ございません。それに生鯖《なまさば》[一二]来てみても、『腹[一三]もが痛《いと》ふござんす』の、『今夜は癪《しゃく》がさしみじや』のと、こつちの座敷を商《あきな》ひ口《ぐち》[一四]、あつちへばつかり鯆《いるか》じやもの、雉焼《きじやき》になるまい[一五]ものか、魴鮄《ほうぼう》の鰮子《しこ》に、鯑《いさき》[一六]にされたと、後海老《うしろえび》をさされる所が恥づかしい。鰯《いわし》ではないが、酢《す》煮《いり》[一七]をしておくれいな」「ハテ、そこだはな。諸国の魚《うお》

一　引掛け鉤と家の様子。
二　軽子。担ぎ人足。
三　通って来るのは。
四　並みたいていな。
五　内実は断末魔。
六　月見の紋日を受持つ。
七　鳶色の呉絽服連(舶来織物)の帯。
八　合羽。拶双魚(さっぱ＝小鰭)の縁。
九　塩瀬。厚地の絹織物。
一〇　金を寄こせ。
一一　便りの度に否(いな)。
一二　たまさか。たまに。
一三　鰹の腹の薄い部分。
一四　好い加減にあしらう。
一五　気が気でなるまい。
一六　方々の人に好い気に。
一七　推量。魚の臭味をとる料理法酢煎りに掛ける。
一八　本当。横浜の本牧沖。

の入海《いりうみ》だものを、ソウ本牧《ほんもく》[一八]の事ばかり言つて居《い》られるものか。うそを佃《つくだ》[一九]は女郎《じようろ》の常《つね》。来たならばよし、もし木更津《きさらず》なら、こつちからふつと、羽根田沖《はねだおき》[二〇]としてしまひなせへ。ハテ深草《ふかくさ》の少将[二一]は、九十九里《り》へ通《かよ》つても一度も味《うま》い蚯蚓《えさ》をとらず、つられて帰つたといふ説もある。これからお前《めえ》も銚子《ちようし》をかへて、委細鎌倉《いさいかまくら》[二二]にして、永い目で三浦三崎《みうらみさき》[二三]としなせへし。ハテ赤目鰯《うるめ》の顔さへ鱭《たちのうお》なら[二四]、鱧《はも》で石首魚《いしもち》[二五]はごぜへすめへ。鰺《あじ》[二六]に此の出入りは水母《くらげ》[二七]にして、鯛《たい》を叩いて中鰤《わらさ》[二八]にしてしまひなせへし。コレ鯉や。おぬしも二さい三ざいの者[二九]でもなし、鮭《さけ》に酔つたじやアすまねへよ。互ひに游《およ》ぎ游がれた中ならば、いとしい川鱚《かわきす》と思ふ鯿《たなご》[三〇]さへ、お前《めえ》の方へ来たならば、ぬしが鯔子《おぼこ》[三一]は立つじやアねへか。すりやコレ鼈《いしがめ》のない理屈[三二]だ。それなら、はやッ子おれて出て、鱒《ます》[三三]、この出入りはわたしに呉《く》んなせへ」。二人「イヽヤ、やらぬ」。河童「イヤもらつた」とせり合ふ処へ、下の座敷より、「みんな、静かにしやな」と立出る。皆々「コレハ万年の[三四]簑亀《みのがめ》[三五]か」。亀「サア、言はずと知れた背中の亀甲《きつこう》、

一九　「嘘をつく」に佃島。
二〇　はねつける。断る。
二一　小野小町に九十九夜通った深草少将の故事。
二二　委細構わずに。
二三　見ることに。
二四　己の顔さえ立つなら。
二五　さまで意趣を持つ事。
二六　わしに。
二七　出入りをくれる事に。
二八　体を叩いて笑いに。
二九　年若い未熟な者。
三〇　可愛いと思うおなご。
三一　男。面目。
三二　いがみ。争いのない。
三三　早く折れて、先ず。
三四　「亀は万年」に因んだ、深川万年町の。
三五　背中に蓑のように緑藻のついた亀。長寿の吉相で絵や細工物になる。

絵空言《えそらごと》なる花びし[一]は、誰にか似たか三茄子《さんなすび》[二]、不二《ふじ》[三]な処へ出かけたは、此の立入《たていれ》をもらはふため、見掛けはけちな野郎だが、江戸川で育つたおかげにやア気がつよい。何にも言はず、おれに呉《く》れ。それとも言分《いいぶん》あるならば、いつでも尋ねてござへやし。花川戸《はなかわど》[四]の川ばたに、約束かたき石の上、甲《こうら》を乾《ほ》して待つてゐるによ」。皆々「イヨ、ほうらいや[五]ア引*」。

芝居好《しばいずき》

『摺子木《すりこぎ》も紅葉しにけり唐辛子』[六]。朱《しゅ》に交はれば赤く染まり[七]、その所《ところ》々の様《さま》に寄ると、孟母《もうぼ》は三度《ど》店越《たなごし》をしたも[八]、わが子可愛《かあ》いい親の慈悲。芝居近所[九]に住居《すまい》する人の忰《せがれ》、朝から晩まで役者の真似。二十《はたち》の上を越しながら、女房も持たず只《ただ》ひとり、親の挊《かせぎ》を居食《いぐい》[一〇]にして、見世《みせ》の先へ出てゐても商売おぼえる心もなく、空をながめて、声色《こわいろ》[一一]「ア、ラ不思議やナア。今町内《ちょうない》を角力《すもう》の太鼓《たいこ》[一二]の通るやいな、一天《いってん》まさに曇り

一 六角形の亀甲模様とは大きく違った花菱紋。
二 似たか—二鷹から、三茄子と続けた。
三 一富士と不時。
四 隅田川大川橋西河岸で台東区花川戸町。
五 亀を飾った正月の蓬萊台と、松本幸四郎への掛声「高麗(こうらい)屋」を掛けた。
＊ 落語「蓬萊屋(別題・魚尽し)」の原話。
六 西山宗因の句で、摺粉木で唐辛子を摺ると、枯木が紅葉したように赤くて興があるの句意。
七 人は環境により善にも悪にもなるという譬え。
八 孟子の母が子供の教

しは、晩に降出すしらせなるか。アラ〳〵、いぶかしやナア」。又ある時は、あたまへ蚊が止まりしを、平手《ひらて》にて打殺し、声色「人はこれ、天地のみたま物《もの》[一三]。その貴《たつと》き人間の血を吸ふ大毒虫《だいどくむし》。手並みの程を覚えたか。ハ、、、」と笑ひながら、声色「誰かある。死骸を片付けろ」と、奉公人の手前も構はぬ大だはけ[一四]。あまりの事ゆゑ、二階へ追上げおくと、又二階で立回《たちまわ》りの大だて[一五]をするゆゑ、「芥《ごみ》が落ちてならぬ。静かにしろ」と、小僧を二階へ使ひにあげると、息子「コウ、[一六]小僧。能《い》い所へ来た。相人《あいて》がなくて困つて居るところだ。サア〳〵、これから二人《リ》ではじめやう」。小僧「イヱ〳〵、それでは旦那に叱られます」。息子「なんだ、叱られる。そんなら親仁《おやじ》は主《しゅう》で、おれは主ではないか」。小僧「サア、それは」。息子「サア〳〵〳〵〳〵、どふだへ引」。小僧「そんなら、どふともなりましやうが、何になりますへ」。息子「忠臣蔵の茶屋場《ちゃやば》[一七]で、おれが持前《もちまえ》[一八]の団十郎[一九]で平右衛門《へいえもん》をするから、おぬしが、おかるになるのだ。大概《てえげえ》文句は知れてゐる。サア

育に適した環境を選んで三度引越したという故事。

九　芝居街の近く。

一〇　働かずに手持ちの財産で暮らすこと。徒食。

一一　舞台での役者の口跡を真似る芸。

一二　太鼓を打って相撲興行を町に触回る触れ太鼓。

一三　下され物。贈り物。

一四　愚かな言動。

一五　歌舞伎の殺陣(たて)で大掛りな立回り。

一六　おい。これ。

一七　『仮名手本忠臣蔵』七段目、一力茶屋の場。

一八　お株の。

一九　七世市川団十郎。文政十一年五月中村座で、瀬川菊之丞のおかる相手に平右衛門を演じた。

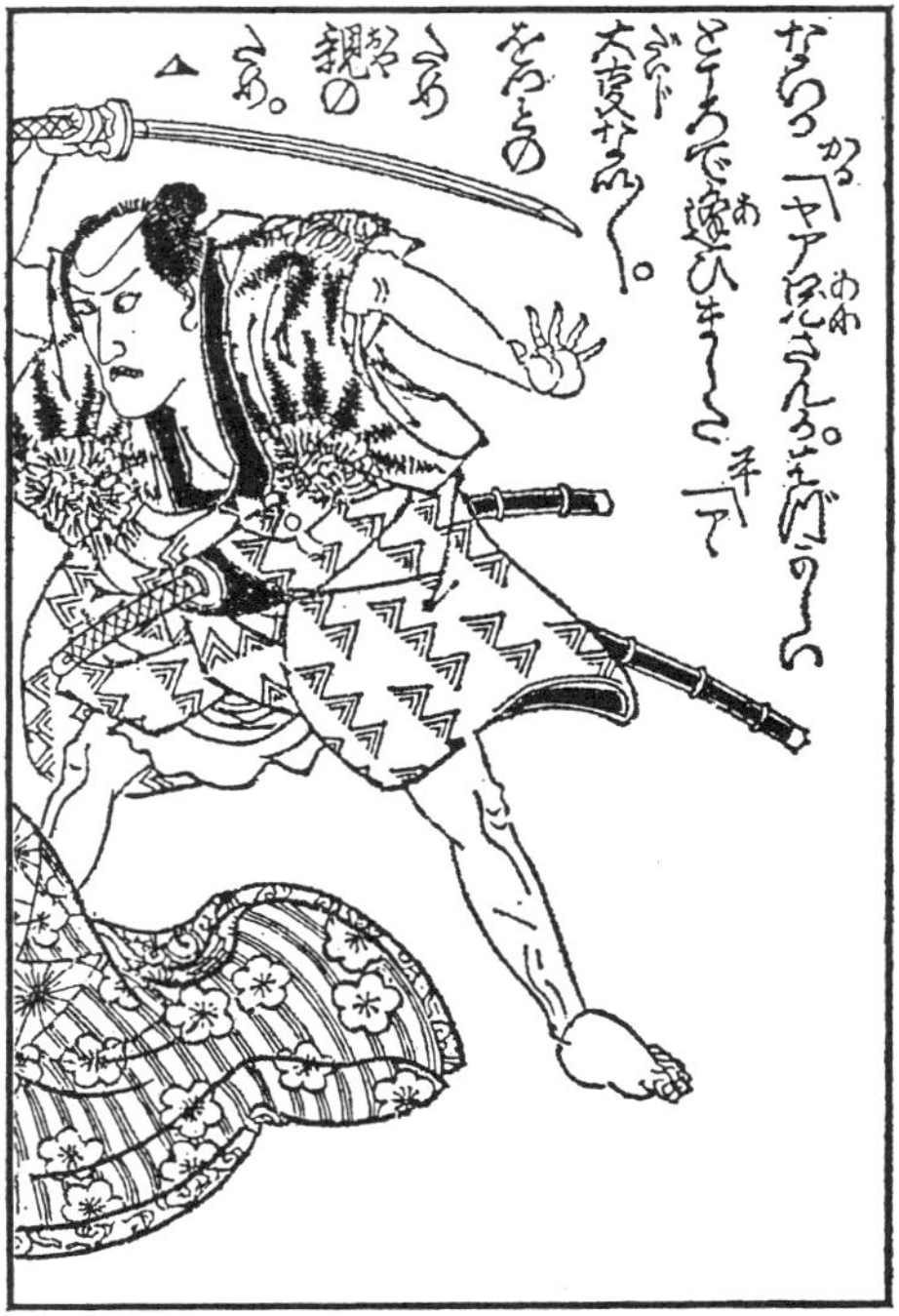

芝居好

太鼓の林

▲とく寄ってござーるナア
かうそういたしてござりまするもりや。
まーやうまーいぞ。たろ
こんぞトさんぜまいひうけ
出さるゝそうぢ十分ゆへの
せうでかる「サア寄々も酒の
大かーゆらのや接のお世話で
ー地うれ中するぞう「イエろの中鈍三度酒の振るを門とろ
「ナニヤゆらのめさ々もりや
はきんとさきつで

〳〵やらかそう」と立上がり、身づくろいして、平「そこに居るは、おかるではないか[一]」。かる「ヤア、兄《あに》さんか。はづかしい所で逢ひました」。平「ア、、大事《だいじ》ない〳〵[二]。夫《おっと》のため親のため、よく売られた。でかしたナア」。かる「そう言ふて下さんすりや、わしやうれしい。そして、喜んで下さんせ。今宵《こよい》請出《うけだ》されるはづ[三]」。平「ム、、何人《なにびと》の世話で」。かる「サア、お前も御存じの大星由良《ゆら》の介《すけ》様のお世話で」。平「ナニ、アノ由良の介様。ム、、すりや下地《したじ》からのなじみか[四]」。かる「イ、ヱ、此中《このじゅう》[五]二三度酒《ささ》の相手。『夫《おっと》があらば添はせてやろ』と、モ、結構すぎた身請けの相談」。平「ム、、そんなら本心放埒者《ほうらつもの》[六]。御主人の仇《あだ》を報《むく》ふ所存《しょぞん》は、ないに極《きわ》まつたはへ」。かる「ア、これ、兄《あに》さん。あるぞへ〳〵。高うは言はれぬ。コレ、かう〳〵」と耳に口[七]。平「ム、、その文《ふみ》[八]残らず読んだか」。かる「サア、残らず読んだそのあとで、じやらつき出して[九]、つい[一〇]身請けの相談」。平「ム、、それでよめた[一一]。妹、そちが命は兄がもらつた」(と心張《しんばり》棒[一二]を刀にして、振回し追つかける。)

一 以下、「七段目」の筋やせりふにほぼ従う。
二 差しつかえない。
三 遊里語。身請される。抱え主に、遊女や芸妓の前借金を払って、商売から身を引かせること。
四 以前から。昔から。
五 この間。近ごろ。
六 酒や女色に耽る者。
七 耳に口を寄せてささやく。舞台でもその仕草。
八 手紙。
九 好色めいて、いやらしく戯れかかり。
一〇 あげくには。
一一 訳が分かった。
一二 戸締まりのための突っかい棒。

かる「アレ、兄《あに》さん、勘忍《かんにん》して下さんせ」(と逃ぐるはづみに、二階よりまつさかさまに落ちて、腰を痛め、「ア、いたた〳〵」といふに、家内中大さわぎになる。)親仁「どうした〳〵」。小僧「わたくしが二階へ参りましたら、若旦那が、『能《い》い所へ来た。おかるになれ。おれが平右衛門になる』。わたくしは『いやだ』といふを聞かず、無理に『しろ』とおつしやるから、いたしまして、逃げる拍子に落ちました。ア、、痛い〳〵」。親仁「そんなら、七段目[一三]で落ちたのか」。小僧「イ、エ、天《てっ》ぺんから落ちました」。

其《つ》二《ぎ》

この息子、どうしても芝居事《しばいごと》が止《や》まぬゆゑ、寺の伯父《おじ》坊主[一四]へあづけ、「御弟子《おんでし》同様におぼしめされ、もし言ふ事聞かずば、出家させて下されし」と頼みおきければ、よい事にして、毎日寺の本堂にて、広さは広し、鉦《どら》、太鼓、木魚《もくぎょ》、鐃鈸《にようはち》[一五]など持出して、毎日の芝居事[一六]。団十郎の真

一三　はしご段の七段目と、芝居の七段目を掛ける。
＊　中巻「見舞」(三二九頁)の脚色話。芝居噺「七段目」の原話。
一四　僧となっている伯父。
一五　寺院で常に組合せて使う二種の打楽器鐃と鈸。
一六　鳴物入りの芝居の真似事。

まづ一しばおと○ぞんじ
女目の芝居るを國十
郎の真似などりしく
わるい内より薔叺の久五郎
まり和尚まうひ「どうぐ
むぞうまだ、どうも
おもしくなるには
ラヽトどくハ「イヤハヤ
あまりきやますらめ
楽やの姉をがぞ。親の芸態がやう。

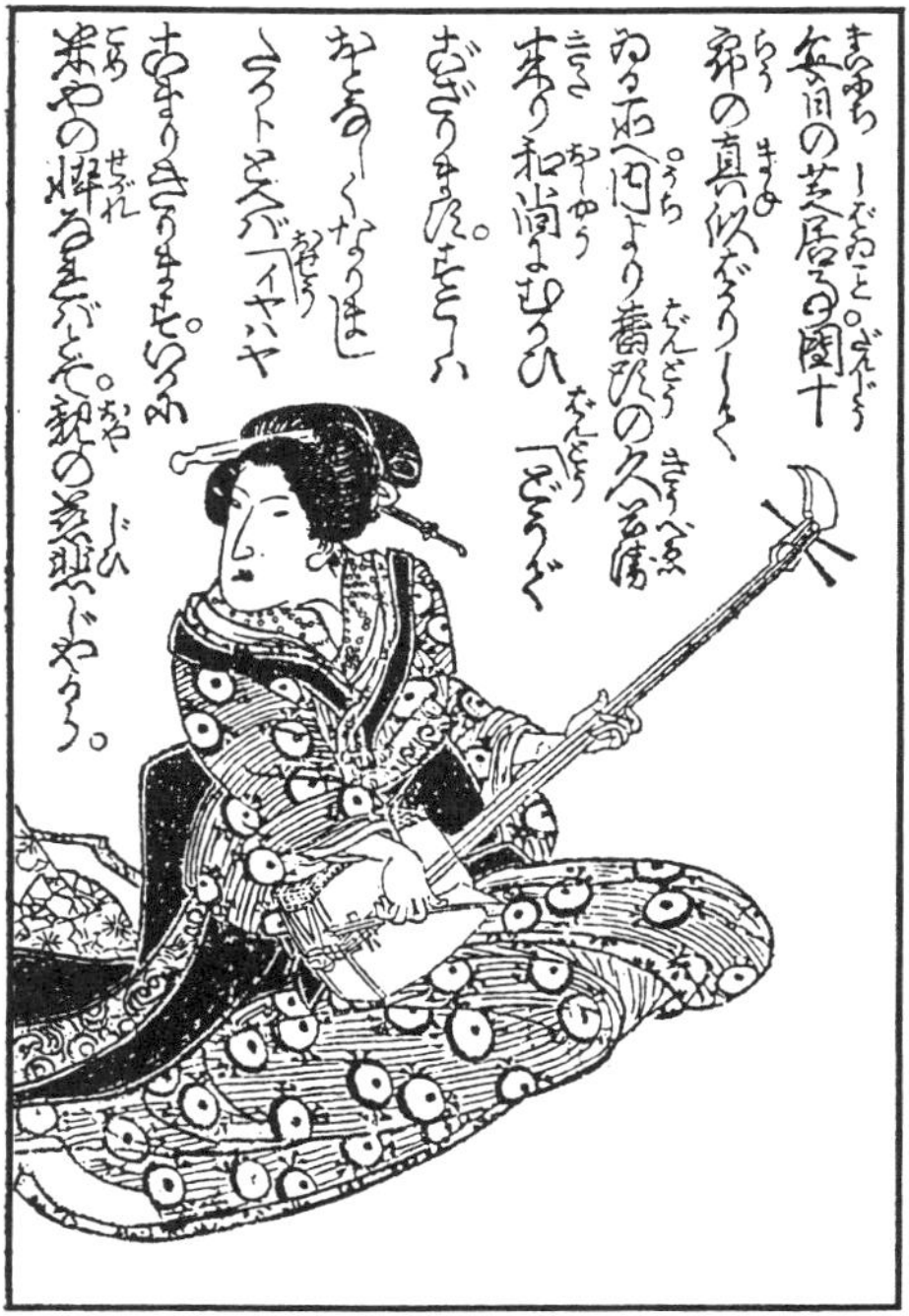

芝 居 好

似ばかりしてゐる所へ、内《うち》より番頭の久兵衛来たり、和尚に向ひ、番頭「どうでござります。少しはおとなしくなりましたか」と問へば、和尚「イヤハヤ、困り切ります。いかに米屋の忰《せがれ》なればとて、親の慈悲じやから、一升人二升《いっしょうひとにしょう》一と思ふゆゑ、意見をすれど、三升《さんしょう》二の真似ばかりして、四升《ししょう》三の言ふ事も聞かず、五升《ごしょう》四の事はどこへやら、六升《ろくしょう》五がわるいから、始終《しじゅう》六は七升《しちしょう》までの勘当《かんどう》七じや。まことに愚僧も困り果てる」とはなしのうち、障子のかげにて、息子「八九升《はっくしょう》八*」。

千本桜《せんぼんざくら》九

今は昔一〇、弁慶橋一一の辺《ほとり》に、吉野屋一二常吉といふ商人《あきんど》ありしが、人、片名《かたな》一三を呼んで、「よしつね〳〵一四」と申しける。又近所の稽古所《けいこじょ》一五に、お亀一六といふ娘、母と二人《り》暮らしありしを、いつの頃よりか、深き中となり、ある時、さる御方より価高直《あたえこうじき》なる三味線、払ひ物一七に来たりしゆゑ、早速常吉が買受け、お亀が許《もと》につかはして、その後《のち》五六日用事しげき

一 「一生かけて人間らしくさせよう」の意。以下米屋に因んで、升尽し。
二 七世市川団十郎の俳名。
三 師匠。
四 後生。死後の世。極楽往生を願うこと。
五 六情。根性の意か。
六 行く末は。将来は。
七 七生。未来永劫にわたって師弟の縁を切る。
八 くしゃみの音。「噂をされるとくしゃみが出る」との俗説による。
＊ 落語「八九升」と同じサゲ。
九 浄瑠璃『義経千本桜』の略。話は、四段目「河連館」(狐の段)の筋やせ

ゆゑ、行かでありしが、ある日、友達の六三郎[一八]たづね来たり、六「この間はさつぱり逢はぬの。今日ちよつと聞きに来たは、外《ほか》の事でもねへ。お前《めえ》、ゆふべお亀が所《とこ》へ行つたか」「イヽヤ、此の四五日、用が多いから、さつぱり行かずよ。シテ、どふしたのだ」。六「ハテナ。不思議な事もあるもんだ。ゆふべも一昨日《おとゝい》の晩も、お前《めえ》が行つて、お亀に買つてやつた三味線を弾《ひ》かせて遊んでゐたといふ友達の評判だが、どふいふ物《もん》だらふ」。常「ムヽ、それではあのお亀が、外《ほか》に男をこしらへて、それを内《うち》へ引きずりこんで、人の前は、おれだと言つておくのだ。アノ畜生あまめ、[一九]どふするか見やアがれ」「コレ〳〵、そう癇《かん》癪《しやく》を起こしてはならねへ。マア、心をしづめて、おれと一所《いつしよ》に行つて、様子を見ての事。丁度《ちようど》暮れ方、もう来てゐる時分。サア〳〵、歩行《あゆば》つ[二〇]し」と、二人《り》連立ち出で行きて、お亀が門口《かどぐち》に立止まり、障子の破れより、内《うち》の様子をのぞき見て、六「コウ〳〵、[二一]常さん。お前《めえ》が来てゐるぜへ」。常「馬鹿を言ひねへ。おれが爰《ここ》にゐるに、何、あすこに

りふを踏まえている。
一〇　『今昔物語』などの説話集の書出しに倣う。
一一　千代田区神田松枝町辺。藍染川に架かる橋。義経の縁で弁慶橋を出す。
一二　吉野山に因む屋号。
一三　名前の一部を略した呼び方。
一四　吉野屋常吉を略して吉常。義経に通ずる。
一五　音曲を教える所。
一六　義経四天王の一人、亀井に因んだ名前。
一七　売払っていい不用品。
一八　義経四天王の亀井六郎、伊勢三郎で六三郎。
一九　人でなしの女め。
二〇　「歩きなさい」の訛り。
二一　おいおい。これこれ。

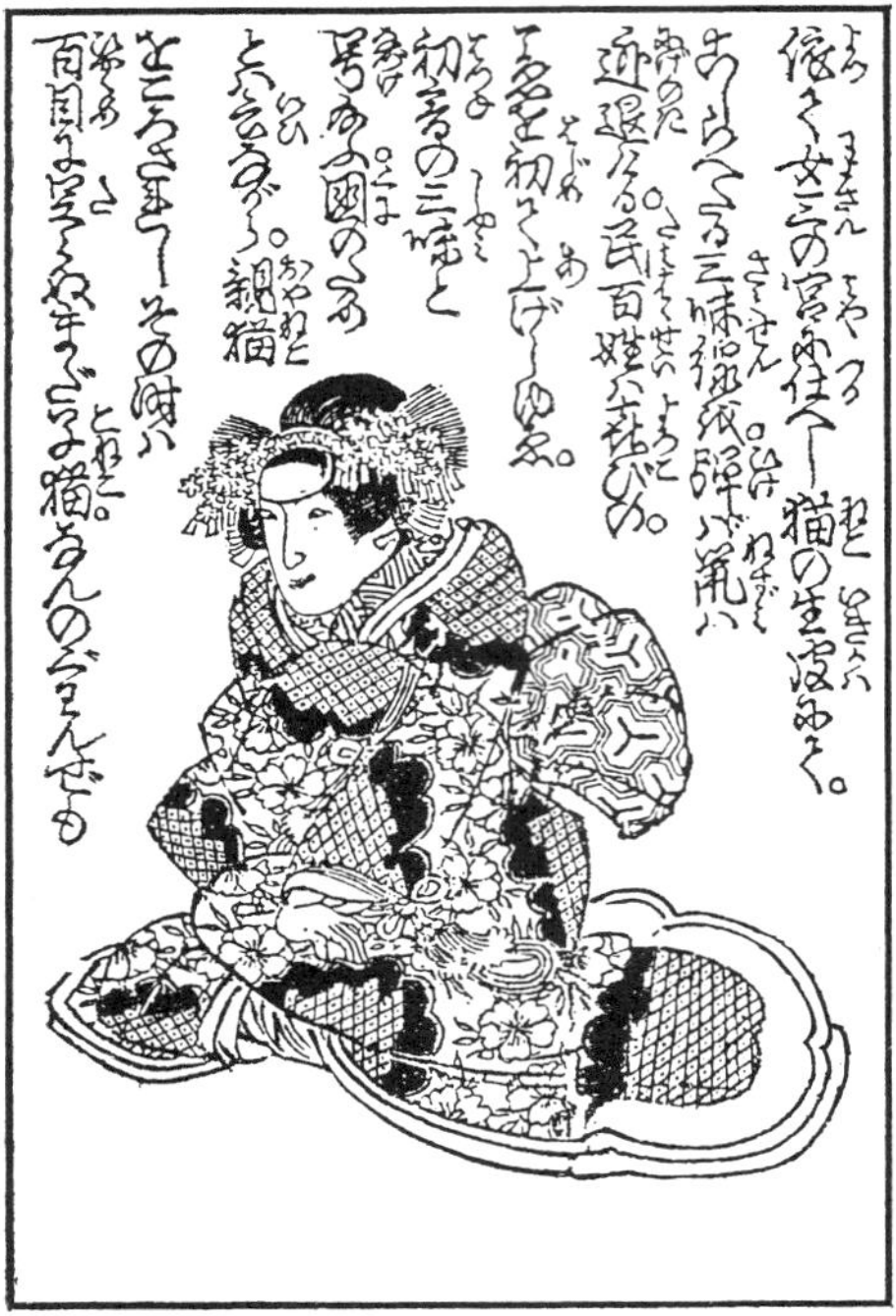

千本桜

太鼓の林

なぐさみ。嵐の情成おぼえるやど年成りさびしく親もなく。どろゝめやゝとばねてもらぐことをきねこの年月耳成おとろへ両成なり。目みえくふあうあうなんの固用ぐ親猫の行合が忘れぬとうにあしゅうゝ誉ぐ年がよりさゝてさみせんをみせんその三味線八私が親ふその三味線の子ぐ。

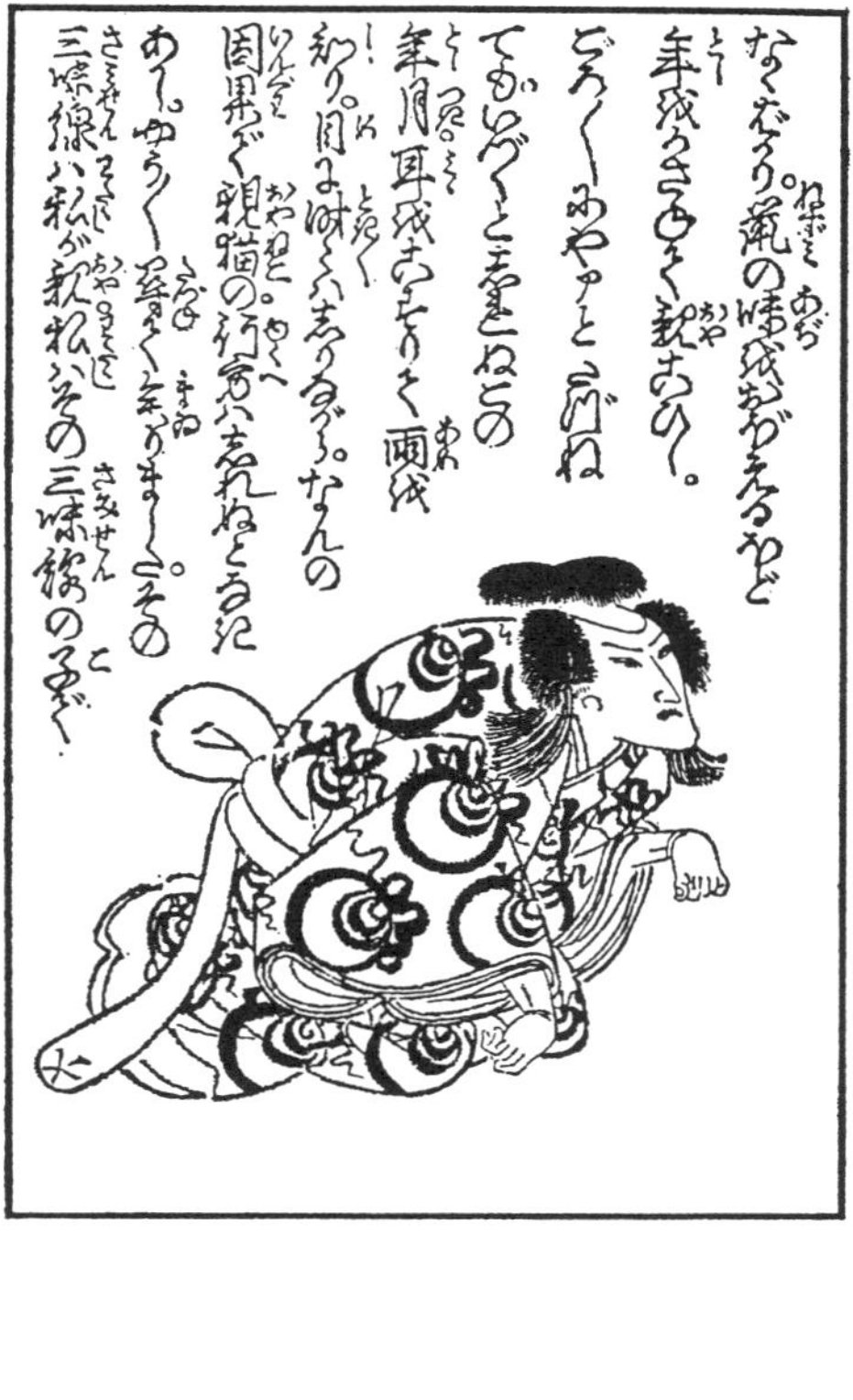

ゐてたまる物《もん》か。どれ〳〵、おれに見せねへ」(と、しばらくさしのぞき、よく〳〵見て。)「ヲヤ〳〵〳〵、おれだ〳〵。おれに違ひはねへ。あすこにゐるがおれで、おれは誰だろふ」「コウ、常さん。これは只事《ただごと》ではねへ。なんでも化物に違ひはねへ。しつかりと心を持つて[一]ゐねへ。二人《リ》でつかまへるから、ふるひなさんな」「ヲツト、よし〳〵。こわい事はねへ。腹へしつかりおとし付けたが[二]、又こわいのがこみ上げてきた」「ソレ、よしか」と、二人《リ》障子をあけ、思ひ切つて内《うち》へ入《い》る。この物音に、変化《へんげ》[三]は逃げんとするを、二人《リ》してやう〳〵につかまへる。お亀はおどろき、「あれ、かかさん。常さんがふたりにおなりだよ。早く来ておくれよ。あれ〳〵」「コウ、騒いではわるい。ヤイ、うぬはなんで、友達の常吉に化けたのだ。サア、きり〳〵ぬかせ[四]〳〵」「アツア、申します〳〵。常吉さまに様《さま》をかえ、よんどころなふ此の内《うち》へ、参りましたその訳は、お屋敷より調《ととの》へられしあれなる三味線」「ナニ、三味線とは」「頃は人皇《にんのう》六十二代《だい》村上天皇の御宇《ぎょう》[五]、山城《やましろ》

一 気を確かにして。
二 落ち着かせた。
三 化物。神仏や動物などが仮に人間の姿に変えて現れたもの。
四 さっさと白状しろ。
五 以下、浄瑠璃の詞章「桓武天皇の御宇、内裏に雨乞有し時、此の大和の国に、千年功経る牝狐牡狐、二疋の狐を狩出し、其狐の生皮を以て拵えたる其鼓……狐は陰の獣故、水を発して降る雨に民百姓は悦びの声を初めて上げしより、初音の鼓と号け給ふ。其鼓は私が親、私めは其鼓の子でござります」に倣う。

大和《やまと》二ヶ国に、田鼠《でんそ》六といふて田畑《たはた》を荒らす鼠つきしが、時の博士《はかせ》七に卜《うらな》はせしに、『高位《こうい》の御方《おんかた》に仕へし猫の皮をもつて三味線を製《せい》し、その音《ね》を弾《しら》べよ。鼠たちまち立去る』との事。依《よつ》て女三《によさん》の宮《みや》八に仕へし猫の生皮《いきかわ》にてこしらへたる三味線を弾けば、鼠は逃げ退《の》きける。民百姓《たみひやくせい》は喜びの声を初めて上げしゆゑ、初音《はつね》の三味と号《なづ》け給ふ。国の為とはいひながら、親猫を殺されしその時は、百目《め》九に足らぬまだ子猫。なんの頑是《がんぜ》もなく一〇ばかり、鼠の味を覚えるほど、年をかさねて親恋ひし、ごろ〳〵にやアとたづねても、いづくと知れぬこの年月《としつき》、耳をこすりて雨を知り一一、目に時々《ときどき》は知りながら、なんの因果で親猫の、行方《ゆくえ》は知れぬと泣きあかし、やう〳〵尋ねて参りました。その三味線は私《わたくし》が親、私はその三味線の子でござりますはい。にやア〳〵〳〵」。常「ムヽ、そんなら猫の化けたのか」。六「狐忠信《きつねただのぶ》一二はあるが、これは猫の忠信だ。よし常《つね》はここに居るし、コウ、お亀さん、お前《めえ》は全体《ぜんてえ》そう〴〵しいが、さしづめ静《しずか》一三としなせへ」。娘「ヲヤ、ばからしい。よし

六　モグラの異称。
七　陰陽の博士。相人。
八　朱雀天皇第三皇女で光源氏の妻。「若菜」の巻に女三の宮の愛猫が出てくる。
九　百匁。約三七〇グラム。
一〇　分別もなく。「無く〳〵」に「鳴く」を掛ける。
一一　俗説に、「猫が耳をこすると雨が降る」。
一二　親狐の皮で作った、静御前の持つ初音の鼓を慕って、子狐が佐藤忠信に化けて近付き、最後に正体を現して義経の危難を救う『義経千本桜』四段目「河連館」の俗称。
一三　義経の愛妾の静御前。

常や忠信はいいが、わたしが顔で静とは、似合はねへネ」といふ顔を、猫がつく〴〵と見て、猫「ずいぶん、にやう[一]〳〵〳〵」[*]。

幾千代も葉なしにしげれ梅の花[二]

めでたし〳〵

林屋正蔵作

歌川豊国[三]画

一 猫が鳴き声で「似合う」といった。

* 類話→補注二七

二 「葉なし」に「咄」をかける。烏亭焉馬編『無事志有意』(寛政十)の序を記した五世市川団十郎(俳名、白猿)の句。

三 俗称、倉橋熊吉。一陽斎と号す。合巻・読本の挿絵や美人絵・役者似顔絵の上手。

面白《おもしろ》し花《はな》の初笑《はつえみ》

（天保二年刊）

解題　底本は東京大学文学部国語研究室蔵本。作画者不詳。中本二巻合一冊。縹色表紙の中央下部に、おかめの面と二本の紐が裏表紙にかけて描かれてある。題簽は、上巻は大分剝落しているが、「新はなし上(下)」とある。内題「面白《おもしろ》し花の初笑《はつえみ》」「面白し花の初笑巻の下」、尾題「花の初ゑみ上の巻」(下巻なし)。版心は、下部に丁付のみ。半面八行・約一五字詰。干支に因んだ年礼姿の兎三羽の口絵半丁(詞書きなし)と、「寅どしはなし」のビラを下げた見台を前にした恵比須をはじめ、大黒・布袋・福禄寿の会話する見開口絵一丁、裃姿で平伏する金為の口上半丁の計二丁(無丁)が巻頭につく。本文は上巻一九丁半・三話、下巻二六丁・三話。下巻に、いきり立つ四人の掛取りを前に、亭主が悠然と酒を飲む見開挿絵一図(絵はいずれも淡彩色)。「天保二年卯の正月新板／京都　伏見屋半三郎／江戸　和泉屋正二郎／大阪　敦賀屋為七郎／兵庫油屋正五郎」の奥付がつく。なお、原本の絵の部分は、後人筆のいたずらが多く施されているので、残念ながら割愛した。表紙絵が梅の木の解題再板本『滑稽噺の咲わけ』では、本文と挿絵が一部異なる。

本書は、序文代りの口上をみても、作者は不明で、鳥羽絵風の挿絵の画家も分からない。ただ、咄の叙述面や奥付の板元から見て、明らかに上方板で、京坂での落語家が実際に演じた話柄がそのまま綴られたものといえる。いずれも一編の落語に近い長咄となっており、しかも咄の後に、「舌者(又は説者、咄者)いわく」と、短評が添えられてある形式も珍しい。また、「とり(真打)」の楽屋用語や、演芸半ばで銭を徴収して回る街頭又は土間で行われた興行場の慣習や、読み物の講釈口調などが記されていて、当時の演芸の実景を偲ばせる。咄は安永小咄や中国笑話など、既成話に依ってはいるが、大幅に脚色の手を加えて、現行落語を髣髴とさせる完成された表現と内容を備えている。こうした上方落語の原形の例は、桂文治の『桂の花』(天保頃)など多少は見られるが、本書も天保時における落語口演の実態を知る資料である。

本書は、未翻刻である。

（大黒）なんと、いづれも方。世間で、笑《わろ》う内へ我等が参ると申しますが、この春は一《ひ》ト入《しお》おかしい。みな〳〵連れだち、笑う内をさがし、案内いたそふ。

（福禄寿）まことに、笑うので、あたまが重くなつた。本屋がよいものを出したによつて、この方どもが忙しうなつた。

（恵比須）毘沙や弁天は、何していらるる。寿老人も、はよござればよいに。此の方所持の鯛めも、あまりおかしと見へて、次の間《ま》へ行きおつた。ハワ〳〵ハヽヽヽヽヽヽ。

（布袋）最前、我等が参りがけに、かね為の内《うち》が、きつい笑うていた。大方そこへ寄つてござるであろう。此の春は、笑い手が多いよつて、此の方どもが忙しい。〔以上、見開口絵の詞書き〕

口上

モノモウ、[一]金尾為七[二]でござります。先づ、あけましてお目出たう存じます。ワハ〳〵〳〵。ハヽヽヽヽ。イヤモウ、「笑う門には福来たる」と申すはずじや。今春は、おかしうて、卯《う》れしうて、[三]ワハ〳〵、アノ、『春の初笑《はつえみ》』と申す新板の本、御覧なされ。よく出来ました。ワハ〳〵〳〵、ハヽヽヽヽ。とかく、「笑う門には福来たる」と申して、口にはもろ〳〵の小言《こごと》をいへども、[四]心に此の本を見て、ワハ〳〵〳〵と笑い、心にもろ〳〵の腹立ちがあつても、口には此の本を読んで、ワハ〳〵〳〵と笑い、目にもろ〳〵の脂《やに》があつても、此の本を見て笑い、耳にもろ〳〵の垢《あか》がたまつても、此の本を聞いて、ワハ〳〵〳〵と笑い、臍《へそ》が茶をわかせば、[五]頤《おとがい》で錠《じょう》をおろす。[六]犬が「わん」と笑い、猫が「にやん」と笑う。鶯がいとさんの[七]ように、「ホヽヽヽヽヽけこ」と笑へば、雀も下女のように、「チ」[八]と笑う。内外の玉垣《たまがき》、[九]わ

一　物申。他家を訪問した時の挨拶のことば。
二　奥付板元敦賀屋(金尾氏)為七郎の略。「金を溜める」の戯人名もかける。
三　嬉しくて。天保二年の干支「卯」を使った。
四　以下、『仮名手本忠臣蔵』七段目のせりふ「口にもろ〳〵の不浄を言ふても」や三社託宣の文言のもじり。
五　おかしくてたまらないことの譬え。
六　頤に掛金を掛ける。大いに笑うことの譬え。
七　幼様の転。お嬢さん。
八　小鳥や虫などの鳴き声を表わす語。

らいわろうと申す。わらい玉へ〳〵。[10]〔以上、口上の詞書き〕

九　皇居や神社の周囲にめぐらした神聖な垣。祝詞の文句をもじる。

一〇　祝詞の「祓い給え」にかける。

面白《おもしろ》し花の初笑《はつえみ》

よしの山

薬売り、大和路《やまとじ》へ商《あきな》ひに行かんと旅立ちけるが、春の日の心のびて一、よき折りなれば、吉野へまわり、桜を見てこんとて、まづ平野《ひらの》二より大和川三を渡り、川づたいに山手へかかりけるが、此の薬屋、大《だい》の酒飲みにて、町はづれよりちよび〳〵と飲みかけ、大和川へかかる時分には、ひよろり〳〵と足元みだれ、端唄《はうた》、浄瑠璃、口から出次第《でしだい》。日ははや七つ下《さが》四りなれど、なんの厭《いと》いもなく、花ある処《とこ》では腰をかけ煙草をすい、鶯が鳴けば足をとどめ、一向《いっこう》道を急がず行きければ、はや寺々につげ渡る鐘の響《ひびき》にびつくりして、ふと心付き、後先《あとさき》見れば、山路凸凹《やまみちたかひく》として行人《ゆきき》もなし。木々の杣風《うわかぜ》五颯々《さつさつ》六と、谷の流れ鼕々《とうとう》七たり。薬屋大きにおどろき、足を早めて山をのぼれど、日は漸々《ぜんぜん》八に西に入《い》り、道は

一 心ものびやかになる うららかな陽気になって。
二 大阪市東区の薬種問屋街の平野町。又、東住吉区の地名で、大阪三郷の一。
三 奈良県と大阪府を西流して大阪湾に注ぐ川。
四 午後五時すぎ。
五 草木の上を吹渡る風。
六 風の吹く音を表わす語。
七 水が勢いよく音を立てるさま。
八 徐々に。だんだんと。

次第とつま上《あが》り、何里《なんり》来たやら行くのやら。委細《いさい》かまわず歩行《あるき》けるが、頃は十日の月かげも、しげる林の間《ひま》より洩《も》れて、いと幽《かすか》なる折りこそあれ、何《いず》れの嶺《みね》かは知らねども、一声《ひとこえ》「ヲウ」と吠《ほ》へけるは、正《まさ》しく狼《おおかめ》[九]、ほどなく此方《こなた》へむかい来る。小さき狼先に立て、おい〳〵つづく大狼《おおおおかめ》、薬屋の道をふさぎ、大口あいてひかへたり。薬屋大きに仰天《ぎようてん》し、もはやかなわぬ一生懸命[一〇]、「南無《なむ》八幡大菩薩《はちまんだいぼさつ》、我《われ》常々たのみ奉る薬師如来《やくしによらい》[一一]、八百万神《ばんじん》九万九仏《ほとけ》、[一二]風の神も病神《やまいがみ》も、薬屋の命、助け玉《たま》へ、加護なし玉へ」と祈念して、岩にどつかと腰打ちかけ、薬屋「さて、お立合いの狼《おおかめ》がた。[一三]拙者《せつしや》商《あきの》ふ薬の儀《ぎ》は、第一背中で腹が痛む、又は足の裏にて頭痛がする、尻の穴が痰《たん》にてぜり〳〵いう、或は両眼《りようがん》に五痔《じ》脱肛《だつこう》がおこる、[一四]小児《しように》の寝小便は味噌汁にて飲ます。ちやんと治る。その代り、あすの晩より寝糞《ねぐそ》をとりはづす。これ、あんぽん丹《たん》[一五]の妙方《みようほう》なり。かやうに野中山中《のなかさんちゆう》にて商《あきな》へば、そこら[一六]粗末うろん[一七]な薬とお疑いがあるまいものでもない。拙者本家《ほんけ》は九州長崎表《おもて》にて、家《いえ》は八方八《はつぽうや》つ棟《むね》

九　「おおかみ」の転。
一〇　命をかけた重大な場所。「一所懸命」の転。
一一　人間の現世的な欲望を満たし、疾患を救う仏。古来、医薬の仏とされる。
一二　風邪をはやらす疫神。
一三　以下、大道で商う薬の効能口上の口調。
一四　有り得ない症状を滑稽に言い立てた。
一五　安本丹。間抜け者の罵語を、薬名めかした。
一六　ひどく。甚だ。
一七　胡乱。怪しげな。

作り[一]、御免菊《ごめんぎく》の紋[二]頂戴いたし、一子相伝《いっしそうでん》[三]の金看板《きんかんばん》[四]の出《いだ》し、表間口《おもてまぐち》は三十六間四面《しめん》にして、築山泉水《つきやませんすい》、唐《から》までつづく。家内男女《かないなんによ》上下合わして千六百卅九人半《はん》。半《はん》は腐足《いざり》[五]の婆《ばば》が一人。鼠の数が三万三千三百三十忠疋《ちゅうひき》[六]。かかる目出《めで》たき折りからに、[七]悪魔下道《あくまげどう》が来たるとも、此の薬《やく》はらいがひつとらへ、西の海へさらり」と、口から出放題《でほうだい》[八]に流舌《しゃべり》ければ、狼《おおかみ》ども、一疋逃げ二疋逃げ、段《だん》々と逃げ行きければ、薬屋大きによろこび、早々この処を立ちのび、ふしぎに命助かりしも薬功能《くすりこうのう》のおかげと、そつとうしろをかへり見れば、狼ども口々に、「やれ〳〵、おそろしや。あの薬屋めは、ひどい鉄砲[九]はなつ奴《やつ》じや*」。

咄者[一〇]曰《いわ》く、「どなた様にも、お聞きなされ。世には身分不相応なる鉄砲を言うお方がござるが、気のしれで[一一]、よろしからぬものでござる。狼でさへ逃げます。人はもとより太平楽《たいへいらく》[一二]を言う人は嫌うはづでござる。さて、これからが[一三]」。

一 屋根が複雑で棟が多くある豪家などの作り。このあたり、二世市川団十郎の『外郎売り』のせりふ「八方が八棟、表が三棟玉堂造、破風には菊に桐の薹の御紋を御赦免有て……」を使う。
二 皇室の十六弁の菊花紋の使用を許された家紋。
三 学問や技芸の奥義を子息か弟子の一人だけに秘事として伝えること。
四 目立つように文字を金箔にした立派な看板。
五 足が悪く、立って歩けない身体障害者。
六 鼠の鳴声で「九」。
七 以下、「薬」と同音の厄払いが唱える文句の終末の詞。

夕すずみ

女房《かか》が、「こちの人[一四]。昼寝するもほうず[一五]がある。モウ日暮れじやがな。さあ〳〵起きて、夕飯《ゆうまま》も食べ、浴湯《ぎょうずい》もさんせ[一六]」。あくびワア〳〵。「アヽあつい〳〵。寝ていても汗が出る。モウ日が暮れるか。ゑらう日がみじこうなつた。どれ〳〵、浴湯《ぎょうずい》して、一盃やろうか」。女「ヱヽ又かいな。嬰児《やゝこ》かなんぞのように、目があくと、『飲《の》も〳〵』と。店《みせ》の用も内《うち》の事も皆、わしがひとりでしているがな。ちと一日でも、しつかりと帳面も調べさんせ」。主「ヱヽ、けち〳〵と[一七]聞きにくい。そちが、そないやかましいから、わしが黙つているのじや。わしもそちも張り合うて、やかましう言うては、奉公人がつとめにくい。おれじやとて、寝てばかり居《い》たうはない。毎晩〳〵夜中《よる》になると、そちがいじるよつて[一八]、昼寝ずとは、つとまらぬではないか。今夜から蹴りとばしてやろほどに、泣き面《づら》さらすな」(と、亭主大きにあつくなり[一九]、ずつ

八 でまかせ。
九 嘘。ほら。
＊ 類話→補注二八
一〇 話し手。私。後出の説者、舌者も同様。
一一 気持が分からず。
一二 勝手な大言壮語。
一三 次の話を続ける口調。
一四 妻が夫を指していう語。あなた。
一五 方図。限度。程度。
一六 「さしゃんせ」の転。
一七 細かいことに口やかましく文句をいうさま。
一八 弄る。強要する。夫婦の交わりを求める。
一九 血が上る。怒る。

と内を出て、講釈場《こうしゃくば》へ行き、何なりと気晴らしせんと、向ふを見れば、講師、見台《けんだい》[一]にかかり、両方には蠟燭を立てたり。）流水[二]「さて今晩は、魏《ぎ》の曹操《そうそう》、呉《ご》の孫権《そんけん》、赤壁《せきへき》の戦い。[三]蜀《しょく》の孔明《こうめい》[四]が計りごとにて、魏の兵百万みな殺しの所で、まことに三国志《さんごくし》[五]にては三段目[六]、性根場《しょうねば》[七]でござるテ」。（灰吹《はいふき》とん〳〵。）「今日《こんにち》ははや、けしからぬ暑さでござつたが、夕方より浜[八]へ出《い》でますと、別世界でござる。どなた様も前へ寄つて、ゆる〳〵お聞きなされ。明晩はあつさりと、おはん長右衛門《ちょうよもん》[九]の実伝《じつでん》を一席仕《つかまつ》ろと存じまする。これは又、女中がたがお聞きなされても、おもしろござる。芝居や浄瑠璃にては、泣いたり憂《うれ》いたりいたす場《ば》がござりましていけませんが、明晩の実伝は、実におもしろき事ばかりで、涙を拭《ふ》いたり鼻をかんだりする世話がござらぬ。その代りには、岡島屋《おかじまや》[一〇]じゃの団蔵[一一]じゃのと、よい男も出ず、抱《だ》かへ付いたり吸い付いたりする場[一二]もなければ、切り合ふの、鉄砲うつと申す事もない。ただ、私《わたくし》の顔を見てござると、人も道具も三味《さみ》も太鼓《たいこ》も、此の口一つで揃いますテ。

一　書物や譜面を載せて読む「書見台」の上略。
二　「立板に水を流す」口達者に因んだ芸名。
三　後漢末、赤壁(武漢市の揚子江南岸)で孫権と蜀の劉備の連合軍が曹操の水軍を破った戦い。
四　蜀の宰相で戦略家の諸葛亮。孔明は字。
五　魏呉蜀三国の史書。
六　五段構成の浄瑠璃の三番目の段。最も悲劇的で重要な語り場。やま場。
七　正念場。大事な場面。
八　大阪の方言で、河岸。
九　浄瑠璃『桂川連理柵』の主人公男女の名前。
一〇　立役の名手、三世嵐吉三郎の屋号。
一一　五世市川団蔵。

とかく浮世はひめと酒[一三]、お風呂おそそに御酒《ごしゅ》ちんぽ[一四]、イヤハヤ、私《われ》どもは、昼の間《ま》は借銭《しゃくせん》のために逃げ歩き、夜は鼻の下《した》の御奉公《ごほうこう》[一五]に講釈に出《い》で、内《うち》では山の神に追い回され、此の席にては髭《ひげ》沢山な御隠居じゃ、病身《びょうしん》で退屈な、皆世にひねくつた御客ばかり。いつしか心うれしく、楽しみな事がない。それに引きかへ、門徒衆《もんとしゅ》の御住持《おじゅうじ》さまじゃ、御伴《ごばん》僧《そう》なぞは、今日《きょう》は報恩講《ほうおんこう》[一六]、あすはお退夜《たいや》なぞと申し、『中々あわれなる次第なあありい[一七]』と申して、御文《おふみ》さま[一八]をいただけば、みなが涙を流して有難がる。そこで冥加銭《みょうがせん》[一九]じゃの、およくぼり[二〇]じゃのと申して、降《ふ》るほどあがる。参詣の人は、金持の後家《ごけ》や持金《もちまる》[二一]の女房《かか》、或いは娘、嫁、妾《てかけ》、下女や端《はした》に至るまで」。聞人《ききて》「もし〳〵、先生〳〵。まづさようなる述懐《じゅつかい》[二二]は後になされて、講釈におかかりなすらぬか」。流「イヤ、これは〳〵大きに御退屈。下拙《げせつ》、うか〳〵乗《の》りがまいつて、商売を忘れました。いや又、何事でも商売と名がついては、おもしろうござらぬ。あの本屋を御覧《ごろう》じ。どれも〳〵みな紋付《もんつき》の牛《うし》[二三]で、もんもうなること、

一二　男女の情事の濡れ場。
一三　女と酒。諺「とかく浮世は色と酒」ともいう。
一四　男女の性感のよい状態をいう。「湯開酒魔羅（ゆぼぼさけまら）」。
一五　鼻の下＝口が干上がらぬよう商売に励むこと。
一六　浄土真宗で開祖親鸞上人の忌日に行う法要。
一七　次項「お文」の文言。
一八　一向宗の蓮如が教義をやさしく説いて信者に与えた手紙。敬って「様」。
一九　神仏の加護を得るために奉納する銭。
二〇　欲暴流。奉謝の金か。
二一　大金持。
二二　愚痴。不満。
二三　「紋」と牛の鳴声「もう」で、「文盲」の洒落。

つんぼの無筆《むひつ》[一]にことならず。本商売で本読まぬは、陰陽師《おんようじ》身の上知ら[二]ずと同じ事にて、遊女なぞでも、誠によいこと[三]をしてもらうのじゃが、商売となればおもしろくない。そこで」。聞人「モシ〳〵先生、どふでございます。三国志が風《かぜ》ひきますが[四]」。流「これはさて、はれはさて[五]、大いに失礼。さて、これよりは三国志のはじまり。先づ一ぺん、回つておくれ[六]」といへば、(茶番の婆《ばば》[七]、銭入れを持ち、六文づつ集めに来る。聞人皆々、小言いひながら出す。) 流、「(灰吹きトン〳〵[八]) さて」(と、見台を両手に持ち、正面を向いて  トいふ顔で。)「魏《ぎ》の方《かた》には曹操《そうそう》[九]、諸大将に下知《げじ》を伝へ、『船数万艘《ふねすまんぞう》を纜《つな》ぎあわせ、一同《いちどう》にかかるべし。まづ今夜は此の所に夜《よ》を明かし、明朝未明《みょうちょうみめい》に攻寄せん』と、数千《すせん》の𤇆《かがり》[一〇]を焚き、番兵《ばんぺい》きびしく固めたり。呉《ご》の方《かた》には孔明を頼み、東南の風を祈り、魏の船を焼きたてんと、旗をふせ、ばいをふくみ[一一]、ひそかに魏の舟近く漕ぎよせ、柴《しば》に焔硝《えんしょう》[一二]を仕込《しこ》み、一時《いちじ》に火をかけ、敵の船へ投げこみければ、魏の方《かた》には思ひもよらず、なにが今夜《こよい》は酒を飲み、歌い楽し

一　何にも出来ず、どうしようもない。
二　他人の身の上を占う陰陽家も、自分の運命は知らないという譬え。
三　性交の快楽事。
四　茶や薬などが古くなって役立たなくなること。本題から脱線した苦情。
五　これはまあ。感嘆詞。
六　大道や土間での見物人から、演芸の途中で料金を集めに回る。
七　演芸場の中売り。
八　一息入れる光景。
九　以下、修羅場(戦闘の場)の激しい調子の読み口。
一〇　かがり火。
一一　枚を銜み。沈黙して息をこらす様子をいう。

み、近村の美女を雇い約束するもあり、酔ひ倒れて寝言いうもあり、あすはいかなる戦いにて、命もしれぬ事なれば、思ひ〳〵の楽しみにくたびれ、ぐつと寝るいなや、火の子《こ》翩々落花《ひらひらっか》のごとく、焔々《えんえん》たる猛火水にうつり、天地も共《とも》に燃へるかとうろたへ騒ぐ。大将士卒《しそつ》、水におぼれ、火にただれ、百万の軍兵《ぐんぺい》残らず死したるは、奇妙不思議と、孔明が智恵の程こそすさまじき」と、灰吹きとん〳〵。「先づ一服仕《つかまつ》ろふ」。聞人「さて〳〵、大合戦じゃなあ。もし、先生。その時、海は湯となりましたでござりませう」「さようさ。百万からの乗りし船が、一時《いちどき》に焼けましたから、湯になりませう」「翌日はその近くの百姓やかかどもが、湯に入《い》るというものじゃ。住吉《すみよし》の湯《ゆ》[一三]ときている」「その時分に釣《つ》た魚《うお》は、焼《た》かいでもよく烹《に》へているというやつかな」「いや、烹《に》へていたら、餌《え》に食ひつかぬはづじゃ」「そんなら、叉手《さで》[一四]で掬《すく》いどり」「赤壁《せきへき》の大肉食《おうにくしょく》」「東坡《とうば》[一五]がいたら喜ぶであろう。酒あり、肴《さかな》も烹《に》へてありじゃ」[一六]「風呂も沸《わ》いてありは、どふじゃな」。皆々「ワ

一二　硝酸カリウム。有煙火薬の別名。

一三　住吉大社の神輿洗神事の日に行われる俗信行事。御湯祭とも住吉の湯ともいわれる。「六月十四日、住吉浦の潮水に身を浸せば、百病を治するとて近世遠近群聚す。これを泥湯といふ」(『摂津名所図会』)。

一四　魚をすくい取る網。

一五　『赤壁賦』の作者、詩人の蘇東坡(蘇軾)。

一六　『後赤壁賦』の「客あれども酒なく、酒あれども肴無し」をふまえる。

ハヽ」。（かたわらに居るむつかしき顔付《つき》の隠居、そつと）講師《こうし》のそばへ寄り、耳に口よせ、「さて〳〵、おもしろき大合戦。時に、むだごと[一]はやめて、折り入つてお尋ね申したい事がござる」「ハヽ、なにら[二]のことでござります」「イヤ、ほかのことではござらぬ。その百万、みなころされし人は、若年《じやくねん》な血気《けつき》ものばかりでござろうな」「もつとも、さようさ」「しかれば、その若後家《わかごけ》はどふなりました[*]」。

説者曰く、一騎当千《いつきとうぜん》[三]の蓆《むしろ》やぶり。[四]世にはかよふな親仁《おやじ》がいくらもござるが、講釈場の腎張《じんば》り老人《おやじ》[五]は、まだしも悪《にく》うはござらねど、寺の講《こう》じや法席《ほうせき》[六]へ出る隠居たちが、妾《てかけ》を抱《かか》へたり、下婢《はした》に這《ほ》ふたり、後《ご》家《け》なぶり[七]いたさるるは、役者の舞台で、大名じや士《さむらい》の顔なりしても、どだいは芸者[八]というよふなもので、むつかしく、しかつめらしい形《なり》顔《かお》も、おかしく、あほらしいものにて、その人に位《くらい》がござらぬ。蓆やぶる名作親仁《めいさくおやじ》[九]があれば、それ受ける上むしろ[一〇]があり、イヤハヤ、うるさきことでござる。男女《なんにょ》ともに、飽く事を知り、心をしづめ、

一 つまらぬおしゃべり。
二 何等。「何」に同じ。
＊ 『赤壁賦』に「孤舟の嫠婦(りふ)を泣かしむ」とある。
三 抜群の勇者の形容。
四 六十歳を越して女狂いする人。
五 精力旺盛な好色親父。
六 寺の法会や説教の場。
七 未亡人に手を出す。
八 芸能を職とする者。
九 大きな男根の持ち主。
一〇 相手を勤める好色女。

身をつつしみ、名作は袋におさめ、[一一]上むしろは破られぬよう、つつしみ玉へ〳〵。

秋の風ごゑ

入口より、「お見舞」[一二]。医者、籠《かご》よりひよいと出《い》で、片手は腹を押へ、片手は袂《たもと》へ入れ[一三]、ずつと内《うち》へはいる。座敷へ通り、病人の前へ、ちん[一四]と座り、しづ〳〵と両手を出だし、「どふじやな。ちと、お心持は」「へイ〳〵、おかげで熱は大分《だいぶん》さめましたが、咳《せき》がヲホン〳〵〳〵、とんと、ゴホン〳〵〳〵、やみませぬ」「よし〳〵」(とうなづき、)「熱さへ冷《さ》めたら、咳は次第に止《や》む」(なぞと言いながら、病人の脈を見、)「腹もよほどよくなつた。チョト舌を」(といへば、)。「フン〳〵、よし〳〵」。(かたわらより内義が薬紙を出す。)「昨日《さくじつ》のは、さつぱり下されましてござります」[一五]。(医者、しり目[一六]でちよつと笑みをつくり、)「イヤ、それは御精《ごせい》が出ました。存じの外《ほか》、早う治《じ》します」「おかげ

一一　天下太平で武器が不要になる形容「弓を納める」のもじりで、「巨根は褌に納めて」の意。

一二　医者が往診先を訪れた時に駕籠舁きなどが来訪を告げる口上。

一三　もったいぶった姿態。

一四　きちんとすまして。

一五　すっかり頂いて。

一六　横目。ながし目。

で、今日は飯《まま》も大分《だいぶん》参りました」「そうでござろう。もはや一両日で、さつぱりようなります。しかし、夜分《やぶん》、生《な》ま物《もの》[一]あがらぬよう。御養生《ごようじよう》が悪いと、又もどりますぜ」「ホヽヽヽ」と、口へ手をあて、うつむく。「ワハヽヽヽ。まづおいとま」と、ずつと出、四五丁も行くと、向うよりお医者一人、「コレハ先生」「イヤ、コレハ久しく御無沙汰」「この方よりも」「此の節《せつ》のはやり風で、何の事はない、駕に乗つた飛脚《ひきやく》[二]でござる」「とかく早う冷めますには[三]弱るテ」「チト、風の神[四]も足早で迷惑いたす。ワハヽヽ。チト、御来臨《ごらいりん》」と東西へ別れ、ほどなく得意も回《まわ》りしまい、内《うち》へもどれば、供の者、先へ走り、門口《かどぐち》より、「お帰り」といへば、うちより内義、寒そうなふりして出《い》で迎へれば、医者は奥へ通り、六尺《とも》[五]は皆々我《わ》が家《や》へ帰る。あとには医者殿、衣類を着替へ、調合《ちようごう》にかかる。内義は衣類をたとむ[六]。小僧《でつち》は茶を煮《に》やし、粥《かゆ》を焚く折りから、門《かど》の戸ドン〳〵。「どなた」「ヘイ、文会堂《ぶんかいどう》[七]でござります」。戸をあける音、ぐはら〳〵〳〵。「ヘイ、御免下さり」「ヲヽ、

一 男性器のこと。病気に障る性交の警告。
二 駕に乗った医者も、急ぎ走る飛脚同然。
三 早く治ってしまう。
四 風邪をはやらす疫神。
五 駕舁きはじめ、雑役人の総称。
六 「たたむ」の変化語。
七 文会堂の堂号の本屋もあるが、ここでは一般的な本屋。
八 ひじょうに忙しい形容。目が回るよう。
九 浅野元甫著の医書。

本屋の喜助殿《どの》。まづ上がらつしやれ」「へイ〳〵」「これ、煙草盆。さてはや、いそがしうて〳〵、もふはや夕めしも食わぬうちより、又呼びに来る。まことに、目も鼻も舞うよふでござる[八]」「へイ〳〵」「此の間見せさつた傷寒論国字弁《しょうかんろんこくじべん》[九]、どふも直《ね》が高い。アノ医療手引草《いりょうてびきぐさ》[一〇]はいくらじゃの。みな人に頼まれもので、さりとは面倒でござる」「へイ」と、づと[一一]詰まり、「八《はち》ヱン[一二]五分《ふん》でござります」「それも高い。金《かね》た[一三]めという本屋から来てあるのが、五匁《もんめ》八分とか言うていた」「へイ、それは間違いでござりませう」「ときに、後《あと》の間《あい》[一四]もろうた医事小言《いじこげん》[一五]を、その方へ下《した》おい遣《つか》[一六]わすが、右二品《ふたしな》で、二朱《にしゅ》のおい[一七]を此方へ寄こせば、丁度よかろうが」「へイ、あの代《だい》も、まだ申し受けずとござりますが」「フウン、そうか。イヤ、それは又それで勘定《かんじょう》をいたそうが、まづ右のこうゑき[一八]ではどうじゃ」「それは御免下されませ。此の方へまだ代《だい》物《もつ》[一九]も受け取りませぬ本と交易いたして、まだ二朱も出しましては、大きにつまりませぬ」「なるほど、尤《もっと》もな事じゃ。イヤ、どうぞおい[二〇]〳〵

寛政三年刊。十一巻七冊。
一〇　加藤謙斎著の医書。宝暦十一年序。八冊。
一一　ぐっと。
一二　八匁五分の「匁」を符牒でいったか。
一三　本書口上に見える金尾為七＝金為を出した。
一四　前の支払い期。「節季より節季の間を一間（ひとあへ）と唱ふ。あいと斗も云」（『浪花聞書』）。
一五　吉益東洞著の文化二年刊『医事古言』。
一六　追銭の下取りとして。
一七　追銭。代価が違う品を換える時、不足額を補うために支払う金銭。
一八　交易。交換。取引。
一九　代金。
二〇　いずれ。原本のまま。

本も入用じや。ずい分負けて下され。此の頃はいそがしいが、ちと閑《かん》暇《か》を得たれば、いろ〳〵欲しきものがある」「どうぞお願い申します。此の節、世間であなたを、紙鳶《いか》医《い》者《しゃ》と申しますが」「ハア、それはおもしろい名を付けをつたな」「ヘイ、どこでも皆、『いか医者〳〵』と申します」「それは又、どうしたものじや」「されば、[二]風がはやればおいそがしいが、風がやめば落ちる、との事でござろう」[*]。

舌者曰く、いか医者は毒にならねど、内義《ないぎ》が虱《しらみ》取つたように、そつと殺すという医者は、おそるべき所あり。獅子を追ふ猟師《りょうし》は山を見ず、[三]金《かね》受けする[四]医者、病人を構はず。

一 凧。「紙鳶 いかのぼり 畿内にて、いかと云、関東にて、たこといふ」(『物類称呼』)。

二 風邪と、凧を上げるに都合のよい風の両義。

＊ 類話→補注二九

三 「逐レ獣者、目不レ見ニ太山一」(『淮南子』)で、一事に熱中すると他事を顧みる余裕がなくなる、利欲や色欲に迷う者は道理を忘れることの譬え。

四 金もうけ本位の。

面白し花の初笑　巻の下

冬木立《こだち》五

「ヲヽ寒い。けふは内《うち》にいると、掛取《かけとり》六の断《ことわ》りによわる。アヽ、どこぞで一杯やりたいものじや」(と、うろ／＼と行くうち、ふと煮売屋《にうりや》七へ)「なんぞうまいもので、三合《さんごう》つけて下んせ」「ヨヲ／＼、何にしませう。鰌《どじよう》の汁《しる》に鯨のいりつけ八、棒鱈《ぼうだら》九と大根《だいこん》」「コヲツ、鯨がよかろう」「鯨に酒三升一〇ヨヲ」(と、ほどなく酒さかな持ちくる。むせうに飲み、)「アヽ、酔うた。コ、モウ二合つけてくんねへ」。(この男、酔うと江戸つこ一一を使う癖《くせ》あり。)「ほかにうめへもの、イヤ、ときに銭が足るめへ。しかし、こうした所は極楽《ごくらく》一二だね。いくら借銭《しやくせん》があつてもサ、一生は一生一三だね。こう酔つた所は大丈夫だ。ゲイ。銭さへいらにや、いつまでもこな内に居てへノウ」(と、若い者にしやれて一四いるうち、酒もなくなり、勘定

五　冬枯れの木立ち。大晦日、借金取りの応待に忙しい貧乏世帯に適う題。
六　代金後払いで商品を渡す掛売り代金を、盆前や大晦日などに集める人。
七　飯や野菜・魚などの副食品を煮て、売ったり食べさせたりする小店。
八　煎付け。煮付け。
九　鱈の干物。
一〇　三合を、一けた大きく三升と景気よく言った。
一一　江戸者が使う特有のことば。江戸弁。
一二　悩みもなく楽な境遇。安楽で気持がいい状況。
一三　人の生き方はさまざまという譬えの「これも一生あれも一生」。
一四　勝手なくだをあげて。

をして立出で、ひよろ〳〵して内もどれば、（入口よりうちは、）かか[一]「はよう戻らんせ。あほらしい。節季《せっき》[二]でいそがしいのに、どこへ行《い》ているのじやいな。もう〳〵、掛取《かけとり》の断りに、口も酸《す》うなつたわいナア[三]。これからお前、ちと代つておくれ」「よし〳〵。いづれとり[四]は、おれが語らずばなるまい」「何言うのじやいな。浄瑠璃かなんぞのように。わしや、これから買物に行《い》てきます」「ヲヽ、行てこい」。かか「銭ちつと持つていかんならんが、もうないぜ」「ヱヽハヘ。ちつと間《ま》[五]待つて。いい掛取が来たら、頼んで二三百借《か》つてやろ」「あほらしい。掛取がなんで貸すものでイナ」「そんなら、入口に干したある、やや子[六]の着物をぶち殺して[七]こい」「ありや、隣のじやがな」「ヱヽハヘ。『ちつと間《ま》かしてくだあれ[八]』といへ。向《むこ》の小児《ちっさ》[九]が寒い目するのはかまやせん。小の虫殺して大の虫助けるのじや[一〇]」「又そんな無茶ばかり」「なにが無茶じや。訳は分かつているじやないか、べらぼうめ」「又おこりかけるのじや。自身の酒飲む銭は、いつでもわしのものを質屋《ひちや》へやつて」

一 京阪で、中流以下の家庭の主婦の呼称。
二 年六回（偶数月末日）の掛売りの支払い日。間節季。年末は大節季。
三 同じことを何度も繰返していう形容。
四 真打。寄席で、最も芸のすぐれた者として最後に出演する者。終り。
五 一寸の間。少しの間。
六 嬰児。赤んぼう。
七 質に入れて。売り払って。
八 「下され」の訛り。
九 「ちっさい」の語幹から、幼児のこと。
一〇 重要な物事のためには小さい事は犠牲にする譬え（『譬喩尽』）。

「まだ、べり〳〵[一二]抜かすか」「ヱヽわいなあ。お前にはもう頼まんはいな。おもやさんで[一三]お借り申してくる。あほらしい。けふの日に朝から酒飲んでたわいがない。あんまり」「まだ〳〵、ここな、すずめかめが[一三]」「わしが雀なら、お前、犬じや。どこのものでも、なめり歩[一四]くのじやないか」「まだ〳〵、どづかにや[一五]止《や》めんか」「オヽ怖《こ》ハ。どれ、行《い》てきましよ」(と出てゆくと、)「アヽ、やかましいかか。よその内義《ないぎ》はみな美しいて、おとなしいが、どうしておれは、こないかたが悪い[一六]しらん。まづ食うことは断りいうて通れば、案じ[一七]はないが、衣《き》る事も、借《か》つて着て戻さぬうちは暖かじやが、とかくかかのふ面《めん》[一八]には弱る」(と、言うている所へ、)「ヘイ、おことう[一九]」「どこじやな」「ヘイ、米屋でござい」「いつもの通りにしておくれ」「いつもの通りとはナ」「ハテ、しれた事。断りじや」「ヱヽ、なんじやい〳〵、横平《おうへい》[二〇]らしい。なりませぬ」「ならにや、どうするや」「どうするものか。家主《やぬし》[二一]へ届ける」「届けたとこが、ないというものには、誰が来てもかなはぬ」「さようで

一二　べちやくちや。
一三　本家・本店の意。また、遊里の隠語で質屋。
一三　多弁な人をいう語。おしやべりかかあ。
一四　舐めり。なめ回す。
一五　突く。なぐる。「ど」は接頭語。
一六　肩。運。「かたがよい或はわるいと云、運のよひ悪いと云こと」(『浪花聞書』)。
一七　心配。
一八　不満顔。仏頂面。
一九　お事多う。「お忙しいでしよう」の意で、大晦日の挨拶ことば。
二〇　威張って無礼な態度。
二一　地主に代ってその借地や借家を管理し、町役を勤める町人。大屋。

はござろうが、どうぞ少しなりと、今日はお払い下さりませ」「そうやわらかに出やんす事なりや、まあここへ上がらんせ。勘弁《かんべん》一して進《しん》ぜう」「ヘイ〳〵、ありがとうござります」(と上へあがる。)「ヘイ、酒屋でござります」「ナニ、酒屋。まあ今日はよふござる」「ヘイ、いや、掛《かけ》二を取りに参りました」「掛なれば、猶さら去《い》んでもらおう」「めつそうな。毎節季《まいせつき》〳〵滞《とどこお》りが三貫八百六十文ござります。いづれ三今晩は、いただきとうござります」「お気の毒だが、さつぱり切らしました」「それでは帰つて、主人へ申し様《よう》がござらぬ」「なくば、そう言つてくれろ。全体、酒屋があるによつて、つい飲み過ごす。過ごすと、女夫《めおと》喧嘩《げんか》する。すると、飛んで出る。出ると、煮売屋へ入る。入ると、つい三百や五百使う。そうすと、四だん〳〵酔つてきて、訳もなく飛びあるき、しまいにや、新町《しんまち》五でとまつて帰《けえ》る。つい八百は、ぜうぶに六いる。戻つてみりや、かかは火のようになつて七小言ぬかす。もとの起りは、ソレ、貴様が酒を持つてきたからの事さ。そうしてみりや、その入用《いりよう》八

一　始末をつけて。
二　掛売り代金。
三　どのみち。ぜひとも。
四　そうすると。
五　大阪の代表的な遊里。
六　確かに。しっかりと。
七　顔を真赤にして怒ったさま。烈火のごとく。
八　かかり。必要な費用。

を、貴様の方から、わきまへて[九]もらはにゃ、こつちが今日食う事がならねへ。よくつもつて[一〇]みな。夫婦遊んでいて、酒飲んで、女郎買《こ》うて、いけよふどり[一一]があるめへ。そこへうか〳〵、『買をふ』と言つたとこが、掛売りにするのが、智恵がねへ。ノウ、米屋さん。そうではあるめへか」「なるほど、さやう」(と言うているとこへ、)「へイ、おことう。本屋でござります」「ナニ、本屋。いくらある」「へイ、あとの間《あい》が[一二]三百五十文、この間《あい》が百六十五文でござります。どうぞ、今日はおわた[一三]」「コウ〳〵、やるともやらんとも言わねへうちから、『おわたし下され』も、あんまり気が早《はえ》へ。全体《ぜんてえ》、お前《めえ》は何《なに》という本屋だ」「へイ、なが可《か》[一四]と申します」「ながか褌《ふんどし》[一五]、短かけりや襷《たすき》だナ」「へイ、おことう。横町のたる屋で」「ヲツト、承知〳〵」「へイ」「イヤモウ、来るほどに〳〵、全体《ぜんてえ》、今時分が掛取の出揃いか。しかし、『でものがよいで、山さへあがればしのげましやう[一六]』と、きてけつかる[一七]」「イヤモシ、疱《ほう》瘡《そう》の神様ではござらぬ。家主《いえぬし》でござる」「イヤ、これは〳〵お家主と

九　弁償して。支払って。

一〇　考えて。

一一　暮らして行ける道理。

一二　前の節季分の勘定。

一三　「お渡し」の下略。

一四　長×屋可××などを縮めた(片名の)屋号。

一五　俗諺「褌には短し手拭には長し」をふまえ、「なが可」を「長けりゃ」と転じての戯言。

一六　「疱瘡などの腫れ物のたちがよいので、危険な時期(山)を通り越せば治る」の疱瘡見舞の挨拶。

一七　きてやがる。「いる」「ある」の卑語。

も存ぜず、大きに失礼。平日《へいじつ》とんと出嫌いゆへ、お顔も覚へませず。へイ／＼、まづこれへお上がり下さりませ」「イヤ、けふはそんな閑《ひま》はござらぬ。これ、毎間々《まいあい》、内入《うちいり》[一]ばかりで、こなさんがごんして[二]から、一度もすつぱり[三]おこした[四]事がないが、どうするのじや」「イヤモシ、そう声高《こえだか》に言わねへでも、ようオス[五]。コウ[六]、まあこつちへ上がりねへ。お前《めえ》も分からねへ人だぜ。家主《やぬし》だの、いゑぬしだのと、大層《たいそう》な顔しても、何も淵《ふち》にも山にも住むものでもなし[七]、頭《かしら》が白くて気は若くて、前のものが鉄《てつ》のよだ[八]といや、鵺《ぬえ》[九]かとも思われるだが、恐ろしうもこわくもねへ。畢竟《ひつきよう》、おめへの家だと思やこそ、銭出してへイ／＼いうのだ。賃銭丸《ちんせんまる》で払う[一〇]くらいなりや、てめへの方から、へイ／＼いうて、年《ねん》八《はち》[一一]には肴《さかな》の一つも寄こさねば、道理《どうり》が分からねへ。まだその上、コヽ、この壁を見な。隣のうちが、あざやかに見へ渡るというもんだ。雨が降ると、簑笠《みのかさ》がなくては住[一二]まれねへ。恥づかしい事だが、かかをよろこばす時[一三]にや、細い棒で重荷《おもに》を担《にな》つたというもんで、ぎちり／＼と[一四]、

一 内払い。代金や借金などの一部を支払う。
二 「ござんして」の転。
三 きれいさっぱりと。
四 寄こした。
五 丁寧の意を表わす補助動詞。ございます。
六 おい。乱暴な呼掛け。
七 主(ぬし)の縁で、淵や山を出す。町中に住む平凡な人間だし。
八 男性器が勃起した状態が鉄のように硬直する。
九 源頼政が退治した、頭が猿、胴が虎、尾が蛇に似た怪鳥。
一〇 家賃(賃銭)を全部(まるで)払うの洒落か。
一一 大年(大晦日)と八朔で、盆暮れの意か。
一二 雨漏りがひどくて。

気がいれて[一五]ならねへ。まあ、お前《めえ》が十日ばかり住んでみな。家賃《やちん》取る気は無《ね》へようになる。ほんとうに」「へイ、油屋でございます」「まだ来るか。コウ、お前《めえ》さん方《がた》、もそつとこつちへ寄りな。あとの人が聞こへねへ」「へイ、おことう。いけす[一六]でございます。新店《しんみせ》でござりますで、こなた方《がた》へ掛《かけ》にいたしまして、大きに困ります。どうぞお渡し下さりまし」「ヲイ〳〵、よくしやべる人だ。新店でも古店《ふるみせ》でも、こつちに隔《へた》てはねへ。銭さへありや、一文も断りいうような男じやねへ。ほんとうに、おれらを金持にしてへ。世間の金持というものは、金《かね》番《ばん》[一七]だ。わづか払う銭にも不足をしたり、はかり目を盗み[一八]やがるが、なんの事はねへ。小盗《こぬす》み[一九]するよふなもんだ。こちらなんぞは、そんなうるさい気はもたねへ。あればずつかり[二〇]払うし、無《ね》へ時はやらねへというもんだから、ナントすばらしいじやねへか」「へイ、ふろや[二一]でござい」「ナニ、風呂屋」「へイ、二度おかし申して、十六文[二二]でござります」「コウツ、そんな事もあつたか。しかし、十六文ぐらいは受取帳の手《て》

一三　夫婦の交合時。
一四　床のきしむ音。
一五　気遣い。気がねして。
一六　生洲を作り、新鮮な魚を料理した料亭。
一七　金の番人。金を溜める一方で有効に使わぬ人。守銭奴、けちへの罵倒語。
一八　商品の量をごまかす。
一九　ちょっとした盗み。
二〇　きっぱり。
二一　江戸では湯(ゆう)屋。
二二　天保頃の湯銭は通常大人八文。「常盤ほど連れて八文湯屋ふくれ」(『柳多留』一三三・2)。

前《めえ》も外聞《がいぶん》が悪《わり》い[一]。とてものついでに、百からにして払[二]おうに、風呂屋さん」「イヱ〱、めつそうな。十六文でさへ二三度も参ります。どうぞお渡し」「ココこうれ、風呂屋。よんべの風呂はぬるかつた。焚き直して下《くだ》あれ」「もし〱、そこどころじやござりませぬ。おはようお頼み申します」。掛取皆々「どうしておくれなさる。イヤ、どうするつもりじやヱ」「これは〱、どなたも大きに御退屈[三]。どうぞ明日おいで下さりませ。いかようとも工面《ぐめん》いたしませう。ときに、入口にござるは、どなたじやな」「ハイ、味噌屋でござります」「これは〱、大入りにて、お入り下さる所もなく、青天井《あおてんじょう》[四]でお気の毒な。モシ、あなた。明日早朝おいで下さりませ」「ハイ、心得ました」（と出でて行けば〕皆々「明日はきつと渡さつしやれ」（と小言いいながら、皆々帰ると〕あけの日は味噌屋、「なんでもわしばかりに、『早来《はやこ》い』というたは、少しにてもくれるつもり」と、朝飯食うなり、すぐに来たりければ、八兵衛はまだ寝ているゆへ、しばらく入口に待つてゐると、うち

一 あまり少い額なので恥ずかしい。
二 百文まで溜めてから。
三 集金できずに手持無沙汰でいることに対する皮肉な詫び口上。
四 屋外。野天。

から戸を明け、手水《ちょうず》つかいに出る[五]と、「八兵衛さん、お約束の通り、先程より待つております」「これはお早く御出《おいで》なされた。まづお入りなされ」「シテ、なんぼお渡し下さるな」「イヤ、払いの事は今日もどうもむつかしうございますが、遅うおいで下さると、昨日のように、場《ば》がふさがります*」。

説者云く、近年は大坂、京にも、だん/\と江戸言葉[六]を使いならうて、「富士の山の高さに大井川の川幅も知らず[七]」と、江戸言葉使う人が多くござります。別《べっ》して、酒飲みにこの癖がござるが、やはり大坂の人は、江戸へ行《い》ても大坂の言葉を使い、京の人は京と、皆その国の言葉を使うが[八]よろしうござる。どなたも結構な国に生れて、他国の真似をせんより、我が身の上を、ほかより真似してくれるように、よき行ひに心がけ玉へ。

五　長屋の井戸へ顔を洗いに。

*　類話↓補注三〇

六　宝暦頃から、江戸で発達し、主として江戸の町人層に使われたことば。後に多く下層民が用いたぞんざいな言い方を指す。

七　富士の高さ、大井川の幅でいいのを、重言式のくどい言い方を皮肉った。

八　俗に「言葉は国の手形」という。

地獄の沙汰

三途川《そうずか》の婆《ばば》[一]「ヲヽ、そこへ来やるのは、赤左《あかざ》[二]じやないか」。鬼一人「ヘイ〱、おばあさん、さぞ、お寒うおざりませう」「いやもう、此の頃は貴様たちも知つての通り、おかげ参り[三]とやらいうて、娑婆《しやば》では大きに賑《にぎ》はしいげな。とかく人間が賢《かしこ》うなつて、まづ毎朝《まいちよう》梅干で茶をのむと命が長い[四]、イヤ、おつとせいのたけりで製《せい》[五]した練り薬じや、イヤ、龍眼肉《りゆうがんにく》[六]じや、玉子じや、なまこじや[七]と、養生《ようじよう》ばかりに心がけて、六七十の爺婆《じじばば》も、『早うお迎い下され』[八]ともぬかさぬ。それにまだ、本屋では長生仕様伝《ちようせいしようでん》[九]という本をこしらへ、みな人に長生の仕様《しよう》を教ゑる。太平なる御代《みよ》ゆへに、飢死《うえじに》する者もなく、まるで当地《とうち》は無人《ぶにん》になりました」「おつしやる通り、この調子では私《わたし》どももさつぱり、(破レ)□□めがござりません」「わしとても、一枚づつ剝《は》いでやる帷衣《かたびら》[一〇]さへ、この節はだん〱継《つ》ぎあてんならぬ」「いやもう、親方はもとより、牛《ご》[一一]

一　人が死んだのち渡るという冥土の三途の川で亡者の衣を剝ぎ取る鬼婆。
二　地獄の赤鬼の擬人名。
三　近世、時折り起きた全国的規模の大群衆による伊勢参宮。本書刊行前年(文政十三年)三月から十月頃まで大流行した。
四　「梅干を朝食べると福を招く」の俗説もある。
五　動物の陰茎。強精剤。
六　ムクロジ科の常緑樹龍眼の実の外皮と核を取去ったもの。食用ならびに強壮剤の薬用となる。
七　鶏卵は滋養剤、再生力の強いなまこは強精剤。
八　臨終時に仏が浄土から迎えに来るとの信仰。早く死にたい意。

頭馬頭《ずめず》[一二]までも、手仕事してばかりいられます」「そして又、念仏が盛んなゆへ、極楽の方はそうに[一三]賑はしいそうな。チトまかない[一四]にでも雇われて行こうかしらんテ」「イヤ、それについて、此の頃裟婆では、まかないも寺へは、うかつに行かれんそうにござる」「わしらのような婆が、なんの色気《いろけ》があろう。ワハヽヽ、ワハヽヽヽ」(と咄の所へ、坊主の亡者一人。)「やれ／＼、しんどや[一五]／＼。かねて聞く十万億土《おくど》[一六]とて、極楽へはなか／＼容易に行けぬとは知つていれど、こう淋《さむ》しい道とは存じのほかじや。出《で》しなに、もつと飯《めし》でも食《く》て出たらよかつた。アヽ、裟婆では毎日／＼念仏を申し、小さい時から坊主にしられて[一七]、少しうまいものを食うてみたいと、はじめかけるなり[一八]、お迎いがきて、思はぬ此の旅、ハア、ままならぬ浮世[一九]じやナア」(と立つて居ると。)鬼「やあい／＼。ヤイこりや」。びつくりして、「へイ／＼、私《わたくし》の事でござりますか」「知れたこと。あたりに亡者もなけねば、こなさんの事でごんせう[二〇]」「へイ／＼、何でござります」「なんじやとは、しら／″＼しい。

九　鵬翼老人編の医学書『寿(ながいき)仕様伝授』(寛政十三)の類書か。
一〇　経文や名号などを書いて死者に着せる経帷衣。
一一　地獄の王の閻魔大王。
一二　頭が牛や馬で、体が人の形をした地獄の獄卒。
一三　物に。すべてに。
一四　貴人の身辺の世話や食事の給仕をする人。
一五　くたびれた。
一六　この世から極楽世界へ行く間の無数の仏土。
一七　させられて。
一八　飲食戒を破り始める。
一九　自分の思い通りにならぬのが、この世の中の定めという慣用句。
二〇　「ごあんす」の訛り。ややぞんざいな用語。

この道は地獄の街道、きり〳〵失《う》せう」[一]「イヤモシ、それは人違《たが》へ。私《わたし》は出家で、廿一年此の年まで、念仏につかつておりましたものを、『地獄へ行け』とは、それは人違《たが》へでござりませう」「ナニ、このずくにう[二]めが。おのれ、知るまいと思うか。この地獄はな、千里眼千里耳《せんりがんせんりに》[三]というて善悪《ぜんあく》を見透《みとう》しにする役《やく》があつて、其の方なぞは、とうに地獄の目録帳へのせてあるはへ。コヽナ横着者《おうちやくもの》[四]めが」「ヘイ〳〵、これはまた、つまらぬ。オヽ大変。しかし、人違いをなさろうも、はかりがたう[五]ござります。千里眼千里耳とおつしやるが、まづ裟婆から此の地へは、十万億と承《うけたまわ》りおります。それを千里ぐらいの耳や目では、間違いができそうなものではござりませぬか」。（この理屈にゆきどまり、）「ウン、そう抜かしや、ちつとは理屈もありそうだ。して、極楽《ごくらく》へ行くという覚へ[六]があるか」「ヘイ〳〵、ござりませいで〳〵。私は裟婆では出家で、十六七の年までは、ありがたい、もつたいないとばかり存じて、念仏申しましたゆへ、きつと極楽へ行くつもりでござりま

一　さっさと行きやがれ。
二　木菟(ずく)入道の略。太って憎々しい僧侶や坊主頭を罵る語。
三　千里の先のものまで見聞き出来る霊力を持つ神。下界の事を見通す神。
四　承知しながら悪事をする者。ふとどき者。
五　計り難い。人違いするやも知れぬ。
六　心あたり。自信。

す」「おのれ、十八から廿一まで、肴《さかな》を食うたり酒を飲んだりしおつたが、その罪で、前の念仏は消へてしもうはへ」「イヱ〳〵、めつそうな。そう早く消へるような品《しな》ではござりませぬ。本みがき本きん[七]と申す念仏でござります」「まあ、そう抜かしや、ここでは罪も極《きわ》められぬ。まづ大王《だいおう》の前へ失《う》せい[八]」「どうぞ、わかつてある訳[九]でござります。これからすぐに、極楽へおやりなされて」「ならぬ〳〵。大王の前で、その念仏御吟味《ごぎんみ》なさる。こう失《う》せい」「へヱイ」(と、鬼へついて行くと、)三途川の婆「ホヽウ、久しぶりでお客をひいたな[一〇]」「どうやら一人引つぱりましたが、チト、こせう[一一]のあるやつでござります」「それは面倒な事じやの。まあ、その衣《き》もの脱《ぬ》がんせ」。亡者「めつそうな。この寒いのに、御免下さりませ。へイ〳〵、お助けでござります。なむあみだ〳〵」。婆「ヱヽ、けがらはしい念仏三昧《ざんまい》[一二]。そんなら、褌《ふんどし》なりと置いて行かんせ」「へイ〳〵、さようなら」(と褌を渡し、)鬼「そんなら、おばあさん」。婆「ヲウ〳〵、御苦労」。鬼「はよ来い〳〵」と

七　ともに、まじりけのない正真正銘の意か。
八　「去る」「行く」の卑語。行きやがれ。
九　はっきりしている。
一〇　誘いこむ。
一一　故障。さしさわり。
一二　専心に阿弥陀仏を念ずること。

連れ行くと、向うに大門。「さあ、うせい」「へイ〳〵」(とふるい〳〵)「ア、、なむあみだ〳〵」。ほどなく大王の前へ連れ行き、鬼「申しあげます」。大王「何事じや」「此の者は娑婆で坊主でござります。身持《みもち》不埒《ふらち》[一]ゆへ、此の地へ参りました」。大王「につくいやつ。針の山[二]へほい上げ[三]」。鬼「申しあげます」「なんじや」「ありがたい念仏を所持いたすと申しますにより、御吟味なされてつかはされませ」。大王「よしや〳〵、やい、腎張《じんば》り坊主[四]」「へイ〳〵」「ありがたい念仏とはなんじや。どのようなのを所持いたす。がらくた[五]念仏は、お取り上げないぞ」「へイ〳〵、恐れながら、七歳《ななつ》の年より十七まで、一心不乱に唱へました念仏。一々おあらため下さりませう」「鬼ども、あらためい」「ネイ〳〵[六]、サ、出せい」。ふところより、「これはどうでござります」。鬼、ひねくり回し見て、「こりや通らぬ」「さやうなら、これでは」。また見て、「いかぬ〳〵」(と、だん〳〵見終り、)「申しあげます」。大王「どうじや」「七歳《さい》より十年の間、ずいぶんきずのある念仏[七]ではご

一 素行がきわめて悪い。
二 地獄で亡者を追込み、苦痛を与える針を植えてあるといわれる山。
三 追上げろ。
四 精力絶倫の好色坊主。
五 つまらぬ。無価値な。
六 奴や下男が使う返事の「はい」の俗語的表現「ねい」を重ねた言い方。
七 とくに欠陥のある。

ざりませぬが、うか〳〵[八]何のわきまへもなく、小唄《こうた》同様に申しましたるゆへ、並《なみ》の念仏ばかりでござります」「ヤイ、坊主」「ヘイ」「並念《なみねん》ばかりでは、極楽へは行けぬ」「ヘイ」（と当惑する。）鬼「十八の年よりこのかたは、酒や色狂いで、みなきづものであろう」「ヘイ、恐れながら、今一つ御覧に入れる上念仏《じょうねんぶつ》がござります」「ナニ、上念仏《ねぶつ》があるかの。雪隠《せんち》[九]じゃ風呂の中で申したぐらいは通らぬぞ」「ヘイ〳〵、さようではござりません」「百万遍[一〇]のすっぱいだじゃ[一一]、お十念[一二]のなもあみだぶなぞでは、いかぬぞ」「ヘイ〳〵、さようなんではござりませぬ」「大徳《だいとく》のある上人《しょうにん》[一三]や、方丈《ほうじょう》[一四]の口真似したのでも、いかぬぞ」「さようでもござりませぬ」「それならば、出して見い」「ヘイ〳〵」（と、袋のうちより取り出だせば、光明赫奕《こうみょうかくやく》[一五]として、あたりもまばやく、大王も顔に袖あて、びっくりして。）「やい〳〵、早く引つこめ〳〵」「ヘイ〳〵」（と、もとの袋へおさめる。）「ひどい念仏《ねぶつ》を持ちおる。先ほどより夥《おびただ》しきうち、このようなが一つもない。これはおのれ、もらい念仏《ねぶつ》[一六]ではないか」

八　いい加減に。ぼんやりと。
九　「せっちん」の変化した語。便所。
一〇　浄土真宗で、七日間に弥陀の名号を百万回唱える行事。
一一　繰返しで酸っぱくなった口で唱える念仏や。
一二　浄土宗で、十回「南無阿弥陀仏」の名号を唱えて仏を念ずること。
一三　徳の高い僧。
一四　寺の住職の居間。転じて住職のこと。
一五　明るく光り輝くさま。
一六　信心深い人から貰いうけた念仏。

「イヤ、決してさようでは」「スリヤ、どふした念仏《ねぶつ》じや」「へイ、京へ参りました節《せつ》、大地震[一]にびつくり申した念仏《ねぶつ》[二]でござる」。舌者曰く、今どきの念《ね》仏は、みなかような結構なはござらぬ。いかほどありがたがりでも、口先と見栄《みえ》ばかりで、心実《しんじつ》から出るのは、地震と雷《かみなり》[三]が言わせると見へます。

まよい子

十六七の娘「わたしや、ととさん、どうあつても尼《あま》にしておくれ」。てて親「せんだつてから、だん／＼[四]親類も意見を加ゆれど、尼になりたいとの心掛け。もう、『一人出家すれば九族《きゆうぞく》天に生まる』[五]と聞けば、悪い望みとも言へず、無理には止《と》めぬが、よう思案しやや」「ハイ、おありがたうござります。私も、あねさんの、アノ難産でおかくれなされたのじや、おばさんのやうに、早う連れやい[六]に離れ[七]なさつたのを見ますと、悲しい、はかない浮世じやと存じますによつて」。はは親

一　前年、文政十三年七月二日の京阪大地震。死傷者千三百人、余震が十日余に及んだという。

二　大地震の際、身の危険から、真剣に仏の加護を念じた念仏。

三　俗に、世の中のこわいものの順をいう「地震雷火事親父」。

四　次々と。いろいろと。

五　身内の一人が僧として仏道に入ると、高祖父から玄孫に至る一族九代の者が成仏できるという、出家の功徳をいった譬え。「一子成ㇾ道、九族生ㇾ天」(『通俗編』)。

六　連れ合い。配偶者。

七　死亡、又は離縁。

「さあ〳〵、それも道理。そんなら今日は吉日じや。お寺へ連れて行きませう。これ、おせつ。これからは鼠《ねずみ》の衣《ころも》八に白木綿《しろもめん》九、今までこしらへた着類《きるい》は妹《いもと》へやるほどに、今日はこの、いつちよい一〇振袖《ふりそで》に、この帯をして行きや」。てて「そうとも〳〵。自分の欲しい好きなものは、何《なに》なりとも持つて行きや」。むす「ハイ〳〵、ありがたうござります」(と、尼になるのであれど、すいた事ゆへ、いそ〳〵と、)「さあ、行《い》てきませう」。(夫婦、娘三人連れにて、)寺へ行き、和尚に対面して、だん〳〵訳《わけ》をはなして頼みければ、和尚「それはまあ、年端《としは》もいかぬに殊勝《しゆしよう》なこと。仏《ほとけ》一一をすすめるは出家の役《やく》とはいいながら、この美しい花盛り一二を。しかし、ありがたいお心。なか〳〵男《とのご》も及びませぬ。これも親たちの善因《ぜんいん》一三でござろう。なむあみだ〳〵」。ふた親「さようならば、万事よろしう」。和尚「決してお案じあるな。御安心。これより、おかみそりをいただかせませう一四」と、とうど一五、坊主にしられた一六。

舌者云《いわ》く、夫《おつと》に別れた若後家の、その当座には、「きつと後家立て

八　鼠色した粗末な法衣。
九　糸染め加工をしないまま織った木綿。
一〇　一番よい。
一一　仏の教え。仏道。
一二　「道心のおこりは花のつぼむ時」(『猿蓑』)の去来の付句もある。
一三　善い結果を生ずる因としての善行。善根。
一四　浄土真宗で、在俗の信者が入信する際、本山の門主か菩提寺の住職に、頭髪に三度剃刀をあてて貰い、法名を授かる儀式。
一五　しっかりと。
一六　美しい尼が出来ると勇んでの剃髪か、又は葬式時の髪剃のおかしさか。

ます」と、心実言《しんじつ》へど、年月《としつき》がたてば、忘れもするし、思はぬ水に誘《さそ》はれること、いたむべき事なり。慎《つつし》みが大事。

このほか、おもしろき噺、追々新板いたし候。御評判よろしく、御覧下されかし。あとは、後編にまはし候。

一 亡夫に操を立て、再婚いたしません。
二 女性が交際や結婚を求められること。「わびぬれば身をうき草のねをたえてさそふ水あらばいなんとぞ思ふ」(『古今和歌集』)に依る。

天保二年夘[三]の正月新板

京都　伏見屋半三郎[四]
江戸　和泉屋正二郎[五]
大阪　敦賀屋為七郎[六]
兵庫　油　屋正五郎[七]

三　天保二年(一八三一)の干支。
四　上田氏。京寺町通錦小路上ルの書肆。
五　松沢氏。慶元堂。江戸下谷広徳寺前通南稲荷町の書肆。
六　金尾氏。文淵堂。大阪心斎橋通の書肆。本書口上に出る「金尾為七」は戯人名でなく、敦賀屋のことかもしれない。
七　油屋庄五郎。

補　注

詞葉の花

一　堅苦しい漢語で挨拶を交わすへっぽこ儒者同士だけに、『論語』の文句取りのサゲが利いている。「学者虚して曰くすくないかな腎」(『川傍柳』三・37)は同想句。同じ文句取りの江戸小咄がある。

ある儒者の内へ、盗人忍び入りしが、捕へられたり。儒者、盗賊に向ひ、「その方、人としてかやうの不義を行ふ事、言語《ごんご》同断《どうだん》なり。古語にも、『渇しても盗泉《とうせん》の水を飲まず』といふ。これ以後、志を改むべし」とて銀子一包み遣し、「早々出て行け」といふ。盗人、銀包みを見て、「ア、、鮮《すくな》いかな銀」(芳野山・儒者・安永二)

なお、初出の軽口咄「盗人の銭」(軽口浮瓢箪巻四・寛延四)では、「鮮矣仁」と出ている。

二　落語「嘘つき弥次郎」でも、寒国の誇張話がいくつも出てくるが、そこに使われた軽口咄と江戸小咄を示す。

師走に二三人寄りてゐたりしが、「当年はいかふ寒じまする」といふ。一人、「いや、これが寒ずるではござらぬ。加賀の辺りは仰山に寒じまする。酒などは量《はか》りて売る事はならいで、編んで売る」といふ。「これはつゐに聞かぬ事でござる。いかやうにいたす」といへば、「まづ酒をつぎて板の上を流せば、それが氷りまするを、片端からおこして編んだものでござる。又小便なども、ただする事はならいで、摺木《すりぎ》ほどな木をもちて、打折りてせねば、小便が棹になる」といふ。又一人、「それはさほどな事でもござらぬ。越後の方《かた》は仰《ぎょう》な事。ある時、侍が両方より馬に乗りて行合ひ、しばし咄をしてゐましたが、二疋の馬が一度に小便をしましたれば、その小便が氷つて、馬がりんと凍《い》てつきたを、手《て》杵《こ》でおこしました」といふた。(軽口大笑巻三・寒国の大咄の事・延宝八)

「そこもとの御在所は寒国と承る」「左様でござります。寒中などは、箸を膳へ置きまするど、かへまする内に箸が膳へ氷り付き、もふ食べます事はなりませぬ。ちよつと咄を致しましても、壁へ氷り付きまする。寒中の咄は残らず壁に氷り付いておりまする」。客「春はさぞ、やかましうござりませう」(坐笑産・寒国・安永二)

なお、林屋正蔵の「うそつき弥次郎」(百歌撰・天保五)は、完全な落語に出来上がった長咄だが、その寒国の条りの部分を紹介する。

「(上略)それから日本のぐつと北の隅の国へ行つた所が、大寒国《だいかんこく》で氷るとも／＼。雨が氷つて降る。そこで雨なぐり棒といふを持つて、降り出すとその棒で頭の上を払ひ／＼歩く。又小便所《じょ》へ行くと、金槌が一本づつ吊してある」若「それはどういふものだの」弥「ハテ、小便をする時、しやつと出たままで、すぐに氷りつき、後のが出ぬ故に、口の所を金槌でかちりと掻くと、又あとが出るが、長い小用《こよう》の人は三十六度位、かち／＼とやらねば用は足りぬ。さて、おかしいは火が氷るは」若「コレ／＼、火がなんの氷るものか。これぱかりは嘘だ」。「マア／＼聞きねへ。火が燃へるは。上から水をかけると、じきに氷つて、色が赤くて、此のやうなりになつたを、江戸へ持つて行て、珊瑚珠《さんごじゅ》にして売れば、大層な金もふけじやと、山師がついて、馬につけて、その寒国を引出した所が、他国は暖気で暖かい故、その火の氷がとけて、馬がやけどをして」若「コレ／＼弥二郎。よい加減にしろ。あんまり嘘だ」弥「嘘なら、行つてみねへな」若「誰がそこまで行くものか」「そこでまだおかしいが、鳥のさぎよ。田の中に居ると、夜のうちに足が氷りついて、夜が明けても飛ぶ事は出来ず、羽根をばた〳〵する所を、百姓が鎌で、足を三寸ほど残して刈りとりて帰り、いろ〳〵にして酒の肴にする。又足の切り口の残りが田の中にあると、春になり、暖かになると、その切り口から芽がふいて白い花が咲く。さぎ草《そう》といふは、皆この国から諸国へ渡つたのだ。(下略)」

三 神仏が遊びに行く咄では、他人の金で遊興する取巻きの意の「神」「おぶさる」を、開帳時の善光寺縁起話にかけた一九作の小咄がある。これは雷門脇の磯部大神宮と阿弥陀仏が登楼し、年末の物乞「大神宮のお祓い」でサゲる落語「お祓い」(別題「大神宮の女郎買」)の原形といえる。

善光寺の如来様、浅草へ開帳にお出なされければ、因果地蔵・風の神などがそそり立てて、「吉原へお連れ申さん」といふ。如来「イヤ〳〵、わしがそのよふな所へ行くと、講中の思惑、人の信仰も薄くなるから行きますまい」風の神「これは野暮な事をおつしやる。あなたといふ事は隠して参りませう」如来「しからば善光寺のぜんの字も言いつこなしに、何でもわしは貴様達の供になつて行きませう。そふしないと、じきにあらはれよふから」地蔵「さやうなら、私どもが旦那きどりでやらかしませう」と、すぐに吉原へ行き、如来様を末座において、途方もなくやすくあしらひければ、床《とこ》に入て、如来様の相方新造《あいかたしんぞう》が、「モシへ、ぬしやア神《かみ》でおざんすかへ」如来「インニャ、仏よ」新造「嘘やア、大方おぶさつて来なんしたろふ」如来「なむ三、こいつ、あらわれた」(笑府商内上手・善光寺・享和四)

四 元来が中国ダネの笑話で、『五《ご》雑俎《ざつそ》』(明)巻十六の話が移入・脚色されて、仮名草子の『為《い》愚痴《ぐち》物語』(寛文二)巻三「野間藤六女を誑し餅くふ事」に、御伽衆の巧智譚として出ている。また、明和年間の抄訳本『刪笑府《さんしょうふ》』にも載り、それを江戸小咄化した「饅頭」(気のくすり・安永八)が本話の原話であろう。仮名草子の古体な文章と、対照的な現代語訳を並記してみる。

かの藤六《とうろく》、城《じよう》の助殿台所にて、傍輩四五人寄合ひて、中居《なかい》の女房達、端者《はしたもの》など交はりて火にあたり居たりけるが、面《めん》々に、怖《お》ぢ物をぞ語り出しける。「我は鼠の赤子《あかご》ほど恐ろしき物なし」と云ふ人もあり、或ひは「蛇《くちなわ》、いも虫などほど恐ろしき物なし」といふもあり、或ひは「梅干、白粥を見れば、これにまして怖《こわ》き物なし」などと、皆々懺悔《さんげ》して話しける所に、かの藤六は、「何の怖ぢ物もなし」とて居たりけるに、中居の女房達、「藤六殿は何をか怖ぢ給ふやらん」といへば、「我もすぐれて怖きものあれど、惣《そう》じて怖《お》づる物をば、聊爾《りようじ》に人に語らぬものなり。人これを知れば必ずおどすものなり」とて、つゐに語らず。女房達、「いや〳〵、さやうにおどす人もあらじ。ぜひ語り給へ」と度々強《し》ゐて云ひければ、「必ずおどすまじきならば語らん」と、よく〳〵口がためして小声に成りて云ひけるは、「我はいかにも暖かなる、いきの立つ小豆《あずき》餅《もち》ほど怖《こわ》き物なし。これを見れば、忽ちに色変じ、胸おどりて絶入《ぜつじ》するなり。それも冷えたるは余りに恐ろしからず」とぞ語りける。女房達目くばせして、いかにも暖かなる、いきの立つ小豆餅を町屋より瘤食籠《こぶじきろう》に取寄せ、蓋をよくして、「藤六殿、茶《ちや》の子《こ》参れ」とて持ちて出られける。藤六これを見て、「定めて、かのおどし物ならん」と云ひて立去り逃げんとす。女房達数多《あまた》して引きとどめ捕へて、食籠を藤六が顔にさしつけ、蓋を取りて、「さあ、かの小豆餅よ」とて、藤六が顔にさしあてける。藤六これを見て、「さればこそ、あら恐ろしや」と云ふままに、目を打ちふさぎ、もろ手をもつて十四五の餅を、皆即時《そくじ》につかみ食ひにけり。女房達興をさまし、案に相違して、「藤六殿は大のいつはり手なり。少しも怖ぢ給はず、あまつさへ皆食ひ給ふは、いかに」と呆れ果てて、手を叩き笑ひ合はれければ、その時藤六、「いや〳〵、さにてはあらず。かやうの恐ろしき物を見れば、胸おどり絶入するなり。恐ろしながらも目をふさぎ、少しも残さず皆食ひ絶やしてなくなし、見ぬこそよけれ」と笑ひける。その座に並み居たる男女、皆興に入りて笑ひ合はれけり。その後、藤六、信忠《のぶただ》の御まへに出で、この由ありのままに残らず申し上げければ、殊の外に興に入らせ給ひて、「いしくも、したるものかな」とて、御感《ごかん》のあまりに御小袖を下されけるとなり。(為愚痴物語巻三・野間藤六女を誑《たぶらか》し餅を食ふ事・寛文二)

貧乏な男、腹がへってたまらぬので、町の饅頭屋の前を通りかかり、わざと大きな声をあげてぶっ倒れる。饅頭屋の主人おどろいてわけをきくと、「わたしは生れつき饅頭が怖《こわ》いんです」という。そこで主人、空き部屋に数十個の饅頭を入れて、その中に男を閉じこめ、大いに困らせて笑いものにしてやろうと考えた。ところが大分たってもひっそりしているので、戸を開けてみると、半分以上も食ってしまっていた。そこでこれを詰《なじ》ると、「どうしてか知りませんが、急に怖くなくなりました」との答え。主人怒って、「ではほかに怖いものはないのか」というと、「ほかにございませぬが、この上は茶が二、三杯怖うございます」(岩波文庫『全訳笑府』下巻・饅頭こわい)

五　初出の軽口咄では、後生を願う参詣人が大仏殿の柱穴をくぐり兼ねて苦しむ光景で出ている。

大仏の柱の穴に順礼がつまつて、後《あと》へも先へも行かぬと立ちさはぐ。見れば同行《どうぎょう》十人ばかり、前からは手を引き、尻からは突く。つまつた男は、「腰骨が痛む」といふて、ほへるやら笑ふやら。見物は「ゑいとう〳〵」と押合ふて、何が朝から日の入《い》り方《かた》までもがくうち、ぐつすりと抜けて出て、ぬからぬ顔で、「これを思へば、母者人《ははじゃびと》はいかひ苦労めされた」(軽口機嫌嚢巻一・わが身つめつて人の・享保十三)

六　「舞台から飛ぶを傘屋は触れ歩き」(『武玉川』

初・2)の句の通り、清水の舞台から傘を開いて飛び降りるのが大評判となり見物が集まる。その中からよい聟を選ぼうとした落語「殿集め」の原話となった軽口咄がある。

都清水《きよみず》の舞台から美しい娘が飛ぶとの噂。何が京中へ聞へければ、清水の舞台の下は大群集《くんじゅ》。かかる所へ腰元数多《あまた》打連れて美しい娘が参詣。見物は「ソリヤ、かのじや」と、ジヤ〳〵といふ中を、かの娘は押分け〳〵本堂へ参り、しばらく拝んで、被《かず》き着ながら舞台へ出て、高欄に片足かけて方々見廻し〳〵、「ア、、今日はどふやら飛び心悪い。よしにしよう」と供人打連れ立帰る。又あすもその通りにて帰りしが、道々腰元とささやくを聞けば、「ア、、殿たちをたんと集めても、よい男はないものじや」(臍が茶巻三・百鳥おどし・寛政九)

七　焉馬が桃栗山人柿発斎の別号で出した寛政五年刊の黄表紙仕立噺本『青楼育咄雀』全十八話中、六話は本書に載っている。題名や叙述がほぼ同じものもあれば、またかなり違ったものもある。その一例として、「寛政二年十一月、琉球人来聘、江戸着の日、見物多く怪我人あり」(『増訂武江年表』)を話題にした「りうきう人」を次に掲示する。この場合は両話とも談洲楼の作と断定できるが、他話の作者まで同一とは言い切れない。

客「きのふ高輪まで、七つから起きて琉球人を見物に行つた。大きに帰りにおされてくたびれた。なんの面白くもなんともない」女郎「モシ、琉球人とやらのなりは、どふでおざんすへ」客「やつぱり唐人だから、祭りの唐人のようなものさ。あれより、としま町の祭りの唐人が立派だ」女郎「としま町とやらの祭りに出るのが、よふおざんすかへ。どうしたもんだねへ。琉球人とやらは、唐人が商売でいながら」(青楼育咄雀・りうきう人・寛政五)

臍くり金

八　狂言の『骨皮《ほねかわ》(新発意《しぼち》)』が原型であり、狂言好きの一九が、ほぼ狂言の筋通りに小咄化したもので、『続膝栗毛』七編下にも使用している。喜久亭寿暁の落語のネタ帳『滑稽集』(仮題・文化四)に「ひん僧」とあるのは、本話に近い内容のものと推定される。また、長咄の祖といわれる石井宗叔作の「夕立」(古今秀句落し噺・天保十)では、和尚と寺男を、市井の隠居と山出しの権助に変え、借りにくる物も、傘から猫、隠居、火鉢となっており、隠居への断り文句の「疝気」を火鉢にも用い、叱られると、「イヤそうも言はれましねへ。あれも睾玉《きんたま》火鉢といひ申すから、疝気のう起こるべえ」とサゲており、一段と卑俗化されている。なお、これは落語「金明竹」の前半部分で、この後、上方弁を早口にしゃべる男が来て、与太郎やその伯母などが聞きとれずに困惑する滑稽が続くが、その部分の原話が、林屋正蔵の咄本に見える。当時はそれぞれが独立した一話だったのを、つなぎ合わせて現行の落語に仕立てたのは明治の後半のことと思われる。

京阪《かみがた》のかくし詞《ことば》に、阿呆《あほう》をさして、十のしまといふは、十の字と、のの字と合せて、あの字となり、又しの字を偏《へん》にして、まの字を旁《つくり》にすれば、ほの字となる。あほうをつめて、あほといふ方言なり。大坂の上町辺に、五間見世を開いて茶器を商ふ人あり。有楽庵《うらくあん》善介とて、歴々の出入場多くありて、家内は小ぜいなれど、世を豊かに暮しけり。この家へ今日目見得の奉公人、笑太郎とて大の阿呆。見世先に斜《しゃ》に構へ居る故、亭主「コリヤ〳〵笑太郎よ。ほかの事ではないが、今にも仲間の道具屋が見へて、『此の間の品はどふでござります』と、貸借《かしかり》の事言ふて見へたその時、わしが自身応待のならぬ事がある故、其の方に取次さすが、その口上の受取り渡しが一々出来《でけ》ますか」笑「ヤア旦那様。向ひから来る者が神や仏じゃあろまいし、人間の言ふ事、人間に出来ぬといふ事はござりませぬ。今にも見へたら味好《あんじよ》うやつて見せませう。奥へ行て黙つて聞いて居たがよふござります。あほらしい」亭「それならゑゑは。なんなと頼みます」と奥へ行く。あとに笑太郎只一人、つくねんとしてゐる所に、道具屋体《てい》の男、「チトお頼み申します。善介様はお宿《やど》でござりますか」笑「旦那は内らじやが、なんなと口上の受取り渡しはこの笑太郎じや。そこで言ふたり〳〵」使「これもゑらい十のしまじやな」笑「わしが着てゐるは竪縞《たてじま》じや」使「ハイさやうならヱ、私は新町《しんまち》の加賀屋佐七方から参りました。この間、内平野町仲買の弥市が取次致した『古池や蛙とびこむ水の音』と申しまする風羅坊正筆《ふうらぼうしょうひつ》の掛物、並びに自在《じざい》は黄檗山《おうばくさん》の金鈴竹《きんれいちく》、遠州宗甫《えんしゅうそうほ》の極《きわ》めの銘、隠元《いんげん》禅師の二字《にじ》横物《よこもの》、沢庵《たくあん》和尚の机《おしまずき》、徂徠《そらい》・真淵《まぶち》の石摺《いしずり》まで、この五品《しな》はどうでござりますか。ちやつと聞いて下さりませ」笑「ヤ、なんと言ふぞ。テモ早い口じやなあ。サアまあ一辺言ふたり〳〵」使「お前、これが出来ませぬか。阿呆らしい。賢そうに言ふて、この位な事が出来ぬかいな。コレよう聞きいや。私は新町の加賀屋佐七方から参りました。この間、内平野町仲買の弥市が取次いたしました『古池や蛙とびこむ水の音』と申しまする風羅坊正筆の掛物、並びに自在は黄檗山の金鈴竹、遠州宗甫の極めの銘、隠元禅師の二字横物、沢庵和尚の机、徂徠・真淵の石摺まで、この五品はどうでござります」笑「テモ早い口じや。まあ一辺言ふたり〳〵」使「いやじや〳〵。咽《のど》が痛いはいの。これで三度じやぞへ。よう聞きイな」と争ふ所へ女房立出で、「これは〳〵御苦労でござります。長い事をよう仰せられました。この男は今日目見得に見へて、とつと事が分りませぬ。御勘忍なされや。コレ笑太郎。何の事《こつ》ちやぞいの。ゑらい事いふて、この口上の受取り渡しが出来《でけ》ませぬか。わしが蔭で一寸聞いてさへ大てい出来るに。阿呆らしい、そつちやへ引込んで居イな。ホヽヽヽ、ホホ。御苦労ながら、まあ一辺仰せられまし」使「ハイ〳〵、あのお方はとつともう何じややら分りませせぬ。お前様なりや訳はございませぬ。かうでございます。私は新町の加賀屋佐七方から参りました。この間、内平野町仲買の弥市が取次致しました『古池や蛙とびこむ水の音』と申しまする風羅坊正筆の掛物、並びに自在は黄檗山の金鈴竹、遠州宗甫の極めの銘、隠元禅師の二字横物、沢庵和尚の机、徂徠・真淵が石摺まで、この五品はどうでございます。ちよつと聞かせて下さりませ。咽が痛むはいの」女房「よう長い事を仰せられました。御苦労ながら、まあ一辺」使「ヱツ情けない。又かいなあ。もうお許しなされ。いやじや〱」女「それならあの、仲買の弥市が自在へ引掛かつて」使「イヽヱ、さうではございませぬ」と争う所へ、奥より下女が、「申し〱お家《え》様。旦那様が呼んででございます」と言ふ故、分らぬながら奥へ行く。亭「コレ〱、きくよ〱。ちやつと此処へおぢや。コレ、なんの事《こつ》ちやぞいの。あの阿呆はともかくも、わが身にその口上が分らぬと言ふては、外聞が悪いはいの。なんと言ふて見へたのじや」女「ハイ、大てい分りました」亭「シテ、どういふ口上じや」女「仲買の弥市が、遠州屋宗兵衛の姪《めい》を女房に極《きわ》めて、古池へとびこんだと言ふて、それから自在へ引掛つて助かつて、隠元ささげが横たばで沢庵の押しまずかして、水あげかぬるそら豆が、石ですつたはどうじやといふて、大てい口上、このやうな分らぬ事でございます」亭「何の事《こつ》ちややら、とつと分りませぬ。ほかの事はともかくも、遠州屋の姪と二人、古池へ飛込んだとは、心中沙汰でもあろかいの。そのやうな事とは知らず、あの弥市めに、雪舟《せつしゆう》の掛物と利久の極《きわ》めの茶杓を貸しておいたが、買ふやら買はんやら、埒はないはい」女「イヱ〱、どふで買ふ気はございますまい」亭「わが身の知つた事かいのふ。そりや又なぜに」女「ハイ、かわづに飛込みました」(百歌撰・阿呆の口上・天保五)

九　主人と供の間に交わした秘密な暗号を第三者が

見破り逆用した滑稽で、中巻の「茶代」以下に頻出する咄だが、こうした着想は初期噺本にすでに見えている。

ある寺の住持、弟子に言付けぬるやう、「客あらんたび忘れざれ。まづ盃を出しては、愚僧が手の置き所を見よ。額《ひたい》にあらば上《じょう》の酒、胸をさすらば中の酒、膝を叩かば下の酒、この掟《おきて》そむく事なかれ」と示す。一度や二度こそあらめ、人みな後は見知りたりしに、させらぬ旦那参詣する。例のごとく、「酒を一つ申せや」とて、膝を叩きしかば、旦那手をつきて、「とても御《ご》酒《しゅ》をたまはらば、額をなでてくだされいで」と。

(醒睡笑巻二・吝太郎第六話・寛永五)

10 目の玉を入れ替えたために起こる誇張譚だが、古く、橡《とち》の実を入れた「とち目」の語源笑話となった『醒睡笑』(巻一謂へば謂はるる物の由来第三二話・寛永五)の咄をはじめ、鯉の目を入れると川中へ飛込んだ「鯉の目はなし」(囃物語中巻・延宝八)など多く見える。本話は「眼の玉」(近目貫・安永二)の再出だが、落語「犬の目」の原話と見られる江戸小咄は次の通りである。

長崎より紅毛流《おらんだりゅう》の目医者下り、奇妙の療治をして、殊の外はやる。ある人来りて、療治を頼む。医者様子を見て、「これは目玉をくり出して洗うて進ずれば、元のやうによくなります。少しも痛むことではござらぬ」と、匕《さじ》にてまぶたを動かして目玉をくり出し、病人をば寝かして置き、かの目玉を薬にてよく〳〵洗い、縁側へ出してかわかして置きける間《ま》に、鳶がさらへて持つて行く。「これは大事」と思へどせん方なく、庭に寝てゐる犬の目玉をぬいて取り、かの病人の目へ入れてやりければ、「これは奇妙。よふ見へまする」と殊の外悦び、礼をいふて帰りぬ。その後かの人、医者の方へ来り、「先日は忝ふござります。おかげで目はよふござりますが、替《かわ》つたことで、紙屑拾ひを見まする と、どふも吠へとふてなりませぬ」(聞上手三篇・眼玉・安永二)

江戸嬉笑

二　「惚れぬ筈山椒の魚を焼いてかけ」(『柳多留』五八・23)で薬違いの失敗。薬剤ともなる山犬—狼の連想から「食いつく」のサゲだが、同様に、「ほれ薬」(民和新繁・安永十)では、大屋の娘に毒消し用「追出し」を間違えて振りかけ、早々に店退《たなだ》てをくう。古い軽口咄にも惚れ薬の失敗がある。

「守宮《いもり》のつるみたるを黒焼にして、思ふ方《かた》に振りかければ、早速恋路の使をいたして、あなたから惚れてかかりまする。かるがゆへに、業平《なりひら》袖《そで》の下恋使散《したれんしさん》とは、これでござりまする。召してござれ」と売りければ、ある若男、これを買ひけり。明くれば友と打連れ、四条川原へ行きた。向ふより来たるを見れば、どうもいへぬ抜《ぬけ》州《しゅう》、つづら笠に抱え帯、供人までも吉永染《よしながぞめ》、しばしとどまり、ながめ居たりしが、かの男、ゆふべの薬を思ひ出し、連れを「しばし」と引きとどめ、ふところより取り出し、そとかたかげより、かのつづら笠に振りかけたれば、折ふし川風吹き来たり、川原に寝てゐたる乞食婆にかかりた。何が名誉の薬なれば、そのまま験《げん》がみえて、婆が心、有頂天になり、かの男の袖にすがり、「のふ殿。恋路に隔てはなきものを、これはどふでござんす」と濡れかけたれば、かの男あきれ果て、跡をも見ずして逃げて去んだ。(軽口大笑巻五・井守の黒焼恋薬の事・延宝八)

三　現在でも高座で話される幽霊と化物の違いを示す咄。「女房の怨念」(軽口大黒柱巻五・安永二)以下、頻出してよく知られた内容だが、本話と同時期の石川雅望作の雅文体笑話を示す。

大進有恒《だいしんありつね》が妻は、形醜くて心もひが〳〵しく、おぞましかりけり。つねに有恒と契りて、「我死にたりとも、必ず異人《ことびと》を、な迎へ給ひそ」と言ひけり。有恒うるさけれど、「小夜衣《さよごろも》はいかで」など答《いら》へて、こしらへすかしてありける。定まれる宿世《すくせ》にや、この妻、かりそめに病みて身失《う》せぬ。有恒、後《のち》の事など営み、日数経にける後、親しき人に勧められて、また妻を迎へたりける。始めのさがな者に比ぶれば、こよなうよかりければ、睦まじく馴れむつびけり。かくてかの醜女《しこめ》は黄泉国《よもつくに》にありて、この事を聞知り、閻王《えんおう》の庁に参りて訴《うた》へて申さく、「有恒、契りし事を違《たが》へて異人を迎へ侍り。この恨み、やらむ方なく覚え候へば、今幽霊となりてかしこに至り、松山の波かからむとは、契らざりし仇《あだ》報はまほし。しばし呵責《かしやく》の暇《いとま》賜びなむ」と聞ゆ。閻王、頭《かしら》右左に打振りて、「やおれ、醜女よ。そも幽霊といへるものは、顔清らかに髪長く色白く、たをやかなる姿してこそ出で立ため。おのれ、さる醜くきたなき面持ちして、さる振舞ひせむ事、ふさはしからず。この事叶はじ。とく罷り退《しぞ》け」とのたまふ。傍らなる羅刹《らせつ》、哀れとや思ひけむ、女が袖を控へて、「幽霊はかしこし。夜叉《やしや》とならましと聞え直せかし」とぞ言ひける。(しみのすみか物語下巻・大進有恒が妻閻王の庁に訴ふる事・文化二)

一三 死んだ馴染の女郎が供養により姿を現わして親しく語らうが、途中で消える理由に、花街特有の「線香」「お迎え」を用いた滑稽。初出は、

「中町の馴染が死んでから、どこへ行つても面白くない。アヽゑい女郎であつたにナア。けふはしかも忌日にあたる。かたみこそ今はあだなれ」と火鉢引き寄せ、有りし文《ふみ》ども打ちくべて、胸の煙と立ちのぼる、中より出づる寝巻き姿、夢か現《うつつ》か幻か、なふなつかしやとすがり寄り、積もる言《こと》の葉語り合ひ、久しぶりじやにと、屏風を引かんとする処へ、からかみ明けて、角《つの》のあるやつが、「アイ、お迎いでござります」(聞上手二篇・幽霊の切・安永二)

「魂魄」(御伽草・安永二)、「反魂香」(新撰噺番組巻一・安永六)などの小咄を経て本話に再出するが、桂文治が手を加え、端唄なども入れて現行上方落語「立切れ線香」に仕立て上げている。

さる所に、芸子にひどふこるお方があつて、北の新地《しんち》に小いといふ芸子となじみになつて、

だん／＼御通ひなさるる。小いとがいふには、「申し吉さんへ。どふぞ私に、朱檀《しゅたん》の棹の三味線こしらへて下さんせぬか」といへば、お客の吉さん、嫌とも言われず、内へ帰り、銀がなものにして三味線屋へあつらへ、象牙の撥《ばち》を添へて、十四日も過ぎて三弦をこしらへあげ、北の新地へ御持参なさる。「ヤアお梅さん。内にかへ。此の頃は逢ひませぬ」と、そこから訪《おとの》へば、「ヤア吉様か。よふおいでなすつたナア」と内へいれ、吉さんの顔を見て泣き出せば、「コリヤ／＼お梅さん。物も言わずに、わしを見て泣かしやんすのは、お前、気でも違ふたかへ」「アイ、気も違ふまいものでもござんせぬ」「ヤアお前、何言わしやる」「サア、お前さんがなじみにしてやらしやんした、アノ小いとさんがナア」「ヤア」「小いとさんが死なしやんしたわいナア」と泣く。「ヤア／＼、かわいや／＼。わしは先日、小いとに三味線をうけ合ふて来たゆへ、やう／＼今日出来たゆへ持つて来たが、かわいや／＼」「申し吉さん。四十九日がその間は、魂魄《こんぱく》家の棟《むね》を去らずといふことじやによつて、せつかく持つて来て下さんしたゆへ、せめては御仏前へ行て、ともし線香たいて、三味線を供へませふ」といへば、「マア、そふするより外に仕様はない。太義ながら灯明に火をとぼし、線香たいて給《た》も」といへば、お梅は涙ながらに仏前開くと、ぱつと煙硝《えんしょう》あがれば、幽霊笛にて、ヒユフドロ／＼／＼にて、仏前の中、小いとの声にて、小いと〽しらくもに羽根打ちならし飛ぶ雁《かり》の、数さへ見ゆる秋の夜に、月は冴ゆれど胸のやみ、いつか晴れなん我が思ひ、と唱歌をとなへ、一トくさりすむと、「ヤア／＼小いとが。なつかしや／＼」と、仏壇のそばへ吉さんが立寄りさるると、もはや線香が消へてあつた。（落噺桂の花二篇中の巻・小いとの幽霊・天保頃）

一四　子供の率直さが親の見栄を暴露する咄で、「咳ばらひ」（夕涼新話集巻四・安永五）や「夜具」（うぐひす笛・天明頃)に出ているが、原話は、『笑府』謬誤部の「藁薦」である。

貧乏な一家、こもをかぶって寝る。子供は正直なもので、平気でそれを人前でいうので、おやじが鞭でたたいて、「これから人にきかれたら、夜具だというんだぞ」ときつくいいふくめる。ある日、おやじが来客に会うのに、こもの藁屑を鬚にくっつけたまま出て行こうとするので、息子うしろから呼びとめて、「ちょっと、顔の夜具を払いなさい」(『全訳笑府』下巻・こも)

一五 大阪の会咄本『年忘噺角力』巻二(安永五)の「長老の物忘」そのままの再出だが、初出の咄はさらに自然な状況で出ている。

ある寺の院主《いんじゅ》に、知音《ちいん》の人ありて、門前まで訪れられけるを、弟子出て見付け、そのまま方丈に行き、「ものの御出《おいで》にて候」といふ。院主、大いに腹を立て、「物とは誰が事ぞ。さてもうつけを尽《つく》す奴《やつ》かな。いざ、われ出て見ん」とて、窓より、そと覗き、つくづく見るに、顔ばかり覚え、つひに名をば打忘れ、弟子に向ひ、「誠にものぢやよ」といへり。(醒睡笑巻一・鈍副子第四話・寛永五)

臍の宿替

一六 原話は中国笑話集『笑府』刺俗部「指石為金」であり、その抄訳本に依った次の江戸小咄を、遊女となじみ客の後日譚に脚色したものである。

心安い友達、仙人となり、二三十年ぶりにて山中にて逢ひ、昔語りに時を移し、別れて帰る時、仙人、「貴様にみやげをやろふ」と、小石に指をさせば、仙術にて、たちまち金《こがね》となる。友達、「私はあれはいりませぬ」といへば、「それならば、もつと大きなが欲しいか」と、又よほど大きな石へ指をさせば、又、金となる。又「私はそれは欲しうない」といふ故、「それならば、何が欲しい」といへば、「私は、お前の其の指が欲しい」(気のくすり・仙人・安永八)

なお、同じく仙人が主人公の落語「鉄拐《てっかい》」も、桜川慈悲成作『落噺常々草』(文化頃)に「腹曲馬まんぱちばなし　はりあいおち」と出ている。喜久亭寿暁のネタ帳『滑稽集』(文化四)の「てつかい千人」と同じ話と思われるので紹介する。

張果郎《ちょうかろう》が瓢箪からよく駒を出すを、鉄拐仙人そねみて、張果郎が家に忍び入り、かの瓢箪を盗みけれども、なか〳〵重くて持たれぬゆへ、鉄拐つく〴〵考へ、「どふだ。八兵衛は馬をのんだから、馬ものめさふなもの」と、瓢箪の口へ口をあてれば、馬は鉄拐が口へ飛込みけるが、張果郎が姿が腹の中にあつて、その馬に乗つて騒ぐゆへ、鉄拐、馬をのんで大きに困る。何か、鉄拐が腹の中で曲馬を乗るとの評判ゆへ、おびただしく仙人見物に来り、鉄拐が腹の中へ豆ほどになつて飛込み、曲馬を見物するうち、腹の中で仙人同士喧嘩をはじめて、腹の中、大騒ぎなれば、そう〳〵腹で打出しの太鼓が鳴るゆへ、仙人、鉄拐が腹からみな飛出して、「鉄拐殿。貴様の腹の中は大喧嘩であつた」と話すうち、また腹で喧嘩をはじめるゆへ、仙人ども口々に、「まだ腹に生酔《なまえい》が二人リ残つて喧嘩をする」と知らせるゆへ、鉄拐思ひついて、反魂丹をしたたか飲めば、げろ〳〵と吐く。その生酔をよく〳〵見れば、李白《りはく》淵明《えんめい》。

一七　狂言好きだけに、うっかり狂言言葉に乗せられた滑稽だが、次のも狂言調の台詞を使っている。

「罷出でたる者は、このあたりの大名でござる。今日《こんにち》初茶番をいたすによつて、景物《けいぶつ》に何を出《いだ》そうか。いや〳〵、初春の事でござれば、目出たう銘々様へ末広を一本づつ、景物に出そうと存ずる。まづ太郎冠者を呼出し、申し付けよふと存ずる。やい〳〵太郎冠者、あるかやい」と呼出すと、下人「旦那様、御用でござりますか」。旦那「今日の御客方へ、末広を銘々に進上しやうと思ふが、何とあらふぞ」。下人、ふしぎそうな顔をして、「お客はおいくたりでござります」。旦那「まづ、五十人か六十人のお客じや」と申せば、下人「さよふなら、いつそひねつて、

すへひろより、せん湯になさりませんか」(滑稽好・末広・寛政十三)

一八　本妻と妾の釣糸がもつれからむのを見て、旦那が無常を感ずる落語「高野駕」の原形。次の桜川慈悲成の小咄は、鼻山人の『廓雑談』(文政九)に依ったものだが、幽霊になっても本妻と妾が争う落語「りんきの火の玉」となっている。

これは昔、吉原江戸町に上総屋何がしとて富貴に暮らす人あり。ただ好色者にて、中近江屋の花里といふ女郎を身請けして、三の輪に囲ひ置きける。上総屋の女房ほのかに知りて嫉妬の心深く、何とぞ花里を亡《な》きものにせんと祈りける。花里もこの事を知りて、本妻なくば、われ女房にならんと、その女房をねたみ祈りけるが、互ひに祈り勝負《かちまけ》なくて、無残《むざん》や両人相果てたりし。その夜より大音寺前へ火の玉二つ出でて打合ひける。この事評判強くなりければ、上総屋の主《あるじ》、これは女房と花里が執念ならんと、道心に頼み、毎夜大音寺前にていろ〳〵供養しけれども、さらにその効顕《しるし》なく、道心、亭主に申すは、「昨夜も大音寺前へ参り丑三つまで念仏申し居たるに、両方より幽霊出で来たり、互ひに何やら言ふ事分らず。顔をよく〳〵見れば、両人この間暗闇にて出掛け向ふ見へず、突当りて鉢合せしたると見へて、二人の幽霊、額に団子《だんご》のやうなる瘤《こぶ》あり。案ずるに、互ひの執念、こぶ〳〵といふ事ならん。今夜は御亭主参られて、その訳をとくと申され、兄弟分に縁を結んで、仲よく両人浮かむやうに申されよ」と勧めければ、亭主心得、「さらば今夜」とうけて大音寺前へ出掛け、待てど暮らせど何事もなし。退屈し果てたる所に、三の輪の方《かた》より火の玉転《ころ》げくる。亭主退屈の所なれば、その火の玉にて煙管取出し、一服のんで待つてゐれば、又吉原の方より火の玉一つ来たる。それより亭主、「御両人お揃ひなら一通りお話し申さう。互ひに恨みの執念、無理とはさら〳〵思はねども、あんまり長いも野暮らしい。二人ながら、おれかわいいと思ふなら、今得道《とくどう》して仲よく兄弟分となり、心よく浮かんでもらひたい。なんとかかあ、そうじやアねへか」と又一服すひつけると、女房の火の玉ふつつと消へて、「よしなさい。私のではおいしくあるまい」(延命養談数・怪談・天保四)

一九　天狗達が出る咄では、隆達小唄で名高い「花が見たくば吉野へおりやれ」の、「花」と「鼻」をかけた地口落ちの落語「鼻利き源兵衛」のサゲに用いられた咄もある。

今度聖護院《しょうごいん》の御宮、大峰山上へ始めてのお山入りゆへ、吉野・高野・熊野辺の天狗ども寄集り、御通行の節おじぎするに、皆鼻高ゆへ難儀なれば、皆々言合し、地上に前もつて多くの穴を掘りおきて相待ち居るに、ほどなく宮様の御通りなれば、一統《いっとう》におじぎするに、皆々鼻の先、土中にはいり見へざりければ、宮様不審に思ひ、「天狗ども。皆はなはどふした」と仰せられければ、天狗がその時、「あなた、はなが見たけりや吉野へござれ」といふた。(はなしの種・天狗のおじぎ・天保十)

二〇　義太夫の太夫だけに、「語る」と「騙る」が利いている。落語「転宅」のサゲにも使われているが、先行の小咄に、しゃれた笑いがある。

「おかみ様へ。旦那のおつしやります。只今急に御入用が御座りますから、小箪笥の二つ目の小引出しにござります金を二分、私に遣わされませ」との口上に、内義、誠と心得、うかとの り、「これは御太儀」と、二分渡してやりやした。かたり、あんまり手もなく出来たから、心うれしく、千本桜の鮓《すし》屋の段を、住太夫でやらかすと、内義、格子から、「イヨ、かたります」(はつわらい・かたり・天明八)

種が島

二一　気を回しすぎて、かえって失言してしまった。同様な艶色咄がある。

「かみさん。ゆふべはきつい地震だね」女房「悪口を言いなさんな」(坐笑産・いきすぎ・安

永二)

「コレ三介。そちは太儀ながら本所へ使に行つてくれ。口上は『きのふは安々と御産がござりましたと承りまして、おめでたふござります』といへ」と言付ければ、三介「それは御免下され」といふ。「ナゼさふいふ」「さればでござります。安々と御産があつたと申せば、先のおかみ様の物が広いと申さぬばかりでござります」

(豆談語・いきすぎ・安永三頃)

三　染色を扱う紺屋では、商売上、色の心配や失敗は付きもの。初出の軽口咄は染物の色の間違い、江戸小咄では紙の色違いを「色事のしくじり」と答えている。

這出《はいで》の丁稚に、「この裂《きれ》を紺屋へ持つて行き、染めてこい」と言付けやりしに、染めて帰りし裂を見て、「これは言付けてやつたと違ふた。憎い奴め」とすさまじく叱りければ、隣の男、わりことに来て、「何でかやうに御叱り」と言へば、「いや、少しの色事でござる」といふた。

(軽口豊年遊巻一・色事のしくじり・宝暦四)

信濃者を置きやす。赤い紙を買いにやる。取り違へて青い紙を買つて来る。旦那、大きに腹を立て、早速暇《いとま》を出す。宿の亭主、「その方は博《ばく》奕《ち》は知らず、酒は呑まず、女郎は嫌い。なんでしくじつた」と尋ねければ、「少しの色事さ」

(稚獅子・間違・安永三)

三　式亭三馬編『落話会刷画帖』の「三笑亭可楽落話会披露之団扇」の裏面(文化八辛未年春　於両国柳橋大のし富八楼上披講)の中に、『露がはなし』『鹿のまき筆』の軽口咄の古えぶりに倣って「三笑亭可楽述」として次のように出ている。

今は昔、やごとなき御方、三浦の高尾がもとに通はせ給ひぬ。それが禿《かぶろ》に、名をももみぢと呼ぶものありけるが、ある時もみぢを召されて、「コリヤもみぢよ。そちは何とてこの廓《さと》には身を沈めしぞ。父《てて》は血を分けし親か。母はそちを生みたるものか」とありければ、もみぢ顔赤らめつつ、「イ、ヱ、真間《まま》でおざりイす」といふ

た。

二四　豆は女性器の異称で、「豆は豆だが下女の豆は納豆」(『柳多留』二六・39)の句もあるように、各種の豆をそれぞれの女性に見立てた。先行の上方咄は、さらにくわしく出している。

「モシ、元伯様。あなたは何でも能う御存じでござりますゆへ、いつぞはお尋ね申したいと思ふておりましたが、アノ女を豆と申すは、どう致した訳でござりますな」元伯「知れた事。豆に似たものゆへ、そこで豆といふのじや」「それでもお前、豆にも段々ござりますが、マア白《しろ》豆《まめ》は何でござりますぞ」元伯「白豆は素人《しろうと》で、ここらの娘やこの嬶《かか》といふやうなもんじや」「ソンナラ青《あお》豆はな」「ソリヤ素人の中でも又一段青い、在所娘や山家《やまが》の女かい」「ソンナラ黒《くろ》豆はな」「ソリヤお妓《やま》や絃婦《げいこ》や妾《てかけ》の類《るい》じや」「ソンナラまだら豆はな」「ソリヤ月囲ひや、こそをはたらく女《おなご》じや」「刀《なた》豆はな」「ソリヤ刀屋の女房」「隠元《いんげん》豆はな」「ソリヤ禅寺の尼じや」「空《そら》豆はな」「ソリヤ知れた事。天人じや」(新話違なし巻五・涅槃像・寛政九)

屠蘇喜言

二五　貧乏神を家から追出す方法は、上巻「利生はたちまちのゆか」(一四六頁)はじめさまざまで、「湿を移すぞ」とおどす手もあるが、次の安永小咄でも散々考えた末、失敗している。このサゲは、落語「黄金の大黒」にも使われている。

「おらが内《うち》には貧乏神が一人いて、どうもならぬが、フット思い付てみれば、説経《せっきょう》ほど、いま〳〵しいものはないが、あわれ強いことはきらいと聞いたから、思ひ入れ語つて、追出してやろ」と、説経「あはれなるは厨子《ずし》王丸、安寿《あんじゅ》の姫に別れてより」と語れば、かの貧乏神、涙流して出て行く。「シヤ、嬉しや。出て行くは」と、「ハア、貧乏神どの。お帰りか」といへば、「インヤ、あんまりあわれで面白さに、連れ呼びに行く」(仕形噺・説経・安永二)

二六　大言壮語するげじげじの捨てぜりふだが、安永期の上方会咄本にも、武士の真似をする傲慢な乞食の言動として出ている。

武士の真似をする乞食あり。破れ薦を上下《かみしも》として、犬を引馬とし、又は竹の先をそぎて鑓《やり》をこしらへ、毎日振廻して往来の邪魔にもなるほどなり。ある日、武士一人通り合せしが、かの乞食の竹鑓、武士の眉間《みけん》にあたり、疵《きず》付ければ、武士大きに腹を立て、かの乞食をさん〴〵に胸打ちしけるにぞ、もはや息もたへ〴〵になる時、連れの乞食ども、さま〴〵と詫言しければ、武士も聞入れ了簡して帰り、さて打たれたる乞食は手足もなへて、我が小家《こや》へ帰る事もかなわず、連れの乞食を頼みぬ。仲間の者ども口々に「かやうな事もあらふかと、毎度異見をするのじや。この後フツ〳〵武士の真似をやめるなら、そちが小家へ連れて去んでやらふ。さなくば、ここにて命終るとも、皆々かまふ者なし」といふに、打たれたる乞食、「重ねては武士の真似をやむべし。これに懲りぬものはなし。何とぞ我が小家へ連れ帰りくれよ」とひたすら頼むに、連れの者ども聞入れ、薦《むしろ》の畚《もっこう》に乗せて、二人りして舁《か》きあぐれば、苦しき息の下よりも、「家来ども。乗物やれ」(立春噺大集巻三・雁が飛べば石亀・安永五)

たいこの林

二七　『義経千本桜』四段目「狐忠信」のパロディー版で、鼓が三味線に代って猫の登場となる。初代松富久亭松竹作といわれる落語「猫の忠信(猫忠)」の原話。初出の古雅な軽口咄は浄瑠璃以前のもので、猫の鳴声を利かせたサゲである。

武籠《たけこ》氏《うじ》の娘お岩の君、いかなる事にか、猫を深く愛し、片時《へんし》も離し給わず。されば世の人、女三の君とぞ申しける。さてしも隣家に牢人衆の子にて、幸之助といふ今年十七才になれる若衆あり。しなかたち、いとやさしく、古への源氏、業平などは名のみ聞きしばかり、今この少人に比べんに、まばゆき程にこそと思わるれ。互ひに親しくて、常に来り遊びける。石より堅きお岩の君も、この人には心を寄せて、昔もかかる人ありて恋といふ事もこそと、いとどいとしさ増《ます》鏡、曇らでいつもあれかしと、深き思ひの色出でて、情まじりのささめ事、さすが心も幸之助、いかで恋路は白真弓《しらまゆみ》、引手《ひくて》たなびく青柳の、いとたよ〳〵としたふにぞ、互ひに花の顔《かんば》せの、身になりてこそしられそめ、人にはいわで岩つつじ、したにこがるる恋衣、又きてみればいや増さり、あわれ人目のせきもなく、心のそこの打ちとけて、結ぶ縁《えにし》を待ちわびしに、仏を祈るしるしにや、菩提《ぼだい》も今は煩悩の、たすけの道のあらわれて、頼みたる旦那寺に、仏事とて二親ながら、夜更くるまで帰らず。いつものごとく幸之助来りけるに、よき留主《るす》と思ひ、さま〳〵とくどき寄る。もとより思ひは深けれども、さすが心の恥しく、色々と言ひのべぬ。幸之助色を変へ、「情まじりのいつわりを、誠と思ふくやしさよ」と帰らんとしたる時、お岩、袂をひかへ、「いやとよ、これも君がため、末も通らぬものゆへに、そめて口惜しき紫の、後《のち》の心を思ふなり」と言われければ、幸之助、「末通らじとは何事ぞ。お岩方様《かたさま》は、御年われに一つおとらせ給ふゆへに、たとひ連れ添い申しても、似合《にや》わじとの心なり。さて、似合わじとの御心は、はじめより知れずして、今思ひ付け給ふや。とかくかなわぬ浮世なり」と、涙ぐみて居ける時、お岩、心も苦しくて、手飼ひの猫を膝に上げて、「われはいかが思ふ」といふ。猫、「にやわふ」と鳴く時、「もし、猫が『似合《にやわ》ふ』と言いますほどに、其様《そさま》次第」と抱きつけば、幸之助、色を直し、又もや御意《ぎょい》の変らんと、ただそのままに片陰に引入れて、思ふさまにものしたり。小暗き所に物陰のけわしく動くを、猫見付けて、少し後へ退《しさ》りながら、「ふうふつ」とおどしたり。お岩これを見て、「もはや、おれを女房にさしやらずばなるまい。猫が見付けて、『ふう

ふ〳〵』といひます」といわれた。（正直咄大鑑黒巻・猫の中媒《なこうど》・貞享四）

面白し花の初笑

二八　大法螺＝鉄砲を放って狼を退散させる咄は、すでに中巻の「旅人」（八一頁）はじめ安永小咄に見えるが、本話は次の上方咄を、一編の落語に仕立て上げたものである。

まや薬の商人《あきんど》、南都へ商ひに行きて、夜通しに戻りがけ、くらがり峠を越へかかれば、狼二三疋出て、ごそ〳〵するてい。「南無三宝。何やら出おつたそふな。爰《ここ》らでうろたへてはならぬ」と、性根《しょうね》をすへ、口から出次第、薬の功能を声高《こわ》に、「扨、この安本丹《あんぽんたん》の義は我等家伝《かでん》にして外に類《るい》なし。何病ひでも一服で即功あらわす事、この薬の妙。たとへ一たび息引取たる病人でも、この丸薬一粒《いちりゅう》、咽《のんど》に通るやいな、忽ちよみがへり、本復する事請合い。その外、野中山中にても、この薬、懐中すれば、野干《やかん》、悪獣皆々恐れ、付き寄る事叶わず。これ全く、神仙の妙剤なるゆへ」としゃべりければ、狼ども皆々、道をひらいて通しける。中にも手下の狼、頭《かしら》に向ひ、「何ゆへあれを見のがし給ふ。あつたら食ひ物を、残念な事したり。いで〳〵、ぼつかけん」といふを、頭《かしら》おしとめ、「イヤ〳〵、よしにせい。あのてつぽうではこわい」（道の友巻四・狼　妙薬の即功・寛政八）

二九　「藪医者に芽を吹かせたは風の神」（『柳多留』七四・21）で、藪医は風（風邪）と深い縁がある。語源のこじつけ咄に、

ある人、藪医者に、藪といふ由来を尋ねければ、藪医者答へて、「ハテ、少しの風にも、さわぎまする」（軽口東方朔巻二・藪医者・宝暦十二）

があり、紙鳶医者のあだ名に関連した漢文笑話もあるので、書下して紹介する。

甲子ノ夏、疫風大イニ行ハル。医人奔走ス。粗工有リ。大イニ售《ウ》ラル。轎《カゴ》ニ乗テ請ニ応ズ。轎夫、衣号《カンバンノモン》ヲ請フ。之ヲ友人ニ謀ル。友人ノ曰

ク、紙鳶《イカ》ヲ号《モン》トセン耳。曰ク、義、安《イズ》クニカ取ル。曰ク、風止メバ則チ地ニ墜ツ矣《ナリ》。(開口新語・無題・寛延四)

三〇 元来が中国笑話集『笑府』世諱部の「坐椅」の話だが、『笑林広記』の抄訳本『笑林広記鈔』(安永七)に依った江戸小咄がある。

懸取大勢つめかけ、催促すれども、済まさぬゆへ、座敷へ上がり、悠々として居催促と出かけしに、跡から来たる懸取、居所《いどころ》のなさに、這入《はい》り口にかがんで居ければ、亭主そつと呼んで、「貴様は明日《あした》早くござれ」と云ひけるまま、「これは大方、おれ一人早く来いと云ふから、借金を此方へばかり済ませる気」と喜び、立帰る。これを聞きし者、憎き仕方と翌朝早く来り、「昨日米屋に『朝早く来れ』と云ひ給ひしは、大方米屋ばかりへ借金を済す気でござろう。わしが方へも、片《かた》を付けさつしやれ」といへば、亭主、「イヱ〳〵、そうした事ではござらぬ。昨日米屋どのは遅く来られて、這入り口に居られましたゆへ、今日は早く呼んで、ゆるりと座敷へ置きますつもりさ」(笑顔はじめ・かけとり・天明二)

掛取風景の笑話は数多いが、落語でもよく知られている、急死にする江戸小咄と、「掛取万歳」の原話となった林屋正蔵作「しやれもの」(笑富林・天保四)の終末部を紹介しよう。

此の暮れは、大屋の、米屋の、薪屋のと、手づめの上の絶体絶命。思ひ付きの早桶を買つてきて、その内へ入り、「おれが死んだ事にして今夜を送り、元朝に蘇生《よみじがえり》したといへばよい」と女房に呑込ませ、死んだふりしてゐる所へ、米屋が来たを、女房が段々のくどき事。「さても〳〵笑止な事ではある。ここに今取つてきた銭二貫。これでマア、取置かしやれ」「イ、ヱ、これは思ひがけない。八貫から上の借りを上げぬのみか、ドウマア、これがいただかれませう」「ハテサテ、取つておかつしやい」「デモ」「ハテ」と、あちらへやり、こちらへやり、果

てしなければ、(図)といふ身で、「ハテ、下さるものなら、取つておきやれサ」(仕形噺・大晦日・安永二)

(上略)主「久介や。とふ〳〵だまして帰してしまつた。是から米屋だ。あれは何が好きだ」久「アノ米屋は三河の者で、万才が好きだが」主「そんなら万才でだまして帰さふ。その紙入の外入れをかうかぶつて、この風呂敷をかう肩から掛けて素袍《すほう》にして」(中略)米屋「米屋でござります。御勘定をお願ひ申ます」主「ア、欲ゥ深ァ〳〵、御ヲ勘定とは、亭主は難義に侍ひける。矢立の筆ンの口ィに加へ、掛《かけ》ェの控へを手に持つて、払いを残らず取らふなどとは、さつても太い米ン屋殿。コレもちつと待つてもらいたい。もちつと延ばしてもらいたい」米屋「待つてやろ〳〵。かやう申す掛ェ取が万才がお好きなら、旦那様もお好きだ。待つてやろ〳〵といふからにやア、三月前と待つべいか」主「三月なんぞは雛のヲ棚の小鍋《こなべ》ェ立《だて》。豆煎《い》る音ががら〳〵がら〳〵、菱餅《ひしもち》なんぞの重《かさね》ェ〳〵物入りだらけで、中々そこじやア払ひはできねへ」米屋「そんならまァた五月なんぞはどふだんべい」「五月なんぞは幟《のぼり》の音がァびら〳〵、柏餅がァねんばりくつさり、上りィ兜《かぶり》の面目ねへが、所詮ができねへ」米屋「七月なんぞは払ふだんべい」主「盆前なんぞは覚束《おぼつか》ねへ」米屋「いつそのこヲと一足飛び、来年まで待つべいか。大晦日には出来るだんべい」主「なかァ〳〵まだァ〳〵出来ねへ」米「そんなら又、さらい年の大晦日。これではどふだんべい」主「まだァ〳〵そこゥらァじやア出来ねへ」米「ひィきィ分に大のばし、十年べいも待つべいか」主「十年たつても覚束ねへ」米屋「それではいつまでも出来ねへ。そして、いつ払ふのだ」主「ア、ラ、百万年まで待つてくれろ」

解　説

一　落語発生の土壌、寛政の咄の会

安永初年(一七七二―七五)に爆発的流行を見た江戸小咄も、当初は粋《いき》でしゃれた新鮮な笑いとして喜ばれたが、文芸愛好者の興味を長く繋《つな》ぎとめるには、内容が単純すぎた。しかも板木の再使用や既成話の再出・改作が多くて魅力を欠いた。代わって、恋川春町《こいかわはるまち》の『金々先生栄華《きんきんせんせいえいが》の夢《ゆめ》』(安永四)出刊を機に、赤本や黒本の絵本形式と、通と洒脱が本領の洒落本の手法に加えて、鋭い穿《うが》ちと謎解きの興味を蔵した視覚文芸の黄表紙《きびょうし》が盛行した。続いて四方赤良《よものあから》(大田南畝《なんぽ》)らの『万載狂歌集《まんざいきょうかしゅう》』(天明三)によって、江戸人の知性と感性に根ざし、機知縦横に詠《よ》みこんだ天明狂歌のブームが起きた。当時戯作に携わった学識豊かな武士や好学の町人たちは、多趣味で各種文芸に親しみ、噺本への興味を黄表紙や狂歌に変えたにすぎない。折りからの松平定信の寛政改革(一七八七―九三)は文芸面にも影響を及ぼした。今まで戯作文芸の主な担い手として高度な作品を多く手がけた武家の連中は、一斉に戯作から手を引き、以後は町人階級出身者が主体となる。作り手や読み手の底辺は広がったが、質の低下は否めない。第一期戯作の終焉となった天明末から寛政初年は、噺本の分野でも一つの転換期であった。

安永小咄を生み出した笑話創作を趣味とする連衆の集い＝咄の会の活動は、江戸においては烏《う》亭焉馬《ていえんば》に引継がれた。彼は本所相生《あいおい》町の大工の棟梁で狂歌・戯作の筆を執《と》り、南畝ら狂歌人とも親交があり、五世市川団十郎の贔屓《ひいき》の団体三升《みます》連《れん》を組織するなど、当時の文壇・劇界と深い関係を持つ。天明三年(一七八三)四月二十五日、柳橋河内屋での「宝合《たからあわ》せ」の席上で読上げた自作の『太平楽巻物《たいへいらくのまきもの》』(上巻)には、侠者《きおい》の独白や遊女への悪態《あくたい》の口調に落語の片鱗がすでに窺える。彼は素人が互いに咄を披露する第一回咄の会を天明六年四月十二日に開き、催主を勤めた。翌年は中止されたが、八年から寛政三年(一七九一)まで年一回催し、四年正月二十一日の「昔咄の会が権三《ごんざ》り升《ます》　正月」で名高い「咄初《はなしぞ》め」は以後三十年間も年中行事化し、さらに月例の定会《じょうかい》が開かれるほどに盛んだった。寛政改革中の六年の咄初めには禁令を憚り、「宇治拾遺物語并戯作」披講などと称したが、やがて「七点よりかみつかたは、ゑり巻にしてくははれる人々へおくる」(天保八年『金杉日記』)点とりの咄、高点落咄集の刊行となった。延宝期・安永期の笑話愛好者による優秀作選集の再現である。

まず、寛政七年(一七九五)四月中旬から七月末までに集まった咄の中から三十六人の作、五十話を選んで、翌八年正月に『喜美談語《きみだんご》』が出た。次いで八年四月上旬から十月末までの分から五十一話(四七人)が本巻所収の『詞葉《ことば》の花』となり、さらに十年正月、『無事志有意《ぶじしうい》』(六四話・六二人)が出版された。焉馬咄の会の公刊はこの三書で終ったが、「又明日は焉馬さんや慈悲成さんと両国へ噺の会に行きやすよ」(寛政十二年『大東契語』)といわれるほど、三升連を中心に素人風流家の人気を集めた。当初は互いに新作の落咄を持寄り、焉馬の披講を一同で楽しむ会であったが、文化十三年(一八一六)の咄初めともなると、三笑亭可楽《からく》を始め三遊亭円生や朝寝房夢羅久《あさねぼうむらく》らの職業的咄家《はなしか》が高座に上って、咄の会も様変《さまが》わりを示した。こうした焉馬主催の咄の会の活動が、化政期落語発生の土壌となり、彼が江戸落語「中興元祖」(弘化五年『落語《はなし》家奇奴部類《かきぬぶるい》』)と謳われたのも、故なしとしない。

咄の会の開催は焉馬一人に限らなかった。『屠蘇喜言』の著者桜川《さくらがわ》慈悲成《じひなり》も咄の会(一〇〇頁)を開き、その成果を「年々あつまる諸君子の妙作、今年も桜木にものして」(寛政十一年『腮《あご》の掛金《かけがね》』跋)いる。寛政十年正月刊の『鶴《つる》の毛衣《けごろも》』(一五話)を皮切りに、『腮の掛金』(二二話)、『虎智《こち》のはたけ』(一九話)、『滑稽好《こっけいこう》』(二〇話)と連作した。芝在住の彼の同人は、常に巻頭話を飾る麻布亭気知兼《きのしれかね》公を始め山の手在住者が多い。会場も出入りの邸宅と思われ、一書に一人一話と限ったりしている点、焉馬の開放的な会に比べると閉鎖性が感じられる。

『臍くり金』以下噺本を多作した十返舎一九も、「栄邑堂《えいゆうどう》の年忘《としわすれ》に会合の諸君子、落咄に頤《あご》のかけがねをはづして」(文化二年『福助噺』序)と、板元の村田屋治郎兵衛を中心に下町の芸人も加わる栄邑堂咄の会を主催している。同人が一座した光景は『落咄熟志柿《じゅくしがき》』(享和四)の口絵に描かれ、同書の近刊予告には、「噺の会　十返舎社中寄合作一冊」の文言も見える。このように、寛政から文化にかけては、焉馬や慈悲成・一九らの主導で創作笑話の咄の会が頻繁に開かれ、多数の落咄が発表されて噺本にまとまり、やがて登場する落語家に格好な話柄《わへい》を提供した。

こうした動きは、雑俳愛好者を中心とした上方の咄の会の場合でも同様であった。安永五年(一七七六)正月刊『年忘噺角力《としわすれはなしずもう》』を初席として、二年間に七席八部が出るほどの盛況を見た咄の会は、「甚風流にして年分に二三度宛席替りて十四五年も続」(文化十四年『浪花《なにわ》見聞雑《けんもんざつ》話《わ》』)いた。その間に定連の中から、「ここかしこに咄の会を催し、至て能弁なるもの也。当時高名の咄し家は、大万、筆彦、一雄、魚楽、しば」(寛政六年『虚実柳巷訛言《きょじつさとなまり》』)と記される咄上手が登場した。寛政八年三月刊の『雅興春《がきょうはる》の行衛《ゆくえ》』には二十余人の表徳が載るが、大万以下全員の名が見えるし、その他同人の中にも、慶山は『庚申講《こうしんこう》』(寛政九)や『曲雑話《きょくばなし》』(同十二)をまとめ、魯道も『欣々雅話《きんきんばなし》』(同十一)を出している。こうした実力者に先導されて一般の参加者も、「天山が講釈、弥助が咄に昼夜眼をさらし、十二月朔日、波中、一雄が興行の噺会にも、われ一人ぬきん出て落ちをとり、おのれ名だたる大万、筆彦、漁楽も一雄も芝も花王《さくら》も一なでにしてこまさん」(『雅興春の行衛』巻三「くら天狗」)と、熱心に笑話創作に励んだ。また、京都でも独自に、百川堂灌河こと書肆の吉田屋新兵衛が中心となり、『笑の友』(享和元)、『新撰勧進話』(同二)などの咄会本に、同人たちと咄を載せている。

元来咄の会は、「風流のたのしみ先生家のなす所のわざなれば、素ばなしにて致」(天保十二年序『落噺千里藪』凡例)すもので、「立川流のはなしは、今に素咄しとて扇一本のむかし噺」(弘化五年『昔噺当世推古伝』序)であり、話のふりも卑しからず、膝も崩さずに話すものであった。それが舌耕者の活躍を真似て、身振りや音曲を加えて派手な話術を弄するセミプロ的連中が現われたりしたのも、時勢であった。かくして、寛政年間は東西ともに咄の会が活発に催されて話芸への関心が一般に浸透し、それを支える層も厚くなり、やがて職業的咄家を誕生させ、落語の全盛を招来する土壌を培った。

二　咄家の登場と落語の成立

元禄期に活躍した話芸者の流れは続いたが、その間の資料は至って少なく、上方の「大極上上吉　天神　中興軽口の名人也」と評された難波新内《なにわしんない》らの芸人の評判記『浪速新内跡追《なにわしんないあとおい》』(安永頃)が目立つくらいである。しかし寛政期話芸者の実態については、同時代人で落語界の事情に詳しい式亭三馬の『落話会刷画帖《おとしばなしかいすりえちょう》』(文化十二年序・別題『落話(語)中興来由』)始め、種々の随筆類の記事で、かなり鮮明になってくる。

江戸ではまず寛政四年(一七九二)頃、咄坊主と呼ばれた医師の石井宗叔《いしいそうしゅく》が「今流行の長き咄」(『宝暦現来集』)を始めた。ついで三遊亭円生が寛政十年四月、「座しながら役者身振声色芝居掛り鳴物入りの元祖」(『只誠埃録《しせいあいろく》』)を名乗って登場した。また、寛政三年二月に日本橋橘町の駕籠屋の二階で開いた笑話の夜講で好評を得た大阪の岡本万作が再度江戸入りし、十年六月に神田豊島町藁店《わらだな》で、「頓作軽口はなし」を演じたが、「是すなはちヨセに出て披講し料物を得るのはじまり」(『落話会刷画帖』)であった。これに刺激された櫛屋職人の京屋又五郎は、同じ月に山生亭花楽《さんしょうていからく》を名乗り、友人三人と語らって下谷柳の稲荷社内で、「風流浮世おとし噺」の看板を掲げて落咄の興行を打った。江戸では延享二年(一七四五)から社寺の境内や門前、貸家を寄場《よせば》と称し、女浄瑠璃や太夫人形などの色物や雑芸を演じた場はあったが、料金を払って聴衆が集まる寄場、略してヨセで、落咄専門に講じたのはこれが最初といえる。しかし、素人上がりの準備不足に新作の苦労も重なり、分量的に短い素噺《すばなし》を演じたため、わずか五日間で咄の種が尽きて失敗に終った。彼は十月には越ケ谷で十二文の木戸銭で大入りを取って自信を持ち、三笑亭可楽と改名、十二年には焉馬らの後押しで、職業的咄家の披露目《ひろめ》ともいえる初の咄の会を開いた。江戸落語の幕明けである。さらに文化元年(一八〇四)六月、下谷広徳寺門前孔雀茶屋の夜席で、客から出された「弁慶・辻君・狐」の三題で咄を即席にまとめ、捷才頓智ぶりを発揮して喝采を博した。彼の場合、咄の会の演出を継承した「音曲身振声色等を交へず素咄《すばなし》」(『わすれ残り』)であり、従来の小咄を拡大した程度のものだが、常に旧作に頼らず、咄を工夫して演じた。『種が島』巻末連名(二四二頁)の多くの門人を擁し、とくに可楽十哲と称される弟子の中には、「当世の風俗を穿つに妙を得た」人情咄・長物語の朝寝房夢羅久、音曲咄の名手船遊《せんゆう》亭扇橋《ていせんきょう》、道具立て怪談咄の元祖林屋正蔵《はやしやしょうぞう》から、百眼《ひゃくまなこ》の三笑亭可上《かじょう》や写絵《うつしえ》の都屋都楽《みやこやとらく》、八人芸の川島歌遊《かわしまかゆう》らの色物師もいた。可楽一門を頂点とする咄家たちは、個性に適った芸を工夫し披露して聴衆に満足を与えた。寄席の興行も軌道に乗り、文化十二年には江戸市中で七十五軒に達するほどの繁栄を見た。「咄家といふ者昔なし。文化の頃より専に成、可楽と云者随一なり」(『続飛鳥川』)とあるが、まさしく可楽は江戸における寄席咄の祖であった。

上方でも事情は軌《き》を一《いっ》にする。寛政四年五月、京都の松田《まつだ》弥助《やすけ》が大阪の御霊《ごりょう》社境内に店(寄席)を持ち、「尽しもの、洗濯所の訴書など、聞く人興ず」(『摂陽奇観』)る浮世噺を演じた。従来の不特定多数の通行人相手の辻咄と異なり、屋内=定席での口演は、短い素咄でも長咄化する端緒となり、道具や鳴物を用いる演出も可能となった。弥助の弟子の一人、新町の桂文治は寛政十年に坐摩《ざま》社内に「別に咄小屋を建て、日々新奇を咄出して一派を立てたり。後に道具鳴物を入れ」(『皇都午睡』)る大衆好みの話芸を演じ、大阪落語中興の祖となった。『臍の宿替』では十分に彼の本領は窺い得ないが、『桂の花』や『大寄噺尻馬』(天保頃)などにその一端が示されている。特定の店(寄席)を持ち、札銭(料金)を取って、渡世(職業)とする弥助や文治が登場して聴衆の人気をさらっては、咄の会で高名な咄家と称された大万や一雄らは、所詮素人として圧倒され、「風流噺家の人々、皆々止て、古雅の咄はさつぱり止りしと成」(『浪花見聞雑話』)ったのも当然である。咄の会はそれ以後も「素人はなし見立角力」なる番付が何枚も出るほど続いたが、他方、天保年間から「浪花舌者」と呼ばれる落語家が輩出し、「浪花諸芸玉つくし」(天保十一)に見られる通り、桂、笑福亭、林家などの系流が確立するまでに至った。

職業的咄家ともなると、咄の会での短い小咄では通用しにくくなる。可楽が最初失敗したのも、咄が短かすぎ、時間が保てなかったためである。長時間客を飽かずに惹きつけるには、咄を引伸ばす工夫が必要である。小咄を一つだけ咄すのでなく、マクラにクスグリにと、一つ一つは短くても幾つも繫ぎ合わせれば長くなる。たとえば、可楽が高座用に準備したと思われる『自筆小咄集』(稿本)にある、

「あの娘はゑらい俠《きやん》じや」「なぜ、あの娘が俠でござりやす」「はて、俠といふわけは、いつ行つて見ても、内には犬《いぬ》」(きやん娘)

「をや〳〵、伊勢町の旦那の所から来た文は、まことに暦のよふだ」と開くうしろから、おさんのぞく。(暦)

の二話の、前者を十二支全部に拡大し、後者を主人公隠居の性格にして繫ぎ合わせれば、「暦好き」(二三〇頁)のように長咄化する。また、「猪牙舟が云ふ利口」(二五三頁)のように、長い独白や地の文を入れて長編化する。身ぶりや表情を加えて間《ま》を長く保つ。音曲や声色を交え、

道具立て・芝居掛りで演ずる。こうした長咄化への工夫が行われて、従来の素咄による滑稽咄のほかに、芝居咄・音曲咄・人情咄・怪談咄などが成り立った。まさにこれらは「渡世になるべきやうの工風《くふう》」(『落噺千里藪』凡例)であった。咄が長編化すると素人が演ずるのは無理となり、咄家の洗練された芸を鑑賞するほかない。咄を演ずる玄人(制作者)と、芸を見て楽しむ素人(享受者)にはっきり二分された。口演笑話が栄えると記載笑話は衰えるが、「書き・読む」噺本から、「話し・聞く」落語へ人々の関心が移ったのも時代の趨勢であった。如上の経過については、延広真治氏が丹念に落語関係資料を渉猟し、精確にまとめた『落語はいかにして形成されたか』(平凡社・昭61)に委曲を尽くされている。

三　口演落語と噺本の関連

当時の落語家で可楽の孫弟子になる喜久亭《きくてい》(青陽舎)寿暁《じゅぎょう》に、『滑稽集』(仮題)と題する落語のネタ帳がある。彼は深川嵯峨町の家主の経歴を持ち、文化五年四月十七日には、可楽・円生と師匠の寿楽が連名で助演した落語会を催すほどの咄家である。自らが演じた題名を心覚えのために記したもので、文化四年(一八〇七)までの分と、五、六年に「新作」として加えたのを合わせ、六百五十ほどの演題が並記される。その大半は、「七福神宝入船」「金くづひろひ」「叶福助」などと題名のみなので、今日からその咄の内容を知ることはむずかしい。しかし中には、

「楠うん平」「ひん僧」「若イトホメル」などと、主人公名やサゲの文句を記したのもあり、咄を推定する手がかりとなる。「楠うん平」は現行落語「三軒長屋」に出る武芸者名だし、「ひん僧」は「無心の断」(七二頁)のサゲの条《くだ》りにあるので、その種の咄と見当が付き、「若イトホメル」は前座噺でおなじみの「子ほめ」のサゲと考えられよう。この年讃嘆《としさんだん》の笑話は、古く『醒睡笑』(寛永五・巻一鈍副子第一一話)に愚かな坊主話としてあり、軽口咄(笑眉《えみのまゆ》巻四・正徳二・そさうのほめすぎ)では市井人の挨拶で再出するが、次に示す十返舎一九の「ゆき過」(笑府《おとしばなし》商内上手《あきないじょうず》・享和四)が三年後の『滑稽集』に取込まれたと見るのが、きわめて自然である。

「ハイ、十吉でござります。ご免下さりませ」隠居「ヲヽ、これは珍しい。まづお達者でめでたい」十吉「あなたはいつ見申してもお若うござります」「イヤ、若くもござらぬ」「デモ、五十四五にもおなりなされますか」「イヤ〳〵もふ七十でござる。しかし、若いといはれるはうれしいものだ。一盃呑ましやい。ソレお松、燗《かん》をしろ」と、たちまち追従が酒になり、十吉、こいつはしめたものだと、日頃は好きなり御意《ぎょい》はよし、思ふさま引つかけ、「これはありがたうござりました。また此の間に」と、そう〳〵暇乞ひして立出で、「アヽ、まだちつと足らぬ。どこぞへ行つて今少し呑みたいものだ。イヤある〳〵。太郎兵衛どのの内儀が産をしたといふ事だ。さらば悦びに寄りませふ」とたづね行き、十吉「太郎兵衛さん、おやどかな」太郎兵衛「ヲヽ、十吉どのか。よくようござつた」「承れば、ご安産でおめでたうござります」「アイサ、わしも願ひの通り男の子を儲《もう》けました。コレ、見て下され」と、赤子の搔巻《かいまき》を取つて見すれば、十吉「さて〳〵よいお子様だ。もふおいくつでござります」「イヤ、この男はとんだ事をいふ。おとゝい生まれて、たつた一つだ」「それにしてはお若い。私はただかと存じました」。

すでにかなり長咄になっており、会話部も口演口調に近く、演者が脚色を加えれば立派に一編の落語として通用する。寿暁も殆どこれに近い形で演じたものであろう。また、題名だけでなく、サゲの一言が書き加わっていると、さらに詳しく咄の内容を想定できる。たとえば、「はや桶」だけでは「大晦日」(三六九頁)の咄とも考えられるが、「あとぼうはおれがかつごう」とあれば落語「片棒」の内容と思い付く。「そそかしい男」に「おれではない」が添えてあれば、落語「粗忽長屋」のサゲと知れ、同じ「真色」の題名でも、「かみ入ををとす」なら「紙入れ」、「八両弐分のつり」とあれば「七両二分(別題・二分つり)」の落語が思い浮かぶ。

こうして演題から咄の内容が想定されれば、それぞれに軽口咄(あられ酒巻二・宝永二・気まな親仁)、寛政頃刊の『絵本噺山科』巻四「水の月」、安永の艶色小咄(豆談語・安永三年頃・紙入)、焉馬の咄会本(喜美談語・寛政八・七両二分)に先行話があると指摘できる。

具体的に中・下巻に載った咄と比べてみよう。「神道者くやみ」「娘の恋病イたれでもよい」「ほうろくうりおり助」は、中巻『鹿の子餅』中の「悔」「恋病」「炮禄売」と思われ、「しわい旦名灸」「首売」「うぬぼれ雪のやう成女郎・つめてへ」「女郎壱ヶ月一つ・がんがけの屁・来月の分さ」「三人むすこうそをつけ」などは、『楽牽頭』の「灸」「首売」「田舎者」「屁」「三人兄弟」が連想される。安永小咄本中の題名と一致する演題がきわめて多く見出され、いかに落語のネタに取込まれたかを裏付けている。また、本巻所収の寛政中期から文化初年にかけての分に限ってみても、「人間しちや」「馬毛」「僧上寺ぬける」は、『詞葉の花』の「質物」(二八頁)、「馬のす」(五〇頁)、「出家」(五八頁)が、「ひん僧」「びんぼうもちつき」は『臍くり金』の「無心の断」(七二頁)、「もちつき」(九四頁)が考えられ、「茶の湯」は『江戸嬉笑』の「茶菓子」(一二四頁)であろうし、「こよみのいんきよ」「日本そらまめ」「小倉山先のかうや」は、『種が島』の「暦好き」(二三〇頁)、「中ッぱら」(二三二頁)、「源氏物語」(二三五頁)の咄が、それぞれ相当するのではないかと推定できる。

こうして対比すると、六百余の演題の半ばは噺本、とくに安永小咄本と寛政末から文化初年までの本に載った小咄と関連づけられる。もとより記載小咄のままではいかにも短いので、演者の工夫で長く引伸ばしたと思われるが、口演笑話の題材を噺本から多く求めたことは否定できない。これはひとり寿暁に限るまい。かつて露の五郎兵衛ら元禄期の話芸者が、口演の話柄を既成笑話に頼ったのと同じ現象が、落語創成期の文化初年の咄家にもあったのである。

また『滑稽集』には、現行の落語と一致する演題が多く見当たる。「おやぢむすこ生酔廻る家を何にする」(落語演題名＝親子酒)、「芝井けんぶつしる中へぞうり」(鍋草履)、「火のやう人は無用でござります」(市助酒)始め、「こんやとんだり」(団吾平)、「四の字ぬける」(しの字嫌い)とか、題名でも一致する「てつかい千人」「ふぐじる」「かぐはな長兵衛」「百年目」「皿やしき」等々、その数は六、七十に達する。しかもその多くは噺本に原拠を見出される。現行の落語と文化以前の噺本とに同想のものがあれば、大方は小咄を原形と見て間違いあるまい。それほど落語創成期において噺本は大きな役割を果した。文政から天保年間にかけて、咄家が簇出《そうしゅつ》し、寄席も興行的に成り立つほどの全盛を迎えたが、それには小咄から長咄、多様な咄の考案演出をはじめ、関係者の熱心な努力があった。『詞葉の花』などで焉馬が示した、行過ぎ咄、万八咄、地口落の咄、下掛りの咄、理屈落の咄、人情の咄などの分類意識から数歩進んで、桜川慈悲成の『落噺常々草《つねづねぐさ》』(文化頃)の目次に記された「傘伝　小声におちをいふ《りくつらしくはなし》」など(二四四頁)のように、サゲの演出まで詳しく触れるほどに落語は完成度を深めていった。

家計を支えるために副業を多く持ったまま高座を勤めた初期の咄家に対し、舌耕芸に徹した第二期の落語家は、もはや噺本にネタを求めることも少なくなった。西両国の盛り場に自分の定席を経営して、門弟たちと常時高座に上った林屋正蔵は、『升おとし』(文政九)の口上で、「昔からござります落咄の本は、短いばかりで御なぐさみが薄うござります」と小咄からの脱皮を吹聴し、さらに「高座にて咄す通りに作仕候」(天保四年『笑富林』序)と、かつて露の五郎兵衛の「話の控え帳」が軽口本になったように、自ら演じた落語を次々と噺本(二七八頁)にまとめ刊行した。口演落語の噺本化である。もとより文字で記した文章体である以上、どこまで高座での口演を実際に写し得たかは疑問だが、噺本を通しても咄の口調の一端が窺われることは、『太鼓の林』や『面白し花の初笑』で見られる所である。また同じく咄家の演題集でも、上方の桂松光《しょこう》の『風流昔噺』(万延二)になると、「大三十日上気掛取　但シ三河まんざい落　又は芝居噺の落」と詳しく落ちが示されている。これは林屋正蔵作の「しゃれもの」(三六九頁)が、完成された落語として演じられた時点より後の演題集といえるもので、江戸落語のネタ帳『滑稽集』よりはるかに充実した幕末期上方落語の貴重な資料である。

四　江戸末期の噺本

化政年間は第二期戯作として、読本《よみほん》・合巻本《ごうかんぼん》・滑稽本・人情本などが多作され、読者層も広がったが、質的には寛政以前の戯作には及ばず、概して低調であった。噺本も継続的に刊行され、各種趣向を凝らした作品も出た。本来の滑稽な笑話集のほかに、『画噺当時《えばなしとうじ》梅《うめ》』(文化八)などの画噺本、『花競芝《はなくらべし》(璃《り》)寛噺《かんばなし》』(同十一)の芝居本、『面白し機嫌上戸』(同十四)の合巻仕立本、『小倉百首類題話』(文政六)の豪華私家本、『御陰道中噺栗毛』(同十三)の際物《きわもの》噺本、『東海道中滑稽譚』(天保六)の道中物、『七宝ばなし』(同十三)の一枚物、『ぼぼしばなし』(天保頃)の艶色物、『新板一口咄』『大寄噺尻馬』(同)の合冊物等々、多様を極め、弘化以後は薄手で絵入りの小冊が多く出回った。また咄家の作品としては、正蔵や文治作のほかにも、司馬龍生《しばりゅうしょう》の『草かり籠』(天保七)、花枝房円馬《はなしぼうえんば》の『落噺千里藪』(同十二序)や、『百面相仕方ばなし』(同十三)、『百眼昔ばなし』(同十五)など、色物芸を書名に付けた噺本まで出たが、趣向が目新しいだけで、内容的には取立ててすぐれたものはなかった。文人好みの素咄が時流に合わず、派手な芝居咄や怪談咄が好まれた時代の所産であった。しかし、中には「当時の流行は鳴もの入なれば、衆人これを専らとす。されど噺の筋は通したきもの也」(『落噺千里藪』凡例)と、騒々しい落語よりも、咄の会に見られた素人咄を懐しみ、良しとする人々も当然いた。文久(一八六一)頃から春の屋幾久《いくひさ》が中心になり、可楽ゆかりの三題噺創作の愛好グループ、粋狂連・興笑連が結成され、仮名垣魯文《かながきろぶん》や瀬川如皐《せがわじょこう》、柳亭左楽《りゅうていさらく》、三遊亭円朝ら、素人の文人や玄人の狂言作者・咄家たちが入りまじって競作し披露した『今様《いまよう》三題噺』(文久二)、『粋興《すいきょう》奇人伝』(同三)、『春色《しゅんしょく》三題噺』(元治元)、『同二編』(慶応二)などが、風流趣味人の咄の会の再生として注目されるにとどまり、落語に押されて噺本は不振のまま、明治へと移行したのである。

今回、化政期落語本集として、落語形成の土壌ともいえる咄の会に関わった焉馬・一九・慈悲成らの噺本と、咄家として高座で落語を演じた可楽・文治・正蔵らの作品八種を紹介した。

いずれも寛政以降の代表作だが、開放的で庶民性の濃い笑いが横溢した元禄期軽口本(上巻)や、人間心理を鋭く簡潔に表現した純度の高い笑いの安永期小咄本(中巻)に比べ、いたずらに冗漫でくどく、言葉の駄洒落で終始する浅薄な笑話が多くなっている。これも時代の風潮と作り手の素質の違いによるものであろう。その点で笑いは、まさしく世相の投影であり、人格の反映といえる。一口に笑いといっても、実に多種多様であり、何を、いかに笑うかが問題である。究極の「よき人のよき笑い」を求めて、笑いに対する関心と努力を持ち続けたいものである。

化政期 落《らく》語《ご》本集《ぼんしゅう》

1988年6月16日 第1刷発行 ©
2025年7月29日 第7刷発行

校注者 武藤禎夫《むとうさだお》

発行者 坂本政謙

発行所 株式会社 岩波書店
〒101-8002 東京都千代田区一ツ橋2-5-5

案内 03-5210-4000 営業部 03-5210-4111
文庫編集部 03-5210-4051
https://www.iwanami.co.jp/

印刷・精興社 製本・中永製本

ISBN 978-4-00-302513-0 Printed in Japan

読書子に寄す

——岩波文庫発刊に際して——

岩波茂雄

真理は万人によって求められることを自ら欲し、芸術は万人によって愛されることを自ら望む。かつては民を愚昧ならしめるために学芸が最も狭き堂宇に閉鎖されたことがあった。今や知識と美とを特権階級の独占より奪い返すことはつねに進取的なる民衆の切実なる要求である。岩波文庫はこの要求に応じそれに励まされて生まれた。それは生命ある不朽の書を少数者の書斎と研究室とより解放して街頭にくまなく立たしめ民衆に伍せしめるであろう。近時大量生産予約出版の流行を見る。その広告宣伝の狂態はしばらくおくも、後代にのこすと誇称する全集がその編集に万全の用意をなしたるか。千古の典籍の翻訳企図に敬虔の態度を欠かざりしか。さらに分売を許さず読者を繫縛して数十冊を強うるがごとき、はたしてその揚言する学芸解放のゆえんなりや。吾人は天下の名士の声に和してこれを推挙するに躊躇するものである。このときにあたって、岩波書店は自己の責務のいよいよ重大なるを思い、従来の方針の徹底を期するため、すでに十数年以前より志して来た計画を慎重審議この際断然実行することにした。吾人は範をかのレクラム文庫にとり、古今東西にわたって文芸・哲学・社会科学・自然科学等種類のいかんを問わず、いやしくも万人の必読すべき真に古典的価値ある書をきわめて簡易なる形式において逐次刊行し、あらゆる人間に須要なる生活向上の資料、生活批判の原理を提供せんと欲する。この文庫は予約出版の方法を排したるがゆえに、読者は自己の欲する時に自己の欲する書物を各個に自由に選択することができる。携帯に便にして価格の低きを最主とするがゆえに、外観を顧みざるも内容に至っては厳選最も力を尽くし、従来の岩波出版物の特色をますます発揮せしめようとする。この計画たるや世間の一時の投機的なるものと異なり、永遠の事業として吾人は微力を傾倒し、あらゆる犠牲を忍んで今後永久に継続発展せしめ、もって文庫の使命を遺憾なく果たさしめることを期する。芸術を愛し知識を求むる士の自ら進んでこの挙に参加し、希望と忠言とを寄せられることは吾人の熱望するところである。その性質上経済的には最も困難多きこの事業にあえて当たらんとする吾人の志を諒として、その達成のため世の読書子とのうるわしき共同を期待する。

昭和二年七月